Über die Autoren:

Daniel Holbe, Jahrgang 1976, lebt mit seiner Familie im oberhessischen Vogelsbergkreis. Neben der erfolgreichen Julia-Durant-Reihe, die er seit dem Tod von Andreas Franz weiterführt, schuf er eine eigene Reihe. *Schlangengrube* ist der 7. Kriminalroman der Reihe, die er seit Band 3 gemeinsam mit Ben Tomasson schreibt.

Ben Kryst Tomasson, Jahrgang 1969, ist Germanist, Pädagoge und promovierter Diplom-Psychologe. Tomassons Leidenschaften sind die Geschichten, die das Leben schreibt, und die vielschichtigen Innenwelten der Menschen. Tomasson ist verheiratet und lebt in Kiel.

DANIEL HOLBE
BEN TOMASSON

Schlangengrube

Kriminalroman

Besuchen Sie uns im Internet:
www.knaur.de

Aus Verantwortung für die Umwelt hat sich die Verlagsgruppe Droemer Knaur zu einer nachhaltigen Buchproduktion verpflichtet. Der bewusste Umgang mit unseren Ressourcen, der Schutz unseres Klimas und der Natur gehören zu unseren obersten Unternehmenszielen. Gemeinsam mit unseren Partnern und Lieferanten setzen wir uns für eine klimaneutrale Buchproduktion ein, die den Erwerb von Klimazertifikaten zur Kompensation des CO_2-Ausstoßes einschließt. Weitere Informationen finden Sie unter: www.klimaneutralerverlag.de

Originalausgabe Dezember 2022
Knaur Taschenbuch
© 2022 Knaur Verlag
Ein Imprint der Verlagsgruppe
Droemer Knaur GmbH & Co. KG, München
Alle Rechte vorbehalten. Das Werk darf – auch teilweise –
nur mit Genehmigung des Verlags wiedergegeben werden.
Redaktion: Regine Weisbrod
Covergestaltung: ZERO Werbeagentur, München
Coverabbildung: Collage unter Verwendung
von Motiven von shutterstock.com
Satz: Sandra Hacke, Dachau
Druck und Bindung: GGP Media GmbH, Pößneck
ISBN 978-3-426-52591-3

2 4 5 3 1

1

Leticia, Kolumbien, März

Der Regenwald dampfte. Die riesigen Blätter der Bäume, die hoch in den Himmel ragten, waren von Tropfen bedeckt, die in der Hitze verdampften. Dazu fiel unablässig Regen, so dicht, dass er auch das Blätterdach durchdrang. Der Boden unter ihren Füßen war schlammig, und auch von dort stieg Dampf auf. Ein Besuch in der Sauna war ein Witz dagegen.

Obwohl es bereits dämmerte, lag die Temperatur immer noch bei weit über dreißig Grad. Es war einer der heißesten Tage des Jahres gewesen.

Kim Helbig blieb stehen und wischte sich zum ungefähr hundertsten Mal in der letzten halben Stunde den Schweiß von der Stirn. Einfach alles an ihr war nass: die Haare unter dem Tropenhelm, das dünne, langärmelige Outdoor-Hemd und der BH, die atmungsaktive lange Hose mit den zahlreichen Taschen und die Socken in den festen Stiefeln an ihren Füßen. Der Rucksack mit der Kamera hätte aufgrund der Feuchtigkeit vermutlich auch ohne Trageriemen an ihrem Rücken gehaftet.

Es war ein Klima, an das man sich als Nordeuropäer nur schwer gewöhnen konnte. In den letzten drei Monaten, die sie jetzt hier war, war es ebenfalls heiß gewesen, aber es war eine trockenere Wärme gewesen, die sich besser ertragen ließ. Jetzt, im März, gab es häufiger Niederschläge, im Schnitt an jedem zweiten Tag. Und das war nur das Vorspiel. Im April begann die Regenzeit. Die regenreichsten Monate waren der Mai mit achtundzwanzig Regentagen und der Oktober mit neunundzwanzig Regentagen.

Ihre Gruppe war deshalb Mitte Dezember angereist, und sie hatten Glück gehabt. Es hatte weniger geregnet als im Schnitt, doch es war immer noch nass genug. Sämtliche Sachen im Camp fühlten sich ständig irgendwie feucht an, und der Schweiß lief ihnen Tag und Nacht über den Körper. Trotzdem war es einfach großartig, hier zu sein.

Kim hatte Biologie studiert und sich auf den Amazonas-Regenwald spezialisiert. Im Moment arbeitete sie an ihrer Doktorarbeit, die sich mit geschützten Tierarten in Kolumbien beschäftigte. Ihr Doktorvater lehrte in Frankfurt und hatte das Thema begeistert aufgegriffen. Er ging auf den Ruhestand zu und saß seit einigen Jahren im Rollstuhl, nachdem er die Bruchlandung eines Sportflugzeugs in Peru mit knapper Not überlebt hatte. Deshalb konnte er den Amazonas nicht mehr selbst bereisen, aber er nahm an ihrer Expedition regen Anteil. Kim schickte ihm E-Mails, Bilder und Videos, sobald sie irgendwo ein Netz hatte.

Die Gruppe, mit der sie hier war, gehörte zur Umweltorganisation RWR, RegenWaldRetter. Kim arbeitete seit einigen Jahren ehrenamtlich dort mit. Entsprechend dem Thema ihrer Doktorarbeit beschäftigte sie sich mit bedrohten Arten. In erster Linie ging es um die Dokumentation, doch ihre Begleiter und sie wollten mehr: Sie hatten es sich zum Ziel gesetzt, die Wilderer aufzuspüren, die unter Artenschutz stehende Tiere fingen und als angebliche Zuchttiere nach Europa verkauften.

Deswegen patrouillierten sie Abend für Abend durch den Wald. Bisher ohne Erfolg, und langsam lief ihnen die Zeit davon. Ende der Woche würde die Gruppe ihre Zelte abbrechen und nach Deutschland zurückkehren. Während der Regenzeit war eine sinnvolle Arbeit mitten in der Wildnis nicht möglich. Kim hatte sich so sehr gewünscht, eine Spur von den Wilderern zu entdecken, doch der Regenwald war riesig, und die Wilderer waren vorsichtig. Sie jagten die Tiere in den frühen Abendstunden, wenn sie sich ihre Schlafplätze für die Nacht suchten. Sie stellten Beobachtungsposten auf, die sie warnten, wenn sich jemand näherte. Zum Beispiel Indios, die eigentlich ihre Heimat schützen sollten, aber der Verlockung des Geldes nicht widerstehen konnten, weil große Armut herrschte und es kaum andere Einnahmequellen für sie gab.

Anfangs waren sie immer zu zweit unterwegs gewesen, doch mittlerweile kannten sie das Gebiet und bewegten sich einzeln durch den Wald. So schafften sie eine größere Fläche, und das Risiko, von den Wilderern entdeckt zu werden, war geringer.

Kim nahm ihre Trinkflasche aus dem Rucksack und trank ein paar Schlucke. Dann ging sie weiter. Sie würde allerdings bald umkehren müssen, sonst wurde es zu dunkel, und sie würde den Weg zurück ins Camp nicht mehr finden.

Um sie herum raschelte es. Man sah nur selten ein Tier, aber sie wusste, dass es hier von Schlangen, Geckos und Fröschen wimmelte.

Sie wollte gerade den Rückweg antreten, als sie Stimmen hörte. Männer, die sich mit knappen, harten Worten verständigten.

Kim verbarg sich rasch hinter einem ausladenden Baumstamm und spähte zwischen den tief hängenden Blättern hindurch.

Im nächsten Moment tauchte die Gruppe auf, fünf oder sechs Männer. Braun gebrannte Indios, die mit kurzen Hosen, T-Shirts und Turnschuhen bekleidet waren, und ein Europäer in tarnfleckiger Outdoor-Kleidung mit festen Stiefeln und einem stabilen Helm mit Gesichtsschutz. Zwei Indios trugen große Kisten, die anderen Netze und Stangen, die zweifellos zum Fangen von Tieren gedacht waren.

Kim hielt den Atem an, während ihr das Blut durch die Adern rauschte und ihr Puls wie verrückt hämmerte.

Sie hatte die Wilderer entdeckt!

2

Gießen, am nächsten Tag

Mona Seeberg hatte nie etwas anderes werden wollen als
Erzieherin. Das hatte sie schon in der Mittelstufe gewusst.
Ihre Eltern waren beide Lehrer, und Mona hatte drei jüngere
Geschwister, zwei Brüder und eine Schwester. Mona war mit
Abstand die Älteste. Die Schwester war erst auf die Welt ge-
kommen, als sie sechs war, die beiden Brüder jeweils ein Jahr
später.

Mona hatte es geliebt, die Kinder zu füttern und zu wickeln,
sie im Kinderwagen herumzuschieben, mit ihnen zu spielen
und ihnen die ersten Wörter beizubringen. Sie hatten *Mona*
gesagt, bevor sie *Mama* und *Papa* sagen konnten. Zumindest
behauptete Mona das. In Wirklichkeit hatten sie alle etwas gesagt, das wie *Moma* klang und ebenso gut Mama hätte heißen
können. Aber das war nicht wichtig. Mona war vernarrt in
ihre kleinen Geschwister, und sie tat nichts lieber, als sich um
sie zu kümmern.

Diese Begeisterung hatte Mona sich bis zum Abitur erhalten
und anschließend Sozialpädagogik studiert. Eine Fachschul-
ausbildung hätte zwar auch gereicht, um Erzieherin zu werden, aber Mona war klug und vorausschauend. Sie wollte momentan nichts lieber, als im Elementarbereich zu arbeiten. Die
Arbeit mit kleinen Kindern erfüllte sie, doch sie wusste, dass
sich das eines Tages ändern konnte. Wenn das Team sich veränderte oder wenn sie selbst älter war und neue Ziele ins Auge
fasste. Einen Kindergarten zu leiten oder eine Stelle beim

Jugendamt zum Beispiel. Dann war es gut, ein entsprechendes Studium vorweisen zu können.

Sie hatte hervorragende Noten und gute Zeugnisse von ihren Praktika während des Studiums, so dass es kein Problem gewesen war, direkt nach dem Abschluss eine Anstellung zu bekommen, in einem Kindergarten im wohlhabenden Gießener Stadtteil Lützellinden, der früher vor allem von Adeligen und reichen Bauern bewohnt worden war und mit vielen traditionellen Fachwerkhäusern beeindruckte. Dort betreute sie die *Blauen Füchse,* eine Gruppe von Vier- bis Fünfjährigen, deren Eltern Wert darauf legten, dass ihre Kinder schon vor der Schule das Maximum an Bildung erhielten.

Mona hätte es bei manchem dieser Kinder lieber gesehen, dass es mit den sozialen Kompetenzen etwas besser klappte. Oder auch mit vermeintlich banalen Dingen wie dem eigenständigen Anziehen. Sie wusste, dass die meisten Lehrer sich mehr über Erstklässler freuten, die eigenständig auf die Toilette gehen oder sich die Schuhe binden konnten, anstatt bereits die ersten Sätze zu schreiben oder Englisch zu sprechen. Vom Umgang untereinander ganz zu schweigen. Die Bedürfnisse seines Gegenübers verstehen zu können und auch zu wollen.

Deshalb hatte sie sich eine Tier-Einheit ausgedacht. Zweimal pro Woche brachte eines der Kinder sein Haustier mit. Sie sprachen dann darüber, zu welcher Art und Rasse das Tier gehörte, wo seine Wildform zu Hause war, wie es sich in freier Wildbahn ernährte und wie man mit den domestizierten Tieren artgerecht umging. Sie versuchten zu ergründen, wie das Tier sich fühlte. Was seine Körpersprache verriet.

Heute war Nathan an der Reihe. Er hatte nicht verraten, um was für eine Art es sich bei seinem Haustier handelte, nur, dass es besonders cool sei. Mona nahm an, dass es sich um irgendeine Echse handelte. Sie hielt nicht viel davon, exotische Tiere als Haustiere zu halten, aber das würde sie nicht mit Nathan, sondern, wenn überhaupt, mit seinen Eltern besprechen, wenn sie zum nächsten Elternabend in den Kindergarten kamen.

Tatsächlich hatte Nathan einen Käfig von vielleicht einem halben Meter Länge und jeweils dreißig Zentimeter Breite und Höhe dabei, an dem er schwer zu tragen hatte. Trotzdem schaffte er es, dass das Tuch, das er über den Käfig gebreitet hatte, nicht herunterrutschte.

»Das ist eine Überraschung, Mona«, sagte er wichtig und stellte den Käfig in der Mitte des Raums ab.

Nathan war fünf und relativ groß und kräftig für sein Alter. Er trug Jeans, Turnschuhe und Sweatshirt von einem angesagten Kindermode-Designer. Seine blonden Haare waren nach der aktuellen Mode geschnitten, und der Blick aus seinen blauen Augen war selbstbewusst und eine Spur arrogant.

Mona wusste, dass Nathans Eltern reich waren. Sie bewohnten eine moderne Villa in unmittelbarer Nachbarschaft des Kindergartens, die nicht recht ins Viertel passte. Alle anderen Häuser in der Gegend waren weitaus traditioneller. Genau das, dachte Mona, die auf dem Weg nach Hause jeden Tag an der Villa vorbeikam, gefiel Nathans Eltern wahrscheinlich, weil sie sich auf diese Weise abheben konnten.

In der Einfahrt standen immer mindestens drei Autos, ein schwarzes Porsche-Cabrio, ein schneeweißer SUV desselben Herstellers sowie ein fetter BMW in Dunkelblau metallic. Letzterer war der Wagen, den Nathans Vater für die Fahrten zu seinen Geschäftsterminen benutzte. Das Cabrio war sein Spielzeug, der SUV der Wagen der Mutter, den sie fuhr, damit ihr kostbarer Nachwuchs sicher war.

Mona, die selbst mit dem Fahrrad zur Arbeit kam, konnte diese aufgeblasenen Fahrzeuge nicht leiden. Dank der höheren

Stoßstange verursachten sie bei Unfällen häufiger tödliche Verletzungen als jedes andere Auto. Gerade Kinder hatten kaum eine Chance, wenn sie von einem SUV erfasst wurden. Daneben verstopften sie Straßen und Parkraum, weil sie so riesig waren, und mit ihrem immensen Spritverbrauch waren sie außerdem die größten Klimaschädlinge unter den Privatfahrzeugen.

Aber für all das konnte Nathan ja nichts. Er hatte sich seine Eltern nicht ausgesucht und war nur ein Produkt ihres Lebensstils.

Also nickte Mona ihm freundlich zu, als er sich im Schneidersitz neben dem Käfig niederließ. Die anderen Kinder saßen bereits im Kreis um ihn herum, jedes auf einem dicken Kissen.

»Also, Nathan. Dann zeig uns mal, was für ein Tier du mitgebracht hast.«

Nathan schaute stolz in die Runde. »Passt auf«, sagte er. »Das ist der Hammer.« Er griff unter das Tuch und wollte offenbar die Käfigtür öffnen.

»Moment mal«, griff Mona ein, die am Fenster stand und die Gruppe beobachtete. »Die Tiere bleiben in ihren Käfigen, das haben wir so ausgemacht.«

Sie erlaubte Ausnahmen, wenn es Tiere waren, die alle Kinder streicheln wollten, Hamster, Meerschweinchen oder dergleichen, aber zuerst wollte sie sich davon überzeugen, dass die Tiere harmlos waren und keine Krankheiten hatten. Katzen durften nur im Katzenkorb mitgebracht werden, der erst geöffnet wurde, wenn die Katze den Eindruck machte, dass sie sich an die Situation und die vielen Kinder gewöhnt hatte. Hunde kamen ohnehin nicht im Käfig, sondern auf den eigenen vier Beinen. Aber andere Tiere, Vögel, Reptilien, Mäuse oder gar Ratten, wollte sie nicht frei im Raum herumlaufen haben.

Doch Nathan war ein Kind, das sich nichts sagen ließ.

»Keine Sorge, Mona«, verkündete er. »Der tut nichts.«

Mona hörte das Klappern von Metall auf Metall. Dann schoss etwas Schuppiggrünes unter dem Tuch hervor und sauste in schnellem Tempo auf eines der Mädchen in der Gruppe zu. Das Mädchen und die Kinder neben ihm fingen an zu kreischen.

Das Reptil stoppte, offenbar irritiert von dem Geschrei. Es drehte sich einmal um die eigene Achse und riss das Maul auf, so dass man die langen Reihen spitzer weißer Zähne sah. Das Geschrei der Kinder wurde noch lauter.

Mona fingerte hektisch ihr Smartphone aus der Tasche und suchte nach der Nummer der nächstgelegenen Zoohandlung. Sie drückte auf die Direktwahl, und gleich darauf meldete sich der Besitzer.

»Bitte«, sagte Mona. »Sie müssen schnell jemanden vorbeischicken, der sich mit exotischen Tieren auskennt. Wir haben hier ein Krokodil im Kindergarten.«

Der Zoohändler reagierte schroff. »Das ist nicht lustig, junge Frau.«

»Bitte«, wiederholte Mona, ehe er auflegen konnte. »Das ist kein Scherz. Wir haben hier wirklich ein Krokodil. Eines der Kinder hat es mitgebracht. Es greift die anderen Kinder an.«

»Im Ernst?«

»Ja.« Monas Stimme zitterte, und das bemerkte wohl auch der Zoohändler. Vielleicht hörte er auch das ängstliche Geschrei der Kinder.

»Okay«, sagte er. »Ich schicke jemanden vorbei. Sagen Sie mir, wo Sie sind.«

Mona nannte die Adresse des Kindergartens und beendete das Gespräch.

Das Krokodil kreiselte noch immer in der Mitte des Raums.

Die großen Augen rollten von rechts nach links. Dann entschied es sich für ein Opfer, hielt auf eines der Mädchen zu und versenkte seine großen, spitzen Zähne in einem dünnen Kinderbein.

3

Wiesbaden, zwei Stunden später

Sabine Kaufmann schob die Papierstapel auf ihrem Schreibtisch von einer Seite auf die andere. Es war ein grauer Wintermorgen, und das Büro kam ihr dunkel vor, obwohl sämtliche Deckenlampen eingeschaltet waren. Draußen trieben nasse Schneeflocken vorbei. Bis zum Frühlingsanfang war es nur noch eine Woche, doch bisher war davon wenig zu merken. Auf den Straßen lagen Reste von braunem Schneematsch. Und mit ihren Ermittlungen war sie seit Wochen keinen Zentimeter vorangekommen.

Sie gehörte seit Jahresbeginn zur neu eingerichteten Ermittlungsgruppe »Exotische Tiere«, kurz ET. Irgendein Witzbold hatte sich die Abkürzung ausgedacht. Wahrscheinlich Holger Rahn. Tatsächlich bestand die sogenannte Gruppe nur aus ihnen beiden.

Der Schmuggel mit exotischen Tieren nahm immer mehr zu, und die Landesregierung hatte beschlossen, dass endlich etwas dagegen getan werden musste. Die Zollkontrollen an den Flughäfen und Grenzen waren verstärkt worden, aber das allein genügte nicht. Die Tierschmuggler hatten sich zunehmend auf Tiere verlegt, die in ihrem Herkunftsland, nicht aber in Deutschland unter Artenschutz standen. Einmal gewildert und eingeführt, konnten sie hier legal verkauft werden. Gegen diese Verbrechen konnte man nur vor Ort vorgehen, und das LKA war deshalb nicht nur mit dem Veterinäramt und dem Zoll in Kontakt, sondern auch mit verschiedenen Umwelt-

und Tierschutzorganisationen, die in diesen Ländern aktiv waren.

Zugleich wurden nach wie vor Tiere geschmuggelt, die nicht nur in ihrem Herkunftsland, sondern auch hier unter Artenschutz standen, und außerdem solche, die zwar nicht vom Aussterben bedroht, aber aufgrund ihrer Gefährlichkeit verboten waren. Man handelte sie nicht als Massenware wie die Tiere, die hier legal waren, sondern als exklusive Artikel. Meist wurden sie nicht auf Verdacht importiert, sondern auf Bestellung. Dahinter steckte ein verbrecherisches Netzwerk, und genau dieses sollte ET aufspüren und zerschlagen.

Das Problem war nur, dass sie bisher nicht die kleinste Spur hatten. Die Schmuggler und ihre Auftraggeber waren ausgesprochen vorsichtig und offenbar auch technisch versiert. Jede Seite im Internet, auf der illegale Tiere angeboten wurden, verbarg sich hinter einer Nebelwand. Der Kontakt lief über eine ganze Reihe ausländischer Server, und die Seiten zogen regelmäßig um. Holger Rahn, der ein großer Technikfreak war, und die Kollegen der IT, die sich ebenfalls darum kümmerten, waren frustriert.

Mittlerweile war Mitte März, und ihnen war noch nicht mal ein kleiner Fisch ins Netz gegangen. Von den großen ganz zu schweigen.

Davon abgesehen fand Sabine die Zusammenarbeit mit Rahn schwierig. Nicht, weil er sich jemals anders als mustergültig verhielt, sondern weil sie nicht aufhören konnte, an die kurze Affäre zu denken, die sie im letzten Herbst mit ihm gehabt hatte. Es waren nur ein paar Tage gewesen, dann hatte sie der Sache ein Ende gemacht, weil sie Ralph Angersbach geküsst hatte. Aber auch daraus war natürlich nichts geworden.

Seit einem knappen halben Jahr herrschte wieder Funkstille. Kaum war der Fall mit den Atomkraftgegnern abgeschlossen, war Angersbach in der Versenkung verschwunden und hatte sich nicht mehr gemeldet. Kaufmann verbrachte die Abende allein in ihrer schicken Wiesbadener Wohnung oder ging in einen Club. Es herrschte weiß Gott kein Mangel an Männern, die ihr Offerten machten, aber sie war bisher auf keines dieser Angebote eingegangen. Weil sie immer, wenn sie es ernsthaft in Erwägung zog, sofort an Ralphs zerknautschtes Gesicht mit den warmen braunen Augen denken musste.

Deshalb hielt sie auch Holger Rahn auf Distanz, aber natürlich entgingen ihr seine Blicke nicht. Er hatte akzeptiert, dass sie keine Beziehung wollte, doch offensichtlich konnte er seine Gefühle für sie nicht abstellen. Immer wieder ertappte sie ihn dabei, wie er sie heimlich von der Seite musterte. Und wenn sie einander gegenübersaßen, bei der Arbeit oder beim gemeinsamen Essen, sah sie die Sehnsucht in seinen klaren blauen Augen.

Warum konnte sie sich nicht in ihn verlieben? Mit ihm wäre alles so viel einfacher. Und die Sache mit Ralph war ohnehin aussichtslos. Schon immer gewesen. Aber sie konnte nichts an ihren Gefühlen ändern.

Die Bürotür öffnete sich, und Rahn stürmte herein, wie gewohnt frisch und dynamisch, mit seiner gut sitzenden grauen Stoffhose, dem gebügelten blauen Hemd und den akkurat gestutzten blonden Haaren. Dazu hatte er ein Lächeln auf den Lippen, das sie lange nicht mehr bei ihm gesehen hatte.

»Wir haben eine Spur«, sagte er und schwenkte das Blatt, das er in der Hand hielt. »Ein verbotenes Krokodil.«

»Wo?«

Rahns Lächeln verschwand. »Das ist die schlechte Nachricht. In einem Kindergarten.«

»Wie bitte?«

»Wenn ich's doch sage! Die machen da irgend so eine Einheit mit Haustieren. Nicht so wichtig. Aber jetzt hat eines der Kinder eben das Krokodil angeschleppt. In den Kindergarten! Es ist zum Glück noch relativ klein, ein Baby-Krokodil. Doch es hat eines der Kinder ins Bein gebissen. Das Kind ist mit dem Schrecken davongekommen, weil die Zähne noch nicht ausgewachsen sind. Nur ein paar Blutergüsse und blaue Flecken. Aber das Kind hat sicherlich ein seelisches Trauma. Würde mich wundern, wenn es in seinem Leben jemals in einem Zoo ins Reptilienhaus gehen können wird. Ganz zu schweigen von einer Reise in die Everglades oder sonst wohin, wo Krokodile in freier Wildbahn vorkommen.«

Er legte Sabine den Zettel auf den Tisch. »Das ist die Adresse der Eltern des Jungen, der das Krokodil mitgebracht hat. Ich bin sicher, sie verraten uns, wo es herkommt.«

Kaufmann schob die Aktenstapel beiseite, steckte das Smartphone in die Handtasche und stand auf. »Ich bin so weit.«

»Gut.« Rahn knipste sein Lächeln wieder an. »Dann fahren wir.«

4

Leticia, Kolumbien, einen Tag zuvor

Die Männer gingen weiter, bis sich der dichte Regenwald vor ihnen öffnete. Eine kleine, überwucherte Lichtung, umstanden von turmhohen Bäumen mit riesigen Blättern. Kim hatte diesen Ort noch nie gesehen, obwohl sie seit drei Monaten den Regenwald durchstreifte. Aber das Gebiet war so groß, dass man unmöglich jeden Flecken kennen konnte.

Wenn man sich zu weit von Leticia, dem kleinen Ort am Fluss, an dem auch die Fähre anlegte, entfernte, gab es kein Handysignal mehr, kein Kartenprogramm, keine GPS-Daten. Man musste sich auf seinen Orientierungssinn verlassen und darauf achten, nicht zu weit von den Pfaden abzukommen, die die Gruppe bereits erkundet hatte. Die Lichtung konnte sich also durchaus in der Nähe des Camps befinden, ohne dass sie jemals einen Fuß dorthin gesetzt hatte, weil sie abseits des Weges lag. Oder aber sie war den Wilderern viel tiefer in den Dschungel hinein gefolgt, als ihr bewusst war.

In diesem Fall hätte sie ein Problem, wieder zurückzufinden. Schon bei Tag sah im Regenwald fast alles gleich aus. Bei Einbruch der Dunkelheit verwischten sich die Unterschiede weiter, und nachts sah man gar nichts mehr. Kim hatte zwar eine starke Taschenlampe dabei, aber zwischen den dicht stehenden Bäumen und im feuchten Nebel konnte sie höchstens ein paar Meter weit sehen. Und solange die Wilderer in der Nähe waren, durfte sie die Lampe ohnehin nicht benutzen. Sonst hätte sie sich auch gleich eine Signalleuchte umhängen können.

Die Vernunft gebot ihr umzukehren. Schon jetzt fiel nur noch spärliches Tageslicht durch das dichte Blätterdach. Maximal noch eine halbe Stunde, dann würde sie die Hand nicht mehr vor Augen sehen. Und der Weg zurück ins Camp dauerte mit Sicherheit länger.

Aber sie konnte jetzt nicht aufgeben. Drei Monate lang hatten sie Ausschau nach den Wilderern gehalten, die geschützte Tiere fingen und sie illegal außer Landes beförderten. Jetzt hatte sie sie gefunden, und sie wollte sie auf keinen Fall entkommen lassen. Sie musste wissen, wer die Männer waren und was sie taten, und sie brauchte Beweise. Fotos, Videos, Namen.

Also kauerte sie sich hinter einen großen Busch und sah zu, wie die Männer die Kisten in der Mitte der Lichtung abstellten. Mit etwas Glück konnte sie sich heranschleichen. Auf den Kisten stand sicher der Name der angeblichen Zuchtstation.

Die Männer nahmen ihre Netze und Stangen und tauchten wieder in den Wald ein.

Kim wartete eine Minute, dann noch eine. Sie konnte die Männer nicht mehr sehen und auch nicht hören. Rasch huschte sie zu den Kisten.

Tatsächlich stand in großen schwarzen Buchstaben ein Name an der Seite. LAF, *Leticia Animal Farm*, darunter eine Adresse und eine Telefonnummer. Am Bestimmungsort der Kiste würde vermutlich niemand diese Bezeichnung in Zweifel ziehen, aber Kim und ihre Gruppe waren seit drei Monaten hier. Sie wusste, dass es in Leticia keine Reptilienfarm gab.

Kims Herz schlug höher. Das war eine echte Spur. Mit diesen Informationen konnte die kolumbianische Polizei die Wilderer identifizieren, und der deutsche Zoll könnte die entsprechenden Kisten konfiszieren. Ganz sicher fanden sich darin nicht nur Tiere, die in Kolumbien, nicht aber in Europa unter

Artenschutz standen, sondern auch solche, die auf der weltweiten Artenschutzliste aufgeführt oder im Bestimmungsland verboten waren. Man versteckte sie einfach unter den angeblich legalen Tierimporten, das war gängige Praxis.

Kim aktivierte ihre Handykamera und machte ein paar Fotos. Rasch kontrollierte sie die Aufnahmen und fluchte leise.

Man konnte nichts erkennen.

Sie musste den Blitz benutzen, aber das war riskant. Je nachdem, wo sich die Wilderer aufhielten, könnten sie das Licht bemerken. Doch sie hatte keine andere Wahl. Ohne Beweise konnte sie nichts bewirken.

Noch einmal sah sie sich zu allen Seiten um und lauschte. Sie hörte die typischen Geräusche des nächtlichen Regenwalds, ein Tropfen, Rauschen, Plätschern, das Rascheln von Blättern, das Huschen von Tieren, die sich durch die Nacht bewegten, aber keinen Laut, der von einem Menschen stammte.

Entschlossen schaltete sie den Blitz ein und machte in schneller Folge ein paar Bilder.

Sie wollte gerade zurück zu ihrem Versteck laufen, als vor ihr ein Mann zwischen den Bäumen hervortrat. In der rechten Hand hielt er eine lange Stange mit einem Haken daran, in der linken ein Netz, in dem sich eine große Schlange wand. Eine Abgottschlange, Boa constrictor, das konnte Kim sogar im letzten Zwielicht des Tages erkennen.

Der Mann schrie etwas in der Sprache der Einheimischen, das sie nicht verstand.

Innerhalb von Sekunden tauchten die anderen Männer auf der Lichtung auf, die Indios und der Europäer mit dem Helm und dem Moskitonetz. Sie liefen von allen Seiten auf sie zu.

Kim schob ihr Handy in die Tasche und suchte nach der größten Lücke, die sie zwischen den Männern finden konnte. Dann rannte sie los.

5

Wiesbaden, drei Tage später

Yes!« Holger Rahn ballte die Siegerfaust. »Er hat angebissen.«

Sabine Kaufmann sah von ihrem Rechner auf. Zwei Tage waren vergangen, seit sie den Vater des Jungen aufgesucht hatten, der mit seinem Mini-Krokodil die *Blauen Füchse* im Kindergarten in Lützellinden in Panik versetzt hatte.

Es hatte sich um ein echtes Krokodil gehandelt, aber an solchen Details hielten sich die wenigsten auf. Genau wie bei Kamel und Dromedar redete man – mal willkürlich, mal in dem Glauben, es besser zu wissen – von Krokodilen, Alligatoren und Kaimanen. Krokodile lebten in Afrika, Kaimane in den Everglades und Alligatoren in Südamerika und Australien. Völliger Quatsch, wie Sabine und Holger mittlerweile wussten. Kaimane waren eine Unterfamilie der Alligatoren und diese eine Familie der Krokodile, zu denen neben den Alligatoren auch die echten Krokodile gehörten. Der Unterschied lag in den Zähnen. Bei den echten Krokodilen lagen die großen Unterkieferzähne außerhalb der Zahnreihe des Oberkiefers, bei den Alligatoren innen, aber sowohl die echten Krokodile als auch die Alligatoren gehörten zur Ordnung der Krokodile. Das war interessant, änderte jedoch nichts an der Tatsache, dass solche Tiere nichts in einer Kindertagesstätte verloren hatten. Egal, wie klein sie waren.

Kaufmann und Rahn waren wenig überrascht, aber dennoch schockiert gewesen, wie gleichgültig der Vater von Nathan sich bei der Befragung verhielt. Natürlich tue ihm das kleine Mädchen leid, das von dem Krokodil attackiert worden sei, aber es sei ja nicht wirklich etwas passiert. Selbstverständlich hätte sein Sohn das Krokodil nicht in den Kindergarten mitnehmen sollen. Das hatte er ihm klar und deutlich gesagt. Das Krokodil wohnte im Schwimmbad im Keller, und nur dort. Doch Nathan sei eben so stolz auf sein Krokodil, und außerdem sei er nun mal ein Kind mit einem eigenen Willen. Er habe das Krokodil heimlich mit in den Kindergarten genommen. Sein Vater war an diesem Tag auf einer Dienstreise, die Mutter bei ihrem wöchentlichen Wellness-Tag, und die Haushälterin habe nicht aufgepasst. Das sei zwar bedauerlich, aber so etwas komme eben vor.

»Es kommt vor, dass ein Kind ein Krokodil in den Kindergarten mitbringt?«, hatte Holger Rahn gefragt, und ihm war anzusehen, dass er in dieser Sache keinen Spaß verstand.

Der Vater hatte zurückgerudert. Er habe wohl einen Fehler gemacht. Das Krokodil habe er im Internet entdeckt, und Nathan hätte es unbedingt haben wollen. Er liebe seinen Sohn, deshalb habe er ihm den Wunsch nicht abschlagen können. Dass die Haltung gefährlicher Wildtiere in Hessen genau wie in einigen anderen Bundesländern verboten war und mit Geldstrafen bis zu fünftausend Euro und außerdem dem Entzug des Tieres geahndet wurde, war ihm angeblich nicht bekannt gewesen. Ein bedauerlicher Irrtum.

Kaufmann war angesichts dieser Haltung die Galle hochgekommen, aber sie hatte sich genauso beherrscht wie Rahn. Zumindest hatten sie am Ende die Adresse der Internetseite, auf der der Vater das Krokodil bestellt hatte. Es war eine Agentur für seltene und verbotene Reptilien, die der Ermittlungsgruppe ET bisher nicht aufgefallen war. Wie viele mochte es noch geben?

Rahn hatte sich dort unter einem Alias als Kaufinteressent

angemeldet und darauf gewartet, dass man ihn kontaktierte. Achtundvierzig Stunden lang war nichts passiert. Doch jetzt schien sich etwas zu tun.

»Wir haben eine Verabredung«, verkündete Rahn. »Morgen früh um zehn. Autobahnraststätte Römerwall. Das ist an der A5, in der Nähe von Gießen.«

Kaufmann neigte den Kopf. »Und was passiert dort?«

»Wir bekommen eine Abgottschlange.«

»Eine was?«

»Eine Boa constrictor, direkt aus Kolumbien, aus dem Amazonas-Regenwald. Zwei Komma vier Meter lang, zwölf Kilo schwer.«

Kaufmann zog die Mundwinkel nach unten. »Danke. Kein Interesse.«

»Sie steht in Kolumbien unter Artenschutz und ist illegal, weil sie nicht aus einer Zucht stammt.«

Kaufmann blinzelte ihm zu. »Das ist natürlich etwas anderes.«

Rahn sah auf die Uhr. Kaufmann tat es ihm gleich. Es war kurz vor vier, draußen begann es bereits zu dämmern.

»Wir sollten heute Abend schon hinfahren«, schlug Rahn vor. »Uns die Raststätte und die Umgebung ansehen. Damit wir wissen, wo wir unsere Leute postieren können.«

Kaufmann war schon aufgestanden und hatte sich ihre warme Jacke gegriffen. Der Schnee, der in den beiden ersten Monaten des Jahres gefallen war, war zwar endgültig geschmolzen, aber der Frühling hatte es noch nicht geschafft, dem März seinen Stempel aufzudrücken.

»Kein Problem. Mein Koffer ist schnell gepackt.«

Rahn grinste. »Meiner auch.«

Raststätte Römerwall, drei Stunden später

Der Rastplatz Römerwall befand sich auf der Ostseite der A5, auf der Kuppe einer lang gezogenen Anhöhe nördlich von Butzbach. Das Panorama war atemberaubend. Der Taunus, wo vor zweitausend Jahren der Limes die Römer von den germanischen Stämmen getrennt hatte, dann die Wetterau, mitten darin die beiden Türme der Münzenburg und am anderen Rand des Horizonts der Vogelsberg. Der etwas beengte Parkplatz war im Laufe der Achtziger zu einer Rastgelegenheit umgebaut worden. So gab es nun einen Imbiss und, auf der gegenüberliegenden Seite der Zufahrtsstraße, ein kleines Hotel für Fernfahrer. Rahn hatte das vorher recherchiert und angeregt, dort zu übernachten. In zwei Einzelzimmern natürlich.

Kaufmann hatte zugestimmt. Es gefiel ihr zwar nicht, die Nacht in einem Hotel zu verbringen, dem man den Zahn der Zeit deutlich ansah, aber andererseits war sie froh, dem Büro zu entkommen und endlich wieder einmal draußen auf der Straße zu ermitteln.

Das Hotel war eine typische Fernfahrerunterkunft. Wenig Komfort – ein Einzelbett mit durchgelegener Matratze, ein Kleiderschrank aus Sperrholz mit nur drei Bügeln an der Stange und einem einzigen Einlegeboden, dazu ein wackliger Stuhl und ein an der Wand montiertes Holzbrett, das wohl den Schreibtisch ersetzen sollte –, dafür aber ein 80-Zoll-Fernseher an der Wand und kostenloses Pay-TV. Alles zu einem Preis, für den man in einem Sternehotel nicht mal ein Bett in der Besenkammer bekam.

Kaufmann seufzte. Sie sah nicht viel fern. Ein Lesesessel hätte ihr besser gefallen. Immerhin, das Bad war sauber, und die Dusche hatte einen Regenwasser-Duschkopf. Damit konnte sie zumindest die Verspannung abwaschen, die sie nach der fast zweistündigen Fahrt mit Rahn empfand. Das Unbehagen über die unterschiedlichen Beziehungswünsche, das sich im Büro beiseiteschieben ließ, gerann im engen Wagen zu einem Sirup, der das Atmen schwer machte.

Nach der Dusche war sie zufrieden, aber auch hungrig. Als hätte er es geahnt, klopfte Rahn bei ihr an.

»Sollen wir im Imbiss eine Currywurst oder einen Burger essen? Das wäre eine gute Gelegenheit, sich dort umzusehen.«

»Gern.« Kaufmann, die sich umgezogen hatte – Bluejeans, dazu einer ihrer geliebten flauschigen Pullover in Hellblau –, lächelte. Das war wieder so ein Punkt, der es mit Holger Rahn einfacher machte. Der Vegetarier Angersbach hätte an einem solchen Imbiss vermutlich wenig Vergnügen. Kaufmann konsumierte Fleisch nur in Maßen – dem Tierwohl ebenso wie der Umwelt zuliebe –, aber ganz darauf verzichten wollte sie nicht. Es gab einfach nicht für alles adäquaten Ersatz, und manche vegetarischen Gerichte empfand sie als ungenießbar. Wenn sie nur an Angersbachs vegetarische Klöße in grüner Soße dachte …

Als sie den Imbiss betraten, blieb Rahn wie angewurzelt stehen. Seine Augen waren auf die Frau gerichtet, die auf einer Trittleiter stand und an der Leuchtstoffröhre an der Decke herumschraubte. Das Top war ihr hochgerutscht und gab den unteren Rücken frei, die Hose dagegen nach unten, so dass sie ihr knapp auf den Hüften hing.

Die Frau war mittelgroß und schlank, die glatten blonden Haare reichten ihr über den Rücken bis fast zum Po. Rahn starrte sie an, als hätte er eine Erscheinung. Kaufmann stieß ihm den Ellenbogen in die Seite.

»Pass auf, dass dir nicht die Augen aus dem Kopf fallen.« Sie hatten die Frau jetzt halb umrundet, und Kaufmann konnte ihr Gesicht sehen. Es war mager, fast verhärmt, die Augen tief in die Höhlen gesunken, das Kinn spitz. »So hübsch ist sie nun auch wieder nicht.«

»Was?« Rahn stoppte und hob die Hand. »Darum geht es nun wirklich nicht.« Er griff nach Kaufmanns Arm und zog sie in die Ecke mit den Kühlschränken, wo sie am weitesten von der Frau entfernt waren.

Kaufmann machte sich los. »Was soll denn das?«

»Entschuldige. Ich war nur kurz irritiert«, sagte Rahn. »Weil ich die Frau kenne.«

»So?« Kaufmann schaute wieder hin. »Woher denn?«

»Das ist Sonja Lippert. Ihre Schwester Sybille hat bis vor ein paar Jahren als Undercover-Ermittlerin für das LKA gearbeitet.«

»Aha?«

Rahn winkte ab. »Lange her.«

Sabine schaute wieder zu der Frau auf der Leiter. »Warum gehst du nicht hin und begrüßt ihre Schwester?«

»Weil sie mich nicht kennt.«

Kaufmann blinzelte. »Woher weißt du dann, wer sie ist?«

»Die beiden sind Zwillinge. Sonja ist Sybille wie aus dem Gesicht geschnitten.«

»Verstehe.« Kaufmann sah aus dem Fenster des Imbisses. Draußen war es mittlerweile dunkel geworden. Man sah nur noch die Silhouetten der Lkws, die dicht an dicht auf dem Parkplatz standen, und die weißen und roten Lichter, die in beide Richtungen auf der Autobahn vorbeisausten.

Rahn ging an der Leiter vorbei auf den Verkaufstresen zu. Dahinter stand ein kräftiger, breitschultriger Mann mit weißer Kochjacke und passender Hose. Glatt rasiert, am Kinn ebenso wie auf dem Schädel. Praktisch für einen Koch, dachte Kaufmann. So musste er sich keine Sorgen machen, dass ihm ein Haar in die Suppe geriet.

»Für dich auch einen Burger mit Pommes?«, fragte Rahn.

Kaufmann studierte die Speisekarte hinter der Theke und nickte.

»Also zweimal den Burger. Was zu trinken dazu?«, erkundigte sich der Koch.

»Ein Pils«, sagte Rahn, und Kaufmann schloss sich an. »Für mich auch.«

»Kommt sofort.« Der Koch deutete in den leeren Gastraum. »Suchen Sie sich den besten Platz aus.«

Kaufmann und Rahn setzten sich ans Fenster. Von hier hatten sie einen guten Überblick über den Parkplatz. Zwei lange Reihen Lkw-Abstellplätze, zwei Reihen für Pkws. Jetzt, am späten Abend, parkten nur wenige Pkws dort. Die Stellplätze für die Lkws dagegen waren alle belegt. Dazwischen ein Grünstreifen, auf dem Picknicktische und Bänke standen, alle mit einem Abstand von vielleicht fünf Metern zueinander. Es gab auch ein paar Bäume, die allerdings so aussahen, als hätten die Abgase ihnen sämtliche Lebenskraft entzogen. Aber das konnte auch an der Jahreszeit liegen. Bisher war keine einzige Knospe jungen Grüns zu sehen, und kahle Bäume hatten immer etwas Trostloses. Kaufmann musste schon wieder an Tod und Vergänglichkeit denken.

Hinter dem Imbiss, auf der Seite, die sie von ihrem Platz nicht einsehen konnten, gab es einen schmalen asphaltierten Streifen, den man anfahren konnte, der aber keine Parkmöglichkeit bot. Die Zone war als Ladezone gekennzeichnet. Die Fenster, die zu dieser Seite hinausgingen, gehörten offenbar zu einem Lagerraum und waren mit Milchglas und Gittern versehen. Die Tür war aus dickem Metall und fest verriegelt. Das alles hatten sie festgestellt, als sie den Imbiss bei ihrem ersten Rundgang umrundet hatten. Es war eine düstere Ecke, an der man weder vom Imbiss noch von der Autobahn oder dem restlichen Rastplatz aus beobachtet werden konnte. Der ideale Platz für ein heimliches Treffen, um Schmuggelware zu übergeben. Nur eine einzelne gelbliche Lampe brannte über der Hintertür.

Das Problem war, dass es keine Möglichkeit gab, diesen Bereich des Rastplatzes heimlich zu überwachen. Das einzige Versteck boten die Müllcontainer, die in langer Reihe neben dem Hintereingang standen, aber um dort auf keinen Fall entdeckt zu werden, müsste man schon hineinklettern. Abgesehen davon, dass der Gestank aus den Containern übelkeiterregend war, wäre das auch kein guter Platz, um schnell und zielgerichtet ins Geschehen einzugreifen.

Direkt hinter der Ladezone verlief die Zufahrtsstraße, die ein Stück weiter in die L3131 mündete. Auf der anderen Seite befand sich das Hotel, in dem Kaufmann und Rahn untergekommen waren. Es war die Dependance einer Gießener Hotelkette. Das Einchecken erfolgte vollautomatisch. Bezahlt wurde vorab bei der Onlinebuchung, den Schlüssel bekam man mit einem Nummerncode aus einem der Schließfächer vor dem Hotel. Die Rezeption war nur vormittags besetzt, wenn auch das Reinigungspersonal anwesend war, um die Zimmer herzurichten, und im Frühstücksraum das Buffet aufgebaut wurde. So hatte es jedenfalls in der Hotelbeschreibung im Netz gestanden. Zu Gesicht bekommen hatten sie bisher niemanden, aber sie waren ja auch erst am frühen Abend angereist. Und die Sache mit den Schlüsseln hatte funktioniert.

Der Koch stellte zwei gut gezapfte Biere auf den Tisch. »Zum Wohl.«

»Danke.« Kaufmann und Rahn stießen an und tranken, ehe sie sich wieder dem Blick aus dem Fenster widmeten.

Hinter dem Hotel, auf der anderen Seite der Zufahrtsstraße, befanden sich ausgedehnte Felder, die jetzt, Mitte März, noch kahl waren. Satte schwarze Erde mit tiefen Furchen, in die das Saatgut schon eingebracht worden war, doch bis es zu keimen begann, brauchte es noch mehr Sonne und Wärme. Jenseits der Felder erhoben sich bewaldete Hügel, doch die Bäume waren zu weit weg, um ein geeignetes Versteck abzugeben.

Ihnen würde wohl nichts anderes übrig bleiben, als die Kollegen des Spezialeinsatzkommandos in getarnten Fahrzeugen auf dem Parkplatz zu postieren. Rahn würde als angeblicher Kaufinteressent in seinem Wagen hinter dem Imbiss warten. Kaufmann konnte sich im Fußraum vor dem Rücksitz verstecken. Ein Vorteil ihrer geringen Körpergröße von kaum mehr als einem Meter sechzig. Sie wäre in Rahns unmittelbarer Nähe, doch es würde trotzdem wertvolle Sekunden kosten, aus dem Wagen zu springen und sich in Schussposition zu begeben. Aber es sah so aus, als gäbe es keine Alternative.

Der Koch erschien erneut und servierte ihnen die Burger und Pommes. Sie sahen appetitlich aus, und Kaufmann und Rahn machten sich heißhungrig darüber her.

»Was meinst du?«, sagte Rahn, nachdem er den halben Burger vertilgt und dabei seltsam abwesend gewirkt hatte. Aber wahrscheinlich dachte er nur intensiv über den Einsatz nach. Rahn war ein Mann, der alles bis ins Detail plante. »Ein Lkw mit zwei Einsatzkräften an der Einfahrt, ein Sprinter mit zwei Leuten an der Ausfahrt und einer mit zwei Kollegen vor dem Hotel, falls er nicht über die Autobahn kommt, sondern die Zufahrtsstraße benutzt? Dazu noch wir mit dem flotten BMW?« Rahn hatte sich von der Fahrbereitschaft einen der leistungsstärksten Wagen aus dem Fuhrpark des LKA geben lassen.

»Das scheint das Beste zu sein, was wir tun können.«

»Gut.« Rahn widmete sich wieder seinem Burger und betrachtete ihn einen Moment nachdenklich, bevor er hineinbiss. »Dann veranlasse ich das.«

Nach dem Essen und nachdem Rahn seine Anrufe erledigt hatte, tranken sie noch ein weiteres Bier, ehe sie sich auf den Rückweg zum Hotel machten.

In einigen der Wagenfenster der langen Reihe von Lkws brannte noch Licht, doch die meisten waren dunkel. Es war eine merkwürdige Atmosphäre, die kalte Nacht, die schlafenden Riesen aus aller Herren Länder und die Nähe so vieler Menschen, die man nicht sah. Rahn legte ihr den Arm um die Schultern, und Kaufmann hatte nichts dagegen. Es tat gut, sich ein bisschen anzulehnen. Sie verbrachte viel zu oft die Abende allein.

Vor ihrem Hotelzimmer blieben sie stehen. Rahn drehte sich zu ihr und umfasste ihre Taille. Seine Lippen näherten sich ihren.

Kaufmann spürte, wie in ihrem Inneren alles weich wurde. Sie wollte sich fallen lassen. Aber es wäre nicht fair, Holger aus einer Laune heraus wieder Hoffnungen zu machen. Zuerst sollte sie endgültig klären, wie sie mit ihren Gefühlen für Ralph Angersbach umgehen wollte. Erst wenn sie ihn aus dem Kopf bekommen hatte, durfte sie sich auf etwas ernsthaftes Neues einlassen.

Sie legte Rahn die Hände auf die Brust und schob ihn sanft von sich weg.

»Besser nicht«, sagte sie leise.

Rahn presste die Lippen zusammen und ließ sie los.

»Okay«, sagte er und ging mit erhobenen Händen ein paar Schritte zurück. Mit sichtlicher Mühe rang er sich ein Lächeln ab. »Ich weiß es zu schätzen, dass du nicht mit mir spielst.« Er kramte nach seiner Schlüsselkarte und öffnete die Tür des Zimmers, das direkt neben ihrem lag. »Gute Nacht.«

Kaufmann holte ebenfalls ihre Karte hervor und betrat ihr Zimmer. Sie schloss die Tür und lehnte sich mit dem Rücken dagegen.

»Bravo«, murmelte sie halblaut. »Mach nur so weiter. Dann wirst du als einsame alte Frau sterben.«

6

Leticia, Kolumbien, drei Tage zuvor

Kim rannte, so schnell sie konnte. Sie sah nicht, wohin sie trat, spürte nur den aufgeweichten Boden unter den Sohlen ihrer Stiefel, die Zweige und Blätter, die ihr ins Gesicht klatschten, und den Regen, der von den Bäumen auf sie heruntertropfte. Sie hörte das Platschen flacher Turnschuhsohlen und die schweren Stiefeltritte des Europäers hinter sich, die aufgeregten Stimmen der Einheimischen und den scharfen Befehlston des Anführers.

Laufen gehörte nicht gerade zu Kims Stärken. Zu Hause hatte sie einen Job, bei dem sie die meiste Zeit des Tages am Schreibtisch saß. Einmal pro Woche schaffte sie es ins Fitnessstudio und strampelte sich eine halbe Stunde auf dem Stepper ab, doch zu mehr fehlte ihr gewöhnlich die Energie. Dafür stopfte sie den Rest der Woche ständig irgendwas in sich hinein. Kekse, Nüsse, Schokolade. Wenn sie stundenlang am Rechner saß, wurde sie hibbelig und hungrig. Sie musste dann einfach etwas essen. Sie war nicht dick, aber auch nicht besonders gut in Form. Beschämend eigentlich für ihre gerade mal fünfundzwanzig Jahre.

Hier im Regenwald hatte sie ordentlich an Kondition gewonnen. Die täglichen Märsche durch den Dschungel auf der Suche nach Exemplaren einer seltenen Spezies hatten ihre Muskeln trainiert. Das Essen war einfach und gesund. Seit sie hier war, hatte sie einige Kilo abgenommen, das merkte sie an den Bündchen ihrer Outdoor-Hosen, die inzwischen so locker saßen, dass sie einen Gürtel brauchte, damit sie ihr nicht über die Hüfte rutschten.

Doch allein im Dunkeln auf rutschigem und unebenem Untergrund, zwischen dichtem Gestrüpp und mit fünf oder sechs Jägern im Nacken, kam sie trotzdem rasch ins Stolpern. Ihr Atem ging rasend schnell, und ihr Herz hämmerte so heftig, dass sie das Gefühl hatte, es müsste ihr aus der Brust springen. Kim spürte, dass ihre Verfolger aufholten.

Sie durfte nicht kopflos davonrennen. Sie musste versuchen, die Jäger in die Irre zu führen. Vielleicht könnte sie sich irgendwo im Dickicht verstecken und warten, bis die Wilderer an ihr vorbeigerannt wären. Dann könnte sie sich in die andere Richtung davonschleichen.

Kim stürmte zwischen zwei Bäumen nach rechts, zehn, zwanzig, dreißig Meter weiter wieder nach links und nach noch einmal zehn oder zwanzig Metern wieder nach rechts. Neben ihr ragte ein riesiger Strauch auf. Kim warf sich dahinter auf den Boden, machte sich ganz klein und versuchte, lautlos zu atmen, was nicht ganz einfach war.

In einiger Entfernung hörte sie die Männer vorbeilaufen. Die Stimmen entfernten sich.

Kim stieß die Luft aus und stemmte sich vorsichtig auf Hände und Knie. Ihre Kleider waren komplett mit Matsch verschmiert, aber das spielte jetzt keine Rolle. Sie lauschte in die Dunkelheit. Als sie sicher war, dass niemand mehr in der Nähe war, richtete sie sich auf.

Mit vorsichtigen Schritten ging sie in die entgegengesetzte Richtung, mitten hinein in die undurchdringliche Dunkelheit. Das war nicht ungefährlich, aber was sollte sie tun? Sie hatte keine andere Wahl.

Der Mann tauchte so unvermittelt vor ihr auf, dass sie vor Schreck aufschrie. Sie fühlte einen Schlag gegen den Brustkorb, dann noch einen. Das Licht einer Taschenlampe flammte auf und blendete sie. Kim hob die Arme und schlug um sich, traf den Angreifer aber nicht. Stattdessen fühlte sie weitere dumpfe Schläge auf der Brust, gefolgt von einem heftigen Ziehen, als würde ihr jemand ganze Stücke aus dem Körper reißen. Etwas Metallisches blitzte im Licht der Taschenlampe auf, und erst jetzt begriff sie, dass der Mann mit einem Messer auf sie einstach. In diesem Moment kam auch der Schmerz.

Sie versuchte, dem Angreifer gegen das Schienbein zu treten, doch der Tritt ging ins Leere. Wieder stach der Mann zu, und der Schmerz raubte ihr den Atem. Sie spürte, wie das Blut aus ihrem Körper strömte. Ihre Bewegungen wurden kraftlos und unkoordiniert. Vor ihren Augen tanzten bunte Punkte.

Der Mann stieß sie von sich weg, und sie stolperte und fiel rücklings ins dichte Gebüsch. Das Licht der Taschenlampe erlosch.

Kim schwanden die Sinne. Der Regen tropfte von den Bäumen und vermischte sich mit den Tränen auf ihrem Gesicht. Kim spürte nichts mehr davon.

7

Raststätte Römerwall, vier Tage später

Sabine Kaufmann erwachte, als es draußen noch dunkel war. Sie hatte nicht besonders gut geschlafen. Die Matratze war durchgelegen, und irgendwann in den frühen Morgenstunden hatte sie Stimmen auf dem Flur gehört. Lautes Türenknallen, schwere Schritte und Gelächter. Wenig später dröhnten auf dem Parkplatz die ersten Dieselmotoren. Scheinwerfer schnitten für ein paar Sekunden durch die Gardinen und warfen Lichtspuren an die Wand, als die ersten Trucks den Parkplatz verließen. Dann wieder Stille.

Kaufmann war noch einmal eingeschlafen, doch es war ein unruhiger Schlaf gewesen. In Gedanken hatte sie immer wieder den geplanten Zugriff durchgespielt. Es gefiel ihr nicht, dass die Kollegen in so großer Entfernung vom Treffpunkt postiert werden mussten. Auf der anderen Seite – der Mann, mit dem sich Rahn treffen wollte, war Tierschmuggler. Es würde nicht ein halbes Dutzend mit Maschinengewehren bewaffneter Männer aus dem Wagen springen und auf ihn feuern. Eher würde der Lieferant eine giftige Schlange oder eine Giftspinne auf ihn hetzen. Ob sie vorsorglich einen Rettungswagen in die Nähe beordern sollte, der Gegengifte gegen die Giftstoffe von Regenwaldreptilien an Bord hatte? Aber auch das war Unsinn. Schlangen und Spinnen ließen sich nicht abrichten wie Kampfhunde.

Um sieben gab sie den Kampf gegen die Schlaflosigkeit und die abstrusen Fantasien auf und schwang die Beine aus dem

Bett. Sie stellte sich unter die heiße Dusche und schlüpfte in bequeme Jeans und einen flauschigen grünen Pullover. Für den Einsatz würde sie die dunkelblaue Polizeiregenjacke überziehen und darunter eine kugelsichere Weste. Sicher war sicher.

Holger Rahn erwartete sie bereits im Frühstücksraum. Auch er hatte offensichtlich geduscht. Sein Gesicht war rosig, Wangen und Kinn glatt rasiert, die noch feuchten blonden Haare sorgsam zurückgekämmt. Er trug eine dunkelgraue Stoffhose und ein rosafarbenes Hemd, das ihm gut stand. Ein Mann, der keine Angst hatte, sich modisch zu kleiden, das gefiel ihr. Er lächelte, als er Sabine erblickte, und sie erwiderte das Lächeln und setzte sich zu ihm an den Tisch.

Bei Kaffee, Pfannkuchen und Rührei erläuterte er die Absprachen, die er bereits mit den Kollegen des Spezialeinsatzkommandos getroffen hatte. Es war alles so gut organisiert, wie es nur möglich war. Kaufmann erzählte ihm von ihrer Vision mit den abgerichteten Reptilien, und Rahn lachte. Solange der Händler kein ausgewachsenes Krokodil dabeihatte, machte er sich keine Sorgen.

Mittlerweile war es kurz vor neun. Der Frühstücksraum hatte sich gefüllt, an mehreren Tischen saßen jetzt Berufskraftfahrer, die keine so weiten Strecken vor sich hatten wie jene, die in aller Herrgottsfrühe aufgebrochen waren.

Kaufmann und Rahn gingen noch einmal auf ihre Zimmer, um ihre Schutzwesten anzulegen. Anschließend trafen sie sich vor dem Hotel. Kaufmann kroch in den Fußraum vor dem Beifahrersitz, und Rahn lenkte den Wagen auf den Lieferantenparkplatz hinter dem Römerwall-Imbiss.

Jetzt hieß es warten.

Gießen, zur selben Zeit

Ralph Angersbach schob frustriert die Tastatur zurück und stand auf, um sich eine weitere Tasse Kaffee einzuschenken. Seit zwei Stunden klickte er sich immer wieder durch dieselben Seiten im Internet, aber er kam keinen Schritt voran. Nicht, weil er es mit einem besonders schwierigen Fall zu tun hatte, sondern weil er sich einfach nicht entscheiden konnte.

Sein Blick fiel zum hundertsten Mal auf die Karte, die neben der Tastatur lag.

Happy to marry, stand in geschwungener Schrift auf der Vorderseite über dem Foto des Paars, das so glücklich darüber war, dass es heiraten würde. Im Inneren befand sich die Einladung, an der Feier teilzunehmen, zusammen mit dem Datum und dem genauen Ort.

Melbourne, Australien

Das war auf der anderen Seite der Welt. Die Reise dorthin dauerte einen kompletten Tag. Für Ralph, der ungern verreiste, eine Horrorvision. Er wollte nicht endlose Stunden eingezwängt in einem Flugzeug sitzen. Aber die Braut war seine Halbschwester. Er konnte nicht einfach absagen.

Janine und Morten hatten die Hochzeit verschoben, weil Mortens Mutter im Herbst von der Leiter gefallen war und sich das Bein gebrochen hatte. Auf der Hochzeit ihres Sohnes nicht tanzen zu können, war eine schreckliche Vorstellung für sie gewesen, und so hatten Janine und Morten ihr zuliebe einen neuen Termin festgelegt. Im April. Genauer gesagt: in vier Wochen.

Deswegen beschäftigte sich Angersbach mit den Angebotsseiten der Fluggesellschaften und studierte Flugpläne, Tariflisten und zubuchbare Optionen. Aber er schaffte es nicht, etwas auszuwählen.

Was nicht zuletzt an dem Text auf der Innenseite der Karte lag.

Die Einladung galt für ihn und eine Begleitperson.

Im letzten Herbst, als sie den Atommüll-Fall bearbeitet hatten, waren Sabine Kaufmann und er sich wieder nähergekommen. Janine, Ralphs Halbschwester, hatte erklärt, dass Sabine ebenfalls zur Hochzeit eingeladen war. Aber seitdem war ein halbes Jahr vergangen. Er hatte Sabine in dieser Zeit nicht gesehen, nicht mit ihr telefoniert, ihr keine E-Mails geschrieben. Die sozialen Netzwerke kamen für ihn ohnehin nicht in Frage. Eher würde er sich ein Loch ins Knie schießen, als sich eine Messenger-App oder gar Facebook auf seinem Smartphone zu installieren.

Also war der Kontakt wieder einmal abgebrochen. Er war einfach ein hoffnungsloser Fall. Aber Sabine hätte sich ja auch melden können.

Wahrscheinlich war sie längst wieder mit diesem LKA-Schnösel Holger Rahn zusammen, mit dem sie im letzten Herbst herumgeturtelt hatte. Den Gedanken, dass sie ihn, Ralph, in dieser Zeit geküsst hatte, schob er lieber beiseite. Das war nur ein Moment der Schwäche gewesen, weil sie beide müde und vom Wein anlehnungsbedürftig gestimmt gewesen waren.

Sabine konnte tun und lassen, was sie wollte, doch die Frage, die ihn quälte, war: Hatte sie ebenfalls eine Einladung zu Janines und Mortens Hochzeit bekommen? Oder hatten die beiden nur ihm eine Einladung geschickt, weil sie davon ausgingen, dass er Sabine mitbrachte? Wie würden sie reagieren, wenn er allein käme?

Weil er darauf keine Antwort fand, war er auch nicht in der Lage, einen Flug zu buchen. Er wusste ja nicht, ob er ein Ticket für eine Person oder für zwei brauchte.

Das Einfachste wäre gewesen, Sabine anzurufen und sie zu fragen, ob sie mitkommen wollte. Aber wollte er das auch?

Angersbach kippte den schwarzen Kaffee hinunter und schenkte sich eine weitere Tasse ein. Die Flüssigkeit in der Glaskanne der Maschine stand schon eine halbe Ewigkeit auf der Warmhalteplatte, war nur noch lauwarm und schmeckte inzwischen bitter, doch das war ihm egal.

Er stellte die Tasse neben den Rechner und setzte sich wieder auf seinen Platz. Dann rief er erneut die Seite einer Fluggesellschaft auf und gab die Reisedaten ein.

8

Leticia, Kolumbien, drei Tage zuvor

Der Regen tropfte auf die dicke Plane des Küchenzelts. Lara zupfte an ihrem Top. Sie hatte es an diesem Morgen frisch angezogen, aber es war schon jetzt, eine halbe Stunde später, verschwitzt. Ein Glück, dass die Dusche, die sie gebaut hatten, dank des ständigen Regens immer genug Wasser bereithielt und dass es in Leticia eine Wäscherei gab, in der all ihre Sachen regelmäßig gewaschen wurden.

Mittlerweile war sie daran gewöhnt, dass man sich drei-, viermal am Tag umziehen musste, manchmal auch öfter. Die schwüle Wärme presste den Schweiß aus allen Poren und legte sich wie ein Film darüber. Lara konnte sich nicht mehr daran erinnern, wann sie zuletzt einmal richtig trocken gewesen war. Trotzdem hätte sie an keinem anderen Ort der Welt sein wollen.

Als kleines Mädchen hatte sie ihre erste Echse bekommen und alles über Reptilien verschlungen, was es in Büchern und im Netz zu lesen gab. Sie war eine regelrechte Expertin geworden.

Sie hatte darüber nachgedacht, das Abitur zu machen und Biologie oder Umweltschutz zu studieren, sich dann aber doch dagegen entschieden. Stattdessen war sie nach dem Realschulabschluss abgegangen, weil sie rauswollte aus dem stickigen Mief bei ihren Eltern. Sie wollte leben und etwas von der Welt sehen.

Seit ein paar Jahren engagierte sie sich ehrenamtlich bei den

RegenWaldRettern. Luca, ihre erste Echse, lebte nicht mehr, aber Lara hatte in ihrer Wohnung ein Terrarium mit etlichen Amazonas-Bewohnern. Zuchttiere, darauf legte sie großen Wert. Als sie erfahren hatte, wie im Amazons-Regenwald der Artenschutz umgangen wurde, hatte sie angefangen, ihren Jahresurlaub aufzusparen. Vier Jahre lang, und dann hatte ihr Chef ihr die Teilnahme an der Expedition bewilligt. Gute drei Monate im Regenwald, und für einen Teil der Zeit hatte er sie freigestellt, so dass sie nicht einmal die Hälfte ihres aufgesparten Urlaubs verbrauchen musste und später im Jahr sogar noch einmal wiederkommen könnte.

Die drei Monate waren vergangen wie im Flug, und Lara bedauerte es sehr, dass sie in knapp einer Woche die Zelte wieder abbrechen würden. Vor allem, da sie nicht die geringste Spur zu den Wilderern gefunden hatten.

Irgendwann, das hatte sie sich geschworen, würde sie ihre eigene Organisation gründen, deren Hauptziel nicht Dokumentation und Forschung war wie bei den RegenWaldRettern, die Material sammelten, um politisch etwas zu bewirken, sondern schlicht und direkt die Jagd auf die Wilderer. Als Polizistin wusste sie, wie man so etwas anpacken musste. Ihr fehlten nur noch das Geld und die Mitstreiter, aber das würde sich in den nächsten Jahren ändern.

Die erste Kandidatin hatte sie auf dieser Exkursion bereits gefunden. Kim, die im selben Alter war wie Lara und mit der sie sich wunderbar verstanden hatte. Gemeinsam würden sie etwas erreichen, da war sich Lara sicher.

Die Zeltplane wurde beiseitegeschoben, und Danny Bender betrat das Küchenzelt. Er nahm sich einen Becher aus dem Regal, füllte ihn mit Kaffee aus der Kanne, die Lara bereitgestellt hatte, und setzte sich an den Tisch, den sie gedeckt hatte. Lara hatte in dieser Woche Frühstücksdienst.

»Morgen«, sagte er, stellte seine große Umhängetasche ab und holte die Kamera heraus. Mit konzentrierter Miene studierte er die Bilder, die er am Vortag geschossen hatte, und löschte die Aufnahmen, die nichts geworden waren.

Danny war einer der beiden fest angestellten Mitarbeiter der RegenWaldRetter und zugleich der Fotograf des Teams. Er war nur ein paar Jahre älter als Lara, aber sie war mit ihm nicht warm geworden. Danny war wortkarg und offenbar nur an seiner Arbeit interessiert, nicht daran, Kontakte zu knüpfen. In den drei Monaten, die sie jetzt hier waren, hatte sie nicht viel mehr über ihn erfahren, als dass er aus Fulda stammte und in München nicht nur Biologie, sondern auch Fotografie studiert hatte.

Der andere Festangestellte, Markus Kießling, betrat kurz darauf das große Zelt, in dem nicht nur die Kochstelle mit dem Gaskocher und eine große Spüle, sondern auch ein Esstisch mit Stühlen für fünf Personen Platz fanden. Er war in jeder Hinsicht das komplette Gegenteil von Danny. Markus sah umwerfend gut aus, ein Abenteurer wie aus dem Bilderbuch. Halblange, zerzauste dunkle Haare, warme braune Augen und ein Sechstagebart, der sein markantes Kinn betonte. Die Outdoor-Kleidung wirkte an ihm, als sei sie eigens für ihn erfunden worden.

»Hey, Lara. Das sieht fantastisch aus.« Markus deutete auf den Tisch, auf dem sie Maisfladen, Tortillas, gebackene Eier und Bohnen, gebratene Würste, Honig, Marmelade und Nutella arrangiert hatte. Genau wie Danny nahm er sich einen Kaffee, warf im Gegensatz zu jenem aber zwei Stück Würfelzucker hinein. Er setzte sich zu Danny an den Tisch und lächelte ihr zu. »Ehrlich. Wenn sie dich irgendwann bei der Polizei nicht mehr wollen, solltest du ein Restaurant aufmachen.«

Lara erwiderte das Lächeln. Tatsächlich kochte sie leidenschaftlich gern, vor allem für andere. Sie selbst musste sich beim Essen zügeln. Wenn sie ihre schlanke Figur halten wollte, durfte sie nicht über die Stränge schlagen und musste außerdem regelmäßig Sport treiben. Ihr straffer Körper, den viele Männer mit Wohlgefallen betrachteten, war die Belohnung dafür. Markus und Danny gehörten allerdings nicht zu den Bewunderern.

Bei Danny war es Lara egal, doch Markus war genau der Typ Mann, den sie sich als Partner wünschte. Aber er war elf Jahre älter als sie, und sie war ihm vermutlich einfach zu jung. Davon abgesehen war er ebenso wie Danny vollkommen auf seine Aufgabe fokussiert, und das Gefühl, sich Tag und Nacht in einer zu heiß eingestellten Sauna zu befinden, weckte auch nicht gerade die Sehnsucht nach körperlicher Nähe. Vielleicht später einmal, wenn sie zurück in Deutschland waren.

Markus war Journalist, er hatte schon für verschiedene Umweltorganisationen die PR gemacht und war vor einem halben Jahr zu den RegenWaldRettern gekommen. Die Broschüren, die er seitdem gestaltet hatte, waren toll, und hier im Regenwald sammelte er Informationen für das Buch, das RWR nach dem Aufenthalt im Amazonas-Gebiet herausgeben wollte.

»Die Letzten ihrer Art« sollte es heißen, und Markus hatte ihnen abends bereits einige der Texte vorgelesen, die er für das Buch geschrieben hatte. Sie waren großartig, sachlich und trotzdem voller Wärme. Man merkte, dass Markus den Amazonas und seine Bewohner liebte.

Erneut wurde die Zeltplane beiseitegeschoben, und Florian Waldschmidt, der Leiter der Expedition, kam herein. Er nahm sich einen Tee.

Waldschmidt war sechsundvierzig, Professor für Biologie an der Uni Frankfurt und ein begeisterter Wissenschaftler. Die

44

Lehre dagegen leistete er nur widerwillig ab. Nicht, weil er jungen Menschen nicht gerne etwas beibringen wollte. Das war ihm sogar sehr wichtig. Aber Waldschmidt war menschenscheu. Sobald mehr als zehn Studenten in seinem Hörsaal saßen, fühlte er sich unwohl. Und zu seinen Veranstaltungen kamen meist mehr als hundert, weil sie so anschaulich und spannend waren.

Die RegenWaldRetter waren Waldschmidts Baby. Er hatte das Projekt geplant und beim Bundesumweltministerium Gelder dafür eingeworben. Die Rettung des Regenwalds spielte eine wesentliche Rolle, wenn es darum ging, die Klimakatastrophe zu verhindern.

Waldschmidt nickte grüßend in die Runde und nippte an seinem Tee. Anschließend sah er auf die Uhr. »Wo ist Kim?«

Lara und die beiden Männer tauschten ratlose Blicke. Sie alle wussten, dass Waldschmidt Unpünktlichkeit nicht leiden konnte. Sie hatten einen eng gesteckten Zeitplan, jeder Tag hier im Regenwald musste optimal genutzt werden. Alles andere wäre eine Verschwendung von Forschungsgeldern gewesen, und in diesem Punkt verstand Waldschmidt keinen Spaß.

Danny legte die Kamera beiseite und stand auf. »Ich sehe mal nach.«

Florian Waldschmidt setzte sich an den Tisch. »Wir fangen schon mal an.«

Lara nahm neben ihm Platz und füllte ihren Teller mit Eiern, Würstchen und Bohnen. Sie aßen eine Weile schweigend.

Als Danny zurückkam, wirkte er beunruhigt. »Ich kann sie nicht finden. Sie ist nicht in ihrem Zelt, nicht unter der Dusche und auch nicht auf der Toilette. Und der Schlafsack sieht aus, als hätte sie gar nicht darin geschlafen.« Danny hielt sein Funkgerät hoch. »Ich habe versucht, sie anzufunken, aber sie meldet sich nicht.«

Waldschmidt legte seine Gabel beiseite. »Moment mal. Soll das heißen, sie ist gestern Abend überhaupt nicht zurückgekommen?«

Lara riss erschrocken die Augen auf. Sie waren am Abend ausgeschwärmt wie an jedem Tag der vergangenen Wochen, in der Hoffnung, doch noch eine Spur der Wilderer zu finden. Sie selbst war kurz vor Einbruch der Dunkelheit zurückgekehrt und sofort in ihr Zelt gekrochen, weil sie todmüde war. Aber irgendeiner der Männer musste Kim doch gesehen haben?

»Ich war bis kurz vor Mitternacht unterwegs«, sagte Danny. »Habe ein paar großartige Nachtaufnahmen gemacht. Als ich zurückgekommen bin, war im Camp alles dunkel. Ich habe hier im Zelt noch ein Bier getrunken und bin dann schlafen gegangen. Getroffen habe ich niemanden mehr.«

Lara schaute Waldschmidt und Kießling an. »Und ihr? Seid ihr Kim auch nicht begegnet?«

»Nein.« Kießling kniff die Augen zusammen, ließ offenbar den späten Abend des gestrigen Tages Revue passieren. »Ich hatte mich verirrt. Bin zu tief in den Dschungel geraten. Es war bestimmt schon halb zehn, als ich den Weg wiedergefunden habe. Auf dem letzten Stück bin ich Florian begegnet.«

Waldschmidt bestätigte das mit einem Nicken. »Ich war unten am Fluss«, erklärte er. »Habe dort ein paar Einheimische beobachtet, die ein Boot klargemacht haben. Sie hatten Stangen und Netze dabei. Ich dachte, das wären vielleicht die Wilderer. Ich habe versucht, ihnen an Land zu folgen, doch das hat nicht funktioniert. Ich bin im Dickicht stecken geblieben, und irgendwann waren sie weg. Ich bin dann noch eine ganze Weile weiter am Fluss entlanggegangen, weil ich dachte, ich finde sie wieder, aber ich hatte kein Glück. Als es dunkel geworden ist, bin ich umgekehrt. Die Batterien in meiner Taschenlampe waren schon reichlich schwach. Wenn ich Markus nicht getroffen hätte, wäre ich wahrscheinlich in der Dunkelheit verloren gegangen.« Er warf Kießling einen dankbaren Blick zu. »Wir haben noch ein paar Tortillas gegessen, und dann haben wir uns hingelegt.« Er hob unbehaglich die Schultern. »Ich bin davon ausgegangen, dass Kim längst zurück wäre und in ihrem Schlafsack liegt.«

»Verdammt.« Danny ballte die Fäuste. »Soll das heißen, Kim irrt seit gestern Abend ganz allein irgendwo da draußen herum?«

Lara sah den feuchten Glanz in seinen Augen. Anscheinend war Danny doch nicht so kontaktscheu, wie sie gedacht hatte. Zwischen ihm und Kim schien es gefunkt zu haben. Jedenfalls empfand er etwas für sie. Ob sie davon etwas mitbekommen und seine Gefühle erwidert hatte, stand auf einem anderen Blatt.

»Jetzt ist es ja wieder hell«, versuchte Waldschmidt, sein Team zu beruhigen. »Wenn sie gestern nicht mehr zurückgefunden hat, wird sie sich irgendwo eine halbwegs trockene Mulde unter einem Baum gesucht haben.« Er nahm sein Funkgerät vom Gürtel und drückte ein paar Knöpfe. »Kim? Hallo? Hörst du mich? Melde dich!« Es rauschte und knackte, doch er bekam keine Antwort. Mit einem Schulterzucken hängte er das Gerät zurück an den Gürtel. »Vielleicht sind die Batterien leer. Oder sie hat es verloren. Das muss nichts heißen. Kim weiß, wie sie sich da draußen zu verhalten hat. Bestimmt ist sie längst auf dem Weg hierher.«

»Und wenn nicht?« Markus Kießling umklammerte seinen Kaffeebecher so fest, dass er eine Delle in das dünne Metall drückte. Als er es merkte, stellte er den Becher weg. »Was ist, wenn ihr etwas zugestoßen ist? Der Urwald ist gefährlich.«

»Wir müssen sie suchen«, sagte Lara aufgeregt.

Waldschmidt schüttelte den Kopf. »Das ist ein hoffnungsloses Unterfangen. Wir sind nur zu viert, und es gibt tausend Möglichkeiten, wo sie sein könnte.«

»Und deswegen versuchen wir es erst gar nicht?«, fuhr Danny auf. Lara hatte ihn noch nie so emotional erlebt.

»Ich gehe sie suchen«, verkündete Markus Kießling. »Sie ist gestern Abend nach Osten gegangen, richtig? Dann versuche ich es da.«

»Ich nehme den Nordosten«, schloss sich Danny an.

»Dann gehe ich nach Südosten«, erklärte Lara.

Waldschmidt seufzte. »Ich sage doch, das bringt nichts. Am Ende geht ihr auch noch verloren.«

»Unsinn. Wir nehmen die Funkgeräte mit und halten Kontakt«, widersprach Kießling. »Jetzt ist es immerhin hell. Wir dürfen Kimmi da draußen nicht allein lassen.«

»Ganz genau.« Lara hatte Kim in den letzten Monaten ins Herz geschlossen, und sie spürte, dass es den Männern nicht anders ging.

»Das will ich auch nicht«, sagte Waldschmidt ruhig. »Ich will, dass die Suche professionell angegangen wird. Ich gehe nach Leticia zur Polizei.«

Kießling hob die Hände. »Bitte. Je mehr Leute suchen, desto besser. Aber ich warte nicht darauf, dass irgendjemand anders sie findet. Wenn sie irgendwo da draußen liegt und verletzt ist, kommt es womöglich auf jede Minute an.«

Lara spürte, wie ihr die Kehle eng wurde. Natürlich hatte sie diese Möglichkeit im Hinterkopf gehabt. Aber jetzt, wo Markus sie aussprach, wurde sie furchtbar real.

9

Raststätte Römerwall, drei Tage später

Die beiden Fahrzeuge des Spezialeinsatzkommandos hatten ihre Posten bezogen, einer an der Einfahrt, einer an der Ausfahrt des Rastplatzes, der dritte vor dem Hotel. Der BMW des LKA stand neben den Müllcontainern vor dem Hinterausgang des Imbisses. Rahn hatte den Rückspiegel so eingestellt, dass Kaufmann von ihrem Versteck hinter den Vordersitzen aus durch die Heckscheibe spähen konnte. Der Winkel war ungünstig. Wenn sich die Personen zu weit entfernt vom Fahrzeug aufhielten, konnte sie bestenfalls die Oberkörper sehen. Aber um zu beurteilen, ob eine kritische Lage eingetreten war oder der Zugriff erfolgen sollte, musste das reichen.

Sie hatte einen Knopf im Ohr, mit dem sie per Funk mit den drei Teams des Spezialeinsatzkommandos in Kontakt stand. Auf ihr Zeichen hin würden die Beamten ihre Fahrzeuge verlassen und den Verkäufer stellen oder aber die Verfolgung aufnehmen.

Holger Rahn hatte sich neben die geöffnete Fahrertür gelehnt, die Hände in den Hosentaschen, die Füße überkreuzt. Das würde dem Lieferanten hoffentlich signalisieren, dass die Lage entspannt war und er sich sicher fühlen konnte.

Pünktlich um zehn fuhr ein weißer Transporter auf den Rastplatz, nahm die schmale Zufahrt zur Rückseite des Imbisses und parkte direkt neben der Hintertür. Er stand so dicht hinter dem BMW, dass die weiße Front den Großteil des Spiegelbilds im Rückspiegel ausfüllte. Nur an den Seiten war

49

jeweils noch ein kleiner Streifen zu sehen. Kaufmann fluchte leise.

Sie sah, wie die Fahrertür geöffnet wurde und jemand ausstieg. Ein Mann, den Bewegungen nach zu urteilen, mit schwarzen Jeans und einem schwarzen Kapuzenpullover. Er begrüßte Rahn und ging mit ihm zum Heck des Wagens. Die Türen des Transporters wurden aufgeklappt und verdeckten alles, was sich dahinter befand.

Kaufmann fluchte erneut. Nun konnte sie überhaupt nichts mehr sehen. Sie musste warten, bis die Ware übergeben worden war und Rahn den Käfig mit der Schlange zum Kofferraum trug. Dann konnte sie das Signal für den Zugriff geben.

Doch nicht Rahn erschien im Rückspiegel, sondern der Mann im schwarzen Kapuzenpullover. Er beugte sich in die Fahrerkabine und schien etwas zu suchen. Eine halbe Minute verging, dann kroch er heraus und ging zurück zur Rückseite des Transporters.

Kaufmann erwartete, dass Rahn in Kürze auftauchen würde, doch es war erneut der Fahrer. Diesmal schlenderte er nicht, sondern rannte zur Fahrerkabine. Er sprang hinein, startete den Motor und schoss mit quietschenden Reifen am BMW vorbei.

Kaufmann griff nach dem Funkgerät. »Team zwei. Er will auf die Autobahn. Haltet ihn auf.«

»Verstanden.«

Kaufmann spähte wieder in den Rückspiegel, konnte aber nichts sehen. Wo war Rahn? Sie kletterte auf den Rücksitz, stieß die hintere Wagentür auf und sprang hinaus.

»Holger!« Kaufmann wäre fast gestürzt, weil ihre Knie nachgaben.

Holger Rahn lag neben der Hintertür des Imbisses und rührte sich nicht. Das blonde Haar war am Hinterkopf rot verklebt. Um den Kopf herum hatte sich eine Blutlache gebildet.

Kaufmann drückte den Knopf am Funkgerät. »Wir brauchen einen RTW, schnell. Der Fahrer hat Rahn niedergeschlagen.«

»RTW kommt«, verkündete die Stimme eines der Beamten des Spezialeinsatzkommandos. Sekunden später rollte der Lkw mit den beiden Beamten hinter den Imbiss, und die Kollegen, die vor dem Hotel gewartet hatten, kamen über die Straße gerannt.

Kaufmann kniete sich neben Rahn und fühlte nach dem Puls. Er war da, aber sehr schwach. Rahns Augen waren geschlossen, das Gesicht war leichenblass.

»Was ist denn passiert?« Einer der Beamten hockte sich neben Kaufmann, zog Rahns Lider hoch und leuchtete ihm mit einer Taschenlampe in die Augen. Anschließend bugsierte er ihn in die stabile Seitenlage und schob mit zwei Fingern Rahns Lippen auseinander, für den Fall, dass er sich erbrochen hatte.

»Ich weiß es nicht.« Kaufmann zitterte am ganzen Leib. »Ich habe nichts gesehen.«

Wieder knisterte ein Funkgerät.

»Wir haben den Lieferwagen«, verkündete ein Beamter aus Team zwei. »Der Fahrer hat versucht zu fliehen, aber wir haben ihn eingefangen.«

»Bringt ihn her«, sagte Kaufmann. »Ich will wissen, warum er Holger niedergeschlagen hat.«

Es dauerte nicht lang, dann erschienen die beiden Beamten, den Mann mit dem schwarzen Kapuzenpullover in ihrer Mitte. Einer der Beamten zog ihm die Kapuze vom Kopf. Darunter kam ein blasses Gesicht mit einer spitzen Nase zum Vorschein. Schmale, blutleere Lippen, hellblaue Augen, kurz geschorene blonde Haare und ein dürres Ziegenbärtchen. Der Mann war maximal Mitte zwanzig.

Er streckte den Arm aus und deutete auf Holger Rahn. »Das war ich nicht.«

»Guter Witz.« Einer der Beamten von Team zwei drehte den jungen Mann zur Seite, stieß ihn unsanft gegen die Rückwand des Imbisses und zerrte ihm die Arme auf den Rücken. Er zog die Plastikhandschellen so fest, wie es nur ging. Der Festgenommene heulte vor Schmerz auf. Der Beamte drehte ihn wieder zu sich herum, so dass er den bewusstlosen Rahn ansehen konnte. »Na los, spuck's aus. Was hat er dir getan?«

»Ich war das nicht.«

Der Beamte verdrehte die Augen. »Das kannst du deiner Oma erzählen. Die Kollegin hat alles gesehen.«

Kaufmann schüttelte bedauernd den Kopf. »Leider nicht.«

Der Beamte machte eine wegwerfende Handbewegung. »Egal. Die Situation ist so eindeutig, wie es nur geht.«

»Was machen wir mit dem Lieferwagen?«, erkundigte sich sein Kollege.

»Bringt ihn her«, ordnete der Einsatzleiter an und spähte zur Einfahrt des Rastplatzes. »Wo bleibt denn der RTW, verdammt?«

Wie auf Kommando erklang in der Ferne Sirenengeheul. Zwei Minuten später fuhr der Rettungswagen auf den Rastplatz, und zwei Sanitäter sprangen heraus. Sie untersuchten Rahn, versorgten ihn mit Sauerstoff und hoben ihn auf die Trage.

»Wir bringen ihn nach Gießen ins Uniklinikum«, teilten sie den Polizisten mit. Gleich darauf raste der RTW über die Zufahrtsstraße neben dem Hotel zurück in Richtung Norden, mit Blaulicht und eingeschalteter Sirene.

»Er wird es schaffen«, sagte der Einsatzleiter und legte Kaufmann die Hand auf die Schulter.

Kaufmann nickte. Sie fühlte sich taub und leer. Wie hatte das passieren können?

Zwei Beamte des Spezialeinsatzkommandos lenkten den Lieferwagen hinter den Imbiss und stellten ihn dort ab, wo eben noch Holger Rahn gelegen hatte. Die Kollegen öffneten die Hecktüren. Einer pfiff durch die Zähne.

»Der hatte wohl noch mehr Kunden auf der Liste heute.«

Kaufmann biss die Zähne zusammen. Sie würde sich jetzt wieder auf die Arbeit konzentrieren. Das war das Einzige, was sie im Augenblick für Holger Rahn tun konnte. Es würde sie zudem ablenken.

Sie ging zum Heck des Lieferwagens und schaute hinein.

Auf der Ladefläche standen mehrere Körbe mit Schlangen, dazu zwei große Holzkisten, zwei Meter lang, jeweils einen Meter breit und hoch.

»Habt ihr ein Brecheisen dabei?«, fragte sie die Kollegen. »Ich will wissen, was da drin ist.«

Einer der Kollegen entfernte sich und kehrte gleich darauf mit dem Gewünschten zurück. Er hebelte die Bretter an der Oberseite der Kiste ab. Gemeinsam spähten sie hinein.

Die Kiste war gefüllt mit Reptilien, die meisten davon tot, aber einige bewegten sich noch. Kaufmann wollte den Blick schon angewidert abwenden, aber dann sah sie etwas zwischen den Tierleibern hindurchschimmern, das nicht nach einem gepanzerten Lebewesen aussah.

»Wir müssen die Tiere herausnehmen«, sagte sie.

Die Beamten des Spezialeinsatzkommandos zögerten nicht. Sie trugen Schutzkleidung und dicke Lederhandschuhe, so dass sie nicht mit den Tieren in Berührung kamen. Rasch warfen sie die toten und halbtoten Reptilien auf die Ladefläche des Wagens. Dann plötzlich stockten sie, und ein junger Beamte keuchte erschrocken auf.

»Oh, mein Gott.«

Kaufmann beugte sich wieder über die Kiste. Als sie sah, was sich unter den Reptilien verborgen hatte, wurde ihr schlecht.

10

Gießen, zur selben Zeit

Ralph Angersbach lächelte, als er den Hörer seines Diensttelefons auflegte, und schnitt eine Grimasse, als es ihm auffiel. Es war nicht so, dass er seinen Beruf nicht mochte oder seine Arbeit ungern tat, auch wenn er nie so recht eine Antwort hatte, wenn ihn jemand fragte, warum er Polizist geworden war. Am ehesten hatte es wohl mit den Erfahrungen im Kinderheim zu tun, in dem er aufgewachsen war. Dass dort, wo niemand angemessen darüber wachte, die Starken tun und lassen konnten, was sie wollten, und die Schwachen darunter zu leiden hatten.

Er selbst hatte nicht zu den Schwachen gehört und auch nicht zu denen, die andere drangsalierten, aber er hatte einen Freund gehabt, den seine Mitschüler beinahe in den Selbstmord getrieben hätten. Der Junge hatte Glück gehabt, er war in eine Pflegefamilie gekommen, ehe die Sache eskaliert war. Jedenfalls nahm Ralph das an. Der Kontakt war abgerissen. Das Letzte, was er von Ronald gehört hatte, war, dass die Pflegefamilie mit ihm ausgewandert war, nach Neuseeland, wenn er sich richtig erinnerte. Das war nicht weit entfernt von Australien, fiel ihm ein, obwohl er doch genau an dieses Land am liebsten nicht denken wollte.

Jedenfalls hatte Ralph beschlossen, sein Leben in den Dienst jener zu stellen, die Schutz brauchten. Am Ende war er bei der Mordkommission gelandet, wo er niemanden mehr schützen konnte, aber zumindest diejenigen ausfindig machen, die anderen Leid zugefügt hatten, und dafür sorgen, dass sie zur Verantwortung gezogen wurden.

Allerdings freute er sich nicht aus diesem Grund darüber, dass ihm ein neuer Mordfall zugeteilt worden war. Über einen Mord freute er sich grundsätzlich nicht, schließlich hieß das, dass ein Mensch gewaltsam aus dem Leben gerissen worden war. Dass er trotzdem lächelte, als er den Hörer auflegte, lag einfach daran, dass er sich nun nicht weiter mit der anstehenden Australienreise beschäftigen musste.

Vielleicht wäre der Fall ja sogar so ermittlungsintensiv, dass er es sich gar nicht erlauben konnte, zwei Wochen freizunehmen? Dann müssten Janine und Morten eben ohne ihn heiraten. Der Gedanke gefiel ihm, auch wenn er sich gleich darauf dafür schämte.

Janine war es wichtig, dass Ralph dabei war, und darüber sollte er sich freuen. Er hatte seine Halbschwester erst spät, nach dem Tod ihrer gemeinsamen Mutter, kennengelernt, und am Anfang war ihr Verhältnis alles andere als herzlich gewesen. Janine war eine kratzbürstige Jugendliche gewesen, die nichts weniger wollte, als von ihrem erwachsenen Halbbruder bevormundet zu werden. Er hatte die Unterstützung von Sabine Kaufmann gebraucht, um einen Zugang zu ihr zu finden, und es war erst gelungen, als sich Janine schon fast unrettbar in eine Drogengeschichte verstrickt hatte.

Diese Zeiten waren zum Glück vorbei. Janine war nach der Schule nach Berlin gezogen, hatte dort ihr soziales Jahr in einer Jugendstrafanstalt absolviert, und die Arbeit hatte ihr so viel Spaß gemacht, dass sie mittlerweile Sozialpädagogik studierte. Sie war in eine WG gezogen und hatte sich in einen ihrer Mitbewohner verliebt – Morten, den australischen Jura-Studenten, mit dem sie seit Längerem verlobt war und den sie jetzt heiraten wollte.

Das Verhältnis zu Ralph hatte sich entsprechend entspannt, und Ralph, der Janine längst tief ins Herz geschlossen hatte, war froh darüber. Also sollte er wohl über seinen Schatten springen und den Flug wagen. Schon allein, um sich nicht auf Jahre hinaus den Spott seines Vaters anhören zu müssen.

Johann Gründler, den Ralph ebenfalls erst spät ihm Leben kennengelernt hatte, und dann auch noch im Zusammenhang mit dem Mord an seinem Halbbruder, von dem er ebenfalls nichts gewusst hatte. Der alte Gründler war bereits seit drei Monaten in Australien und hatte mit Janine und Morten eine Rundreise durchs Land gemacht.

Die drei hatten Ralph mit Fotos und Reiseberichten bombardiert. Ralph war ein wenig neidisch gewesen, als er die strahlenden Gesichter auf den Bildern gesehen hatte.

Johann Gründler war nicht Janines Vater, aber sie hatte ihn gleichsam zusammen mit Ralph adoptiert. Der Alt-Hippie verstand sich bestens mit dem bodenständigen Morten, warum auch immer, und Morten und Johann – *Moe und Joe* – waren ein Dream-Team geworden.

Angersbach hätte gern etwas von der Leichtigkeit gehabt, die das Trio ausstrahlte, und er hätte auch gerne zu der verschworenen Gemeinschaft dazugehört. Aber es lag ihm eben nicht. Er war ein Eigenbrötler, mochte sich nicht anpassen und mit anderen zusammenraufen. Deswegen blieben auch die Versuche, mit Sabine Kaufmann eine gemeinsame Ebene zu finden, erfolglos.

Noch so etwas, bei dem ihn seine Heimvergangenheit nie losgelassen hatte. Die Freundinnen, die er in jener Zeit gehabt hatte, hatten ihn ausgenutzt und tiefes Misstrauen irgendwo in seinem Inneren gesät, das er nicht wieder losgeworden war. Nicht einmal bei einer Frau, die sein Herz so sehr berührte, wie Sabine Kaufmann.

Angersbach verließ das Gebäude, in dem sich das Polizeipräsidium Mittelhessen befand, und ging über den Parkplatz zu seinem dunkelgrünen Lada Niva. Der Diesel stotterte ein paarmal, ehe er ansprang, lief dann aber rund wie immer. Trotzdem wurde Ralph das Gefühl nicht los, dass der Wagen in die Jahre kam. Aber er hing daran. Etwas Neues würde er sich erst anschaffen, wenn es gar nicht mehr anders ging. Und dann ganz sicher nicht so ein albernes Elektrospielzeug wie den Renault Zoe, den Sabine Kaufmann fuhr.

Angersbach schnalzte ungeduldig mit der Zunge. Würde das jetzt den ganzen Tag so gehen, dass er die Kollegin nicht aus dem Kopf bekam? Nun, wenn er erst einmal am Tatort war, würde sich das bestimmt ändern.

Die Fahrt dauerte nicht lang, nach knapp zwanzig Minuten erreichte er sein Ziel. Mehrere Polizeifahrzeuge waren bereits vor Ort, das rot-weiße Flatterband war schon gespannt. Angersbach stellte den Niva jenseits der Absperrung ab, zeigte dem jungen Polizisten, der davor Wache hielt, seinen Dienstausweis und schlüpfte unter dem Plastikband durch.

Das Fahrzeug, in dem man die Leiche gefunden hatte, war ein weißer Transporter. An der Seite war ein farbenfroher Aufdruck, ein Regenbogen, der einen grünen Wald überspannte, in dem sich allerhand Tiere tummelten, vom grünen Papagei bis zum bunten Gecko. *Tierhandlung Amrhein* stand in geschwungener Schrift darunter.

Die hinteren Türen des Lieferwagens standen offen, und als Angersbach darauf zutrat, verzog er angewidert das Gesicht. Neben einer Holzkiste von der Größe eines Sargs lagen zahllose Reptilien auf dem Wagenboden verstreut. Einige davon bewegten sich sogar noch.

Er ließ sich von einem Kollegen einen Plastikanzug geben

und wollte gerade hineinsteigen, als er direkt neben sich eine vertraute Stimme hörte.

»Hallo, Ralph.«

Angersbach sah stur weiter geradeaus. Das konnte nicht sein. Sein Gehirn spielte ihm einen Streich, weil er den ganzen Vormittag an Sabine Kaufmann gedacht hatte. Oder nicht?

Er wandte den Kopf und blinzelte.

Da stand sie, hübsch wie immer mit ihren halblangen blonden Haaren und dem warmen Lächeln auf den Lippen. Sie trug einen flauschigen grünen Pullover, der schön mit ihren Augen harmonierte.

»Sabine.« Erst auf den zweiten Blick bemerkte er, dass sie blasser war als sonst, und als er noch genauer hinsah, entdeckte er Spuren von getrockneten Tränen auf ihren Wangen. Spontan trat er auf sie zu und legte ihr die Hände auf die Arme. »Was ist denn passiert?«

Kaufmann musste schlucken. »Holger und ich hatten einen Einsatz hier auf dem Rastplatz«, sagte sie dann. »Eine Verabredung mit einem Mann, der uns eine Boa constrictor verkaufen wollte. Holger und ich arbeiten zurzeit in der Ermittlungsgruppe ET. *Exotische Tiere.* Besser gesagt: Wir sind die Ermittlungsgruppe. ET besteht nur aus zwei Personen.«

»Aha?« In Angersbachs Kopf wirbelte einiges durcheinander. *Exotische Tiere,* das waren dann wohl die Kadaver, die auf der Ladefläche des Lieferwagens lagen. Und *Holger* war vermutlich Holger Rahn. Der Kollege, mit dem Sabine im letzten Herbst liiert gewesen war. Von dem sie sich getrennt hatte, nachdem sie ihn, Ralph, geküsst hatte. Oder nicht? Waren die beiden jetzt wieder zusammen?

Ralph hatte Rahn noch nie leiden können. Seiner Ansicht nach war er ein eingebildeter Schnösel – diese Meinung hatte er sich gebildet, als Rahn und sein Kollege Schmittke abgeordnet worden waren, um Sabine und ihn bei einer Ermittlung zu unterstützen. Damals hatten sie noch in der Dezentralen Ermittlungsgruppe in Bad Vilbel gearbeitet. Bernhard Schmittke war zumindest einigermaßen hilfreich gewesen, Holger Rahn dagegen stur und bockig. Ein Besserwisser, mit dem Angersbach nicht warm geworden war.

»Und wo ist *Holger* jetzt?«, fragte er und sah sich demonstrativ um.

Sabine biss sich auf die Lippen. »Im Krankenhaus«, sagte sie rau. »Der Fahrer des Lieferwagens hat ihn niedergeschlagen. Er hatte eine tiefe Wunde am Kopf und war bewusstlos.«

»Verdammt.« Angersbach fuhr sich durch die Wuschelfrisur. Da hatte er ja wieder einmal einen Traumstart hingelegt. »Aber er – äh – lebt?«

»Er wird gerade operiert. Sie tun ihr Bestes, aber sie können noch nicht sagen, ob er es schafft.«

»Tut mir leid, ehrlich«, versicherte Angersbach und meinte es so. Auch wenn er Rahn nicht leiden konnte, er war ein Kollege, und es war immer furchtbar, wenn jemand aus den eigenen Reihen angegriffen und verletzt wurde, nur weil er seinen Job machte. »Aber das heißt, er ist nicht die Leiche, wegen der ich hier bin?«

Sabines Blick sagte ihm, dass er seine Worte schon wieder nicht sehr geschickt gewählt hatte, aber diese Dinge lagen ihm nun einmal nicht. Er war ein guter Ermittler, kein Sprachkünstler.

»Nein«, entgegnete sie und zeigte auf die offenen Türen des Transporters. »Die liegt da drin. In der Kiste. Kein schöner Anblick.«

»Okay.« Angersbach stieg endlich in den weißen Plastikanzug, zog sich die Haube über den Kopf und schlüpfte in die Überzieher für die Schuhe und die Latexhandschuhe, die ihm einer der Beamten reichte. Dann kletterte er auf die Ladefläche des Transporters und warf einen Blick in die offene Kiste.

Im nächsten Moment kam ihm sein Frühstück hoch. Er sprang aus dem Wagen und nahm dankbar die Papiertüte entgegen, die der Beamte ihm hinhielt.

Als sich sein Magen beruhigt hatte, sah er Sabine an. »Was um alles in der Welt ist mit der Frau passiert?« Er hatte ja schon einige übel zugerichtete Leichen gesehen, aber so etwas …

Kaufmann zog die Schultern hoch. »Sie war zusammen mit den Tieren in der Kiste. Die kommen irgendwo aus Südamerika, das heißt, sie waren lange unterwegs, zwei oder drei Tage bestimmt. Und einige von den Tieren haben noch gelebt. Sie waren hungrig. Die Verletzungen in ihrem Gesicht und an den Händen – das sind Fraßspuren.«

Angersbach hob die Papiertüte wieder zum Mund. Er hatte gedacht, sein Magen wäre bereits leer, doch offensichtlich hatte er sich getäuscht.

»Wie man mit einer so empfindlichen Verfassung Polizist werden kann, bleibt mir ein Rätsel«, erklang eine knarrende Stimme hinter ihm. Eine Stimme, die er ebenfalls sehr gut kannte. Sie gehörte Professor Wilhelm Hack, dem Rechtsmediziner mit dem Glasauge. Im Präsidium nannte man ihn hinter vorgehaltener Hand *Hackebeil*. Ein Name, der keiner Erklärung bedurfte.

Angersbach drehte sich zu ihm um. »Warten Sie, bis Sie die Tote gesehen haben. Und dann schauen wir, ob Sie immer noch so große Töne spucken.«

Das gesunde Auge funkelte belustigt. »Glauben Sie im Ernst, es gibt irgendetwas, das mir noch nicht unter die Augen – oder, richtiger gesagt, unter das Auge – gekommen ist?«

Wilhelm Hack stieg in seinen Plastikanzug, legte den Mundschutz an und schlüpfte in die Latexhandschuhe. Dann kletterte er auf die Ladefläche des Transporters. Etwas mühsam, wie Ralph fand, aber Hack war nicht mehr der Jüngste, und für sein Alter war er noch ausgesprochen vital. Angersbach hoffte, dass er selbst sich ähnlich gut halten würde.

Hackebeil spähte in die Kiste. »Sie haben recht. Das ist wirklich interessant.« Er neigte den Kopf. »Ich nehme an, Sie wollen nicht zu mir heraufkommen, damit ich Ihnen das Ergebnis der vorläufigen Leichenschau erläutern kann?«

»Ich will«, sagte Sabine Kaufmann, die inzwischen ebenfalls einen der weißen Anzüge übergezogen hatte, und schwang sich auf die Ladefläche.

Angersbach knurrte. Wenn er als Einziger neben dem Fahrzeug stehen blieb, war er wieder der Depp. »Ich komme ja schon.«

Beim zweiten Mal war der Anblick nicht mehr ganz so unverdaulich, wenngleich immer noch unappetitlich. Man konnte noch erkennen, dass es sich um eine Frau handelte. Die Identifizierung dagegen dürfte ein Kunststück werden. Die hungrigen Reptilien hatten der Toten die Augenlider, Lippen und Ohrmuscheln weggefressen, außerdem Teile der Gesichtshaut. Auch an den Händen fehlten ganze Hautstücke.

»Können Sie etwas über die Todesursache sagen?«, fragte Ralph, der sich noch in sicherer Entfernung hielt.

Hack warf ihm einen verständnislosen Blick zu. »Wenn Sie etwas näher herantreten würden, könnten Sie es selbst sehen.« Er nahm eine Taschenlampe und leuchtete den Oberkörper der Toten an. Durch die gefleckte Tarnjacke, die sie trug, war es nicht so leicht zu erkennen, aber jetzt sah auch Ralph die Einschnitte im Stoff und das Blut, das sich in dunklen Kreisen ins Gewebe gesogen hatte.

Angersbach seufzte. »Sie wurde erstochen.«

Hack applaudierte. »Sehr gut.« Er beugte sich vor und zog den Stoff der Jacke an mehreren Stellen auseinander. »Sechs Stiche, soweit ich das sehen kann, ohne sie zu entkleiden.« Er richtete sich wieder auf. Sein Blick wanderte über den Parkplatz und blieb an dem Polizeibus hängen, auf dessen Rückbank ein junger Mann mit schwarzen Jeans und schwarzem Kapuzenshirt saß, die Hände auf dem Rücken gefesselt. »Ist das der Täter? Dann stecken Sie ihm ein paar von den Reptilien in die Hose, damit ihm dasselbe widerfährt wie der jungen Dame hier.« Hack blinzelte. »Ich sage Ihnen, der wird singen wie ein Urwaldvogel.«

Angersbach lachte unfroh. »Können Sie etwas zur Todeszeit sagen?«

»Genaues nach der Obduktion«, erwiderte Hack. »Aber sie ist mit Sicherheit länger als achtundvierzig Stunden tot.«

Angersbach sah zu, wie Hack die uniformierten Beamten anwies, für den Transport der Leiche in die Rechtsmedizin zu sorgen.

Er wartete, bis Hack in den knallroten SUV gestiegen war, den er sich im letzten Sommer zugelegt hatte. Dem Rücken zuliebe war es ein Fahrzeug mit hohem Einstieg und bequemer Sitzposition geworden. Andernfalls hätte er niemals eines dieser Schlachtschiffe, wie er sie nannte, erworben, doch die Erhaltung seiner Arbeitsfähigkeit hatte Vorrang vor allen anderen Überlegungen. Ralph konnte ihm nur zustimmen. Was immer unternommen werden konnte, damit Wilhelm Hack noch möglichst lange im Amt blieb, sollte getan werden. Auch wenn er ihn immer wieder auf die Schippe nahm – Hack war eine Koryphäe und in Ralphs Augen unersetzlich. Außerdem war er ihm so etwas wie ein Freund geworden, und von diesen gab es in seinem Leben nur wenige.

Als der rote Wagen den Parkplatz verlassen hatte, wandte er sich wieder an Sabine. »Wissen wir schon, wer sie ist?«, fragte er und deutete auf die Kiste, in der die Tote lag.

»Nein. Keine Papiere, kein Handy, keine Schlüssel und auch sonst keine persönlichen Dinge.«

»Und er?« Angersbach drehte sich halb um die eigene Achse und zeigte auf den schwarz gekleideten Mann im Polizeibus.

Kaufmann zog ihr Notizbuch aus der Tasche. »Gerrit Liebetraut«, las sie vor. »Vierundzwanzig Jahre alt, wohnhaft in Gießen, bisher keine Vorstrafen. Arbeitet in der Tierhandlung Amrhein.«

Angersbach schaute auf den Werbeaufdruck an der Seite des Transporters. »Der verkauft illegale Tiere und fährt Leichen durch die Gegend – im Wagen seines Arbeitgebers?«

»So sieht es aus.«

»Okay.« Angersbach überlegte, wie er die anstehende Arbeit am besten angehen sollte.

Er war wieder einmal allein. Der Partner, den man ihm vor einem halben Jahr zugeteilt hatte, war vor zwei Wochen in den Ruhestand versetzt worden, und bisher hatte man ihm keinen Nachfolger geschickt.

Kaufmann hob die Hand. »Wenn du über Zuständigkeiten nachdenkst – das ist alles schon geregelt. Wir müssen davon ausgehen, dass die Tote mit dem Tierschmuggel zu tun hat. Immerhin liegt sie in einer Kiste mit geschmuggelten Tieren. Deshalb werden das LKA Wiesbaden und das Polizeipräsidium Mittelhessen in diesem Fall zusammenarbeiten. Genauer gesagt: ein Mitarbeiter aus der Gruppe ET beim LKA und ein Mitglied der Mordkommission im PPMH.«

Ralph musste nicht lange überlegen, was das bedeutete. Da Rahn außer Gefecht gesetzt war, bestand die Gruppe *Exoti-*

sche Tiere nur noch aus Sabine Kaufmann. Und beim K11 im Polizeipräsidium Mittelhessen war er zurzeit der Alleinunterhalter.

Sie waren wieder ein Team.

11

Landstraße zwischen der Raststätte Römerwall
und Gießen

Sabine Kaufmann hatte Mühe, mit den Ereignissen der beiden
letzten Stunden emotional Schritt zu halten. Erst der Angriff
auf Holger Rahn, gleich darauf die tote Frau in der Kiste im
Laderaum des Transporters. Und dann war es ausgerechnet
Ralph Angersbach, dem man die Ermittlungen übertragen
hatte.

Die Raststätte Römerwall lag im Einzugsbereich des Polizeipräsidiums Mittelhessen, insofern war es natürlich nicht
vollkommen überraschend. Aber auf der anderen Seite war
Ralph Angersbach nicht der einzige Ermittler im K11, dem
Dezernat für Gewalt-, Waffen- und Branddelikte. Allerdings
war er wahrscheinlich der Einzige, der zurzeit keinen Partner
hatte. Damit war er prädestiniert für einen Fall, in dem bereits
eine Ermittlerin feststand. Sie. Und ihre Chefs wussten, dass
sie schon oft erfolgreich zusammengearbeitet hatten.

Daran war gar nichts auszusetzen. Ralph war ein guter Polizist, auch wenn er ein Sturkopf war und oft das nötige Fin-
gerspitzengefühl vermissen ließ. Das konnte sie ausgleichen.
Sie selbst war gelegentlich eher zu zartfühlend, wenn es darum
ging, Verdächtige in die Zange zu nehmen, und ein Partner mit
Biss wie Angersbach war eine gute Ergänzung. Aber dann war
da immer noch das Persönliche. Sabine hatte schon jetzt das
Gefühl, wieder zwischen den Stühlen zu sitzen.

Der Sitzplatz, den sie tatsächlich eingenommen hatte, war

nur unwesentlich komfortabler. Es war der Beifahrersitz in Angersbachs schlecht gefederter Rostlaube. Kein Vergleich zu dem BMW, den Rahn bei der Fahrbereitschaft bekommen hatte. Aber der BMW war Teil des Tatorts, der noch kriminaltechnisch untersucht werden musste. Er stand nicht zur Verfügung.

Ralphs Fahrstil machte die Sache nicht besser, er fuhr ruppig wie immer. Ein Hinweis darauf, dass auch er bis in die Haarspitzen angespannt war. Kein Wunder angesichts einer Leiche, die von Reptilien angefressen worden war, und des bevorstehenden Besuchs in der Rechtsmedizin. Sabine wusste, dass das der von Angersbach besonders ungeliebte Teil der Arbeit war. Insbesondere, wenn Professor Hack mit seinem morbiden Humor auf Ralphs Empfindlichkeit herumhackte.

Sabine musste schmunzeln, als ihr das Wortspiel auffiel, und der kurze Moment der Erheiterung half ihr, sich zu sammeln. »Ich frage mich die ganze Zeit, was wir falsch gemacht haben«, sagte sie. »Wie hat Liebetraut erkannt, dass Holger kein Kunde, sondern ein Polizist ist? Warum hat er einfach zugeschlagen?«

Ralph warf ihr nur einen kurzen Seitenblick zu. »Er wird irgendetwas gesagt haben, das Liebetraut misstrauisch gemacht hat. Oder er hat sich anders verhalten, als es die Kunden auf solchen Rastplätzen gewöhnlich tun. Bestimmt kann Rahn es uns sagen, wenn er wieder aufwacht.«

»Hm.« Sabine sah weiter aus dem Fenster. Der Angriff auf Rahn war nicht das einzige Rätsel. »Ich möchte wissen, warum die Tiere tot waren«, sagte sie nachdenklich.

Angersbach, der zum dritten Mal erfolglos versuchte, einen auf der Landstraße vor ihnen herschleichenden Lkw zu überholen, gab das Manöver auf und warf ihr einen kurzen Seitenblick zu. »Weite Reise, keine Nahrung?«

»Ja. Aber das ist ungewöhnlich. Die Tiere waren ja als Zuchttiere deklariert. Sie sind wild gefangen, illegal, aber in dem Moment, in dem sie das Land verlassen, werden sie legal, weil sie außerhalb Kolumbiens nicht unter Artenschutz stehen.«

»Was ist denn das für ein Unsinn?« Angersbach sah wieder zu ihr herüber. Diesmal drosselte er das Tempo so weit, dass ein hinter ihnen fahrender Wagen hupte. Ralph beschleunigte wieder.

»So sind die Gesetze«, erläuterte Kaufmann. »Es gibt heutzutage in fast allen Ländern strenge Artenschutzverordnungen. In Kolumbien zum Beispiel sind die Abgottschlange – Boa constrictor –, die Anakonda, die Brasilianische Glattnatter und die Python geschützt. Und das sind nur die Schlangen. Dazu kommen Echsen wie der Grüne Leguan und der Waran und jede Menge anderer Tiere. Papageien, Gürteltiere, Schildkröten, Krokodile und so weiter.«

»Das ist doch gut.«

»Absolut. Das bedeutet, dass es verboten ist, diese Tiere dort wild zu fangen, zu verkaufen oder zu verarbeiten.«

Angersbach krauste die Stirn.

»Zu Leder zum Beispiel. Ob du's glaubst oder nicht, aber Stiefel oder Handtaschen aus Krokodil- oder Schlangenleder sind bei einigen immer noch sehr gefragt«, erläuterte Kaufmann.

»Hm.« Angersbach knurrte. Tierleid war für ihn ein sensibles Thema, deshalb war er ja auch Vegetarier. Wobei sein Verhältnis zum Fleisch hauptsächlich durch die Hausschlachtungen gestört worden war, denen er in jungen Jahren regelmäßig hatte beiwohnen müssen. Bei seiner Pflegefamilie, die an ihrem Haus einen Metallhaken hatten, wie so viele Häuser ihn trugen. In drei Meter Höhe. An diesen Haken baumelten die stattlichen Schweinekörper. Zwischen Abstechen, Ausbluten und Aufschneiden. Zwischen dem großen Zuber, in dem das Blut gerührt wurde, und dem Fleischbeschauer mit dem blauen Stempel. Ralph bekam diese Bilder einfach nicht aus dem Kopf und konnte sie auch nicht von den Fleischtheken fernab des Schweinehakens trennen. Trotzdem hatte er nichts grundsätzlich gegen das Jagen oder das Schlachten, um Nahrung zu produzieren. Aber Echsenleder? Er hätte geschworen, dass das spätestens seit dem Jahrtausendwechsel keine wesentliche Rolle mehr spielte.

»Das ist also immer noch ein Problem?«, fragte er.

Sabine bestätigte es mit einem Stöhnen. »Die Welt ist vollkommen verrückt. Und wenn es kein Leder ist, dann sind es Aphrodisiaka. Aber das eigentliche Problem besteht darin, dass der Schutz erlischt, sobald die Tiere das Land verlassen. Weil dann nicht mehr die Artenschutzverordnung des Landes gilt, sondern das internationale Artenschutzabkommen oder die Artenschutzverordnung des Bestimmungslandes.«

»Die Rote Liste.«

»Richtig. Die Liste der Weltnaturschutzunion IUCN oder die in Deutschland gültige vom Bundesamt für Naturschutz. Auf der Liste der IUCN stehen fast 37 500 Tiere, die als bedroht eingestuft werden, aber bis ein Tier auf diese Liste kommt, ist es ein langer Weg. Man braucht große Teams, um den Bestand von Tieren in einem Gebiet zu erfassen. Da suchen schon mal tausend Leute ein Gebiet ab, oder man macht mit Kamerafallen Fotos, um hinterher feststellen zu können, ob es sich bei den gezählten Exemplaren tatsächlich um unterschiedliche Tiere handelt. Bei Leoparden geht das zum Beispiel über die Tupfenmuster, bei anderen Tieren, die sich optisch nicht gut auseinanderhalten lassen, braucht man kompliziertere Zählverfahren oder DNA-Analysen. Bei Elefanten und Nashörnern gewinnt man die DNA aus den Kothaufen. Dafür gibt es sogar eigens abgerichtete Spürhunde.«

»Aha?« Ralph warf ihr einen überraschten Blick zu, und Kaufmann lächelte. Rahn und sie hatten sich ein paarmal mit Vertretern des WWF getroffen, die ihnen einen umfassenden Überblick über das Thema gegeben hatten. Sabine hatte all diese Dinge auch nicht gewusst, ehe sie Teil von ET geworden war.

»Eine Expertenkommission prüft sämtliche Ergebnisse, doch die Arbeit braucht Zeit«, berichtete sie weiter. »Man muss nicht nur die Bestände erfassen, man muss auch berücksichtigen, in welchem Gebiet eine Art überhaupt vorkommt und wie hoch die Fortpflanzungsrate ist. Außerdem verändert sich die Lage ständig. Tiere, die vor ein paar Wochen oder Monaten noch ungefährdet waren, sind wenig später vielleicht schon gefährdet, stark gefährdet oder vom Aussterben bedroht. Weil das alles so schwierig ist, stehen längst nicht alle Tiere auf der Roten Liste der IUCN, die in ihrem Herkunftsland unter Artenschutz stehen, und für unsere bundesweite Rote Liste gilt dasselbe.« Kaufmann holte Luft. »Und genau diese Lücke nutzen die Wilderer aus.«

Angersbach, der ihr aufmerksam zugehört hatte, zog die Augenbrauen zusammen. »Sie fangen die Tiere illegal, packen sie in eine Kiste, auf der ›Zuchttiere‹ steht, und anschließend können sie bei uns oder irgendwo sonst in der Welt legal verkauft werden?«

»So sieht es aus.«

»Was für eine Scheiße.«

»Ja.« Kaufmann hätte es anders formuliert, aber in der Sache stimmte sie mit Angersbach überein.

»Und wenn die Tiere hier nicht illegal sind, sind die Abnehmer keine Sammler, die sich die Exoten in die Vitrine stellen wollen«, spann Angersbach den Gedanken fort. »Sondern Leute, die lebende Tiere wollen.«

»Richtig. Deshalb werden diese angeblichen Zuchttiere auf ihrer Reise normalerweise gut versorgt. Ein lebendes Tier ist wertvoller als ein totes.«

»Aber in diesem Fall ist etwas dazwischengekommen«, sagte Ralph. »Im wahrsten Sinne des Wortes.«

Sabine lachte bitter. »So kann man es sagen.«

»Warum war die Leiche in der Kiste?«, fragte Ralph weiter.

»Weil man sie verstecken wollte?«

»Wäre es dann nicht einfacher gewesen, sie in den Urwald zu werfen? Warum macht man sich die Mühe, sie zu verschicken, und geht das Risiko ein, dass sie irgendwo entdeckt wird? Oder hat man sie erst in Deutschland in die Kiste gesteckt?«

»Gute Frage.« Darüber hatte Sabine bisher nicht nachgedacht, aber Ralph hatte recht. Wenn die Frau irgendwo im Dschungel zu Tode gekommen war, ergab es überhaupt keinen Sinn, sie in die Kiste mit den Reptilien zu packen. Es sei denn, derjenige, der es getan hatte, wollte, dass sie gefunden wurde. Aber warum?

»Wir brauchen mehr Informationen«, sagte Ralph. »Hoffen wir mal, dass unser Freund Hackebeil uns helfen kann.«

Kaufmann dachte an den einäugigen Rechtsmediziner und lächelte. »Kann er das nicht immer?«

Gießen, eine halbe Stunde später

Angersbach drosselte das Tempo, so wie er es jedes Mal tat, je näher er dem Institut für Rechtsmedizin kam. Eine grausam zugerichtete Leiche war schlimm genug, aber eine aufgeschnittene Leiche auf einem glänzenden Stahltisch trieb Ralph stets aufs Neue die Bilder der Hausschlachtungen vor die Augen. Er konnte das einfach nicht voneinander trennen, sosehr er es auch versuchte. Außerdem gab es nun mal Gemeinsamkeiten. Die verzweifelten Schreie, dann die plötzliche Stille. Der warme, alles überlagernde Kupfergeruch des Blutes. Die Messer und Sägen.

Eine Obduktion löste ähnliche Empfindungen in ihm aus, auch wenn die betreffende Person ja schon tot war, wenn man sie in der Rechtsmedizin einlieferte, und die Zerstückelung dazu diente, den Toten Gerechtigkeit widerfahren zu lassen. Doch das Gehirn reagierte nun einmal auf Gerüche, und was das betraf, sah Angersbach keinen Unterschied zwischen Mensch und Tier.

Sein alter Freund Neifiger, ein Metzger aus dem Vogelsberg, der bei der Arbeit einen Finger eingebüßt hatte – deshalb Neifiger, neun Finger –, hatte ihm schon des Öfteren erklärt, dass er sich irrte. In Wirklichkeit, so Neifiger, roch tierisches Blut vollkommen anders als menschliches. Für einen Metzger vielleicht, für Ralph nicht. Also ging er jeden Besuch in der Rechtsmedizin mit einem Grummeln im Magen an und war froh, wenn er den Sektionssaal wieder verlassen konnte.

Wilhelm Hack hatte auf sie gewartet, und sein Lächeln war so spöttisch wie immer, wenn Ralph seinen Arbeitsplatz betrat. Dass auch Hack zu Ralphs Freunden zählte, war auf den ersten Blick nicht zu erkennen. Aber Hacks Hohn und Angersbachs Widerwille waren nur der sichtbare Teil. Darunter verbarg sich eine tiefe wechselseitige Wertschätzung, die sich auf dem Gefühl gründete, dass man sich zu hundert Prozent aufeinander verlassen konnte. Hack war eine Koryphäe, Angersbach kannte keinen besseren Obduzenten. Und Ralph war ein Terrier. Er gab nicht auf, bis er einen Täter erwischt hatte. Das zeichnete sie beide aus, und das verband sie.

»Ich hoffe, Sie haben in der Zwischenzeit nichts gegessen?«, neckte ihn Hack und blinzelte mit dem Auge, das nicht aus Glas war. Das andere hatte er bei einem Einsatz in einem Kriegsgebiet verloren, aber mit dem verbliebenen sah er immer noch schärfer als die meisten seiner Kollegen.

»Nein.« Seit er die Leiche zwischen den Tierkadavern erblickt hatte, war Ralphs Kehle wie zugeschnürt. Etwas zu essen, wäre das Letzte, was ihm eingefallen wäre.

Hack lächelte Sabine Kaufmann an. »Man sollte so etwas im Angesicht einer Toten ja nicht sagen. Aber ich freue mich, dass wir wieder einmal zusammenarbeiten.«

»Ich freue mich auch.« Kaufmann erwiderte das Lächeln. Hacks morbider Humor hatte ihr noch nie Schwierigkeiten gemacht, im Gegenteil. Sabine und dem Rechtsmediziner selbst schien er zu helfen, das sinnlose Töten besser zu verkraften.

Hack winkte die Kommissare zum Obduktionstisch. Zu Ralphs Erleichterung war die Leichenöffnung bereits abgeschlossen, das zeigte ihm die Y-förmige Naht, die sich mit dickem schwarzem Faden auf der Brust des Opfers abhob.

»Lassen Sie es mich kurz machen«, sagte Hack. »Die Todesursache haben wir ja schon am Leichenfundort festgestellt, und die Obduktion hat sie bestätigt. Erstochen. Sechs Stiche mit einem Messer. Interessant ist die Form.« Er deutete auf die Wunden, die auf dem nackten Körper nun gut zu sehen waren. »Längliche Einschnitte von acht bis zehn Zentimetern Länge und fünf bis sechs Millimetern Breite. Sehen Sie die Unterschiede an den beiden Enden der Einschnitte?«

Angersbach beugte sich widerwillig über die Leiche und zwang sich dazu, sich auf die Verletzungen zu konzentrieren.

»Am oberen Ende sehen die Einschnitte glatt aus, am unteren Ende sind sie irgendwie ausgefranst«, stellte er fest.

»Bravo.« Wilhelm Hack hob den Zeigefinger. »Und was sagt uns das?«

»Die Tatwaffe hat eine glatte und eine stumpfe Seite«, überlegte Angersbach, und im selben Moment hatte er ein Bild vor Augen. »Ein Rambo-Messer.«

Hack verdrehte das gesunde Auge. »Ich hätte mir ja denken können, dass Sie sich als Jugendlicher diesen Schwachsinn angesehen haben. Aber Sie haben recht. Bei der Tatwaffe handelt es sich mit hoher Wahrscheinlichkeit um ein Survival-Messer. Eine Seite mit einer glatten Klinge, die andere mit Sägezähnen versehen. Das ist besonders schmerzhaft, weil die Waffe nicht glatt durch die Haut geht, sondern ganze Stücke herausreißt.«

Angersbach zog die Schultern hoch. Er hatte einen bitteren Geschmack im Mund, und seine Zunge fühlte sich pelzig an.

»Wie lange ist sie schon tot?«, fragte Kaufmann.

»Das ist schwer zu sagen«, entgegnete Hack. »Die Leiche ist offenbar durch mehrere Klimazonen bewegt worden. Sie war hohem und niedrigem Druck, hoher und niedriger Luftfeuchtigkeit und hohen und niedrigen Temperaturen ausgesetzt. Da man nicht weiß, wie lange der jeweilige Zustand angedauert hat, kann ich den Zeitpunkt, zu dem sie erstochen wurde, nur grob schätzen.«

»Besser als nichts«, grummelte Angersbach.

»Das denke ich auch«, erwiderte Hack launig. »Die Totenstarre hat sich wieder gelöst, die Leichenflecken sind voll ausgeprägt. Die Frau wurde unmittelbar nach ihrem Tod in die Kiste gelegt und danach nicht mehr umgelagert, so viel ist sicher. Eingetreten ist der Tod vor drei bis fünf Tagen.«

»Also wurde sie zusammen mit den Tieren in die Kiste gepackt und nicht erst hier darin versteckt?«, hakte Angersbach nach.

»Richtig.« Hack ging um den Obduktionstisch herum und

betrachtete die Tote von der anderen Seite. »Wissen Sie schon, wer sie ist?«

»Nein.«

»Nun ja.« Hack lächelte. »Zaubern kann ich natürlich nicht. Aber ich habe ihren Zahnstatus erfasst und Blut für eine DNA-Analyse ins Labor geschickt.«

Angersbach schob die Hände in die Hosentaschen. »Nur leider nützt uns das nicht viel, solange wir keine Idee haben, wo wir suchen sollen.«

Hack schüttelte den Kopf. »Sie sollten mich ausreden lassen. Ganz so ahnungslos, wie Sie glauben, sind wir nicht. Zum einen sagen uns Haut- und Haarfarbe, dass sie aus Nordeuropa stammt und nicht aus der Gegend, aus der die Kiste kam. Die wenigsten Kolumbianer sind hellhäutig und blond.«

»Nordeuropa«, grummelte Angersbach. »Das schränkt die Suche ein.«

»Zum anderen«, Hack hob den Zeigefinger, »kann ich es sogar noch sehr viel weiter eingrenzen. Die Tote hat etwas für ihr Aussehen getan. Sie hatte Brackets an den Zähnen.«

»Brackets?«

»Das sind die Befestigungen für die Metalldrähte, mit denen man die Zähne begradigt«, half Sabine aus.

»So wie früher die Klammer?« Ralph, der ein paar Jahre lang so ein Ding hatte tragen müssen, schüttelte sich. Dann schaute er auf den offen stehenden Mund der Toten und runzelte die Stirn. »Ich sehe aber keine.«

»Das liegt daran, dass sie Lingualbrackets hat«, sagte Hack. »Sie werden nicht an der Vorderseite, sondern auf der Rückseite der Zähne angebracht, so dass man sie nicht sieht. Zum einen aus ästhetischen Gründen, zum anderen, weil der Druck auf die Zähne noch präziser eingestellt werden kann. Diese Art von Brackets ist sehr teuer und wird nur von Speziallabors hergestellt. Ich habe ein wenig für Sie recherchiert. Das bei der Toten verwendete Modell stammt aus einem Zahnlabor in Frankfurt. Wenn Sie eine Liste der Patienten wollen, brauchen Sie allerdings einen richterlichen Beschluss. Aber vielleicht reicht ja auch schon die Information, dass die Tote vermutlich aus dem Frankfurter Raum stammt.« Hack hob die behandschuhten Hände. »Natürlich könnte das Modell auch von einem Zahnarzt in einem anderen Bundesland oder sogar im Ausland verwendet worden sein, aber die Wahrscheinlichkeit ist hoch, dass man ihr die Brackets in Hessen eingesetzt hat.«

Angersbach schnalzte mit der Zunge. »Eine Hessin, die in Kolumbien verschwunden ist. Das sollte in der Tat weiterhelfen.«

Kaufmann blinzelte ihm zu.

Habe ich es nicht gesagt?, sollte das wohl heißen.

12

Gießen, Polizeipräsidium Mittelhessen,
eine Stunde später

Es gab Verdächtige, die beharrlich schwiegen. Solche, die lauthals nach einem Anwalt verlangten und kein Wort ohne juristischen Beistand sagen wollten. Beschuldigte, die das Blaue vom Himmel logen, oder jene, die einfach die Wahrheit sagten, weil sie froh waren, sich den Ballast von der Seele reden zu können. Aber noch nie war Sabine Kaufmann ein Verdächtiger untergekommen, der sich dermaßen dämlich verhielt wie Gerrit Liebetraut, der Fahrer des Transporters, den sie an der Raststätte Römerwall festgenommen hatten.

Er bestritt, dass er mit illegal eingeführten exotischen Tieren handelte. Er leugnete, Holger Rahn niedergeschlagen zu haben. Und er behauptete, weder zu wissen, wer die tote Frau in der Transportkiste war, noch, wie sie in seinen Lieferwagen gelangt war.

Liebetraut war tatsächlich in der Tierhandlung Amrhein angestellt, und der Wagen, mit dem er auf dem Rastplatz vorgefahren war, war einer der Firmenwagen. Schon allein wegen dieser Dummheit konnte man sich an den Kopf fassen. Wer benutzte für seine schmutzigen Geschäfte ein Fahrzeug, das man dank eines knallbunten Werbeaufdrucks leicht identifizieren und mit ihm in Verbindung bringen konnte?

Aber angeblich hatte Liebetraut von nichts gewusst. Angeblich hatte sein Chef Elmar Amrhein ihn beauftragt, die im Laderaum befindlichen Tiere auszuliefern. Angeblich war

Holger Rahn niedergeschlagen worden, während Liebetraut in der Fahrerkabine nach den Herkunftspapieren für die Boa constrictor gesucht hatte, die er Rahn übergeben wollte. Und angeblich hatte er keine Ahnung, was mit den restlichen Kisten geschehen sollte, und erst recht nicht, was sich darin befand.

Nicht nur Ralph Angersbach verlor allmählich die Geduld. Sabine Kaufmann war eigentlich die Ruhe in Person. Sie war bei Vernehmungen freundlich, zugewandt und mitfühlend. Aber der Mann mit den kurz geschorenen blonden Haaren und dem spärlichen Ziegenbärtchen machte sie wütend. Nicht zuletzt deshalb, weil er Rahn niedergeschlagen hatte, der jetzt seit mehr als zwei Stunden im OP war. Sabine rief alle halbe Stunde im Krankenhaus an, doch bisher hatte man ihr keine erlösende Nachricht übermitteln können.

»Sie sollten aufhören, Dinge zu leugnen, die wir Ihnen nachweisen können«, fuhr sie Liebetraut an. Angersbach lehnte sich auf seinem Stuhl zurück, verschränkte die Arme und nickte. So und nicht anders musste man einen Verdächtigen anfassen, das war seine Meinung. Vielleicht hatte er ja recht.

Liebetraut zog die Schultern hoch. »Sie können mir gar nichts nachweisen.«

»Ich habe beobachtet, wie Sie aus dem Transporter gestiegen und mit meinem Kollegen zu den Hecktüren gegangen sind. Sonst war niemand dort.«

»Sie haben niemanden gesehen«, korrigierte Liebetraut. »Das heißt aber nicht, dass da keiner war.«

Kaufmann lächelte mild. »Wenn Sie es nicht getan haben – warum wollten Sie dann abhauen? Bevor Sie Ihr Geschäft abgewickelt und das Geld kassiert hatten?«

»Na, weil ihn irgendjemand niedergeschlagen hat, während ich die Papiere gesucht habe.«

»So? Wer denn?«

»Woher soll ich das wissen? Ich habe den Täter nicht gesehen.«

Kaufmann schloss die Augen und atmete tief durch. Außer Rahn und Liebetraut war niemand hinter dem Imbiss gewesen. Sie hatte zwar nicht sehen können, was sich hinter dem Transporter abgespielt hatte, aber eine weitere Person, die sich von irgendwo genähert hatte, hätte sie bemerken müssen. Oder nicht? Es war absolut unwahrscheinlich, dass es jemand anders als Liebetraut gewesen war, der Rahn niedergeschlagen hatte, aber ausgeschlossen war es nicht. Für ihn sprach, dass sie die Tatwaffe nicht gefunden hatten. Es musste irgendeine Art von Schläger gewesen sein, ein Baseballschläger oder dergleichen. Wie war er den losgeworden in dem kurzen Moment, in dem er mit dem Lieferwagen vom Imbiss bis zur Ausfahrt des Rastplatzes gefahren war, wo ihn die Kollegen gestellt hatten? Gab es womöglich einen Komplizen? Aber wo sollte dieser sich aufgehalten haben? Sie mussten wohl oder übel noch einmal ein Team zum Rastplatz schicken, das dort alles auf den Kopf stellte.

»Gut. Anderes Thema«, sagte sie, nachdem sie die Augen wieder geöffnet hatte. Sie beugte sich vor und legte die Unterarme auf den Tisch. »Warum liefern Sie für Ihren Chef illegale Tiere aus?«

Liebetraut wedelte mit dem Zeigefinger. »Die sind nicht illegal. Stehen nicht auf der Roten Liste, weder bei uns noch international. Und es sind Zuchttiere. Die dürfen wir verkaufen.«

Kaufmann sah ihn scharf an. »In der Holzkiste, in der sich die Tote befand, waren auch Tiere, die auf der internationalen Roten Liste stehen.«

»Davon wusste ich nichts.«

»Wohin sollte die Kiste?«

»Keine Ahnung. Der Chef wollte sie selbst ausliefern.«

»Warum setzen Sie die Tiere dann diesem unnötigen Stress aus und fahren sie stundenlang durch die Gegend?«

Liebetraut zog die Lippen breit und hob die Schultern. »Wie gesagt. Fragen Sie den Chef.«

Kaufmann fuhr sich mit beiden Händen durch die Haare. Vielleicht war ihr Gegenüber doch nicht dumm, sondern im Gegenteil sehr schlau. Sie bekam ihn einfach nicht an den Haken.

»Wie kommt die Tote in die Kiste? Und wer ist sie?«

Liebetraut rutschte auf seinem Stuhl nach vorn und schlug mit den flachen Händen auf den Tisch. »Hören Sie mir nicht zu? Ich weiß es nicht.«

Angersbach sprang auf und war mit zwei Schritten bei Liebetraut. Er packte ihn bei den Schultern und zog ihn von Sabine weg.

»Ruhig, Junge«, zischte er. »Sonst muss ich dir wehtun.«

Liebetrauts Widerstand erlahmte. »Ich hab doch nichts gemacht!«, jammerte er.

Kaufmann knirschte mit den Zähnen. Sie glaubte diesem Typen kein Wort, aber sie hatten keine Beweise. Wenn sie nicht bald etwas fanden oder Rahn wieder aufwachte und Liebetraut als Täter identifiziert, mussten sie ihn spätestens morgen um Mitternacht laufen lassen. Für das Falschparken in der Ladezone des Imbisses allein gab es keine Gefängnisstrafen.

Ralph Angersbach marschierte mit langen Schritten über den Flur zu seinem Büro. Sabine Kaufmann musste fast rennen, um den Anschluss nicht zu verlieren, doch darauf konnte er in diesem Moment keine Rücksicht nehmen. Er war wütend, und diese Wut musste raus. Angersbach konnte Leute nicht leiden, die nicht zu dem standen, was sie getan hatten. Dieser Liebetraut war ein ganz mieser Charakter und dazu ein Feigling und Jammerlappen. Aber Ralph würde alles daransetzen, jede einzelne seiner Lügen zu demontieren.

Im Büro goss er sich Kaffee aus der Kanne ein, die noch auf der Warmhalteplatte stand. Pechschwarz und vermutlich nur noch lauwarm und bitter. Er hielt Sabine die Kanne hin.

»Willst du auch? Oder soll ich frischen kochen?«

»Es geht schon.« Kaufmann nahm sich eine Tasse, Angersbach schenkte ein.

»Wie kriegen wir den Mistkerl?«, fragte er.

»Zunächst sollten wir mit seinem Chef sprechen. Elmar Amrhein. Vielleicht sagt Liebetraut ja die Wahrheit, und er wusste wirklich nicht, dass die Tiere geschützt sind.«

Ralph stieß einen verächtlichen Laut aus. »Und sein Chef ist so blöd und lässt ihn die illegale Lieferung mit dem Firmenwagen machen?«

»Vielleicht ist das sein Trick. Der Wagen ist unverdächtig. Er gibt seinen Kunden das Gefühl, dass alles mit rechten Dingen zugeht.«

»Hm. Und die Kisten mit den verbotenen Tieren?«

»Liebetraut könnte etwas missverstanden haben. Womöglich sollte er sie gar nicht einladen. Oder Amrhein war in Panik. Weil er die junge Frau ermordet und in der Kiste versteckt hat.«

»Dann müsste er selbst im Dschungel gewesen sein.« Ralph hob den Zeigefinger. »Hack hat gesagt, dass die Leiche durch verschiedene Klimazonen bewegt wurde.«

»Stimmt.« Kaufmann zog ihr Notizbuch hervor. »Wir müssen herausfinden, wann die Kiste nach Deutschland gekommen ist. Und wo sich Elmar Amrhein in den letzten sieben

Tagen aufgehalten hat.« Sie zückte einen Kugelschreiber und notierte sich die Stichpunkte. »Außerdem brauchen wir Informationen über diese Zuchtstation.« Kaufmann blätterte ein paar Seiten zurück. »LAF. Leticia Animal Farm.« Sie hob den Kopf. »Haben wir schon einen Kontakt zur Polizei in Kolumbien?«

Angersbach beugte sich vor und ruckelte an der Computermaus auf seinem Schreibtisch. Auf dem Monitor öffnete sich das Mailprogramm.

»Ja. Die Kollegen von der Recherche haben sich gemeldet.« Er runzelte die Stirn. »Sie schreiben, in Leticia gibt es keine Tierzuchtstation.«

»Also ist die Leticia Animal Farm ein Fake«, schlussfolgerte Sabine. »In Wirklichkeit sind die Tiere wild gefangen. Und die Wilderer schreiben einen erfundenen Namen auf die Kiste. Wenn das keiner nachprüft, gehen die Tiere hier problemlos durch.«

»Hm.« Angersbach las den Rest der Mail. »Die Kollegen haben uns eine Nummer geschickt. Polizeistation Leticia.« Er öffnete den Browser, tippte ein paar Schlagwörter ein – *Kolumbien, Uhrzeit, Differenz* – und nahm das Ergebnis mit einem Nicken zur Kenntnis. »Da müsste jetzt jemand zu erreichen sein«, sagte er. »In Kolumbien ist es sechs Stunden früher als bei uns.«

»Also kurz nach neun Uhr morgens«, stellte Kaufmann mit einem Blick auf die Uhr fest.

»Richtig.« Angersbach trank von seinem Kaffee und schüttelte sich. Die fast kalte Brühe war alles andere als schmackhaft. »Aber wir müssen auf den Dolmetscher warten. Oder kannst du Spanisch?«

»Nein.« Über Kaufmanns Gesicht fiel ein Schatten.

Ralph kannte den Grund dafür. Sabine hatte ihm erzählt,

dass ihr Vater vor vielen Jahren nach Spanien ausgewandert war. Seitdem hatte es keinen Kontakt mehr gegeben. Weil ihr Vater eben nicht einfach nur ausgewandert war. Er war abgehauen. Sabine hatte Ralph die Postkarte gezeigt, die ihr Vater ganz am Anfang geschickt hatte, aus Barcelona, wo er aber nicht zu bleiben gedachte.

Ich hab's nicht mehr ausgehalten, mein Augenstern. Ich mache irgendwo am spanischen Atlantik eine Kneipe auf. Ihr seid ohne mich besser dran.

Das war jetzt über dreißig Jahre her, Sabine war damals ein neunjähriges Mädchen gewesen. Ein Alter, in dem die Seele so zerbrechlich war wie dünnes Glas und die Gefühlswelt sich auch ohne den Verlust einer Bezugsperson in einem ständigen Strudel befand. Sie hatte die Welt nicht mehr verstanden, und natürlich hatte sie sich selbst die Schuld gegeben, dass ihr Vater es nicht mehr zu Hause ausgehalten hatte. Deshalb wirkte das Trauma bis heute nach.

Ralph wusste, dass sie ihrem Vater damals gerne geschrieben hätte. Den Kontakt gehalten, nicht nur, um ihm all ihre Fragen zu stellen. Oder die Illusion am Leben zu halten, er würde um ihretwillen zurück nach Hause kommen. Aber es hatte keine Adresse gegeben, nicht einmal einen Ortsnamen. Später, als sie bei der Polizei angefangen hatte, hätte sie versuchen können, ihn aufzuspüren, doch nach so vielen Jahren allein mit ihrer Mutter hatte sie kein Interesse mehr gehabt. Sollte er doch bleiben, wo der Pfeffer wuchs, war ihr Fazit gewesen. Sie brauchte keinen Vater. Jedenfalls nicht so einen.

Ralph sah, wie sie die unschönen Erinnerungen abschüttelte.

»Warum versuchen wir es nicht mit Englisch?«, fragte sie.

Angersbach deutete auf seinen Bildschirm. »Die Kollegen

schreiben, dass sie bereits einen Versuch gestartet haben, aber in der Polizeistation war niemand, der Englisch konnte. Anscheinend ist das in Kolumbien nicht sehr verbreitet.«

»Aha?« Kaufmann machte ein ungläubiges Gesicht.

Angersbach schob ihr das Telefon hin. »Du kannst es gerne selbst probieren.«

Sabine wollte gerade nach dem Hörer greifen, als es an der Tür klopfte. Ein Mann trat ein, Mitte zwanzig vielleicht, mit langen blonden Haaren, die er am Hinterkopf aufgewickelt und mit einem Gummi fixiert hatte. Er war braun gebrannt wie ein Surfer, hatte den passenden Dreitagebart und trug modisch zerlöcherte Jeans und ein buntes Hemd.

»Hallo? Ich suche die Kommissare Kaufmann und Angersbach.«

»Das sind wir.« Sabine lächelte freundlich. Ralph taxierte den Neuankömmling. Er strahlte dieses lässige Selbstbewusstsein aus, für das Angersbach selbst jedes Talent fehlte. Leider.

»Miguel Rodriguez«, stellte sich der Surfer vor. »Geboren in Marbella, zu Hause in Gießen. Ich bin Spanischlehrer und vereidigter Dolmetscher.«

»Ah!« Nun schaffte es auch Ralph, die Mundwinkel zu heben. Er zeigte auf seinen Monitor. »Das passt ja perfekt. Dann rufen Sie doch bitte gleich mal diese Nummer an und fragen, ob bei dieser Polizeistation in der letzten Woche eine Personensuche veranlasst wurde.«

Rodriguez nahm auf Ralphs Bürostuhl Platz, griff zum Hörer und wählte. Nach dem dritten oder vierten Klingeln wurde abgehoben, es folgte ein kurzer Dialog auf Spanisch. Rodriguez winkte nach Stift und Papier. Kaufmann reichte ihm beides, und der Dolmetscher machte sich Notizen. Es folgten ein paar weitere spanische Sätze, dann legte er auf.

Kaufmann und Angersbach sahen ihn gespannt an.

»Vor drei Tagen ist bei der Polizei in Leticia eine Person vermisst gemeldet worden.« Rodriguez hielt den Zettel hoch. »Eine Frau namens Kim Helbig. Fünfundzwanzig Jahre alt, wohnhaft in Frankfurt. Sie ist Teil einer Expedition. Die Gruppe heißt RegenWaldRetter. Ein Projekt von einem Professor aus dem Institut für Ökologie, Evolution und Diversität der Universität Frankfurt. Florian Waldschmidt heißt der Mann. Kim Helbig arbeitet ebenfalls dort an der Uni. Sie schreibt ihre Doktorarbeit über vom Aussterben bedrohte Tierarten im Amazonas-Regenwald.«

»Haben wir eine Adresse von ihr in Deutschland?«

Rodriguez schüttelte den Kopf. »Die wurde nicht angegeben. Man geht ja davon aus, dass sie in Kolumbien verloren gegangen ist.«

»Wann wurde sie zuletzt gesehen?«

»Am Montagabend vor vier Tagen. Die Mitglieder der Gruppe haben wie jeden Abend eine Runde durch den Regenwald gemacht und nach Wilderern Ausschau gehalten. Einzeln. Kim Helbig ist offenbar nicht zurückgekehrt. Ihr Fehlen wurde aber erst am nächsten Morgen bemerkt. Florian Waldschmidt hat sich daraufhin bei der Polizei in Leticia gemeldet. Die anderen Gruppenmitglieder haben nach Kim gesucht. Die Polizei hat ebenfalls einen Suchtrupp zusammengestellt, aber gestern Abend haben sie die Suche aufgegeben. Das Gebiet ist zu groß und zu unübersichtlich. Es ist fast unmöglich, jemanden wiederzufinden, der verloren gegangen ist.«

»Wie viele Mitglieder hat die Gruppe?«, erkundigte sich Sabine.

»Fünf. Neben Frau Helbig sind das Professor Florian Waldschmidt, der Gruppenleiter, außerdem Danny Bender, Fotograf, Markus Kießling, Journalist, und Lara Schick, eine ehrenamtliche Mitarbeiterin.«

»Und alle auf der Suche nach Wilderern. Wahrscheinlich hat Kim Helbig sie entdeckt, und die Wilderer haben sie aus dem Weg geräumt, bevor sie ihnen ihre Geschäfte versaut«, überlegte Angersbach laut.

Rodriguez sah ihn erschrocken an. »Kim Helbig ist tot?«

»Das wissen wir noch nicht«, sagte Kaufmann und warf Ralph einen vorwurfsvollen Blick zu. Zu Recht. Rodriguez mochte ein vereidigter Dolmetscher sein, aber er war kein Polizist. Einzelheiten der Ermittlungen gingen ihn nichts an.

»Wir haben eine Tote, die noch nicht identifiziert ist«, versuchte Ralph, seinen Patzer auszubügeln. »Möglicherweise handelt es sich dabei um Frau Helbig. Vielleicht aber auch nicht.«

Rodriguez machte ein ratloses Gesicht. »Wie sollte sie denn hierhergekommen sein, wenn sie tot ist? Oder ist die Leiche in Kolumbien gefunden worden?«

Kaufmann schnitt eine Grimasse in Ralphs Richtung. *Das kommt dabei heraus, wenn man nicht nachdenkt, bevor man den Mund aufmacht,* sollte das wohl heißen. Angersbach lächelte entschuldigend.

»Wir dürfen dazu leider nichts sagen«, erklärte Sabine.

»Schon gut.« Rodriguez erhob sich und winkte ab. »Ich kenne das schon. Ich bin nur sehr neugierig.« Er zwinkerte ihr zu und wippte mit dem Kopf in Richtung Tür. »Na gut, dann mache ich mich wieder auf den Weg. Wenn Sie noch etwas brauchen …« Er reichte Kaufmann eine Visitenkarte.

»Danke.« Sabine wartete, bis Rodriguez das Büro verlassen hatte. Angersbach wehrte ab, ehe sie etwas sagen konnte.

»Tut mir leid. Das mit Kim Helbig ist mir einfach so herausgerutscht.«

»Schon gut. Aber wenn du recht hast, ist der Fall abgeschlossen, bevor wir mit den Ermittlungen angefangen haben. Die Wilderer im Amazonas-Regenwald können wir von hier aus nicht jagen.«

»Wir können zumindest herausfinden, ob es Kontakte gibt. Einen Auftraggeber. Jemanden, der vielleicht nicht nur die geschmuggelten Tiere in Auftrag gegeben hat, sondern auch den Mord an Kim Helbig.«

»Langsam.« Kaufmann hob die Hand. »Bisher haben wir noch nicht einmal eine Bestätigung der Identität. Wir müssen die Eltern von Kim Helbig ausfindig machen und feststellen, ob sie tatsächlich unsere Tote ist. Falls ja, müssen wir Kontakt zu den Mitgliedern der Expedition aufnehmen.«

Angersbach hatte sich bereits an den Rechner gesetzt und die Datenbank mit den Meldedaten aufgerufen.

»Kim Helbig ist vermutlich kein besonders häufiger Name«, murmelte er. »Und wenn Hack recht hat, kommt sie aus Hessen.« Er tippte den Namen ein und erhielt gleich darauf ein Ergebnis, eine Adresse in Frankfurt. Zu seiner Überraschung lieferte ihm das Telefonbuch die zugehörige Nummer, obwohl das heutzutage wohl eher nicht mehr zeitgemäß war. Angersbach griff nach dem Telefonhörer und wählte sie. Nach dem zweiten Klingeln meldete sich eine Frauenstimme. »Natalie Engbers, hallo?«

»Angersbach, guten Tag. Ich bin auf der Suche nach Kim Helbig.«

»Das ist meine Mitbewohnerin«, erklärte Engbers aufgeräumt. »Aber sie ist nicht da. Sie ist seit drei Monaten im Amazonas-Regenwald. Sie kommt aber Anfang nächster Woche zurück.«

»So lange kann ich leider nicht warten«, sagte Angersbach. »Könnten Sie mir bitte die Telefonnummer ihrer Eltern geben?«

Am anderen Ende herrschte ein paar Sekunden Schweigen.

»Wer sind Sie noch mal?«, fragte die Mitbewohnerin.

»Angersbach. Polizeipräsidium Mittelhessen.«

»So?« Die Stimme der Mitbewohnerin wurde argwöhnisch. »Und was wollen Sie von Kim? Oder von ihren Eltern?«

»Es geht um eine Zeugenaussage«, flunkerte Angersbach. Um Aussagen ging es ja praktisch immer irgendwie. Eine Lüge also, die er vertreten konnte. Und den tragischen Rest ließ er einfach weg.

Engbers schnaubte. »Davon weiß ich nichts.« Sie schien das Gespräch beenden zu wollen. Wahrscheinlich hielt sie ihn für einen Telefonbetrüger. Die hatten das mit dem Lügen besser drauf als er. Vor allem waren sie skrupelloser.

»Warten Sie bitte«, sagte Angersbach. »Suchen Sie im Internet die Nummer des Polizeipräsidiums Mittelhessen in Gießen heraus. Rufen Sie dort an und lassen sich mit mir verbinden. Kriminaloberkommissar Ralph Angersbach.«

»Okay.« Ein hartes Klicken, dann war die Verbindung weg.

Ralph schaute zu Sabine, die an dem leeren Schreibtisch ihm gegenüber Platz genommen hatte, und zuckte mit den Schultern. »Gesundes Misstrauen.«

»Verständlich. Man kann nicht vorsichtig genug sein heutzutage. Gerade als Frau.«

Ralph rechnete sich seine Chancen aus, ob Natalie Engbers tatsächlich im Internet nach ihm suchen würde und dann auch Kontakt aufnehmen würde. In Zeiten von gefälschten Websites, die dem Original zum Verwechseln ähnlich sahen, konnte man sich als misstrauische Person ja auf gar nichts mehr verlassen. Je mehr Zeit verstrich, desto unwahrscheinlicher …

Prompt klingelte das Telefon. Er riss den Hörer ans Ohr und meldete sich.

»Hallo. Natalie Engbers hier.«

»Hallo, Frau Engbers. Danke, dass Sie zurückrufen!«

»Tut mir leid, dass ich Ihnen nicht geglaubt habe.«

»Das ist schon in Ordnung«, sagte Angersbach und nahm sich einen Zettel. »Würden Sie mir bitte die Adresse von Kims Eltern geben?«

»Ja. Natürlich.«

Sabine Kaufmann rutschte ungeduldig auf dem Stuhl herum. Sie fühlte sich hin- und hergerissen, weil es so viele Dinge gleichzeitig zu erledigen gab. Sie wollte mit Elmar Amrhein, dem Inhaber der Gießener Zoohandlung, sprechen. Sie wollte wissen, ob die Tote in der Rechtsmedizin Kim Helbig war. Und sie wollte ins Klinikum, um sich davon zu überzeugen, dass Holger Rahn die OP gut überstanden hatte.

Kaufmann sah auf ihre Armbanduhr. Es war noch keine halbe Stunde her, dass sie zuletzt im Krankenhaus angerufen hatte.

Die Schwester war immer noch freundlich gewesen, aber die Gereiztheit in ihrer Stimme war nicht zu überhören gewesen. Die Operation war abgeschlossen. Rahn lag auf der Intensivstation, war aber noch nicht wach. Man würde Sabine benachrichtigen, sobald er wieder zu sich kam und ansprechbar war, hatte die Schwester gesagt. Wenn sie nur wüsste, warum es so lange dauerte.

Sabine war derart in Gedanken versunken, dass ihr erst nach geraumer Zeit auffiel, dass Ralph den Telefonhörer immer noch in der Hand hielt, obwohl das Gespräch offenbar beendet war. Aus dem Hörer drang ein monotones Tuten. Ralph starrte auf den Zettel auf seinem Schreibtisch, auf dem er etwas notiert hatte. Er sah aus, als wäre ihm schlecht.

»Ralph? Was ist los?«

Angersbach hob wie in Zeitlupe den Kopf. Er schaute auf den Telefonhörer und legte ihn zurück auf den Apparat. Dann schob er ihr den Zettel herüber.

Anke und Olaf Helbig, Bäckerei Helbig, Bad Vilbel, stand darauf.

»O nein.« Kaufmann schlug die Hand vor den Mund. In der Bäckerei Helbig hatte sie unzählige Male Brötchen, Brot und Kuchen gekauft in den Jahren, in denen sie mit ihrer Mutter in Bad Vilbel gewohnt und zusammen mit Angersbach in der Polizeistation gearbeitet hatte. Die Bäckerei war nicht weit vom Revier entfernt, sie hatten sich dort auch oft belegte Brötchen mitgenommen, wenn sie es eilig hatten.

Olaf Helbig, der Bäcker, war ein großer und stämmiger Mann, der seinen Beruf liebte. Er hatte immer ein Lächeln auf den Lippen und pfiff gerne vor sich hin. Seine Frau Anke war ebenfalls groß und kräftig. Sie stand jeden Tag hinter der Theke und plauderte mit den Kunden. Ralph und Sabine hatten sich immer gern mit ihr unterhalten. Anke Helbig hatte einen wunderbaren Humor, sie hatte sie häufig zum Lachen gebracht mit ihren Anekdoten über die Schrullen ihrer Kundschaft.

Und Kim, die Tochter von Anke und Olaf, war deren ganzer Stolz. Sie hatte das Abitur mit Bravour bestanden und war zum Studieren nach Frankfurt gegangen. Offenbar erfolgreich, wenn sie jetzt dort promovierte und an einer Expedition in den Amazonas-Regenwald teilnahm.

Sabine Kaufmann richtete den Blick in die Ferne und versuchte, sich ein Bild der Bäckerstochter vor Augen zu rufen. Kaufmann hatte ein fast fotografisches Gedächtnis, und sie war Kim häufig begegnet. In den Schulferien hatte das fröhliche blonde Mädchen im Laden ausgeholfen. War es dasselbe Gesicht, das sie aus der Kiste mit den Reptilien und von Hacks

Obduktionstisch aus angestarrt hatte? Sabine konnte es nicht sagen. Die abgefressenen Augenlider und Lippen hatten die Tote so entstellt, dass sich ihr Bild nicht mit dem der lebendigen Kim in Einklang bringen ließ.

13

Bad Vilbel, zwei Stunden später

Auch wenn der Pendlerverkehr ab Freitagmittag größtenteils
aus dem Rhein-Main-Gebiet hinausströmte und an den neu-
ralgischen Punkten für unangenehme Geduldsproben sorgte,
war auch die Gegenrichtung gut befahren. So brauchten die
beiden Kommissare selbst am späteren Nachmittag für die
knapp siebzig Kilometer von Gießen nach Bad Vilbel fast eineinhalb Stunden. Als Angersbach den Lada Niva endlich vor
der Bäckerei Helbig abstellte, räumte Anke Helbig gerade den
übrig gebliebenen Kuchen zusammen. In einer knappen halben Stunde würde der Laden schließen.

Die Inhaberin war selbst eine gelernte Bäckereifachverkäu-
ferin, die viel lieber hinter der Theke stand und mit den
Stammkunden plauschte, als sich um Betriebswirtschaft und
Papierkram zu kümmern. Sie blickte auf, als die Türglocke ertönte, und ein strahlendes Lächeln erschien auf ihrem Gesicht.
»Frau Kaufmann! Herr Angersbach! Wie schön, Sie wieder
einmal zu sehen. Haben Sie hier in der Gegend zu tun?«

Angersbach sah Hilfe suchend zu Sabine. Wie konnte man
der Mutter sagen, was sie ihr mitzuteilen hatten?

»Hallo, Frau Helbig«, erwiderte Kaufmann den Gruß. »Wir
freuen uns auch, Sie zu sehen, aber wir sind leider aus einem
traurigen Anlass hier.«

»So?« Anke Helbigs Blick huschte nach hinten, wo sich der
Durchgang zur Backstube befand. »Aber … nein, Olaf ist
hier.« Sie hob die Stimme. »Olaf?«

Der Bäcker erschien in der Tür. »Ja? Ist was passiert?« Er entdeckte Kaufmann und Angersbach. »Ach, unsere Kommissare. Wir haben uns ja eine halbe Ewigkeit nicht mehr gesehen. Zuletzt waren Sie hier, als jemand diese Anschläge auf dem Vilbeler Markt verübt hat, richtig?«

Ralphs Kehle wurde noch enger. Dieser Fall damals hatte ihn bis ins Mark erschüttert.

Anke Helbig strich ihrem Mann über den Arm. »Ich habe gerade einen richtigen Schreck bekommen. Frau Kaufmann sagte etwas von einem traurigen Anlass. Für einen Moment dachte ich, du wärst unterwegs mit dem Wagen verunglückt. Aber das ist ja auch Unsinn.« Sie sah die Kommissare an. »Mit Verkehrsunfällen haben Sie nichts zu tun.«

»Nein.« Kaufmann räusperte sich. »Es geht nicht um einen Unfall. Es geht um eine Tote, die wir gefunden haben. Wir konnten sie bisher nicht identifizieren.« Sie musste tief Luft holen, ehe sie weitersprechen konnte. »Es besteht die Möglichkeit, dass es sich um Ihre Tochter handelt.«

Olaf Helbig lachte. »Bestimmt nicht. Kimmi ist in Kolumbien.«

»Ja.« Anke Helbig sah erleichtert aus. »Sie kommt erst nächste Woche zurück.«

»Würden Sie uns trotzdem den Namen von Kims Zahnarzt nennen? Nur, damit wir sichergehen können?«

Olaf Helbig zog die dichten Brauen zusammen. »Wieso? Haben Sie Ihre Tote in Kolumbien gefunden?«

»Nein.« Kaufmann suchte offensichtlich nach Worten, die den Schrecken mildern könnten, fand jedoch keine. »Aber sie lag in einer Kiste, die mit großer Wahrscheinlichkeit aus Kolumbien kommt.«

Der Bäcker breitete die Hände aus. »Kimmi ist doch nicht die einzige Deutsche, die sich in Kolumbien aufhält.«

»Sicherlich nicht.« Sabine biss sich auf die Lippen. »Aber sie ist die Einzige, von der wir wissen, dass sie seit einigen Tagen vermisst wird.«

Das Gesicht von Anke Helbig wurde aschfahl. »Nein!«

Olaf Helbig griff nach ihrer Hand und drückte sie. »Das ist ein Irrtum, du wirst sehen. Wenn Kimmi verschwunden wäre, hätte man uns doch informiert. Sie ist schließlich nicht allein dort, sondern mit einer Gruppe. Bestimmt ist das nur ein Fehler in der Kommunikation mit der kolumbianischen Polizei. Da unten sind die Dinge nicht so wie hier. Da geht schon mal was durcheinander.«

»Hatten Sie denn in den letzten Tagen Kontakt zu Kim?«, fragte Sabine sanft.

Olaf Helbig schüttelte den Kopf. »Sie hat sich vor einer guten Woche zuletzt gemeldet. Meistens hat sie da unten keinen guten Empfang. Aber ich bin mir trotzdem sicher, dass sie es nicht ist.«

Kaufmann seufzte leise.

»Wir können das klären, wenn Sie uns verraten, wer ihr Zahnarzt ist«, sprang Angersbach seiner Kollegin bei.

»Warum denn der Zahnarzt?« Olaf Helbig funkelte ihn an. »Warum zeigen Sie uns nicht einfach ein Foto der Toten? Dann können wir Ihnen sagen, ob es sich um unsere Tochter handelt.«

»Wir würden Ihnen das lieber ersparen«, erklärte Sabine. »Die Tote ist ... entstellt.«

»Entstellt?« Anke Helbig schlug sich die Hände vors Gesicht. »Wovon denn, um Gottes willen?«

Das Läuten der Türglocke ließ sie alle vier zusammenfahren. Eine ältere Frau mit Gehstock und einem unvorteilhaften Hut betrat die Bäckerei.

»Ist irgendwas passiert?«, fragte sie und sah neugierig in die

Runde. Sie hob den Stock und richtete ihn auf Angersbach. »Sie sind doch der Kommissar, der vor ein paar Jahren hier gearbeitet hat.« Ihr Blick wanderte weiter zu Kaufmann. »Und Sie sind die Kollegin.«

»Richtig, Frau Kupeck.« Anke Helbig atmete einmal kurz durch und setzte ihr professionelles Verkäuferinnengesicht auf. »Frau Kaufmann und Herr Angersbach waren gerade auf dem Weg. Sie wollten nur kurz hereinschauen und Hallo sagen.«

»Genau«, bestätigte Angersbach. »Wir müssen dann auch wieder.«

»Nehmen Sie sich doch noch zwei Mohnschnecken mit«, sagte Olaf Helbig, griff nach dem Gebäck und steckte es rasch in eine Papiertüte. Er wandte sich kurz ab, knisterte mit dem Papier und drehte sich dann wieder zu Angersbach um. »Bitte sehr.«

Ralph nahm die Tüte entgegen. »Danke.«

Sie verließen den Laden, während Anke Helbig die aufdringliche Kundin bediente.

»Wir warten wohl besser, bis die Dame gegangen ist«, sagte Kaufmann.

»Nicht nötig.« Angersbach hielt ihr die Tüte mit den Mohnschnecken hin. Oben auf dem Falz hatte der Bäcker mit Kugelschreiber einen Namen notiert. *Dr. Steffen Wittig.*

Die Zahnarztpraxis lag nur ein paar Querstraßen entfernt und war am späten Freitagnachmittag geschlossen, aber sie hatten trotzdem Glück. Die Praxis befand sich im Erdgeschoss des Wohnhauses von Steffen Wittig. Ein Mann in einem grünen Overall mit zerzausten schwarzen Locken war damit beschäftigt, vor dem Haus die zahllosen herabgefallenen Blätter einer Rotbuche mit einem Laubsauger aufzunehmen. Am Ende des

Geräts befand sich ein Sack, in dem die gehäckselten Blätter gesammelt wurden. Sehr praktisch, fand Sabine, jedenfalls besser als die Laubbläser, mit denen die Arbeiter von der Stadt in ihrem Wohnviertel die Blätter zu Haufen zusammenschoben, die dann beim nächsten Windstoß wieder auseinandergefegt wurden. Viel Lärm für nichts.

Angersbach parkte den Niva auf dem Gehweg vor dem Haus. Sie stiegen aus und steuerten auf den Mann im grünen Overall zu.

»Guten Tag«, rief Sabine ihm zu. »Sind Sie Dr. Wittig?«

Der Mann runzelte die Stirn und schaltete den Laubsauger aus. »Ja«, sagte er zögerlich.

Kaufmann lächelte. »Keine Sorge. Es geht nicht um einen zahnmedizinischen Notfall außerhalb der Sprechzeiten.« Zum Beweis zeigte sie ihm ihre gesunden weißen Zahnreihen.

»Sehr schön.« Wittig neigte den Kopf. »Was kann ich dann für Sie tun?«

Sabine zückte ihren Polizeiausweis. »Um Zähne geht es leider trotzdem. Wir bräuchten das Zahnschema von einer Ihrer Patientinnen.«

Die Miene des Arztes verschloss sich.

Sabine hob die Hand. »Ich weiß. Datenschutz. Schweigepflicht. Sie bekommen einen richterlichen Beschluss.« Sie überlegte kurz, wie viel sie preisgeben durfte, entschied sich dann aber für Offenheit. »Wir haben da eine Tote, die wir nicht identifizieren können, weil sie entstellt ist. Na ja, und wir fürchten, dass es sich dabei um Kim Helbig handeln könnte.«

Die Gesichtszüge des Arztes entgleisten. »Die Bäckerstochter?«

»Leider ja. Es würde uns und den Eltern sehr helfen, wenn wir so rasch wie möglich Klarheit hätten.«

Wittig legte den Laubsauger auf den Boden. »Kommen Sie.« Er ging ihnen voran ins Haus, durch einen kurzen Flur und eine weitere Tür in ein fast quadratisches Vorzimmer mit einem weißen Tresen. Dahinter befand sich ein geräumiges Büro, rechts und links gingen die Türen zu den Behandlungsräumen ab. Ein weiterer Flur führte zum Wartezimmer und zu einem Raum, an dessen Tür das Wort »Labor« stand. Weiß war die vorherrschende Farbe, alles war klinisch rein, mit glänzenden Oberflächen. Der typische Geruch nach antiseptischen Mitteln wehte ihnen entgegen.

Wittig betrat das Büro, in dem eine komplette Wand von Aktenschränken mit Hängeregistern eingenommen wurde. Auf dem Tisch standen ein großer Monitor und ein protziger Desktoprechner mit allerlei Kabeln, die zu externen Laufwerken führten. Sogar ein Blu-Ray-Brenner gehörte dazu. Angersbach neben ihr pfiff leise durch die Zähne. So hochwertig war die Ausstattung bei der Polizei nicht. Aber Zahnärzte verdienten ja gemeinhin auch gut.

Dr. Wittig schaltete den Rechner ein und klickte sich schnell durch eine komplex aussehende Ordnerstruktur.

»Ich kann Ihnen das Zahnschema zuschicken, wenn Sie mir eine Adresse geben.«

»Warten Sie kurz.« Kaufmann zog ihr Smartphone hervor, wählte die Nummer der Rechtsmedizin und ließ sich Professor Hack geben. Er diktierte ihr eine Mailadresse und bat sie, in der Leitung zu bleiben.

»Fragen Sie den Kollegen, ob seine Patientin Lingualbrackets hat.«

Kaufmann gab die Frage weiter, und der Blick aus Wittigs Augen, die sich entsetzt weiteten, war Antwort genug.

»Ja«, krächzte er. »Ihre Eltern haben ihr das geschenkt. Sie wollte gerne schönere Zähne, fühlte sich aber zu alt, um mit einer sichtbaren Spange herumzulaufen.« Er schickte die Datei ab.

»Angekommen«, sagte Wilhelm Hack, den Kaufmann immer noch am Ohr hatte. Sie hörte Tastaturgeklapper, dann nichts.

Ein paar Momente angespannter Stille und banger Hoffnung folgten. Schließlich meldete sich Hack wieder.

»Frau Kaufmann?«

»Ja?«

»Sie ist es.«

»Danke.« Kaufmann drückte das Gespräch weg und schaute Ralph und den Zahnarzt an. Sie musste nichts sagen, die beiden konnten das Ergebnis an ihrem Gesicht ablesen. Der Zahnarzt schloss die Augen, Ralph fuhr sich mit beiden Händen durch die Wuschelfrisur.

»Verdammt.«

Sie mussten es den Eltern sagen, das wussten sie beide. In diesem Fall war das ein besonders furchtbarer Gang.

14

Leticia, Kolumbien, zur selben Zeit

Sie saßen stumm im Küchenzelt um den Tisch herum. Seit sie vor drei Tagen entdeckt hatten, dass Kim von der Runde am Vorabend nicht zurückgekehrt war, verbrachten sie ihre Zeit immer auf dieselbe Weise. Sie standen früh auf, tranken Kaffee und aßen eine Kleinigkeit. Dann drehten sie eine Runde durch den Dschungel. Zum Mittagessen trafen sie sich wieder, ehe sie erneut aufbrachen, um nach Kim zu suchen. Wenn es dunkel wurde, kehrten sie ins Camp zurück, erschöpft, enttäuscht, ernüchtert. Sie wuschen sich den Tag unter der Dusche ab, aßen gemeinsam zu Abend und schlüpften zeitig in ihre Schlafsäcke. Markus und Danny tranken manchmal noch zusammen ein Bier, aber auch sie sprachen kaum. Kims Verschwinden lag ihnen allen schwer auf der Seele, und die Hoffnung, sie wohlbehalten wiederzufinden, wurde mit jedem Tag geringer.

Auch dieser Vormittag hatte sich in keiner Weise von den drei vorhergegangenen unterschieden. Sie hatten sich durch den heißen, regennassen Dschungel gekämpft und nach Kim gerufen, vergeblich natürlich. Wenn Kim verletzt war und irgendwo da draußen zwischen den Bäumen mit den riesigen Stämmen lag, war sie nach drei Tagen ohne Essen und Trinken vermutlich nicht mehr in der Lage, sich bemerkbar zu machen. Wahrscheinlich war sie nicht einmal mehr bei Bewusstsein.

Lara wollte unbedingt positiv denken, aber es fiel ihr von Tag zu Tag schwerer. Ihr fiel einfach kein Szenario ein, das

Kims lange Abwesenheit erklärte und nicht in einem Drama endete.

Markus Kießling stand auf und öffnete die Zeltplane, die das Küchenzelt verschloss. Er hängte sie in den dafür vorgesehenen Ösen ein und trat ein paar Schritte nach draußen, blieb aber unter dem Vordach des Zelts. So hielt er Sichtkontakt, ohne die anderen zu belästigen. Nach Kims Verschwinden hatte er sich in Leticia kolumbianische Zigarillos besorgt. Eigentlich hatte er vor ein paar Jahren mit dem Rauchen aufgehört, aber die Sorge um Kim machte ihm so zu schaffen, dass er wieder angefangen hatte. Das Nikotin half ihm, seine Nerven zu beruhigen, hatte er Lara erklärt.

Lara hätte auch gern etwas gehabt, mit dem sie ihre Anspannung bekämpfen könnte, aber sie hatte nie geraucht. Sie machte sich auch nichts aus Alkohol, und sie aß weder Süßigkeiten noch Knabberkram. Das alles hatte sie sich mit eiserner Disziplin abtrainiert, um ihre Figur zu halten. Das Einzige, was ihr blieb, war, sich an den Glauben zu klammern, dass am Ende doch noch alles gut ausging, dass es eine Erklärung für Kims Verschwinden gab, an die sie alle nicht gedacht hatten.

Durch die offene Zelttür sah sie jetzt zwei Männer in Uniform durch den Urwald auf sie zukommen.

Leticia lag unmittelbar an der Grenze zu Brasilien und Peru. Der kolumbianische Teil ragte wie ein kleines Dreieck in die Linie zwischen den beiden anderen Ländern hinein. Auch auf brasilianischer Seite gab es eine Grenzstadt, Tabatinga. Im Grunde war es eine einzige große Stadt; Leticia und Tabatinga gingen unmittelbar ineinander über.

Am Grenzübergang waren Polizisten postiert, aber man hätte ohnedies gemerkt, dass man eine unsichtbare Linie überschritt. In Leticia war alles sauber, ordentlich und gut organisiert. Die Menschen waren ernst, aber freundlich, auch die

Polizisten. Die Straßen verliefen gerade, die Häuser waren in ordentlichen Reihen erbaut. In Tabatinga dagegen wirkte alles chaotisch. Die Häuser standen bunt durcheinandergewürfelt, die Straßen verliefen kreuz und quer. Die Menschen waren fröhlich, sie lachten, tanzten und sangen auf den Straßen. Die brasilianische Polizei dagegen wirkte sehr viel strenger und humorloser. Dabei war Leticia sicher nicht bezeichnend für ganz Brasilien. Im Gegenteil. Vielleicht bildete Leticia sogar die Ausnahme von der Regel, denn selbst in den ärmsten Regionen hielten die Menschen an farbenfroher Folklore und Lebensfreude fest. Umso unerträglicher war es daher, wenn einem vor Ort klar wurde, wie brutal und endgültig diese Heimat mancherorts zerstört wurde.

Die beiden Uniformierten, die auf das Zelt zukamen, waren eindeutig Kolumbianer, aber ihre Mienen waren an diesem Morgen so streng wie die der brasilianischen Polizisten. Laras Herz begann wie wild zu klopfen.

»Florian«, sagte sie zu dem Expeditionsleiter, der mit dem Rücken zum Zelteingang saß, und neigte den Kopf in Richtung der beiden Neuankömmlinge.

Florian Waldschmidt drehte sich um, und seine Gesichtszüge wurden noch angespannter, als sie es ohnehin schon waren. Er stand auf und ging den Polizisten entgegen.

Waldschmidt sprach fließend Spanisch. Lara und die anderen Teilnehmer hatten in den letzten drei Monaten ebenfalls ein paar Brocken gelernt, genug, um im Ort einzukaufen, sich einen Kaffee zu kaufen oder nach der Toilette zu fragen, doch für ein wichtiges Gespräch mit der Polizei würde es nicht reichen.

Die Unterhaltung dauerte nicht lange. Waldschmidt sagte kaum etwas, nickte nur immer wieder. Die Polizisten legten zum Abschied die Hände an die Mützenschirme.

Waldschmidt kam zurück ins Zelt. Sein Gesicht war aschgrau.

»Kim ist tot«, sagte er rau.

Lara begann am ganzen Körper zu zittern, obwohl es heiß wie in einem Backofen war.

»Was ist denn passiert?«, fragte Danny. »Hat man sie irgendwo im Wald gefunden?«

Waldschmidt schüttelte den Kopf. »Nein. Das ist das Verrückte. Sie wurde in Deutschland gefunden, auf einem Autobahnrastplatz.«

Kießling, der seinen Zigarillo gelöscht hatte, kam zurück ins Zelt. »Das kann doch gar nicht sein.«

Ratlosigkeit auf allen Gesichtern.

»Mehr wussten die Beamten auch nicht«, sagte Waldschmidt. »Nur, dass wir uns sofort bei der Polizei melden sollen, wenn wir zurück in Deutschland sind.«

Lara schlug die Hände vors Gesicht. Die Tränen liefen ihr heiß über die Wangen.

»Was tun wir denn jetzt?«, fragte Danny.

»Wir packen zusammen. Die Ausrüstung muss bis übermorgen Abend verschifft sein.« Er stieß einen langen Seufzer aus. »Unsere Expedition in den Regenwald ist beendet.«

15

Frankfurt, eine halbe Stunde später

Sabine Kaufmann starrte aus dem Seitenfenster, nahm aber nichts wahr, weder den kurzen Abschnitt sanfter Hügel hinter Bad Vilbel, auf denen sich Wiesen und Felder aneinanderreihten, noch den Verkehr auf der Autobahn, die Häuserschluchten oder die Dunkelheit, die sich unerbittlich auf die Stadt herabsenkte. Erst als Angersbach den Wagen in der Nähe der Goethe-Universität vor einem Wohnblock abstellte, kam sie wieder zu sich.

Das Gespräch mit Anke und Olaf Helbig saß ihr in den Knochen. Die Verzweiflung, die Tränen. Der Versuch, zu verleugnen, was nicht zu bestreiten war, und dann der Zusammenbruch, als die Wahrheit sie mit ihrer ganzen Wucht getroffen hatte. Ihre einzige Tochter, ihr geliebtes Kind, würde niemals wieder zu ihnen zurückkehren.

»Das muss einer von den Männern auf der Expedition gewesen sein«, hatte Olaf Helbig schließlich gesagt. »Kimmi war hübsch. Bestimmt hat sich einer von ihnen in sie verliebt. Sie hat ihn zurückgewiesen, und das hat er nicht verkraftet.«

Angersbach hatte versucht abzuwiegeln. Sie hatten sich darauf geeinigt, die weiteren Details zurückzuhalten. Je weniger zusätzlichen Schmerz sie den Eltern bereiten mussten, desto besser.

»Bisher wissen wir zu wenig, um irgendwelche Theorien aufzustellen«, hatte er entgegnet. »Aber wir tun alles, was in unserer Macht steht, um den Täter zu finden.«

Sie hatten zwei gebrochene Menschen zurückgelassen. Die Fröhlichkeit, die Unbeschwertheit, die sich Sabine in der Bäckerei Helbig immer vermittelt hatte, würde so schnell nicht zurückkehren. Wenn sie es überhaupt jemals tat.

Angersbach, der Kaufmann ein paar Schritte voraus war, studierte die Namensschilder an der Haustür. Dann drückte er auf einen der Knöpfe. Aus der Gegensprechanlage erklang eine Stimme, die Kaufmann an diesem Tag schon einmal gehört hatte. Nadine Engbers.

»Ja, bitte?«

»Hallo, Frau Engbers. Hier ist Ralph Angersbach. Wir haben heute Mittag telefoniert. Es ging um Ihre Mitbewohnerin.«

»Richtig. Ich habe Ihnen gesagt, dass sie erst nächste Woche zurückkommt. Und Ihnen die Telefonnummer ihrer Eltern gegeben.«

»Wir müssen leider auch Ihnen ein paar Fragen stellen.«

»Worum geht es denn, um Himmels willen? Ich habe nicht viel Zeit.«

»Können wir das vielleicht bei Ihnen in der Wohnung besprechen?« Angersbach, sonst gerne der Elefant im Porzellanladen, blieb bemerkenswert ruhig und bedächtig. Offensichtlich hatte auch ihm das Gespräch mit Kims Eltern zugesetzt. Und natürlich der Umstand, dass sie beide das Mädchen gekannt hatten. Es passierte nicht oft, dass man es mit Mordopfern zu tun bekam, die einem schon vorher begegnet waren.

Kaufmann erinnerte sich, dass Ralph immer gerne mit Kim Helbig gescherzt hatte. Ralphs Humor war gewöhnungsbedürftig, aber Kim hatte er gefallen.

»Bitte.« Der Summer ertönte, und Angersbach drückte die Tür auf.

Sie stiegen die Treppe hinauf bis in den dritten Stock. Dort wartete eine junge Frau im Türrahmen. Sie sah übernächtigt aus, die Augen rot gerändert, die Lider schwer, die kurzen schwarzen Haare zerzaust. Sie trug eine ausgeleierte Jogginghose und ein schlabberiges hellgrünes Top. Ihre Füße steckten in rosafarbenen Plüschhausschuhen mit Hasenohren.

»Verzeihen Sie«, sagte sie, nachdem sie sich die Dienstausweise hatte zeigen lassen und Kaufmann und Angersbach in die Küche führte. »Ich habe am Montag eine wichtige Prüfung, für die ich Tag und Nacht lerne. Deswegen bin ich in den letzten Tagen zu nichts anderem gekommen.«

Sie betraten eine winzige Küche. Auf dem Tisch stapelten sich Bücher, Ordner und Zettel, die Nadine rasch beiseiteräumte.

»Was studieren Sie?«, erkundigte sich Angersbach.

»Architektur.« Engbers schaute zur Spüle, wo sich schmutziges Geschirr stapelte. Sie öffnete einen Schrank und warf einen Blick hinein, offenbar, um festzustellen, ob es noch saubere Becher gab. »Möchten Sie einen Kaffee?«

»Ja, gerne«, sagte Sabine. Tatsächlich brauchte sie keinen, aber es war gut, wenn Nadine Engbers etwas hatte, woran sie sich festhalten konnte. Sie warteten, bis der Kaffee durchgelaufen war und jeder seinen Becher hatte. Nadine goss großzügig Milch in ihren, Kaufmann und Angersbach lehnten ab. Sie tranken ihren Kaffee beide schwarz.

»Setzen Sie sich doch«, bat Kims Mitbewohnerin.

Sie nahmen auf drei schmalen Stühlen mit geschwungenen Rückenlehnen Platz, die an ein Wiener Caféhaus erinnerten.

»Also«, sagte Engbers. »Was kann ich für Sie tun?«

Kaufmann tauschte einen schnellen Blick mit Ralph, der ihr zunickte und sie bittend ansah. Natürlich. Der schwierige Teil blieb auch diesmal an ihr hängen.

»Wir haben leider eine traurige Nachricht für Sie«, erklärte sie, genau, wie sie es auch schon bei den Eltern von Kim getan hatte. »Ihre Mitbewohnerin Kim ist tot.«

»Was?« Der Kaffeebecher wäre Nadine beinahe aus der Hand geglitten. Sie stellte ihn mit kraftlosen Fingern ab, und ein Teil des Inhalts schwappte über den Rand. »Aber ... Was ist denn passiert? Hatte sie einen Unfall im Regenwald?« Ihre Miene verdüsterte sich. »Ich habe ihr immer gesagt, dass das viel zu gefährlich ist. All die wilden Tiere da. Giftige Schlangen und Spinnen und Krokodile.«

»Frau Helbig ist nicht bei einem Unfall gestorben«, machte Angersbach der Sache ein Ende. »Sie wurde ermordet.«

»Wie bitte?« Die Augen der jungen Frau wurden riesengroß. »Aber ... warum?«

»Das wollen wir herausfinden«, schaltete sich Kaufmann wieder ein. »Und dazu brauchen wir Ihre Hilfe.«

»Es war einer ihrer Kollegen, richtig?«

Sabine tauschte einen überraschten Blick mit Ralph. Dieselbe Vermutung, die auch Olaf Helbig sofort angestellt hatte. Aber natürlich wussten weder Nadine noch der Vater etwas über die näheren Umstände.

»Denken Sie dabei an jemanden Bestimmtes?«, fragte Kaufmann dennoch. »Hatte Kim mit einem der Mitreisenden eine Beziehung? Oder gab es jemanden, der in sie verliebt war, dessen Gefühle sie aber nicht erwidert hat?«

Nadine Engbers lachte bitter. »Einen?«

»Könnten Sie das näher erläutern?«

»Sicher.« Nadine ergriff ihren Kaffeebecher mit beiden Händen und schlürfte daran. »Wir haben per Internet telefoniert, wenn Kim in Leticia war. Dort gibt es vielleicht kein brauchbares Netz, aber dafür öffentliche WLAN-Hotspots. Es war nicht sehr oft, aber dafür regelmäßig. So alle ein, zwei Wochen. Sie hat gesagt, die Typen seien alle drei in sie verknallt. Danny, der Fotograf, Markus, der Reporter, und sogar Florian, der Expeditionsleiter! Lagerkoller wahrscheinlich. Die haben da drei Monate auf engstem Raum in einem Zeltlager gehaust. Mitten in der Wildnis im Regenwald. Die einzigen anderen Menschen, die sie gesehen haben, waren die Einwohner von Leticia. Aber mit denen konnte sich außer Florian Waldschmidt niemand unterhalten. Die Kolumbianer sprechen kaum Englisch, und in Kims Gruppe kann nur Florian Spanisch.«

Sabine Kaufmann nickte. Es war nicht ungewöhnlich, dass solche extremen Situationen Romanzen beförderten.

»Hat sie auch erzählt, ob sie einen der Männer zurückweisen musste? Oder ob es Eifersucht gab?«

»Nein. Das war wohl gar nicht nötig. Die müssen gemerkt haben, dass Kimmi kein Interesse hatte. Sie wollte den Regenwald retten und die Wilderer fangen, nicht rumturteln. Ich nehme an, Sie wissen, dass in Leticia viel geschmuggelt wird? Vor allem Drogen, aber auch exotische Tiere. Das hat Kimmi auf die Palme gebracht. Dass da Leute Tiere fangen, die unter Artenschutz stehen, und sie nach Europa verschicken, damit irgendwelche durchgeknallten Arschlöcher, die nicht wissen, wohin mit ihrem Geld, sich ein neues Spielzeug zulegen können. Sie wollte die Wilderer unbedingt ausfindig machen und bei der Polizei anzeigen.«

Angersbach nickte. »Hat Kim Ihnen irgendetwas in dieser Art erzählt?«, fragte er. »Dass sie den Wilderern auf die Spur gekommen ist vielleicht?«

»Nein. Nichts.« Engbers stellte den Kaffeebecher zurück auf den Tisch und fuhr sich durch die kurzen Haare, die hinterher noch wilder vom Kopf abstanden. »Sie war total frustriert deswegen, weil sie nur noch eine Woche hatte und bisher nicht den kleinsten Hinweis entdeckt hatte. Aber der Regenwald ist riesig, und die Leute sind vorsichtig.«

»Hm.« Sabine trank einen Schluck von ihrem Kaffee. »Hat Kim irgendwann erwähnt, dass sie wegen irgendetwas beunruhigt war? Dass sie das Gefühl hatte, jemand würde sie belauern oder mit wütenden Blicken verfolgen?«

»Nein.« Engbers fuhr mit dem Zeigefinger am Rand ihrer Tasse entlang. »Aber sie hätte das wahrscheinlich auch gar nicht gemerkt. Kim hatte keine Antennen für so was. Sie war total auf ihre Arbeit fixiert. Ihre Promotion über die exotischen Tiere. Alles andere ist komplett an ihr vorbeigegangen.«

»Sie hatte also keine feste Beziehung? Keine engen Freunde oder Freundinnen?«

Nadine zuckte mit den Schultern. »Außer mir? Nicht, dass ich wüsste. Aber vielleicht hat sie mir auch nicht alles erzählt.«

»Danke.« Kaufmann trank den restlichen Kaffee aus dem Becher und erhob sich, und Angersbach tat es ihr gleich. Sabine zog eine Visitenkarte aus der Tasche und legte sie vor Nadine Engbers auf den Tisch. »Wenn Ihnen noch irgendetwas einfällt, melden Sie sich bitte bei uns. Egal, wie nebensächlich oder unwichtig es Ihnen erscheinen mag. Es sind oft Kleinigkeiten, die uns zum Täter führen.«

»Das mache ich.« Nadine zog die Karte zu sich heran und starrte darauf. Erst jetzt schien ihr wirklich zu Bewusstsein zu kommen, dass ihre Mitbewohnerin tot war. Ihre Augen füllten sich mit Tränen.

»Wir finden allein raus«, sagte Sabine und machte Ralph ein Zeichen, die junge Frau mit ihrer Trauer allein zu lassen. Es war alles gesagt, sie würden jetzt nur stören.

Als sie aus der Haustür traten, klingelte Sabines Mobiltelefon.

»Frau Kaufmann?«, sagte eine ihr unbekannte Frauenstimme. »Man hat mir gesagt, dass ich Sie informieren soll. Der

Patient mit der Schädelverletzung, ein Herr Holger Rahn. Er ist jetzt wach. Noch ein wenig desorientiert, aber stabil.«

Sabine fiel ein Stein vom Herzen.

»Danke«, sagte sie inbrünstig. »Kann ich ihn besuchen?«

»Sicher. Aber erwarten Sie keine Wunder.«

»In Ordnung. Ich bin schon auf dem Weg.« Sie verabschiedete sich und wandte sich an Ralph. »Holger ist aufgewacht. Lass uns zurück nach Gießen fahren.«

Angersbach ließ einen Stoßseufzer hören. »Endlich mal eine gute Nachricht.« Er entriegelte die Türen des Niva. »Allerdings nicht für unseren schrägen Lieferwagenfahrer Gerrit Liebetraut. Der kann einpacken, wenn der Kollege Rahn gegen ihn aussagt.«

Gießen, zwei Stunden später

Holger Rahn sah selbst nach einer mehrstündigen OP, im Krankenhausnachthemd und mit einem dicken weißen Turban um den Kopf, noch adrett aus. Seine himmelblauen Augen leuchteten auf, als Sabine das Krankenzimmer betrat. Für Ralph, der direkt dahinter folgte, hatte er keinen Blick.

Der Arzt, den sie auf dem Flur getroffen hatten, hatte ihnen erklärt, dass der Schlag Rahns Schädeldecke zertrümmert hatte. Im OP hatte man die Kopfschwarte geöffnet, um sicherzustellen, dass keine Knochensplitter ins Gehirn eindrangen. Man hatte die Splitter entfernt und den Spalt in der Schädeldecke mit einem speziellen Kitt verschlossen, der sich im selben Maße auflöste, wie der Knochen wieder zusammenwuchs.

»Das wird Zeit brauchen, aber mit etwas Glück ist er in ein, zwei Monaten wieder wie neu«, hatte der Arzt gesagt.

Angersbach hatte unwillkürlich seinen eigenen Schädel be-

109

fühlt. Wie gut, dass er bei diesem Einsatz nicht der Partner an Sabines Seite gewesen war.

Kaufmann setzte sich auf die Bettkante und griff nach Rahns Hand.

»Holger«, sagte sie rau. »Mein Gott, bin ich froh, dass du es geschafft hast.«

Rahns Lächeln war strahlend. »Schön, dass du da bist, Liebste«, sagte er. Angersbach zuckte, als hätte ihm jemand einen Tritt in die Magengrube verpasst.

Liebste?

»Du hast unglaubliches Glück gehabt«, erklärte Sabine. »Wenn du nicht so einen Dickschädel hättest ...« Sie blinzelte ihm zu.

Rahn zog ihre Hand an die Lippen und küsste sie. Angersbach knirschte mit den Zähnen. Offenbar waren die beiden wieder ein Paar. Aber er war ja selbst schuld. Gelegenheiten hatte es gegeben. Er hatte sie nicht genutzt.

»Weißt du noch, was geschehen ist?«, fragte Sabine.

Rahn kniff die Augen zusammen. Er dachte offensichtlich angestrengt nach.

»Nein«, sagte er schließlich. »Keine Ahnung.« Er sah auf die weiße Decke und das Krankenhausnachthemd und schien erst jetzt zu realisieren, wo er war. »Was ist denn passiert?«

»Jemand hat dich niedergeschlagen.«

Rahns freie Hand wanderte an seinen Kopf und betastete den Verband.

»Deswegen dröhnt mir der Schädel so«, sagte er mit einem schiefen Grinsen. »Und ich dachte, wir hätten es vielleicht zu wild getrieben. Zu viel Alkohol. Du weißt ja, dass ich nichts vertrage.«

Angersbach hätte am liebsten das Zimmer verlassen, um nicht länger Zeuge des Geturtels sein zu müssen Aber sie brauchten Rahns Aussage, um den Lieferwagenfahrer festnageln zu können, und Angersbach wollte mit eigenen Ohren hören, was der Kollege dazu zu sagen hatte.

Kaufmann drückte Rahns Hand. »Wir haben nicht gefeiert. Im Gegenteil, wir haben gearbeitet. Wir hatten eine Verabredung auf dem Rastplatz Römerwald. Mit jemandem, der uns eine Boa constrictor verkaufen wollte.«

»Eine Schlange?« Rahn blinzelte. »Was wollten wir mit einer Schlange?«

»Das war eine Falle, die wir dem Täter gestellt haben. Wegen unserer Tierschmuggel-Ermittlung. *ET*, das sagt dir doch was?«

Rahn lächelte. »Natürlich.« Er hob die rechte Hand, streckte den Zeigefinger aus und schaute auf die Fingerspitze. »ET nach Hause telefonieren.«

Kaufmann verdrehte die Augen und warf Ralph einen Hilfe suchenden Blick zu. Sie hatte ihm erzählt, dass die Schwester am Telefon etwas von »ein wenig desorientiert« gesagt hatte. Aber das hier war mehr als ein bisschen neben der Spur.

Es klopfte an der Tür, und der Arzt kam herein. »Hallo, Herr Rahn«, sagte er. »Wie geht es Ihnen?«

»Prima.« Rahn grinste breit. »Die Frau, die ich liebe, sitzt an meinem Bett und hält meine Hand, und in meinem Kopf ist alles so wunderbar leicht.«

»Sehr schön.« Der Arzt legte Rahn kurz die Hand auf die Schulter. »Dann wünsche ich Ihnen eine gute Nacht.«

Er ging wieder hinaus. Angersbach folgte ihm. »Äh – Herr Doktor?«

Der Arzt blieb stehen und drehte sich um. »Ja?«

»Er ist ein bisschen – verwirrt.«

»Ja.«

»Wegen der Narkose?«

»Auch.«

Angersbach neigte fragend den Kopf. »Und?«

Der Arzt zog die Augenbrauen zusammen. »Er hat eine retrograde Amnesie. Hat Ihnen das niemand gesagt?«

»Nein.« Ralph fuhr sich durch die Haare. »Das heißt, er kann sich nicht an die Zeitspanne vor dem Schlag erinnern?«

»Richtig.«

»Wie lange hält dieser Zustand an? Wann kommt die Erinnerung zurück?«

»Das kann niemand sagen«, entgegnete der Arzt. »Es kann Tage dauern oder Wochen. Vielleicht kommt manches auch gar nicht zurück.« Er zuckte mit den Schultern. »Sie müssen Geduld haben.« Der Piepser an seinem Gürtel meldete sich. Er drückte auf den Knopf. »Verzeihen Sie. Ich muss weiter«, sagte er und eilte mit raschen Schritten davon.

»Klar.« Angersbach lehnte sich mit dem Rücken gegen die Wand. Geduld. Das war nicht gerade seine Stärke. Sie konnten die Arbeitsgruppe von Kim Helbig nicht vernehmen, weil die RegenWaldRetter erst am Mittwochmittag aus Kolumbien zurückkamen. Sie bekamen keine Aussage von Holger Rahn, weil dieser sein Gedächtnis verloren hatte. Das Einzige, woran er sich erinnerte, war offenbar, dass er in Sabine Kaufmann verliebt war.

Aber eine Person blieb noch, mit der sie sich beschäftigen konnten. Elmar Amrhein. Sobald der Inhaber der Zoohandlung morgen seinen Laden öffnete, würden Sabine und Ralph vor der Tür stehen.

Was ihn zu der Frage brachte, wo Sabine die Nacht verbringen würde. Sollte er sie wieder einmal einladen, auf seinem Sofa zu schlafen? Die beiden letzten Male hatte das zu einigem Gefühlschaos zwischen ihnen geführt. Aber er konnte sie auch nicht ins Hotel schicken. Dann würde sie denken, dass er kein Interesse mehr an ihr hatte. Und das stimmte überhaupt nicht.

Die Tür des Krankenzimmers öffnete sich, und Sabine streckte den Kopf heraus. »Ralph?«

Er stieß sich von der Wand ab. »Ja?«

»Fahr nach Hause«, sagte sie. »Ich bleibe noch ein bisschen hier. Holger braucht mich jetzt.«

Angersbachs Magen knäuelte sich zusammen. »Klar. Aber – wo willst du schlafen?«

»Ich nehme mir ein Hotelzimmer irgendwo hier in der Nähe, dann kann ich morgen früh noch mal bei Holger vorbeischauen, bevor wir mit dem Fall weitermachen. Zoohandlung Amrhein, richtig?«

»Genau.« Ralph hob den Daumen. Auf keinen Fall wollte er sich anmerken lassen, wie enttäuscht er war. »Dann hole ich dich hier ab? Um neun?«

Er wusste, dass der Laden erst um zehn Uhr öffnete. Aber erstens konnte man davon ausgehen, dass der Inhaber schon früher vor Ort war, und zweitens gab es vielleicht noch etwas zu besprechen. Eventuell bei einem gemeinsamen Kaffee auf dem Weg. Sabine schien das ebenso zu sehen. »Super«, sagte sie lächelnd. »Ich warte dann draußen vor dem Eingang. Aber halb zehn langt uns doch dicke.« Sie winkte ihm zu und verschwand wieder im Zimmer.

Angersbach schob die Hände in die Hosentaschen und lief den langen Gang entlang, die Treppe hinunter und durch das hohe Foyer nach draußen. Vor dem Eingang des Klinikums blieb er stehen.

Er hasste Krankenhäuser.

16

Gießen, am Tag darauf, Samstag

Die Zoohandlung Amrhein befand sich in einem der Gießener Gewerbegebiete, die entstanden waren, nachdem die USA ihre Militärpräsenz hier aufgegeben hatte. Leer stehende Wohnkomplexe und Lagerhallen beherbergten nun Behörden, Freizeiteinrichtungen und allerlei Firmen. Wieder andere Bereiche hatte man in der durch den Syrienkrieg ausgelösten Flüchtlingskrise als Notunterkünfte genutzt. Eine bunte Vielfalt, die sich da vor den Toren der Stadt angesiedelt hatte. Bunt im wahrsten Sinne des Wortes, denn die grauen Betonwände der Halle, die den Zoohandel beherbergte, zeigten riesige Graffiti. Farbenfrohe Papageien in einer ebenso leuchtenden Dschungellandschaft und Fische in glasklarem Pazifikwasser auf der rechten Seite der Tür, Hasen und einheimische Singvögel in einem hessischen Mischwald auf der linken Seite. Sabine Kaufmann hatte sich die Homepage im Internet angesehen. Die Zoohandlung bot auf einer Fläche von knapp dreitausend Quadratmetern mehr als zweitausend Tiere und etwa vierhundert Arten an. Ein Großteil davon waren Fische.

Elmar Amrhein war mittelgroß und dünn. Seine Haare waren komplett ergraut. Er trug einen etwas altmodisch wirkenden graugrünen Dreiteiler aus Schurwolle mit hellblauem Hemd und eine Brille mit einem runden Metallrahmen, hinter der wache graue Augen zu sehen waren, dazu einen Zottelbart, der seine gesamte untere Gesichtshälfte bedeckte. Aus den Meldedaten, die sie abgefragt hatten, wusste Kaufmann, dass Amrhein fünfundfünfzig Jahre alt war, aber seine Ausstrahlung war die eines gutmütigen Großvaters.

»Guten Morgen«, grüßte er freundlich, als Ralph und Sabine um Punkt zehn, zum Beginn der täglichen Öffnungszeit, den Laden betraten, begleitet vom Gezwitscher der Türglocke, die eine Singdrossel imitierte. Er kam auf sie zu, den Kopf leicht schief gelegt, die Arme ein wenig vorgestreckt, die Handflächen nach oben gedreht, ganz dienstbarer Geist. »Was kann ich für Sie tun?«

Ralph fackelte nicht lange. »Kaufmann und Angersbach, LKA Wiesbaden und K11 Gießen«, sagte er und hielt Amrhein seinen Dienstausweis hin. »Wir möchten uns mit Ihnen über die exotischen Tiere unterhalten, die Sie ausliefern.«

Amrhein zuckte zurück. »LKA?«

Kaufmann verdrehte die Augen. Wie oft hatte sie sich genau darüber schon geärgert? Dass Angersbach den Elefanten im Porzellanladen mimte, besonders dann, wenn es darauf ankam, Dinge behutsam anzugehen?

»Es geht um die Lieferung, die Ihr Fahrer Gerrit Liebetraut gestern zur Raststätte Römerwall gebracht hat«, sagte sie und bedeutete Ralph mit einem scharfen Blick, sich zurückzuhalten.

Amrhein blinzelte. »Ich fürchte, ich kann Ihnen nicht ganz folgen.«

Hinter ihnen erklang erneut das Vogelgezwitscher, ein Mann und eine Frau mit zwei Kindern von vielleicht acht und zehn Jahren an der Hand gingen zielstrebig durch den Mittelgang zum hinteren Ende der Halle. Sabine Kaufmann trat näher an Amrhein heran.

»Ein Kollege von mir hatte sich dort mit ihm verabredet«, erklärte sie. »Ihr Fahrer wollte ihm eine wild gefangene Boa constrictor aus Kolumbien übergeben.«

Amrhein wehrte ab. »Das muss ein Missverständnis sein. Wir liefern zwar Tiere aus, aber nur an Wohnsitzadressen. Konspirative Übergaben auf Parkplätzen gibt es bei uns nicht. Das entspricht nicht dem Geschäftsgebaren eines seriösen Unternehmens. Und was die Schlange angeht: Selbstverständlich verkaufen wir verschiedene Arten. Die Terraristik erfreut sich wachsender Beliebtheit, da muss man mitgehen, wenn man konkurrenzfähig bleiben will. Es ist ohnehin schwer genug, gegen die großen Konzerne und den Onlinehandel zu bestehen. Unsere Schlangen stammen aber ausschließlich aus Nachzuchten. Die kolumbianische Boa constrictor unterliegt dem Artenschutz und darf nicht eingeführt werden.«

»Eine Regel, die sich umgehen lässt, wenn man die wild gefangenen Tiere einfach als Zuchttiere deklariert«, meldete sich Ralph wieder zu Wort.

Sabine zog ihr Notizbuch hervor. Die Eingangsvögel zwitscherten ein paarmal rasch hintereinander, mehrere Familien betraten die Zoohandlung und verteilten sich im Raum. Aus dem hinteren Bereich kamen mehrere Personen in grünen Overalls mit dem aufgestickten Logo der Zoohandlung dazu. Verkäufer vermutlich, auch wenn sie aussahen wie Tierpfleger. Entweder waren sie beides zugleich, oder es entsprach Amrheins Werbekonzept. Tatsächlich vermittelte das Outfit Vertrauen. Man kaufte lieber ein Tier von jemandem, der aussah, als würde er sich mit den Geschöpfen auskennen, als von einem geschniegelten Verkäufer, dem es gleichgültig war, welche Ware er an den Mann bracht; Hauptsache, der Profit stimmte.

Elmar Amrhein seufzte. »Die Einfuhr wild gefangener Tiere als angebliche Zuchttiere ist mittlerweile leider gängige Praxis, ja. Solange es keine weltweit einheitlichen Artenschutzbestimmungen gibt, sind diesen Verbrechern Tür und Tor geöffnet. Die Nachzucht einer Schlange kostet Zeit und Geld. Man braucht Personal, Futter, Equipment. Entsprechend reduziert sich die Gewinnspanne. Sie bekommen eine Boa constrictor für hundert oder hundertfünfzig Euro, im Internet gelegentlich auch schon für deutlich weniger. Wenn Sie die Zuchtkosten abziehen, bis Sie ein Exemplar von einem Meter Länge haben, das Sie anbieten können, bleibt nicht viel übrig.«

»Als Direktimport aus dem Regenwald kommen die Schlangen dagegen gleich in passender Größe, ohne dass man irgendwelchen Aufwand betreiben muss«, bemerkte Angersbach bitter. »Und dann gibt es vermutlich auch Leute, die lieber echte Wildtiere wollen.«

»Richtig.« Der Zoohändler nickte. »Ich persönlich empfinde das als Frevel. Sehen Sie«, er breitete die Hände aus, »ich betreibe dieses Geschäft seit dreißig Jahren. Es ist ein Familienunternehmen. Mein Großvater hat es aufgebaut, mein Vater hat es vergrößert. Er ist leider früh verstorben, und meine Mutter wollte danach nichts mehr mit dem Zoohandel zu tun haben.«

»Weil sein Tod mit den Tieren zusammenhing?«, erkundigte sich Ralph.

Sabine machte sich Notizen und rätselte nebenbei, woran Angersbach dachte. Dass Amrhein senior von einem Krokodil gefressen worden war?

»Indirekt«, erwiderte Elmar Amrhein. »Er hat zu viel gearbeitet. Mit fünfzig hat ihn ein Herzinfarkt erwischt. Er war sofort tot.«

»Das tut mir leid«, sagte Kaufmann.

Amrhein rückte seine Brille zurecht. »So etwas passiert, wenn man Dinge mit Leidenschaft betreibt. Kommen Sie.«

Er machte ein paar Schritte in den großen Verkaufsraum hinein und winkte ihnen, ihm zu folgen. Mittlerweile war es voll geworden, überall standen und gingen Eltern mit Kindern und Einzelpersonen, dazwischen tauchten immer wieder leuchtend grün gekleidete Verkäufer auf.

»Mein Großvater hat nach dem Krieg angefangen, Haustiere zu verkaufen«, erzählte Amrhein. »Seine Idee war es, den Menschen Hoffnung zu geben. Etwas Lebendiges zwischen all den Trümmern. Einen Gefährten für diejenigen, die jemanden verloren hatten. Fische, Hamster, Meerschweinchen, Kaninchen. Und natürlich Hundewelpen und Kätzchen. Das waren die Tiere, die er angeboten hat.«

Der Zoohändler führte sie zu einer Wand, die komplett von einem in zahllose Abteile gegliederten Aquarium eingenommen wurde. Etliche Besucher standen davor und bestaunten die bunten Fische, die darin schwammen, einige zwischen künstlichen roten Korallen, andere um nachgebildete Schiffswracks oder schroffe Felsen herum.

»Heutzutage führt kaum noch eine Zoohandlung Hunde und Katzen«, erklärte Amrhein, nachdem sie einen Platz gefunden hatten, der nicht belagert war. »Das ist zu aufwendig, wenn man die Unterbringung artgerecht gestalten will. Teuer und personalintensiv und für die Tiere meistens trotzdem eine Quälerei. Deswegen hat sich der Berufsverband der Zoohändler selbst einen Hundehandelbann auferlegt. Wir verkaufen keine Hunde, das überlassen wir den Züchtern oder sagen den Kunden, sie sollen sich einen Hund aus dem Tierheim holen. Dasselbe gilt für Katzen. Wir müssen den Markt nicht mit neuen Tieren überfluten, solange es so viele gibt, die kein Zuhause haben. Ohne eine Kastrationspflicht wird sich diese Lage leider auch nicht verbessern, aber das ist ein anderes Thema. Was ich damit sagen will: Tierhandel und Tierschutz – das ist kein Widerspruch. Das war bei meinem Vater schon so, und das ist bei mir nicht anders.«

Kaufmann betrachtete die Fische in den Aquarien. Sie sahen hübsch aus. Hinter sich hörte sie Kinderlachen und staunende und begeisterte Ausrufe.

»Den da, Papa! Den will ich haben!«

»Schauen wir mal«, sagte eine sonore Männerstimme, ehe die Familie weiterging.

»In den letzten Jahrzehnten hat sich das Angebot sehr gewandelt«, berichtete Elmar Amrhein. »Die meisten Haustierbesitzer halten immer noch Hunde und Katzen, und ein Großteil des Geschäfts besteht im Verkauf von Futter und Equipment.« Er deutete in die Mitte des Raums, wo sich lange Reihen von Regalen mit Tierfutter, Halsbändern und Leinen, Käfigen und Transportkörben, Terrarien und Aquarien, Wärmelampen und Pumpen und einer Menge weiterer Zubehörs für die Tierhaltung befanden.

»Aber es gibt auch immer mehr, die keine heimischen Tiere wollen, sondern etwas Exotisches.« Amrhein zeigte auf einen Fisch, der lange Stacheln hatte. »Das hier ist zum Beispiel ein Rotfeuerfisch. Die Stacheln sind giftig. Wenn man davon gestochen wird, kann man daran sterben. Es gibt Liebhaber, für die ich ein paar Exemplare vorrätig habe, aber ich verkaufe niemandem so ein Tier, der Kinder hat. Das Risiko, dass ein Kind ins Aquarium greift und sich sticht, ist viel zu groß. Ohnehin gebe ich nicht jedem ein Tier, der eins kaufen will. Stichwort Tierschutz. Wenn ich den Eindruck habe, dass der Kunde das Tier nicht artgerecht behandeln würde, geht er mit leeren Händen nach Hause.«

Der Zoohändler führte sie weiter zur Rückseite der Halle. Auch hier schien die Wand aus einer riesigen Glasfassade zu bestehen. Allerdings befand sich hinter den Scheiben kein Wasser, sondern Sand, Steine und Erde. Der Andrang war hier noch größer als bei den Fischen. Sie mussten einen Moment warten, ehe sie einen Platz zwischen zwei Familien fanden, deren Kinder sich die Nasen an den Scheiben platt drückten.

Die Glaskästen waren sehr viel größer als bei den Fischen, teils mehrere Meter lang und mindestens zwei Meter hoch und tief. In jedem Terrarium hingen Wärmelampen. Im Inneren befanden sich Schlangen in allen Größen, Zeichnungen und Farben, manche zusammengerollt, andere in Bewegung. Außerdem gab es eine Reihe von Reptilien und Echsen.

»Diese Tiere stammen alle aus zertifizierten Zuchtstationen in Deutschland«, erklärte Amrhein. »Jedes einzelne von ihnen hat Herkunftspapiere, die vom Bundesamt für Naturschutz amtlich geprüft sind. Jeder, der bei mir eine Schlange oder irgendein anderes exotisches Tier kauft, kann sicher sein, dass es legal ist und weder gegen die Naturschutzverordnungen des Herkunftslandes noch der Bundesrepublik Deutschland verstößt. Darauf lege ich Wert, sonst gäbe es diese Tiere bei mir nicht. Außerdem habe ich keine Lust, dass mir PETA oder sonst irgendeine Tierschutzorganisation das Leben zur Hölle macht. In Zeiten von sozialen Medien kann man sich solche Skandale überhaupt nicht leisten.«

Er winkte sie zu einer Tür in der Rückwand. Dahinter lag eine weitere Halle.

»Ich persönlich hege keine große Liebe zu den Reptilien«, gestand er. »Mein ganzer Stolz ist das hier.«

Kaufmann und Angersbach fanden sich unverhofft in einer riesigen Voliere wieder. Sie bewegten sich durch einen Tunnel aus dünnem Drahtgeflecht. Um sie herum flatterten bunte Vögel, Papageien, Aras, Wellensittiche auf der einen Seite, heimische Singvögel auf der anderen Seite. Die Exoten bewegten sich zwischen Urwaldpflanzen, die Singvögel zwischen europäischen Gewächsen. Die beiden Seiten waren durch eine Glaswand getrennt. Der Tunnel, der sich einmal nach links, dann wieder nach rechts schlängelte, verfügte an diesen Stellen über Türen.

»Wir haben links ein tropisches Klima«, Amrhein deutete auf die Wärmelampen an der Decke des Dschungelbereichs, »rechts ein nordeuropäisches.«

Er führte sie an mehreren Familien, die sich ihnen entgegendrängelten, vorbei. Zurück im Verkaufsraum ging er mit ihnen auf die andere Seite der Regale mit den Futtermitteln und dem Zubehör, die sich mittlerweile ebenfalls mit Kundschaft gefüllt hatten. Der Samstagvormittag schien ein beliebter Zeitpunkt für den Besuch einer Zoohandlung zu sein. Oder war es hier immer so voll?

An der Wand, die Amrhein ihnen zeigte, gab es wieder Käfige, ebenso groß und geräumig wie die Behausungen der Reptilien. Die Böden waren mit heller Einstreu bedeckt. Darauf tummelten sich zahllose Hamster und Meerschweinchen. Im Gegensatz zu den Fischen, Reptilien und Vögeln verzeichneten die heimischen Nager nur wenig Interessenten.

»Ich zeige Ihnen das alles, damit Sie sehen, was mein Antrieb bei diesem Geschäft ist«, sagte Amrhein. »Ich liebe Tiere. Ich möchte, dass es ihnen gut geht. Dass sie die Zeit hier bei mir so angenehm wie möglich verleben und dass sie in die Hände eines verantwortungsbewussten und fürsorglichen Besitzers kommen. Ich würde nicht um des größeren Gewinns willen geschützte Tiere einschmuggeln und mit gefälschten Papieren an den Mann bringen, egal, was mir ein Kunde dafür bietet – und glauben Sie mir, solche Kunden hatte ich schon einige. Ich habe sie weggeschickt.«

Ein weiß-braun geflecktes Meerschweinchen kam ans Käfiggitter und schob die Schnauze zwischen den Streben hindurch. Sabine streckte den Zeigefinger aus und streichelte sacht darüber. Amrhein sah sie freundlich an.

»Sehen Sie? Sie lächeln. Das ist das Schöne an einem solchen Tier. Für einen Moment ist man ganz bei sich und kann die Welt um sich herum vergessen. Deshalb rate ich immer zu Hamstern und Meerschweinchen. Diese Tiere sind zutraulich und lassen sich streicheln. Versuchen Sie das mal mit einer Echse oder einer Schlange. Ein Warmblüter schmiegt sich an, ein Kaltblüter erstarrt einfach nur. Bei einem Meerschweinchen jedenfalls braucht sich niemand zu fragen, ob es insgeheim darüber nachdenkt, wie es einem den Brustkorb zerquetschen kann.«

Angersbach knurrte. »Das ist ja alles schön und gut, Herr Amrhein. Aber Fakt ist, dass wir Ihren Fahrer Gerrit Liebetraut gestern auf dem Rastplatz Römerwall festgenommen haben. Er war mit einem Transporter Ihrer Firma unterwegs. Auf der Ladefläche befanden sich mehrere Käfige mit Schlangen, darunter eine vermutlich wild gefangene Boa constrictor, außerdem zwei Kisten mit artgeschützten Reptilien aus Kolumbien. Hauptsächlich grüne Leguane und Warane.« Er zog ein Foto aus der Tasche, das die um die Transportkiste herumliegenden Reptilien zeigte, und hielt es Amrhein hin.

»Mein Gott.« Amrhein nahm die Brille ab und rieb sich die Augen. »Die sind ja alle tot.«

»Fast alle.«

»Kommen Sie.« Der Zoohändler führte sie zu einer Tür hinter den Käfigen und ging mit ihnen in einen Büroraum. Er war groß und verfügte über zwei Schreibtische. Auf dem einen stapelten sich Papiere, der andere war ordentlich aufgeräumt. Auf beiden befanden sich große Bildschirme, Desktoprechner und Tastaturen. Amrhein deutete auf eine Sitzgruppe in der Ecke und nahm zwischen Kaufmann und Angersbach Platz.

»Die armen Geschöpfe«, sagte er nach einem weiteren Blick auf das Foto. »Das habe ich ganz sicher nicht gewollt.«

»Nein. Sie wollten, dass die Tiere lebendig ankommen«, knurrte Ralph. »Tot nützen sie Ihnen ja nichts.«

Amrhein hob die Hände. »Nein, nein. Sie missverstehen mich. Ich habe mit diesen Tieren nichts zu tun. Ich habe keine Kontakte in das Amazonas-Gebiet, weder zu seriösen Züchtern noch zu Wilderern. Ich arbeite ausschließlich mit deutschen Geschäftspartnern, Züchtern oder Importeuren, die einwandfreie Papiere vorlegen können. Es gibt einfach viel zu viele Nischen. Aber, wie ich schon sagte: Meine Liebe gehört nicht den Reptilien. Wir haben im letzten Jahr noch einmal expandiert und sind in diese Halle gezogen. Ich habe mich ganz auf die Fische und Vögel und die einheimischen Tiere konzentriert, damit hatte ich mehr als genug zu tun. Den Einkauf und die Vermittlung der Reptilien und die Aufzucht der Futtertiere – Heuschrecken, Maden, Würmer und dergleichen – habe ich Gerrit überlassen. Er hat Tiermedizin studiert und ist ein Reptiliennarr, deswegen dachte ich, dieser Geschäftsbereich wäre bei ihm in guten Händen.« Seine Arme sanken herab, und er schüttelte den Kopf. »Ich kann das gar nicht fassen. Habe ich mich so in Gerrit getäuscht? Ist das wirklich wahr, dass er mich derart hintergangen und meine Gutgläubigkeit ausgenutzt hat?«

Angersbach warf Sabine einen Blick zu und schnaufte.

Das war ja klar, sollte das wohl heißen. *Er schiebt alles Liebetraut in die Schuhe.*

Amrhein bemerkte Angersbachs Blick.

»Sie glauben mir nicht?« Er machte eine Geste in Richtung der Halle mit den Tieren. »Dann schauen Sie sich mal um! Ich besitze eines der größten Zoogeschäfte des Landes. Nicht so groß wie der Kollege in Duisburg, aber das Prinzip ist ähnlich. Wir haben eine Menge Kundschaft, die kommt, um sich die Tiere anzusehen. Das ist wesentlich günstiger als ein Besuch im Tierpark oder Zoo, für den man Eintritt zahlen muss. Gerade für einkommensschwache Familien ist das attraktiv. Die wenigsten Besucher gehen tatsächlich mit einem Tier nach Hause. Aber fast jeder nimmt etwas mit. Ein Leckerli für den Hund, eine Knabberstange für den Sittich, ein Hundehalsband oder einen neuen Katzenkorb. Damit machen wir den größten Umsatz.« Er sah Angersbach ernst an. »Meine Familie hat jahrzehntelang, über drei Generationen hinweg, hart daran gearbeitet, dieses Geschäft aufzubauen. Meinen Vater hat es, wenn man pathetisch sein will, sogar das Leben gekostet. Aber auch mit weniger Dramatik ausgedrückt: Das hier ist und war für uns alle das Leben. Glauben Sie, ich würde dieses mit so viel Hingabe errichtete Werk aufs Spiel setzen, um ein paar Leuten, denen es weder um Tierliebe noch ums Tierwohl geht, ein paar echte Reptilien aus dem Regenwald zu verkaufen?«

Ralphs Miene blieb abweisend. »Sie glauben gar nicht, was wir schon alles erlebt haben.«

Kaufmann schaltete sich ein. »Wie hätte Gerrit Liebetraut denn den Import und den Verkauf illegaler Reptilien ohne Ihr Wissen bewerkstelligen können? Läuft das nicht über Ihren Tisch?«

Amrhein schaute zu den beiden Schreibtischen. »Wissen Sie – meine Frau und ich haben keine Kinder.« Er fuhr sich mit der Hand durch die Haare, eine Geste, die hilflos wirkte. »Im Moment habe ich nicht die Absicht, mich aus dem Geschäft zurückzuziehen. Aber meine Frau ist krank. MS. Irgendwann wird sie ein Pflegefall sein, und dann will ich mich voll und ganz um sie kümmern. Kurz und gut: Ich bin auf der Suche nach einem Nachfolger für mein Geschäft. Ich dachte, Gerrit könnte derjenige sein, der es in meinem Sinne weiterführt. Er versteht eine Menge von Tieren und kann gut mit ihnen umgehen. Ich wollte, dass er eine enge Bindung zu meinem Unternehmen, zu meiner Familie aufbaut. Er war oft bei uns zu Hause zu Gast, und für meine Frau ist er fast so etwas wie ein Sohn geworden.« Eine kurze, bedeutungsschwere Pause. »Ich habe ihm Prokura erteilt. Er wickelt das gesamte Reptiliengeschäft allein und eigenständig ab. Ich kontrolliere ihn nicht.« Amrhein seufzte tief. »Vielleicht war das ein Fehler. Es passiert in dieser Branche so viel Schlechtes, halten Sie mich also bitte nicht für naiv, aber ich hätte nie gedacht, dass ausgerechnet Gerrit ...«

Er brach mitten im Satz ab. Sabine tat der Mann leid. Dennoch konnte sie ihm auch den Rest nicht ersparen.

»Wir haben in Ihrem Lieferwagen nicht nur die toten Reptilien gefunden«, sagte sie.

»Was denn noch?«

Angersbach zog ein weiteres Foto hervor. »Eine Frauenleiche.«

Der Zoohändler starrte auf das Bild. »Oh, Gott. Das ist ja furchtbar.« Rasch wandte er den Blick ab. »Wer ist die Frau? Und was ist mit ihr passiert?«

»Ihr Name ist Kim Helbig«, antwortete Kaufmann. »Sie war Mitglied bei den RegenWaldRettern. Die Gruppe hält sich zurzeit in Leticia in Kolumbien auf. Sie wollten die Wilderer stellen, die dort artgeschützte Tiere fangen und nach Deutschland einführen, um sie hier als angebliche Zuchttiere zu verkaufen.«

»Dann ist sie diesen Wilderern zum Opfer gefallen«, sagte Amrhein. »Wir arbeiten eng mit Tierschutzorganisationen zusammen, und ich habe mich intensiv mit dem Thema beschäftigt, als wir anfingen, Reptilien in größerer Zahl anzubieten. Die Wilderer bekommen nicht viel Geld für die Tiere, aber weil sie so viele davon fangen, lohnt es sich für sie trotzdem. Die

Bewohner der Regenwaldregion sind häufig sehr arm. Viele von ihnen schmuggeln, um sich und ihre Familien zu ernähren. Häufig Drogen, oft aber auch Wildtiere. Da ihr eigenes Leben davon abhängt, haben sie wenig Skrupel, wenn ihnen jemand in die Quere kommt. Sich mit Wilderern anzulegen, ist gefährlich.«

»Das ist eine Möglichkeit, die wir in Betracht ziehen«, beschied ihm Angersbach. Ganz offensichtlich gefiel es ihm nicht, dass sich der Verdächtige jetzt plötzlich als Berater aufspielte.

»Wir müssen davon ausgehen, dass sie in Kolumbien getötet wurde und in der Kiste mit den Reptilien nach Deutschland gekommen ist«, erklärte Kaufmann.

Amrhein stieß erleichtert die Luft aus. »Dann hat Gerrit nichts damit zu tun. Vielleicht hat er Kontakte in den Amazonas geknüpft und sich von dort Ware liefern lassen. Sicher hat er geglaubt, dass es legale Tiere aus einer Zuchtstation sind. Aber er war selbst noch nie dort, und seit wir im letzten Frühjahr expandiert haben, hat er nie mehr als drei Tage Urlaub gemacht. Sicherlich hat er die Kisten guten Gewissens importiert, und sein Kontakt in Kolumbien hat ihn betrogen.«

»Wenn das alles seiner Ansicht nach so legal war, warum trifft er sich dann mit seinem Kunden heimlich auf einem Rastplatz?«, fragte Angersbach. »Und warum macht er den Mund nicht auf und behauptet stattdessen, Sie seien für den Einkauf der Reptilien zuständig?«

»Das hat er gesagt?« Amrheins Gesicht wurde grau. »Bestimmt die Panik. Wo ist er überhaupt?«

»In Untersuchungshaft. Wir haben ihn festgenommen. Er hat einen Lieferwagen mit illegalen Tieren gefahren, in dem sich außerdem eine Leiche befand. Und er hat versucht zu fliehen.«

»Sehen Sie! Dann steht er unter Schock. Ich bin sicher, er hat nichts von der Leiche gewusst.«

Diese Meinung teilte Sabine, aber dass Liebetraut so unschuldig war, wie es sein Chef und Ziehvater hoffte, glaubte sie nicht.

Es klopfte an der Tür, und einer der Verkäufer steckte den Kopf herein.

»Herr Amrhein?«, fragte er. »Hätten Sie kurz Zeit? Da ist eine Familie, die einen Leguan kaufen will. Ich weiß aber nicht, ob es richtig ist, ihnen das Tier zu geben.«

»Ich komme.« Amrhein stand auf und sah Sabine Kaufmann fragend an. »Oder brauchen Sie mich noch?«

»Nein. Ich denke, wir sind so weit fertig.« Sie steckte ihr Notizbuch ein.

Amrhein geleitete sie zurück in die Halle und eilte dann mit dem Verkäufer davon. Kaufmann und Angersbach gingen an der Käfigreihe an der hinteren Wand entlang und blieben noch einmal bei den Meerschweinchen stehen. Das braun-weiß gefleckte, das Sabine gestreichelt hatte, schob wieder die Schnauze durch die Gitterstäbe und schnüffelte. Die feinen Tasthaare zitterten.

»Du solltest es mitnehmen«, sagte Ralph. »Es mag dich.«

Sabine hatte tatsächlich kurz darüber nachgedacht, sich dann aber doch gegen das Meerschweinchen entschieden.

»Dazu bin ich zu oft unterwegs«, hatte sie gesagt. »Und wer soll sich dann darum kümmern?«

Holger, hatte Angersbach erwidern wollen, die Antwort aber im letzten Moment hinuntergeschluckt. Wenn es da eine Romanze gab, wollte er nicht dazu beitragen, sie zu vertiefen. Aber wenn Sabine niemanden wusste, der ihr Meerschweinchen hätte versorgen können, hatte sie wohl auch noch nicht viele Freunde in Wiesbaden gefunden. Genau wie er, obwohl er schon länger wieder in Gießen war als Sabine beim LKA. Darin zumindest waren sie einander ähnlich, dass sie sich schwer damit taten, verbindliche Beziehungen zu knüpfen. Deswegen fanden sie ja auch nicht zueinander.

Und wieso war sie eigentlich oft unterwegs? Die wenigen Male, die sie darüber gesprochen hatten, hatte Sabine gesagt, ihr missfiele an dem neuen Job, dass sie fast nur im Büro saß und kaum noch auf der Straße unterwegs war. Aber wahrscheinlich war es ja auch nur eine Ausrede gewesen. Sie wollte sich einfach um niemanden kümmern müssen, nicht einmal um ein Meerschweinchen. Was allerdings dagegen sprach, dass sie etwas Ernstes mit Holger Rahn angefangen hatte, und das machte ihm wiederum Hoffnung.

Er hielt ihr galant die Beifahrertür des Niva auf, bevor er auf der anderen Seite auf den Fahrersitz kletterte.

Sabine sah durch die Windschutzscheibe auf die bunt bemalte Fassade der Zoohandlung.

»Glaubst du ihm?«, fragte sie.

Angersbach fuhr sich mit beiden Händen durch die Haare. »Er war verdammt überzeugend«, resümierte er. »Stichhaltige Argumente. Und man hat das Gefühl, dass er die Tiere wirklich liebt. Kann natürlich alles auch Theater sein.«

»Hm.« Kaufmann stützte sich mit den Ellenbogen aufs Armaturenbrett und legte den Kopf auf die gefalteten Finger. »Geht mir genauso. Ich möchte ihm glauben. Weil er so ein netter älterer Herr ist. Aber glauben ist nicht dasselbe wie wissen.«

»Älterer Herr?«, fragte Ralph gedehnt. »Amrhein ist gerade mal fünf Jahre älter als ich.«

Sabine wandte sich ihm zu und lachte. »Stimmt. Aber er sieht aus, als wären es zwanzig.«

Ralph merkte, wie seine Wangen heiß wurden. »War das jetzt ein Kompliment?«

Kaufmann spitzte die Lippen. »Ich würde jedenfalls nie auf die Idee kommen, dich einen älteren Herrn zu nennen. Dazu bist du viel zu …«, sie überlegte kurz, »… lausbubenhaft.«

»Hm.« Möglicherweise war auch das ein Kompliment, aber Ralph war sich nicht sicher, ob es schmeichelhaft war.

»Was machen wir jetzt?«, fragte er, ehe die Spannung zwischen ihnen zu groß wurde. »Uns die Wohnung von Liebetraut ansehen?«

»Auf jeden Fall. Wir haben noch bis Mitternacht Zeit, Indizien gegen ihn zu finden. Solange wir nichts haben, können wir uns den Termin beim Haftrichter sparen. Der ordnet im Leben keine Untersuchungshaft an bei der dünnen Beweislage.«

Angersbach wiegte den Kopf. »So dünn ist sie nicht. Er hat den Wagen mit der Leiche im Kofferraum gefahren. Und er war in unmittelbarer Nähe, als Rahn niedergeschlagen wurde.«

»Aber wir wissen, dass die junge Frau im Amazonas-Regenwald ermordet wurde, nicht hier. Und uns fehlt die Waffe, mit der Holger angegriffen wurde. Wenn sich Liebetraut einen Anwalt nimmt, wird der erklären, dass sein Klient nur Pech gehabt hat. Sein Chef hat ihm den Wagen mit der Leiche gegeben. Und irgendjemand hat Holger niedergestreckt, während er in der Fahrerkabine war.«

»Bleibt immer noch die verbotene Schlange, die er verkaufen wollte. Schließlich war er es, der sich mit Holger und dir verabredet hatte.«

»Aber er behauptet, dass es nur ein Auftrag war, den sein Chef ihm erteilt hat. Und selbst wenn er damit nicht durchkommt, kriegt er dafür eine Anzeige, aber niemals Untersuchungshaft.«

»Also müssen wir die Waffe finden. Oder Beweise dafür,

dass er mit illegalen Tieren handelt und vielleicht sogar Kontakt zu den Wilderern im Regenwald pflegt.«

»Den Durchsuchungsbeschluss haben wir«, sagte Kaufmann und klopfte auf ihre Handtasche. »Und rein kommen wir auch. Liebetraut wohnt in einer WG. Da ist bestimmt jemand da, der uns die Tür öffnet.«

»Dann fahren wir.« Angersbach startete den Motor.

»Ich würde aber vorher gern noch im Krankenhaus vorbeischauen«, sagte Kaufmann.

Ralph fiel ein, dass er am Morgen versäumt hatte, sich nach Rahns Befinden zu erkundigen. Schon wieder ein Fauxpas.

»Wie geht's ihm denn? Kann er sich an irgendwas erinnern?«

»Nur daran, dass er mich liebt«, entgegnete Kaufmann.

Angersbach lenkte den Niva vom Parkplatz der Zoohandlung und rumpelte dabei über den Bordstein. Fast hätte er auch noch das Tor vor dem ehemaligen Kasernengelände gestreift. Er riss rasch das Lenkrad herum, kam aus der Spur und schaffte es gerade noch rechtzeitig zurück auf die rechte Seite, ehe ihnen ein schwarzer SUV entgegenkam.

Kaufmann warf ihm einen bedeutungsvollen Seitenblick zu, sagte aber nichts.

Angersbach kaute eine Weile auf ihrer Bemerkung herum, ehe er sich traute, die Gegenfrage zu stellen: »Und du?«

»Ich weiß es nicht«, erwiderte Sabine und schaute gedankenverloren aus dem Seitenfenster.

»Seid ihr denn fest zusammen?«

»Nein. Das ist es ja. Von Liebe war da überhaupt nicht die Rede, im Gegenteil! Aber ich weiß nicht, ob ich ihm nicht trotzdem unbewusst immer wieder Hoffnung gemacht habe. Ich dachte, ich hätte das für mich geklärt, dass er nicht der Richtige ist. Aber jetzt – bin ich mir nicht mehr so sicher.«

»Weil er so angeschlagen ist?«

»Er braucht mich, Ralph. Er kann sich an nichts erinnern. Nur an mich. Und an seine Liebe zu mir. Auch wenn diese Erinnerung vielleicht falsch ist, weil das ja nicht mehr aktuell ist. Für ihn ist das aber nun mal die Realität, und er hat im Moment nichts anderes, woran er sich festhalten kann.«

»Hm.« Angersbach zog es vor, das Thema nicht zu vertiefen. Er konzentrierte sich auf den Verkehr, der am Samstagmorgen kaum weniger dicht war als zu den Stoßzeiten unter der Woche. Am Samstag gingen die Leute einkaufen, auf den Wochenmarkt – oder in die Zoohandlung. Es dauerte fast zwanzig Minuten, bis er den Lada auf dem Parkplatz neben dem Klinikum abstellte.

»Ich gehe in die Cafeteria«, sagte er. »Komm einfach, wenn du so weit bist.«

Sabine lächelte ihn an, ehe sie aus dem Wagen stieg. »Danke.«

Ralph sah ihr nach, wie sie zum Klinikeingang eilte und im Gebäude verschwand. Immerhin, dachte er. Sie hatten nicht über Autos diskutiert, und Sabine hatte keine kritischen Bemerkungen über seinen Wagen gemacht und ihm die Vorteile eines Elektroautos dargelegt. Stattdessen hatte sie ihm sogar Komplimente zu seinem Aussehen gemacht. Und sie war sich nicht sicher, ob sie Holger Rahn liebte. Das war doch unterm Strich nicht so schlecht. Es gab Hoffnung.

Angersbach sprang aus dem Wagen und marschierte zum Klinikeingang. Wenn er noch eine Chance bekam, würde er sie nutzen, das schwor er sich.

17

Er musste nicht lange warten. Schon nach einer Viertelstunde tauchte Sabine in der Cafeteria auf.

»Er schläft«, sagte sie. »Das ist ja auch das Beste.«

Sie tranken rasch gemeinsam einen Kaffee und machten sich dann auf den Weg zu Liebetrauts Wohnadresse.

Es war ein typisches Gießener Studentenviertel. Altbauten mischten sich mit hässlichen Betonklötzen. Alles sah sanierungsbedürftig aus, aber dafür, wusste Ralph, waren die Mieten niedrig.

Liebetraut wohnte im vierten Stock eines Altbaus, der mit gelben Klinkersteinen verkleidet war. Die grauen Steinstufen im Treppenhaus hatten gelbe Randsteine, und das Geländer und der Handlauf waren gelb gestrichen. Allerdings blätterte die Farbe ab, und die Stufen waren so verschmutzt, dass man die gelben Steine kaum noch erkennen konnte.

Die Tür im vierten Stock war ebenfalls gelb, und auch hier blätterte die Farbe ab. Durch die blind gewordene Scheibe des Oberlichts drang fahles Licht aus dem Wohnungsflur ins Treppenhaus. Angersbach drückte auf den Klingelknopf, hörte aber kein Geräusch. Offenbar funktionierte die Klingel nicht, also klopfte er stattdessen mit den Fingerknöcheln gegen die Tür.

Es dauerte eine ganze Weile, bis auf der anderen Seite schlurfende Schritte erklangen. Ein dünner junger Mann mit kahl rasiertem Schädel öffnete die Tür. Er trug Bermudashorts, ein rotes Kapuzenshirt und Badelatschen. Seine Augen sahen verquollen aus, als hätte er mehrere Nächte nicht geschlafen.

»Ja, bitte?«

Angersbach stellte Sabine und sich vor und erklärte, dass sie das Zimmer von Gerrit Liebetraut zu sehen wünschten.

»Gerrit ist nicht da«, sagte der Mitbewohner defensiv.

»Das wissen wir.« Angersbach holte den Gerichtsbeschluss hervor und zeigte ihn dem Mann.

»Ich weiß nicht, ob Gerrit das recht ist.« Der Mitbewohner hielt mit einer Hand die Tür, mit der anderen den Türrahmen fest.

»Das spielt keine Rolle«, entgegnete Ralph ungeduldig. »Wir haben einen Durchsuchungsbeschluss.«

Der Mann kniff die Augen zusammen und versuchte zu entziffern, was auf dem Blatt stand, das Angersbach ihm hinhielt. Offenbar brauchte er eine Brille.

»Lassen Sie uns bitte herein?« Ralph drückte gegen die Tür, und der Mitbewohner gab endlich nach.

»Wo ist das Zimmer von Gerrit Liebetraut?«

Der Mitbewohner gab auf und deutete den Flur hinunter. »Das letzte links. Aber was soll das denn alles?«

»Dazu dürfen wir leider nichts sagen.« Ralph marschierte an ihm vorbei, und Sabine folgte ihm. Hinter ihnen murmelte der Mitbewohner: »Das wird ihm nicht gefallen. Das wird ihm überhaupt nicht gefallen.«

Angersbach öffnete die Tür von Liebetrauts Zimmer und blieb wie vom Donner gerührt stehen. »Das glaubst du nicht«, stieß er hervor.

»Was denn?« Kaufmann umrundete ihn. »Ach, du liebe Güte.«

Das Zimmer war ein Zoo im Miniaturformat. An einer Wand stand ein schmales Bett, an den anderen drei Wänden waren Terrarien übereinandergestapelt. Zwei Wände waren komplett zugestellt, an der dritten, in der sich das Fenster befand, gab es rechts und links davon jeweils zwei Türme aus Glaskästen, die das Fenster einrahmten. In den Terrarien befanden sich Schlangen, Echsen und Frösche in allen Größen und Farben, in einem weiteren Glaskasten tummelten sich Hunderte Heuschrecken. Auf dem Boden des Kastens wimmelte es von Würmern. Es roch auch wie im Zoo, fremdartig und dumpfig.

Vor dem Fenster stand ein Schreibtisch, auf dem sich ein Desktop-PC samt Tastatur und Monitor befand. Neben dem Tisch stapelten sich Lehrbücher der Tiermedizin und andere Bücher, die sich mit exotischen Tieren beschäftigten, auf dem Tisch lagen aufgeschlagene Zeitschriften zum selben Thema.

Kaufmann zog den Bettkasten unter dem Bett hervor. Darin bewahrte Liebetraut alles auf, was nicht mit Tieren zu tun hatte – ein paar Kleidungsstücke und einen Ordner mit amtlichen Dokumenten und Zeugnissen. Sabine hielt Ralph das Abschlusszeugnis hin. Liebetraut hatte sein Studium der Veterinärmedizin mit hervorragenden Noten abgeschlossen.

»Warum arbeitet er dann nicht als Tierarzt?«, fragte Ralph verblüfft.

»Weil er kein Geld hat«, erklang eine Stimme von der Tür her. Angersbach drehte sich um und sah den Mitbewohner, der im Rahmen lehnte.

»Kein Geld wofür?«

»Um eine eigene Praxis aufzumachen oder sich in eine Praxis einzukaufen.«

»Warum nimmt er keine Anstellung an?«

»Das hat er ja. In Amrheins Zoohandlung. Amrhein zahlt besser als der Zoo. Und Gerrit will unbedingt was mit Reptilien machen, nicht Kühe, Pferde, Schweine oder was Tierärzte auf dem Land sonst so behandeln.«

»Und jetzt spart er für eine eigene Praxis?«

Der Mitbewohner lachte auf. »Wohl kaum. Der haut alles,

was er hat, für seine Viecher raus. Hat einen Haufen Schulden an der Backe, glaube ich. Dieses ganze Zeug ist teuer, Terrarien, Wärmelampen, und was man sonst noch so braucht. Und die Tiere kosten auch Geld. Er versucht zu züchten, aber das haut nicht richtig hin.«

»Okay.« Angersbach zeigte auf den Rechner. »Den nehmen wir mit. Wenn Liebetraut so dringend Geld braucht, hat er vielleicht einen kleinen lukrativen Onlinehandel mit Exoten aufgezogen, den er von hier aus betreibt.« Er schaute den Mitbewohner an. »Wissen Sie etwas darüber?«

Der Mitbewohner hob die Hände. »Keine Ahnung, was er treibt, wenn er hier in seiner Bude ist. Geht mich auch nichts an. Hier kümmert sich jeder um seinen eigenen Kram.«

Sabine betrachtete die Terrarien und neigte den Kopf. »Aber irgendjemand muss sich doch auch um die Tiere kümmern, wenn Liebetraut nicht da ist. Sie vielleicht?«

Der junge Mann prustete. »Nope. Gerrit ist aber auch nie so lange weg gewesen, dass das nötig war. Diese Viecher fressen doch nur alle paar Tage. Und solange sie gut eingesperrt sind und mir nicht auf dem Klo begegnen, sind die mir total egal.«

»Hmm«, sagte Angersbach. »Und was machen Sie so den ganzen Tag?«

»Informatik studieren. Ich schreibe gerade meine Abschlussarbeit.« Der Mitbewohner deutete mit dem Daumen nach hinten. »War's das? Ich müsste dann auch mal wieder.«

»Klar. Viel Erfolg.« Ralph drehte sich zu Sabine um. »Wir sind hier auch fertig, oder?«

»Ja.« Kaufmann hatte inzwischen den Computer abgekoppelt und eine mobile Festplatte eingesteckt, die sie im Bettkasten entdeckt hatte. »Tragen darfst du ihn.«

Angersbach wollte erst meckern, aber dann griff er einfach zu und klemmte sich den Rechner unter den Arm. Wenn sie wollte, dass er den starken Mann spielte, würde er ihr den Gefallen auch tun.

Eine Stunde später hatten sie Liebetrauts Rechner bei der IT abgeliefert. Ein kurzer Check in Ralphs Büro hatte ergeben, dass der PC passwortgeschützt war. Bis sie wussten, was sich darauf befand und ob Liebetraut derjenige war, der im Internet illegale exotische Tiere anbot, würde eine Weile vergehen.

Nun standen sie ein wenig ratlos vor dem Polizeipräsidium. Sie wollten etwas tun, aber sie waren mit jeder Spur in eine Sackgasse geraten. Die RegenWaldRetter würden erst am Mittwochmittag auf dem Frankfurter Flughafen landen, das waren noch vier Tage. Aber sie wollten die Reisegruppe nicht über eine schlechte Mobilfunkverbindung befragen, sondern von Angesicht zu Angesicht. Mit Ergebnissen von Liebetrauts PC war vor Montagabend sicher auch nicht zu rechnen. Die IT war ohnehin ständig überlastet und am Wochenende obendrein nicht voll besetzt. Holger Rahn konnte sich nach wie vor an nichts erinnern, und bis sein Gedächtnis zurückkam, konnte es Wochen oder Monate dauern. Wenn er sich überhaupt eines Tages wieder daran erinnerte, was auf dem Rastplatz passiert war. Gerrit Liebetraut dagegen mussten sie in gut zehn Stunden laufen lassen, wenn nicht noch ein Wunder geschah.

»Sollen wir ihn noch mal vernehmen?«, fragte Ralph.

Sabine dachte darüber nach. »Ich fürchte, das bringt nichts«, sagte sie dann. »Er wird weiterhin alles leugnen. Solange wir keine Beweise haben …«

»Also machen wir jetzt Wochenende und lassen den lieben Gott einen guten Mann sein?«

Kaufmann war der Gedanke ebenso zuwider wie ihm, aber was sollten sie tun? Immerhin hatte sie dadurch mehr Zeit, bei

Holger zu sein. Sie würde nach Wiesbaden fahren und ein paar Sachen holen. Gestern Abend war sie noch rasch in die Stadt gegangen und hatte das Nötigste für die Nacht und den nachfolgenden Tag gekauft – Nachthemd, Top und ein paar Toilettenartikel –, aber wenn sie länger in Gießen bleiben wollte, brauchte sie frische Wäsche und Kleidung zum Wechseln.

»Soll ich dich fahren?«, fragte Ralph, nachdem sie ihm ihren Entschluss mitgeteilt hatte.

Sabine zögerte nur kurz. Es war die einfachste und schnellste Lösung. Sie müsste nicht erst zum Bahnhof, sich die passenden Züge heraussuchen und den Weg zurück nach Gießen mit dem eigenen Wagen oder erneut mit dem Zug fahren, sondern könnte sich zurücklehnen, den Blick über die Landschaft schweifen lassen und ihren Gedanken nachhängen.

Seit dem Angriff auf Holger hatte sie das Gefühl, nicht mehr voll leistungsfähig zu sein. Ein Teil von ihr war die ganze Zeit bei ihm. Keine gute Voraussetzung, um eine Ermittlung zu führen. Wenn sich also eine Möglichkeit bot, etwas für ihr seelisches Gleichgewicht zu tun, sollte sie zugreifen. Dass eine Fahrt in Ralphs museumsreifer Spritschleuder einmal in diese Kategorie fallen würde, hätte sie sich niemals träumen lassen, aber in diesem Moment war es so.

Ralph freute sich ganz offensichtlich, dass sie sein Angebot annahm. Er hielt ihr galant die Tür auf und bemühte sich sogar, weniger ruppig zu fahren als gewöhnlich. Erst als sie bereits eine Weile unterwegs waren, fiel ihr auf, dass er nicht über die A485 und die A45 zur A5 fuhr, wie sie es am Tag zuvor auf dem Weg nach Bad Vilbel getan hatten, sondern auf der B457 in Richtung Fernwald. Warum, erschloss sich ihr kurz darauf, als er in Fernwald auf die A5 in Richtung Süden abbog und ein paar Kilometer weiter einen Rastplatz ansteuerte. Es war die Raststätte Römerwall.

»Ich dachte, wir schauen uns das Ganze noch mal in Ruhe vor Ort an«, sagte er. »Du hast doch nichts dagegen? Oder würdest du lieber nicht wieder dorthin? Wegen dem, was mit Rahn geschehen ist, meine ich?«

»Nein, schon okay. Ich will ja auch wissen, was genau passiert ist.«

Sabine staunte wirklich. So feinfühlig hatte sie Ralph bisher selten erlebt. Hatte er doch tiefere Gefühle für sie, die ihm jetzt, da Holger so inbrünstig seine Liebe zu ihr beteuerte, erst richtig bewusst geworden waren? Oder ging ihm der Fall einfach nur genauso an die Nieren wie ihr, weil ein Polizist betroffen war, den er persönlich kannte, auch wenn er ihn nicht besonders mochte, und weil die junge Frau in der Kiste so grausam entstellt gewesen war?

Sie konnte nicht länger darüber nachdenken, denn Angersbach stellte den Lada bereits hinter dem Imbiss ab, an exakt derselben Position, an der Holger Rahn am Donnerstag den BMW geparkt hatte.

»Lass uns das Ganze einmal nachstellen«, schlug er vor. »Du hattest dich im Fußraum vor dem Rücksitz versteckt, richtig?«

»Ja.« Sabine kletterte aus dem Wagen und stieg hinten wieder ein. Sie legte sich in den Raum vor dem Rücksitz, der hier viel geräumiger war als im BMW und zu ihrer Überraschung auch absolut sauber. Angersbach gehörte offenbar zu der eher seltenen Spezies von Menschen, die ihre Autos regelmäßig aussaugten. Sie selbst tat das nicht.

Ralph verstellte den Rückspiegel. »Siehst du irgendwas?«

»Nein.« Der Lada war hochbeinig und hatte entsprechend hohe Fenster. Wenn Ralph den Spiegel so kippte, dass Sabine von ihrem Platz aus hineinsehen konnte, ging ihr Blick in den blauen Himmel, nicht auf die Fläche hinter dem Imbiss. »Mit deinem Wagen funktioniert das nicht.« Sie erklärte ihm das Problem.

Angersbachs finstere Miene entspannte sich wieder, als er begriff, dass es keine Kritik an seinem Fahrzeug war, sondern eine durch die Bauart bedingte Schwierigkeit.

»Gut. Dann versuchen wir einfach, es uns vorzustellen.«

Sie postierten sich beide an der hinteren Stoßstange des Niva.

»Was hast du gesehen?«, fragte Ralph.

»Der Lieferwagen kam und hat hier geparkt.« Sie zeigte auf die Fläche vor der Hintertür. »Der Fahrer – Gerrit Liebetraut – ist ausgestiegen. Er hat Holger begrüßt, und die beiden sind zur Rückseite des Wagens gegangen. Liebetraut hat die hinteren Türen geöffnet. Dadurch konnte ich nicht mehr sehen, was hinter dem Wagen passiert. Liebetraut ist dann wieder in mein Blickfeld gegangen, hat irgendwas in der Fahrerkabine gemacht und ist erneut hinter den Türen verschwunden. Kurz darauf ist er wieder aufgetaucht. Er ist in den Wagen gesprungen und weggefahren.«

»Okay.« Angersbach legte die Hand ans Kinn. »Hast du zu irgendeinem Zeitpunkt eine Waffe gesehen? Oder eine andere Person?«

»Nein.«

»Das SEK hat Liebetraut gleich an der Auffahrt festgenommen«, überlegte Ralph. »Er hatte keine Waffe bei sich, und die Kollegen haben auch keine gefunden, als sie den Transporter durchsucht haben. Das heißt, er muss die Waffe vorher losgeworden sein. Bevor er in den Wagen gestiegen und weggefahren ist.« Er heftete seinen Blick auf die Hintertür des Imbisses. »Hast du gesehen, ob diese Tür irgendwann während der Ankunft des Transporters und Liebetrauts Flucht geöffnet wurde?«

139

Sabine schloss die Augen und rief sich die Bilder ins Gedächtnis. Ein Schauer durchlief sie.

»Nein.« Sie riss die Augen wieder auf. »Ich habe die Tür des Imbisses gar nicht mehr sehen können, nachdem Liebetraut die hinteren Wagentüren geöffnet hatte.«

Angersbach breitete die Hände aus wie ein Magier, der gerade ein Kaninchen aus dem Zylinder gezaubert hatte.

»Da haben wir des Rätsels Lösung. Liebetraut hat die Tür geöffnet und die Waffe hineingeworfen. Oder er hatte einen Komplizen, der sie entgegengenommen hat.«

Er ging zurück zu seinem Wagen und bedeutete Sabine mit einer Kopfbewegung, ihm zu folgen. Sie kletterte gehorsam auf den Beifahrersitz.

»Wo willst du hin?«

»Erst mal weiterfahren. Ich will die Betreiber des Imbisses checken, bevor wir mit ihnen sprechen. Wenn sie etwas damit zu tun haben, müssen sie noch nicht wissen, dass wir Lunte gerochen haben.«

Kaufmann war zum zweiten Mal überrascht. War das derselbe Ralph Angersbach, der sonst immer wie ein Bulldozer durch die Ermittlungen walzte? So, wie er sich jetzt gab, war er der Partner, den sie sich seit jeher gewünscht hatte. Oder war er das schon immer gewesen, und sie hatte es nur nicht gesehen?

Statt zu Sabines Wohnung fuhren sie ins LKA. Einerseits bedauerte Ralph das, weil es eine Chance gewesen wäre, sich näherzukommen, andererseits war er froh. Wahrscheinlich hätte er es doch nur wieder vermasselt. Davon abgesehen hatte ihn ein Jagdfieber gepackt, wie er es lange nicht mehr gespürt hatte.

»Da!« Sabine deutete auf den Bildschirm, der auf ihrem Schreibtisch in dem Büro stand, das sie sich seit Beginn der

Tierschmuggel-Ermittlungen mit Rahn teilte. Angersbach beugte sich gespannt vor.

Die Betreiber der Raststätte Römerwall hießen Ingo Petri und Sonja Lippert, und sie hatten beide eine Polizeiakte. Besitz und Verkauf von Drogen – Marihuana, Haschisch, Kokain, LSD. Das Raststättenpärchen schien ein bewegtes Leben zu führen.

»Wahrscheinlich hält man das sonst nicht aus, Tag und Nacht in einer kleinen Bude auf einem Autobahnrastplatz«, bemerkte Ralph, und Sabine lachte.

»Aber im Ernst«, fuhr er fort. »Was ist, wenn Liebetraut nicht nur Reptilien schmuggelt, sondern auch Betäubungsmittel?« Er hatte sich am gestrigen Abend schlaugemacht. Leticia, am untersten Zipfel Kolumbiens gelegen, im Dreiländereck mit Brasilien und Peru, war ein berühmt-berüchtigter Umschlagplatz für Drogen. Nadine Engbers, die Mitbewohnerin von Kim Helbig, hatte das ja schon angedeutet. »Die Leute in Kolumbien verstecken den Stoff in den Kisten mit den Exoten, und Liebetraut übergibt hier die Tiere an seine Internetkunden und den Stoff an Petri und Lippert. Zwei Geschäfte mit dem Aufwand von einem.«

Kaufmann sah ihn nachdenklich an. »Wir haben an dem Abend vor dem Einsatz in der Raststätte einen Burger gegessen, Holger und ich. Dabei haben wir über unseren Plan für den nächsten Tag gesprochen. Ingo Petri hat uns bedient. Vielleicht hat er etwas mitbekommen. Er hatte Angst, dass seine Drogengeschäfte auffliegen. Deswegen hat er Liebetraut Bescheid gesagt, und der hat Holger niedergeschlagen und Petri die Waffe gegeben, damit der sie verschwinden lässt. Oder es war Petri selbst, der zugeschlagen hat.«

»Das heißt, es war keine Kurzschlusshandlung? Liebetraut ist nicht in Panik geraten, weil ihm plötzlich ein Polizist statt eines Kunden gegenüberstand?«, griff Angersbach ihre Überlegung auf. »Das war geplant? Ein eiskalter Mordversuch?«

Kaufmann schluckte. Angersbach sah, dass sie einen Kloß im Hals hatte. »Diese Schweine«, flüsterte sie. »Die wollten Holger umbringen.«

Ralph fuhr sich durch die Haare. »Die Theorie hat allerdings einen Schönheitsfehler.«

Sabine blinzelte. »Welchen?«

»Wenn Petri vorher Bescheid wusste, warum soll er Liebetraut beauftragt haben, Rahn niederzuschlagen? Er hätte ihm einfach nur sagen müssen, dass er nicht kommen soll.«

Sabine dachte darüber nach. Ralph sah, wie es in ihrem Gesicht arbeitete. Dann blitzte es in ihren Augen auf. »Weil er keine Kontaktdaten hatte«, sagte sie aufgeregt. »Petri konnte Liebetraut nicht warnen. Möglicherweise kannte er nicht einmal seinen Namen. Er wusste nur, dass er Fahrer bei Amrhein ist. Aber davon gibt es etliche, die konnte er nicht alle durchtelefonieren. Also musste er handeln. Er hat Holger niedergeschlagen und die Drogen entwendet. Um Liebetraut den Mord an Holger in die Schuhe zu schieben und selbst unbehelligt zu bleiben.«

Angersbach kratzte sich am Kinn. »Und was ist mit Kim Helbig? Was hat sie damit zu tun?«

»Gar nichts«, entgegnete Kaufmann, ohne zu zögern. »Außer, dass sie vermutlich in Kolumbien irgendjemandem in die Quere gekommen ist. Den Wildfängern oder den Drogenschmugglern oder jemandem bei ihrer Expedition. Petri und Liebetraut hatten mit Sicherheit keine Ahnung von der Leiche. Ich denke, zumindest in dem Punkt hat Liebetraut die Wahrheit gesagt.«

Angersbach ließ sich die Sache durch den Kopf gehen. Die Argumentation klang plausibel. Er rief einen Kollegen im Gießener Präsidium an und bat ihn, Ingo Petri durchzuchecken. »Vor allem die finanziellen Verhältnisse«, sagte er. »Und wenn du schon dabei bist, mach das Ganze auch für Sonja Lippert.«

Er steckte das Telefon zurück in die Tasche und sah seine Kollegin an. »Was meinst du? Kriegen wir mit dem, was wir haben, einen Durchsuchungsbeschluss für den Imbiss?«

Kaufmann zuckte mit den Schultern. »Keine Ahnung. Aber einen Versuch ist es wert.« Sie deutete zur Bürotür. »Ich gehe schnell bei meinem Chef vorbei. Vielleicht kann er beim zuständigen Richter den Boden bereiten.«

Angersbach sah auf die Uhr. »Dein Chef ist am Samstagnachmittag um drei im Büro?«

»Meistens, ja. Er sagt, da kann er am besten arbeiten, weil dann kaum jemand da ist. Unter der Woche wird er ständig gestört.«

»Und jetzt störst du ihn am Samstag.«

»Das wird er verstehen.« Sabine deutete auf die Reihe rosa und lila blühender Veilchen auf der Fensterbank. »Du könntest in der Zwischenzeit die Blumen gießen. Und wenn ich zurück bin, fahren wir zu mir, und ich packe.«

Angersbach griff nach der Gießkanne, die er in der Ecke entdeckt hatte. Das war ein guter Plan.

18

Raststätte Römerwall, am Tag darauf

Am Sonntagmorgen um Punkt neun Uhr standen sie vor dem Imbiss der Raststätte Römerwall. Sabine Kaufmann, Ralph Angersbach und sechs Polizeischüler im zweiten Ausbildungsjahr. Sechs strahlende Augenpaare, sechs gerötete, aufgeregte Gesichter. Für die Polizeischüler war es der erste richtige Einsatz. Sie würden jeden Bierdeckel in der Gaststätte umdrehen. Wenn es irgendetwas zu finden gab, würden sie es finden.

Julius Haase, Sabines Chef beim LKA, hatte Wunder gewirkt. Er hatte den zuständigen Amtsrichter in Gießen davon überzeugt, den Durchsuchungsbeschluss für die Raststätte Römerwall auszustellen. Und er hatte über ein paar Kontakte die mühselige Recherche zu den finanziellen Verhältnissen der Betreiber deutlich abgekürzt. Nun lag das Ergebnis bereits vor.

Ingo Petri und Sonja Lippert steckten tief in finanziellen Schwierigkeiten. Sie waren prädestiniert für illegale Geschäfte. Aufgrund ihrer Drogenvergangenheit lag es auf der Hand, dass sie diese Einkommensquelle weiterhin anzapften.

Der LKA-Einsatz wegen des Tierschmuggels hatte das gesamte Konstrukt ins Wanken gebracht. Der Angriff auf Rahn schien die logische Konsequenz daraus. Wenn sie die Tatwaffe im Imbiss fanden, hätten sie die eine Hälfte des Falls geklärt. Und die andere würde sich unmittelbar daraus ergeben.

Die Reptilien, die Drogen und die Tote schienen alle vom selben Ort zu kommen, und Gerrit Liebetraut war derjenige,

144

der wusste, wo sich dieser befand. Sobald man ihm eines der Delikte nachweisen konnte, würde er singen wie ein Kanarienvogel. Dann war es nur noch eine Frage der Zeit, bis man auch seine Geschäftspartner in Kolumbien dingfest gemacht hätte.

Sabine Kaufmann instruierte die Polizeischüler. Dann betraten sie gemeinsam den Imbiss. Kaufmann zeigte den Durchsuchungsbeschluss und bat Petri und Lippert um ein Gespräch. Zusammen mit Angersbach setzten sie sich an einen der Tische in der Gaststätte. Die Polizeischüler nahmen währenddessen den kompletten Imbiss auseinander.

Ingo Petri, wie bei ihrer ersten Begegnung in weißer Kochjacke und -hose, legte die Unterarme auf den Tisch. Die rot geränderten Augen blickten Kaufmann fragend an. »Welchen Grund haben Sie für diese Aktion?«, fragte er. »Wir haben mit dem Angriff auf Ihren Kollegen doch nichts zu tun.«

»Genau das wollen wir klären.« Angersbach nahm dieselbe Haltung ein wie Petri. »Sie sind in der Vergangenheit mehrfach wegen des Besitzes und Verkaufs von Drogen aufgefallen. Außerdem stecken Sie in erheblichen finanziellen Schwierigkeiten. Und Ihre Raststätte wird offenbar regelmäßig von einem Mann angefahren, der mit geschmuggelten Tieren aus Kolumbien handelt.«

Das war nicht mehr als eine Vermutung; schließlich wussten sie nicht, ob Liebetraut jemals zuvor die Raststätte Römerwall als Treffpunkt genutzt hatte, aber es war plausibel. Da Ralph es als Vermutung formuliert hatte, ließ Sabine ihn gewähren.

»Ich verstehe nicht, was das eine mit anderen zu tun hat. Geschmuggelte Tiere und Drogen?«, erwiderte Petri. Seine Lebensgefährtin Sonja Lippert warf ihre langen blonden Haare zurück und zündete sich eine Zigarette an.

»Die stochern bloß im Nebel«, meinte sie. »Weil sie offenbar den Typen aus dem Lieferwagen nicht drankriegen.«

Sabines Blick glitt zur Wand der Gaststätte, an der gut sichtbar ein Rauchverbotsschild hing. Aber der Imbiss war nicht geöffnet, und in ihrem eigenen Betrieb konnten Lippert und Petri tun und lassen, was sie wollten, sofern sie vor dem Öffnen für den Publikumsverkehr ausreichend lüfteten. Was sie wohl taten. Bei ihrem Imbissbesuch mit Holger Rahn hatte Kaufmann keinen Rauch gerochen.

»Wir denken, dass der Typ im Lieferwagen nicht nur Tiere schmuggelt, sondern auch Drogen«, sagte Ralph. »Er verkauft sie Ihnen, und Sie verkaufen sie weiter.«

Petri änderte seine Haltung nicht um einen Millimeter.

»Das haben wir nicht nötig, Mann. Wir kommen klar. Wir machen keine illegalen Geschäfte.«

Sonja Lippert zog heftig an ihrer Zigarette. Sie wirkte rastlos und innerlich aufgewühlt wie jemand, der an Entzugserscheinungen litt.

»Sie konsumieren also keine Drogen?«, erkundigte sich Angersbach.

Petri zog den linken Mundwinkel zu einem halben Grinsen hoch. »Wüsste nicht, was Sie das angeht.« Sie holte einen Klapp-Aschenbecher aus der Tasche und streifte die Asche ab.

»Dann fragen wir anders.« Kaufmann sah, dass Angersbach langsam die Geduld verlor. Seine Augenbrauen zogen sich zusammen, und sein Blick bohrte sich wie ein Laserstrahl in den von Ingo Petri. »Sagt Ihnen der Name Gerrit Liebetraut etwas?«

Petri blieb gelassen. »Wer soll das sein?«

»Der Typ aus dem Lieferwagen«, erklärte Sabine.

Petri hob die Schultern. »Ist mir nie begegnet.«

Angersbach wandte sich an Sonja Lippert. »Und Sie? Kennen Sie den Lieferwagenfahrer?«

Lippert drückte die heruntergebrannte Zigarette aus. »Nein. Woher denn?« Sie zog eine neue Zigarette aus dem Päckchen und zündete sie an. Den Rauch pustete sie Sabine ins Gesicht.

Kaufmann blinzelte. »Hier kommen viele Leute vorbei. Da lernt man schon mal jemanden kennen, und vielleicht ergibt sich etwas daraus.«

»Keine Ahnung, wovon Sie reden.« Lippert hüllte sich in eine Rauchwolke.

Sabine betrachtete das magere, fast verhärmte Gesicht, die Augen, die tief in die Höhlen gesunken waren, und das spitze Kinn. Sonja Lippert hätte hübsch sein können mit den langen blonden Haaren, die ihr fast bis zum Po reichten, und den veilchenblauen Augen, aber der ungesunde Lebensstil, den sie offenbar schon länger pflegte, hatte seinen Tribut gefordert. Ob es sich dabei allerdings nur um Alkohol und Zigaretten oder auch um illegale Drogen handelte, ließ sich ohne medizinische Untersuchung nicht feststellen.

Ingo Petri lächelte Sabine an. »Sie kennen ja sicher unsere Akten. Wir hatten mit Drogen zu tun, ja. Wir haben auch was verkauft. War aber keine gute Idee. Wir haben Glück gehabt und sind mit Bewährungsstrafen davongekommen. Und wir haben daraus gelernt. Wir fassen keine illegalen Substanzen mehr an. Wir verkaufen sie nicht. Und wir ballern uns auch nicht damit zu.« Er breitete die Arme aus. »Sie werden hier nichts finden, und wenn Sie jede Bodenfliese einzeln rausreißen.«

»Das werden wir ja sehen.« Angersbach lehnte sich zurück und verschränkte die Arme vor der Brust.

Petri lächelte. »War's das?«

»Fürs Erste, ja.«

»Schön.« Petri erhob sich, und Lippert tat es ihm gleich. Petri fuhr sich mit der Hand über den kahl rasierten Schädel. »Möchten Sie vielleicht einen Kaffee, während Sie warten? Geht aufs Haus.«

»Danke. Kaffee wäre nett. Aber wir zahlen.«

»Wie Sie wollen.«

Petri und Lippert verschwanden hinter die Theke, und Petri machte sich an der Kaffeemaschine zu schaffen. Es dröhnte und zischte laut.

»Wir werden nichts finden«, sagte Sabine düster, während sie ihm zusah.

»Nein«, bestätigte Ralph. »Wenn sie Rahn niedergeschlagen haben, um ihre verbotenen Geschäfte zu vertuschen, haben sie auch die Drogen und die Tatwaffe verschwinden lassen. Zeit genug dafür hatten sie ja.«

Kaufmann biss sich auf die Lippen. »Wir hätten den Imbiss sofort durchsuchen müssen. Gleich nachdem Holger angegriffen worden war und wir bei Liebetraut keine Waffe gefunden haben.«

»Ja.« Angersbach machte keine Anstalten, die Sache schönzureden. »Aber du hast unter Schock gestanden«, fügte er hinzu. »Rahn, der verletzt am Boden lag. Und dann die Tote in der Kiste mit den Reptilien. In einer solchen Situation macht man eben Fehler.« Er hob die Schultern. »Mir ist es ja nicht anders gegangen. Ich habe mich ausschließlich auf die Tote konzentriert. Um den Angriff auf Rahn und die Schmuggelgeschichte habe ich mich nicht gekümmert.«

»Das war auch nicht dein Fall«, stellte Kaufmann klar. »Es wäre meine Aufgabe gewesen.«

Petri stellte zwei Tassen dampfenden Kaffee vor ihnen auf den Tisch.

»Danke«, sagte Ralph und sah dem Raststättenbetreiber hinterher, der wieder hinter der Theke verschwand. Dann wandte er sich Sabine zu und griff spontan nach ihrer Hand. »Mach dir keine Vorwürfe. So etwas passiert. Aber wir kriegen den Schuldigen.«

Eine Stunde später war die Aktion beendet. Statt sechs strahlender Augenpaare sahen sie nun sechs Polizeischüler mit hängenden Schultern.

»Nichts«, erklärte einer von ihnen. »Wir haben überall nachgesehen. Keine Drogen. Und keine Schlagwaffen. In der Schublade unter der Kasse liegt eine Schreckschusspistole, aber der Betreiber hat eine Genehmigung.«

Eine junge Frau wagte sich vor. »Vielleicht könnte man Drogenspürhunde einsetzen? Die müssten doch auch erschnüffeln können, ob hier mal Drogen versteckt waren. Und dasselbe könnte man mit dem Lieferwagen machen.« Sie hob die Hand, bevor Angersbach etwas erwidern konnte. »Das sind natürlich keine gerichtsverwertbaren Beweise. Aber sie wüssten zumindest, ob an Ihrer Theorie etwas dran ist.«

Kaufmann und Angersbach hatten die Polizeischüler vor dem Einsatz grob über ihre Vermutungen in Kenntnis gesetzt.

Ralph, der spontan hatte abwehren wollen, hielt inne. Vielleicht war die Idee gar nicht so schlecht. Er nickte der jungen Polizistin zu. »Das ist ein guter Gedanke. Wir werden das versuchen.«

Die Polizeischülerin strahlte. »Würden Sie uns Bescheid sagen? Wie die ganze Geschichte ausgegangen ist?«

»Klar. Machen wir.« Sie verabschiedeten sich von den jungen Kollegen und sahen zu, wie sie in den Polizeibus stiegen und vom Rastplatz fuhren.

Kaufmann zückte ihr Smartphone. »Ich gebe das an meinen

Chef weiter. Der kann jemanden vorbeischicken, der in Zivil mit seinem Hund in den Imbiss geht, dann merken die beiden gar nicht, dass wir mit dem Tier nach Drogen suchen.«

»Gut.« Angersbach nahm ebenfalls sein Mobiltelefon zur Hand. »Und ich sage bei uns in der KTU Bescheid, dass sie sich jemanden suchen sollen, der dasselbe mit dem Transporter macht.« Da sich darin nicht nur geschmuggelte Tiere befunden hatten, sondern auch die Leiche von Kim Helbig, war das Fahrzeug in die Werkstatt der Kriminaltechnischen Untersuchungsstelle in Gießen gewandert.

Kaufmann hatte Glück. Ihr Chef war auch am Sonntagmorgen im Büro und versprach, sich um alles zu kümmern. Angersbach dagegen musste mit dem Anrufbeantworter vorliebnehmen. Die nächste Geduldsprobe in einem Fall, der aus nichts anderem zu bestehen schien.

»Was tun wir jetzt?«, fragte er, nachdem sie beide ihre Telefone zurück in die Taschen gesteckt hatten.

»Ich fahre zu Holger«, sagte Sabine. »Vielleicht hilft es ihm, wenn jemand da ist und mit ihm redet.«

»Du willst den ganzen Sonntag im Krankenhaus verbringen?« Ralph dachte nach. »Wir könnten doch heute Nachmittag einen Spaziergang machen.« Er schaute in den Himmel, wo sich gerade dichte dunkle Wolken zusammenballten. »Oder ins Museum gehen.«

Kaufmann hob die Augenbrauen. »Ins Museum?«, fragte sie gedehnt. »In welches denn?«

»Wie wär's mit dem Gießkannenmuseum?«

»Was gibt es da zu sehen?«

Angersbach schob die Hände in die Hosentaschen. »Gießkannen. In allen möglichen Farben und Formen. Das ist sehr hübsch. Und man kann eine Menge über Bewässerungstechniken in Mittelhessen lernen.«

»Okay.« Sabine lächelte. »Ich besuche Holger, und anschließend treffen wir uns zum Mittagessen und gehen hinterher in dieses Gießkannenmuseum. Danach kannst du mich wieder am Klinikum absetzen.«

»Einverstanden.« Ralph umrundete beschwingt den Lada und hielt Sabine die Tür auf. Das war endlich mal ein Sonntagnachmittag, auf den er sich freute.

19

Gießen, zwei Stunden später

Als sie zwei Stunden später vor dem Universitätsklinikum auf Ralph Angersbach wartete, war Sabine Kaufmann frustriert. Holger Rahn erinnerte sich nach wie vor nur an eine einzige Sache: dass er sie liebte. Kaufmann wusste nicht, wie sie damit umgehen sollte. Sie mochte Holger, sehr sogar. Und das Mitleid mit ihm und die Schuldgefühle, weil sie nicht gut genug aufgepasst hatte, zerrissen sie beinahe. Aber war das eine Basis für eine Beziehung? Mögen war nicht lieben, und das Ungleichgewicht zwischen seinen und ihren Gefühlen war groß. Zu groß.

Andererseits: Konnte sie Holger ausgerechnet in dieser Situation zurückweisen? Er brauchte sie. Abgesehen davon, dass sie über seine Familie nur das Nötigste wusste, nämlich, dass die Mutter nicht mehr lebte und zum Vater kaum Kontakt bestand, konnte im Moment niemand anderes diese Verantwortung übernehmen. Sein Erinnerungstunnel kannte nur eine Person, nur ein Gefühl. Ob ihr das passte oder nicht, Sabine war der einzige Anker in einer Welt, die ihm entglitten war. Es wäre herzlos, nicht für ihn da zu sein.

Sie schaute in den strömenden Regen, der mittlerweile eingesetzt hatte. Wieder einmal gab es die zwei Seelen in ihrer Brust: die eine, die bei Holger Rahn war, die andere, die sich zu Ralph Angersbach hingezogen fühlte. Dabei hatte sie gedacht, mit diesem Kapitel endgültig abgeschlossen zu haben nach all den misslungenen Versuchen, ihm näherzukommen.

Doch ausgerechnet jetzt zeigte sich Ralph von einer Seite, die sie noch nicht kannte und die ihr ausgesprochen gut gefiel. Er war warm, rücksichtsvoll, mitfühlend. Ob das allerdings nur eine Phase war, die durch die unmittelbare Konkurrenz mit Rahn verursacht wurde, oder ob er tatsächlich milder geworden war, wusste sie nicht zu beurteilen.

Wahrscheinlich war es das Beste, weiterhin Distanz zu halten, zu Holger genau wie zu Ralph. Sie würde freundlich und verbindlich sein, aber die Liebe musste warten.

Der dunkelgrüne Lada Niva schälte sich aus dem dichten Regen und hielt auf den Eingang des Klinikums zu. Angersbach steuerte ihn so nah an das Vordach heran, wie es ging. Sabine hastete die wenigen Schritte zur Beifahrertür, die Ralph für sie aufstieß, war aber trotzdem durchnässt, als sie im Wagen saß. Mit einer Grimasse schaute sie auf ihre feuchte Jeans.

»Ich weiß wirklich nicht, was wir im Gießkannenmuseum sollen«, bemerkte sie. »Es gießt doch hier schon.«

»Na ja.« Ralphs Mundwinkel zuckten. »Wir sind in Gießen.«

Sabine lachte.

Angersbach sah sie mit einem verklärten Blick an, als wollte er gleich zu säuseln beginnen. So etwas wie: *Du siehst schön aus, wenn du lachst.* Aber er riss sich zusammen.

»Wir könnten auch zu mir fahren«, schlug er vor. »Ich koche uns was, und wir kuscheln uns mit dicken Decken aufs Sofa und sehen uns einen Film an.«

Kaufmann verspürte eine plötzliche Sehnsucht. Das wäre ein Sonntagnachmittag ganz nach ihrem Geschmack. Sie hob den Zeigefinger. »Unter zwei Bedingungen.«

»Die da wären?«

»Es gibt keine vegetarischen Klöße in grüner Soße.«

Angersbach setzte ein beleidigtes Gesicht auf. »Ich weiß wirklich nicht, was du gegen die Klöße hast. Die sind lecker.«

»Sind sie nicht. Dein Dosenfutter kannst du essen, wenn du alleine bist.«

»Einverstanden.« Ralph grinste. »Dann bestellen wir was. Pizza?«

»Super.«

»Gut. Und zweitens?«

»Wir machen uns einen gemütlichen Nachmittag unter Kollegen. Unter Freunden. Mehr nicht.«

Angersbach sah sie einen langen Moment nachdenklich an. »Okay«, sagte er dann. Er startete den Motor, legte den Gang ein und fuhr durch den strömenden Regen in Richtung Zentrum.

Pretty Woman.

Warum hatte er ausgerechnet diesen Film ausgewählt? Das Fernsehprogramm hatte nichts hergegeben, also hatte Ralph seine DVD-Sammlung durchsucht, die höchst übersichtlich war. Einige Filme, die ihm frühere Freundinnen geschenkt hatten, mit denen er nicht einmal lange genug zusammen gewesen war, um sich gemeinsam den jeweiligen Film anzusehen. Ein paar Dokumentationen zu rechtsmedizinischen Untersuchungsmethoden, die ihm Wilhelm Hack vermacht hatte, einige Hippie-Streifen und Filme zu Protestaktionen, die von seinem Vater stammten, dazu eine DVD mit einem Porno, den ihm sein anderer Freund, der Metzger Neifiger, zugeschoben hatte. Ralph erinnerte sich noch genau an seine Reaktion darauf. Er hatte die Hülle mit dem Cover, das sehr viel nackte Haut zeigte, mit einer Mischung aus Entsetzen und Peinlichkeit entgegengenommen und sofort aus dem Sichtfeld verschwinden lassen. Angesehen hatte er sie sich auch noch nicht und hatte das eigentlich auch nicht vor. Wegwerfen jedoch war bisher keine Option gewesen. Erstens, weil man das eben mit

Geschenken nicht machte. Und war es mit solchen Filmen nicht so wie mit normalen DVDs? Würde Neifiger sie irgendwann wiederhaben wollen? Und wann würde das sein? Einen normalen Film schaute man sich einmal an, dann gab man ihn zurück. Doch was bedeutete das bei einem Erotikfilm? Ralph kam schon beim Grübeln darüber ins Schwitzen. Also hatte er den Film in der hinteren Reihe versteckt, wo er Staub ansetzen konnte. Er selbst hatte nur wenige DVDs gekauft, allesamt Naturdokumentationen. Angersbach verreiste nicht gerne, aber er schaute sich gerne an, wie die Welt anderswo auf dem Planeten aussah.

In jüngster Zeit war nur eine DVD dazugekommen, eine Dokumentation über Australien, die ihm Janine und Morten geschickt hatten, um seine Reiselust zu entfachen. Sie hatten sich noch darüber lustig gemacht, dass es diese Doku sicher auch kostenlos auf YouTube gegeben hätte. Aber Angersbach war es zuwider, Internetvideos anzusehen, und es kam für ihn auch nicht in Frage, Streamingdienste zu abonnieren. Egal, wie begeistert sich alle um ihn herum darüber äußerten. Also hatte er sich mit der DVD begnügt, und die Bilder der Doku hatten ihn tatsächlich begeistert. Sein Widerwille, sich einen ganzen Tag lang in ein Flugzeug zu setzen, war dennoch geblieben.

Für den Nachmittag mit Sabine hatte er die Auswahl gehabt zwischen ein paar Klassikern der Achtziger. *Indiana Jones* hatte er verworfen, weil er keinen Dschungelhelden sehen und vor allem nicht an Kim Helbig erinnert werden wollte. *Dirty Dancing* war ihm zu gewagt erschienen, *Jenseits von Afrika* zu melancholisch. Aber *Pretty Woman* brachte ihn emotional ebenso an seine Grenze. Zusammen mit Sabine auf dem Sofa zu sitzen, die Pappkartons mit den Pizzaresten vor ihnen auf dem Tisch, dazu die Gläser mit dem Rotwein, und sich diesen schwülstigen Liebesfilm anzusehen – wer sollte da ungerührt bleiben, wenn die Frau, die er liebte, nur eine Armeslänge entfernt war?

Denn das, erkannte Ralph Angersbach in diesem Moment der Klarheit, war die reine und unverfälschte Wahrheit. Sie war keine Kollegin, die er mochte. Keine Freundin, in die er verliebt war. Was er für Sabine empfand, war eine tiefe, ernste Liebe, ein Gefühl, das die Ewigkeit überdauerte, keine flüchtige Emotion, die davonschwebte, sobald man sie zu greifen versuchte.

Aber er hatte ihr versprochen, dass es ein Nachmittag unter Freunden sein würde. Das bedeutete: keine romantischen Gefühle. Keine Annäherungsversuche.

Und wenn schon. Er hatte so viele Chancen vergeben. Dieses Mal würde er einfach das Richtige tun.

Während der Film seinem Höhepunkt entgegenstrebte, rückte Angersbach auf dem Sofa näher an Sabine heran. Er legte ihr den Arm um die Schultern, und sie ließ den Kopf an seine Brust sinken und seufzte.

Ralph spürte, wie sein Herz schmolz. Richard Gere und Julia Roberts auf dem Bildschirm konnten kaum glücklicher sein als Ralph Angersbach in diesem Moment.

Holger Rahn schlug die Augen auf. Das seltsame Gefühl in seinem Kopf war verschwunden. Auf einmal war alles wieder völlig klar. Er konnte sich genau erinnern, was passiert war. Er hatte mit Sabine auf dem Rastplatz Römerwall auf den Lieferanten gewartet, der ihm eine kolumbianische Boa constrictor übergeben wollte, frisch importiert aus dem Amazonas-Regenwald.

Es war ein weißer Transporter gewesen. Der Fahrer, ein Mann mit einem schwarzen Kapuzenpullover, war ausgestiegen und mit ihm zu den hinteren Türen des Transporters gegangen. Er hatte die Türen aufgeklappt, und Rahn hatte gedacht, dass ihn Sabine nun nicht mehr würde sehen können. Das hatten sie nicht bedacht, als sie den Standort des Wagens und Sabines Versteck festgelegt hatten.

Rahn hob die Hand an den Kopf und betastete den dicken Verband. Der Schlag hatte ihn mit voller Wucht getroffen, er war sofort weg gewesen. Ein Wunder, dass er überhaupt noch lebte.

Er sah sich im Zimmer um. Ein typisches Krankenhauszimmer, weiße Wände, vor dem großen Fenster mattgraue Vorhänge, die zur Hälfte zugezogen waren. Der Himmel vor dem Fenster hatte fast exakt dieselbe Farbe. Dunkle Wolken trieben vorbei, und es regnete in Strömen. Die Tropfen prasselten gegen die Scheibe.

Neben seinem Bett stand ein Nachttisch mit Schublade und einem ausklappbaren Tablett. Auf der anderen Seite standen ein Tropf und ein Apparat, der Puls, Blutdruck und Herzfrequenz anzeigte. Es schien alles im normalen Bereich zu sein. Vom Infusionsbeutel am Tropfständer führte ein Schlauch zu der Nadel, die in seiner linken Armbeuge steckte. Das Messgerät war mit einem langen dünnen Kabel mit einem Clip verbunden, der an seinem Mittelfinger klemmte.

Das Bett war bequem, die Decke angenehm leicht, das Kissen, auf dem sein Kopf ruhte, so dick, dass er sich geborgen fühlte. Jemand hatte das Rückenteil des Betts hochgestellt, so dass er einen Blick auf die Zimmertür und den Einbauschrank in der Wand links von ihm hatte. In der Ecke vor dem Fenster standen ein Tisch und zwei Stühle.

Er erinnerte sich dunkel, dass Sabine hier gewesen war und neben seinem Bett gesessen hatte, doch jetzt war niemand da. Das war gut, so konnte er sich besser konzentrieren und die Bilder in seinem Kopf sortieren.

Auf der Ladefläche des Transporters hatten zwei große Kisten gestanden, dazu mehrere Körbe, in denen aufgerollte Schlangen lagen. Rahn war erstaunt gewesen. Darüber, dass der Mann, mit dem sie verabredet waren, mit einem Wagen gekommen war, an dessen Seite in bunter Schrift der Name der Zoohandlung Amrhein prangte. Und darüber, dass er nicht nur die Schlange dabeihatte, die Rahn bestellt hatte, sondern noch eine Reihe weiterer Tiere.

Er hatte den Fahrer nach den Papieren für die Schlange gefragt. Man hatte ihm eine Ausfuhrbescheinigung versprochen und ein Papier, das bestätigte, dass die Schlange aus einer zertifizierten Zucht stammte. Der Schlange selbst sah man die Herkunft nicht an, aber mit den Papieren, die selbstverständlich gefälscht waren, würde man beweisen können, dass der Fahrer illegal gefangene Tiere verkaufte. Das war jedenfalls der Plan gewesen. Doch zur Übergabe der Papiere war es nicht mehr gekommen.

Rahn wandte den Blick zur Tür, weil er auf dem Flur Schritte hörte. Gleich darauf öffnete sich die Tür, und ein Wagen mit Medikamenten wurde hereingeschoben.

Holger Rahn blinzelte. Die Person, die den Wagen schob, gehörte nicht zum Pflegepersonal, auch wenn sie die Uniform des Universitätsklinikums trug.

Rahn streckte die Hand nach der Klingel aus, die am Galgen über dem Bett festgeknotet war. Zu spät. Die Klingel verschwand aus seiner Reichweite, und ein Lappen mit einer alkoholisch riechenden Flüssigkeit wurde ihm aufs Gesicht gepresst.

Holger Rahn griff nach dem Arm, der den Lappen hielt, und versuchte, ihn beiseitezudrücken, doch er war noch zu geschwächt. Die Person, die den Lappen hielt, war ihm kräftemäßig überlegen. Rahn versuchte, die Luft anzuhalten, konnte den Atemimpuls aber nicht lange unterdrücken. Die flüchtige Substanz drang in seine Nasenhöhlen.

Sofort füllte eine Art Nebel seinen Kopf, und seine Arme sackten kraftlos herunter. Das Letzte, was er sah, war eine Nadel, die in den Beutel mit der Infusionslösung gestochen wurde.

Sie küssten sich, und die Musik schwoll an.

Sabine hob den Kopf von Ralphs Brust und wischte sich verstohlen die Tränen aus den Augen. Was für ein schöner Film!

Sie hatte ihn schon oft gesehen, aber sie war jedes Mal wieder gerührt. Diese wunderbare Liebe, die alle Grenzen überwand und sich nicht aufhalten ließ. Sie blickte zu Ralph, der immer noch den Arm um ihre Schultern gelegt hatte. Auch seine Augen waren feucht.

Sabine lächelte. Sie fühlte sich wohl, geborgen und sicher. Angersbach war ein Mann, bei dem man sich anlehnen konnte. Und er war, auf seine Weise, attraktiv. Die braune Wuschelfrisur, in die sich zunehmend graue Strähnen mischten, die ihn aber nicht alt, sondern interessant machten, das Wettergesicht mit den vielen kleinen Falten, das trotzdem immer noch jugendlich aussah, obwohl sein fünfzigster Geburtstag unmittelbar bevorstand.

Seine Augen ließen sie nicht los. Er legte die freie Hand an ihre Wange, und seine Lippen näherten sich den ihren.

Sabine neigte sich ihm entgegen. Sie wollte jetzt nicht nachdenken. Alles erschien ihr gut und richtig.

Das Klingeln ihres Smartphones zerriss den zarten Moment, ehe sich ihre Lippen berührten. Sie fuhren auseinander, Angersbach zog Hand und Arm zurück, Sabine rutschte von ihm weg und nahm das klingelnde Gerät aus der Handtasche, die neben ihr auf dem Sofa lag.

»Ja, Kaufmann«, meldete sie sich etwas atemlos.

»Frau Kaufmann«, sagte eine ernste Stimme am anderen Ende. »Hier ist das Klinikum Gießen. Schwester Anna.«

Ein eisiger Schreck durchfuhr Sabine. »Ist etwas mit Holger? Mit Herrn Rahn, meine ich?«

»Er hatte einen Herzstillstand. Wir konnten ihn reanimieren, aber er ist noch nicht wieder bei Bewusstsein.«

»Aber … wie …« Sabine umklammerte das Smartphone fester. Ihre Hände zitterten so sehr, dass es ihr fast aus den Fingern rutschte.

»Wir können es noch nicht mit Sicherheit sagen«, erklärte die Schwester. »Aber es sieht so aus, als hätte ihm jemand absichtlich ein Medikament verabreicht, das den Herzstillstand ausgelöst hat.«

»Sie meinen … ein Mordversuch?«

»Wir haben bereits die Polizei informiert«, sagte die Schwester, und wie aufs Stichwort begann Ralphs Telefon zu klingeln. Rasch griff er danach und meldete sich.

»Es tut mir leid«, bekundete die Schwester. »Wir melden uns, sobald es etwas Neues gibt.«

»Ja. Danke.« Sabine ließ das Telefon sinken und starrte auf den Fernseher, aus dem in Endlosschleife die Titelmusik des Films erklang, zu einem Bild von Gere und Roberts in inniger Umarmung.

So schnell konnte es gehen. Eben war die Welt noch in Ordnung gewesen, und im nächsten Moment zerfiel sie in Stücke.

Sie schaute auf, als Ralph sein Telefonat beendete und ihr die Hand auf die Schulter legte. Keine romantische Geste mehr, sondern die Besorgnis eines guten Freundes. Er nickte in Richtung von Sabines Smartphone.

»Sie haben es dir gesagt? Das Krankenhaus? Dass jemand versucht hat, Rahn zu töten?«

»Ja«, krächzte sie.

Angersbach erhob sich und reichte ihr die Hand, um ihr aufzuhelfen.

»Komm«, sagte er. »Wir fahren hin.«

20

Angersbach hatte das mobile Blaulicht aufs Dach des Lada geklemmt und keine zehn Minuten von seiner Wohnung zum Klinikum gebraucht. Er machte sich auch nicht die Mühe, den Wagen auf dem Besucherparkplatz abzustellen, sondern parkte einfach auf einer der Taxiflächen. So blockierte er keinen Rettungswagen, und die bösen Blicke der Taxifahrer ignorierte er. Das Blaulicht beließ er auf dem Dach. So käme niemand auf die Idee, den Wagen abschleppen zu lassen.

Kaufmann und er eilten durchs Foyer und nahmen die Treppe zur Station, auf der Holger Rahn lag. Vor dem Zimmer standen mehrere weiß gekleidete Gestalten. Die Tür war offen; im Inneren, das konnte Ralph vom Flur aus sehen, als sie näher kamen, waren zwei Ärzte mit Rahn beschäftigt. Auf dem Boden um das Bett herum lagen leere Spritzen und aufgerissene Verpackungen.

Sabine drängte sich an dem Pulk vorbei und trat zu Rahn ans Bett. Ralph folgte mit ein paar Schritten Abstand. Einer der Ärzte leuchtete mit einer kleinen Taschenlampe in Rahns Augen, der andere hantierte an den Geräten, die auf dem Tisch neben dem Bett standen, und blickte dann auf. Er sah viel zu jung aus für einen Arzt, aber das mochte auch daran liegen, dass Ralph mit zunehmendem Alter andere Leute immer jünger erschienen.

»Sie sind die Kollegen von Herrn Rahn, vom LKA und von der Mordkommission, richtig?«, fragte der Arzt. »Frau Kaufmann und Herr Angersbach?«

»Ja.«

»Schön, dass Sie gleich gekommen sind.« Er deutete auf Rahn, der jetzt zusätzlich zu der Infusion und dem Herzmonitor, an die er vorher angeschlossen gewesen war, eine Sauerstoffmaske auf dem Gesicht hatte. Das zugehörige Gerät stand auf einem weiteren Rolltisch neben dem Bett und machte Geräusche wie ein ausgeleierter Blasebalg.

Sein Kollege auf der anderen Seite nickte ihm zu und hob die Hand zum Zeichen, dass er sich verabschiedete. Eine Schwester kam herein und sammelte die leeren Verpackungen und Spritzen auf.

»Wir konnten ihn gerade noch retten«, erklärte der Arzt. »Er war ein paar Sekunden weg, aber wir haben ihn reanimiert. Abschließend lässt sich das erst sagen, wenn er wieder wach ist, aber ich denke, sein Gehirn war während der gesamten Zeit ausreichend mit Sauerstoff versorgt. Den Gesetzen der Logik zufolge dürfte er keine bleibenden Schäden davontragen. Aber, wie gesagt: Wirklich wissen kann man es nicht. Wir bringen ihn jedenfalls gleich auf die Intensivstation, da kann man sich so gut um ihn kümmern, wie es nötig ist.«

Sabine Kaufmann nickte nur abwesend. Sie griff nach Rahns Hand und hielt sie fest.

Angersbach sah den Arzt an. »Haben Sie eine Idee, was passiert ist?«

Der Mediziner wiegte den Kopf. »Es könnte alles Mögliche gewesen sein, aber mir ist aufgefallen, dass offenbar jemand etwas in den Infusionsbeutel gespritzt hat. Jedenfalls gibt es eine Einstichstelle, die darauf hindeutet. Und man hat ihn eventuell vorher betäubt.«

»Könnte das auch jemand vom Personal gewesen sein?«, erkundigte sich Angersbach. »Die Spritze, meine ich. Im Rahmen der vorgesehenen Behandlung?«

»Nein.« Der Arzt schüttelte den Kopf. »Nicht auf diese

Weise. Wir benutzen den Zugang oben am Infusionsbeutel, den man mit der Spritze verbinden kann. Nur ein Laie würde mit der Nadel in den Beutel stechen.«

Er drehte sich zum Tisch neben dem Bett und griff nach einer farblosen Plastikflasche mit Schraubverschluss, die er Angersbach hinhielt.

»Ich habe den Inhalt des Infusionsbeutels umgefüllt. Vielleicht findet Ihr Labor heraus, ob jemand eine Substanz hineingespritzt hat, die einen Herzstillstand auslösen könnte. Den Beutel selbst habe ich in eine separate Tüte gesteckt.«

Angersbach nahm die Flasche und die Tüte entgegen. »Wir werden auf jeden Fall einen Beamten abstellen, der vor der Intensivstation Wache hält, damit so etwas nicht noch einmal vorkommt.«

»Sehr gut.« Der Arzt nickte. »Wahrscheinlich hat die Person, die etwas in den Beutel gespritzt hat, Handschuhe getragen«, fuhr er fort. »Aber falls nicht, finden Sie vielleicht Fingerabdrücke. Die könnten dann allerdings auch vom Personal stammen. Wenn die Beutel geliefert und im Vorratslager eingeräumt werden, tragen wir keine Handschuhe. Es ist nicht nötig, dass die Infusionsbeutel von außen steril sind. Wir stellen aber alle gern unsere Abdrücke zur Verfügung, damit Sie einen Vergleich haben.«

Der Mediziner nahm einen weiteren Beutel vom Tisch. Er war mit einem Clip verschlossen. Im Inneren befand sich ein weißes Stück Stoff.

»Dieses Tuch lag neben dem Bett auf dem Boden«, erklärte er. »Ich könnte mir vorstellen, dass es mit einem flüchtigen Anästhetikum getränkt war. Deswegen habe ich einen verschließbaren Beutel genommen. Möglicherweise sind noch Reste der Substanz erhalten, die andernfalls verflogen wären.«

Angersbach hob die Augenbrauen.

Der Arzt lächelte. »Falls Sie sich wundern: Ich habe während meines Studiums ein Praktikum in der Rechtsmedizin gemacht und eine Menge gelernt. Bei Professor Wilhelm Hack. Ich nehme an, den kennen Sie?«

»Allerdings.«

»Wir haben ihn immer Hackebeil genannt«, verriet der Arzt und senkte verstohlen die Stimme. »Natürlich nur, wenn er es nicht mitbekommen hat. Er war schon eine Nummer für sich, aber ein klasse Typ.«

Angersbach warf Sabine einen Blick zu, doch sie reagierte nicht. Ihre ganze Aufmerksamkeit galt Holger Rahn. Ralph wandte sich wieder dem Arzt zu.

»So nennen wir ihn übrigens auch«, vertraute er ihm mit einem Augenzwinkern an. »Und er weiß das. Denn Sie haben recht: Er ist wirklich gut. In vielerlei Hinsicht.« Angersbach hielt die Flasche und die beiden Beutel hoch. »In Ordnung«, sagte er. »Hackebeil und die Kriminaltechnik können daraus hoffentlich ein paar nützliche Informationen gewinnen.« Er schaute wieder zu Rahn und Sabine. »Und danke, dass Sie unseren Kollegen zurückgeholt haben.«

Der Arzt lächelte. »Das ist unser Job. Wir machen ihn gern. Und wir freuen uns immer, wenn er gelingt.« Er winkte kurz und verschwand dann aus dem Zimmer.

Ralph schaute zum dritten Mal zu Sabine. »Kommst du mit? Oder bleibst du hier?«, fragte er leise.

Sie hörte ihn gar nicht.

21

Wilhelm Hack war bester Laune, obwohl Ralph ihn am Sonntagnachmittag gestört und ihn gebeten hatte, so rasch wie möglich in die Rechtsmedizin zu kommen, um die aus dem Krankenhaus mitgebrachten Substanzen zu untersuchen.

»Ich war gerade dabei, mich zu Tode zu langweilen«, erklärte Hack. »Bei der Vernissage einer Skulpturenkünstlerin. Sie ist die Frau eines alten Freundes, deshalb konnte ich nicht Nein sagen.« Er tippte auf das Bedienfeld des Gaschromatografen im Labor der Rechtsmedizin.

Angersbach lehnte an einem der Tische und sah ihm zu. Solange er nicht in einem der Obduktionssäle einer Autopsie beiwohnen musste, war er eigentlich ganz gerne hier. Er mochte die ruhige, konzentrierte Atmosphäre in den Labors mit den mächtigen Untersuchungsgeräten und den Regalen, in denen sich Flaschen mit Flüssigkeiten in allen möglichen Farben reihten. Heute war es besonders still, weil außer ihnen niemand da war.

»Waren die Figuren so scheußlich?«, fragte er. Nicht, weil es ihn interessierte, sondern weil er das Gefühl hatte, dass Hack eine Reaktion erwartete.

»Keinesfalls.« Der Rechtsmediziner öffnete die Plastiktüte mit dem Clipverschluss und beförderte den weißen Lappen in ein flüssigkeitsgefülltes Gefäß, das er mit einem Deckel verschloss. Er schüttelte es, schraubte den Deckel wieder ab und entnahm mit einer Pipette einen Teil der Flüssigkeit, die er anschließend auf einen Objektträger gab. Das kleine Glasviereck schob er in den Gaschromatografen.

»Man sollte meinen, Kunst spricht für sich«, fuhr Hack fort. »Gerade bei Skulpturen. Aber diese Künstlerin hält es für nötig, ihre Werke zu erklären. Einzeln. Mit Fotos, die den gesamten Entstehungsprozess zeigen, und Erläuterungen zu den seelischen Zuständen, die sie dabei hatte.«

Er griff nach einer weiteren Pipette, öffnete die Flasche mit der Infusionslösung und gab ein paar Tropfen auf einen weiteren Objektträger, der ebenfalls in den Chromatografen wanderte.

»Ich habe auch Zustände bekommen«, erklärte Hack. »So viel esoterisches Geschwafel ist lange nicht mehr an meine Ohren gedrungen.« Er blickte auf und fixierte Ralph mit dem gesunden Auge. »Ich bin Wissenschaftler. Präzision, Logik, Beweise. Das sind die Größen, nach denen ich meine Umwelt beurteile. Mit unsichtbaren Mächten, Auren und Chakren oder Yin und Yang habe ich nichts am Hut.«

»Geht mir genauso«, stimmte Ralph zu. Esoterik hatte immer mit Gefühlen zu tun, und damit beschäftigte er sich lieber nicht allzu ausführlich.

Hack schaltete den Rechner ein und druckte das Analyseergebnis aus, das ihm der Chromatograf für die erste Substanz – die Flüssigkeit, mit der der Lappen getränkt gewesen war – geliefert hatte.

»Hm. Das ist keine große Überraschung«, sagte er. »Ich hatte auf etwas Interessanteres getippt.«

Angersbach neigte fragend den Kopf.

»Halothan«, verkündete Hack. »Eine farblose Flüssigkeit mit süßem Geruch. Sehr lichtempfindlich, deswegen wird es meist in braunen Flaschen gelagert. Es löst sich gut in Blut und Fett und wird gerne als Narkosemittel verwendet. Halothan senkt den Blutdruck, deshalb kommt es zu Müdigkeit, und bei höherer Dosierung tritt Bewusstlosigkeit ein.«

»Damit könnte ich also zum Beispiel verhindern, dass sich jemand wehrt, wenn ich seinen Tropf manipulieren will«, schlussfolgerte Ralph. »Aber umbringen würde ich ihn damit noch nicht, richtig?«

»Richtig.« Hack spitzte die Lippen. »Sie werden noch ein richtiger Spürhund.«

Ralph verzichtete auf einen Kommentar. Er schob die Hände in die Hosentaschen und wartete darauf, dass der Chromatograf das Analyseergebnis für die Flüssigkeit im Infusionsbeutel ausspuckte.

Tatsächlich erschien gleich darauf eine lange Liste auf dem Bildschirm des Rechtsmediziners.

»So«, sagte Hackebeil. »Das ist jetzt ein bisschen schwieriger.«

Er warf einen Blick auf den dritten Beutel, der an die Spurensicherung gehen sollte, damit er auf Fingerabdrücke untersucht werden konnte. Der Aufkleber verriet, dass es sich bei dem ursprünglichen Inhalt um Kochsalzlösung gehandelt hatte.

»Das können wir also schon mal abziehen. Aber es bleiben immer noch Bestandteile, die nicht zusammenpassen.« Hack begann, auf seiner Tastatur zu klappern. Angersbach sah Listen und Molekülstrukturen über den Bildschirm huschen.

Es dauerte eine ganze Weile. Ralph begann, im Raum umherzugehen und die herumstehenden Apparate zu betrachten. Er hätte keinen einzigen davon bedienen können, aber das war ja auch nicht seine Aufgabe.

»Ha!«, kam es dann aus der Ecke, in der Hack saß. Angersbach eilte zu ihm zurück. Der Rechtsmediziner sah ihn mit einem höchst zufriedenen Gesichtsausdruck an.

»Ich hab's«, erklärte er. »Das war wirklich ausgefuchst.«

»Was denn?«

»In dem Infusionsbeutel befand sich nicht nur eine Substanz, die dort nicht hineingehört. Es waren gleich zwei. Dopamin und Flecainid.«

»Aha.« Angersbach kniff die Augen zusammen. Er kramte in seinem Gedächtnis. »Dopamin ist doch das Glückshormon, oder nicht?«

»So sagt es der Laie«, gab Hack zurück. »Tatsächlich ist Dopamin kein Hormon, sondern ein Botenstoff – ein erregend wirkender Neurotransmitter, der mit dem Glücksempfinden und dem inneren Belohnungssystem verknüpft ist.«

»Dann hat man Rahn einen Gefallen getan, indem man ihm Dopamin in den Tropf gefüllt hat?«

Hack hob den Zeigefinger. »Aufgemerkt. Dopamin löst nicht nur Glücksgefühle aus, sondern steigert auch die Kontraktionsfähigkeit der Muskulatur.«

»Aha«, machte Angersbach ratlos.

»Interessant wird es im Zusammenspiel der Substanzen.« Hack schaute ihn vielsagend an. »Da wäre zunächst einmal das Flecainid, bei dem es sich um einen Blutdrucksenker handelt. Für sich genommen und in geringer Dosierung bei einem gesunden Menschen auch kein Problem. Aber«, wieder hob er den Zeigefinger, »hier haben wir eine tückische Wechselwirkung. Das Halothan im Lappen senkt erstens selbst den Blutdruck und sensibilisiert zweitens das Myokard, also den Herzmuskel, für Katecholamine. Dazu gehören sowohl Dopamin als auch Flecainid. Für den Laien: Das Halothan verstärkt die Wirkung der beiden anderen Medikamente. Alle zusammen senken den Blutdruck, während sich zugleich der Herzmuskel stärker verkrampft. Das Ergebnis: Herzrasen, und am Ende: Herzstillstand.«

Angersbach presste unwillkürlich die Faust auf die linke Brust. Sein eigenes Herz schien ebenfalls viel zu schnell zu schlagen.

»Der Täter verfügt also über ziemlich gute medizinische Kenntnisse?« Das biss sich mit der Aussage des Arztes, dass nur ein Laie die Spritze in den Infusionsbeutel stechen würde, statt den dafür vorgesehenen Zugang zu verwenden.

»Ach was.« Hack ließ die Ergebnisse ausdrucken und schaltete den Rechner aus. »Das kann jeder mit einer schnellen Suche im Internet herausfinden. Und die Substanzen kann man sich ebenfalls ohne Probleme beschaffen. Dopamin wird zwar nur an Ärzte und Kliniken verkauft, aber irgendjemand zweigt immer irgendwo etwas ab und verkauft es im Netz, um sich ein kleines Zubrot zu verdienen. Oder man importiert es heimlich aus einem Land, in dem die Bestimmungen laxer sind als bei uns. Flecainid gibt es als Tabletten in der Apotheke. Verschreibungspflichtig natürlich, aber auch da gibt es Mittel und Wege, das muss ich Ihnen ja nicht erzählen.«

Angersbach rieb sich das Kinn. Jetzt wusste er zwar, was Holger Rahn verabreicht worden war, aber dem Täter war er damit keinen Schritt näher gekommen. Man konnte nur hoffen, dass die Kriminaltechnik Fingerabdrücke auf dem Infusionsbeutel fand. Aber das würde wieder einmal dauern. Bei der KTU war es wie bei der IT: zu wenig Personal, zu viel Arbeit.

Hack schaltete die Deckenlampe aus und schob Angersbach aus dem Raum.

»Machen Sie sich einen schönen Sonntag mit Frau Kaufmann«, riet er. »Wo ist sie eigentlich?«

»Im Klinikum. Beim Kollegen Rahn.«

Hack musterte ihn forschend. »So. Na dann.«

Er begleitete Ralph auf den Parkplatz und hastete durch den immer noch strömenden Regen zu seinem feuerroten SUV, mit dem er gleich darauf davonbrauste.

Angersbach blieb auf dem Parkplatz vor dem Institut für

Rechtsmedizin stehen. Der Regen trommelte auf seinen Kopf, lief über sein Gesicht und durchnässte seine Kleider. Als er schließlich zu seinem Niva ging und sein Spiegelbild in der Scheibe erblickte, stellte er fest, dass er genauso aussah, wie er sich fühlte. Wie ein begossener Pudel.

22

Gießen / Frankfurt, drei Tage später, Mittwoch

Holger Rahns Zustand war unverändert. Die Ärzte hatten ihn in ein künstliches Koma versetzt, damit er sich von der Schädelverletzung und dem Herzstillstand erholen konnte. Bis zum Ende der Woche, so die vorläufige Prognose, dann wollte man ihn wieder aufwecken.

Sabine Kaufmann hatte die meiste Zeit an seinem Bett gesessen. Sie hatte seine Hand gehalten, ihm Geschichten erzählt oder ihm mit dem Smartphone Musik vorgespielt. Dabei war ihr aufgefallen, dass sie nicht einmal wusste, was er gerne hörte. Sie hatte alle möglichen Musikstile ausprobiert in der Hoffnung, an seinem Gesicht etwas ablesen zu können, doch es hatte keine Regung gegeben. Wenn er aufwachte, würde sie ihn als Erstes danach fragen.

Wenn er aufwachte. Und wenn er dann noch der Alte war.

Aber sie musste optimistisch bleiben. Daran glauben, dass er sich vollständig erholen würde.

Während die Musik lief, dachte sie darüber nach, wer den Anschlag auf ihn verübt hatte. Ingo Petri, weil er seine Drogengeschäfte vertuschen wollte? Seine Lebensgefährtin Sonja Lippert, aus demselben Grund? Oder Gerrit Liebetraut? Sie hatten ihn Samstag um Mitternacht aus der Haft entlassen müssen. Am Sonntagnachmittag, als Rahn angegriffen worden war, hatte er sich auf freiem Fuß befunden.

Beweise für ihre Vermutungen gab es nicht. Der Beamte mit dem Drogenspürhund, den Kaufmanns Chef Julius Haase zum Imbiss Römerwall geschickt hatte, war ohne Ergebnis zurückgekehrt. Der Hund hatte nicht angeschlagen. Haase war sogar noch einen Schritt weitergegangen. Er hatte einen Beschluss erwirkt, Petri und Lippert ärztlich untersuchen zu lassen. Das Ergebnis war, dass nur Petri in der letzten Zeit Drogen genommen hatte, Lippert dagegen nicht. Kollegen des LKA hatten die beiden erneut vernommen. Sonja Lippert sei erbost gewesen, hatten sie berichtet. Petri und sie hatten vereinbart, keine Drogen mehr zu konsumieren. Er hatte sich nicht daran gehalten, ging seiner Sucht aber offenbar nicht mehr auf dem Rastplatz nach. Was eine Verbindung zu Liebetraut extrem unwahrscheinlich machte.

Auch im Lieferwagen waren keine Spuren von Drogen gefunden worden. Angersbach hatte sich mit Elmar Amrhein in Verbindung gesetzt, und der Besitzer der Zoohandlung hatte ihm erlaubt, sämtliche weiteren Firmenwagen von einem Drogenspürhund untersuchen zu lassen. Ohne Ergebnis. Liebetrauts Tierschmuggel und Petris Drogengeschäfte – wenn es sie denn gab und er nicht einfach nur noch konsumierte – schienen tatsächlich nicht zusammenzuhängen.

Ralph war in den beiden letzten Tagen oft da gewesen. Er hatte sämtliche Krankenhausangestellten befragt, die auf Rahns Station beschäftigt waren, dazu die Schwestern unten an der Information und das Sicherheitspersonal. Niemand hatte eine verdächtige Person bemerkt.

Aber es war ja auch nicht schwer, sich einen Kittel oder eine Schwesterntracht überzuziehen und so zu tun, als würde man dazugehören. Das Klinikpersonal war überlastet wie überall, niemand hielt ständig die Augen offen. Alle waren auf das konzentriert, was sie zu tun hatten. Und das Klinikum war groß. Niemand konnte alle Personen kennen, die hier arbeiteten. Solange sich jemand unauffällig verhielt, konnte er sich ungehindert Zutritt zu den Patientenzimmern verschaffen.

Angersbach hatte den Angestellten Fotos von Petri, Lippert und Liebetraut gezeigt, doch auch das hatte nichts genützt. Das Einzige, was man mit einiger Sicherheit annehmen konnte, war, dass das mörderische Medikament von derselben Person verabreicht worden war, die Rahn auch auf der Raststätte Römerwall niedergeschlagen hatte. Aber wer diese Person war und welches Motiv sie hatte, blieb im Dunkeln.

Weder von der IT noch von der KTU war etwas gekommen. Ralph hatte mehrfach nachgefragt und auf die Dringlichkeit verwiesen, doch die anderen Aufträge, die man in den beiden Abteilungen zu erledigen hatte, waren ebenfalls eilig.

Heute, am Mittwoch, kamen immerhin die RegenWaldRetter zurück. Ralph und Sabine hatten sich auf den Weg gemacht, um sie am Flughafen abzuholen. Vielleicht konnten sie Hinweise liefern, die Licht in den Fall der ermordeten Kim Helbig brachten.

Sabine starrte aus dem Seitenfenster des Niva in den Regen, der seit Tagen fast unaufhörlich prasselte. Das Tiefdruckgebiet hatte sich festgesetzt, passend zu ihrer Stimmung.

Ralph blickte angestrengt auf die Straße. Er musste sich konzentrieren, durch das viele Wasser auf der Scheibe, das die Scheibenwischer kaum bewältigten, war die Sicht extrem schlecht.

Sie sprachen nicht viel. Seit Sonntag hatten sie den Angriff auf Rahn immer wieder durchgekaut, aber solange es keine neuen Erkenntnisse gab, kamen sie nicht weiter. Und über das andere, das, was in Ralphs Wohnung – wieder einmal – fast passiert wäre, wollten sie nicht reden.

Sabine hätte auch keine Antwort gehabt. Seit dem zweiten Angriff auf Rahn fühlte sie sich wie betäubt. Es war schwer zu fassen, dass jemand so unerbittlich versuchte, einen Polizeibeamten zu töten. Wie sollte sie sich da zwischen zwei Männern entscheiden, von denen jeder sie auf seine Art anzog? Es war besser, das Thema vollkommen auszuklammern und sich auf die Arbeit zu konzentrieren.

Angersbach atmete auf, als er den Lada endlich im Parkhaus des Frankfurter Flughafens abstellen konnte, und auch Kaufmann war froh, dass die Fahrt durch den strömenden Regen ein Ende hatte.

Angersbach hatte sie über die Ergebnisse der Hintergrundchecks in Kenntnis gesetzt, die er in den beiden vergangenen Tagen durchgeführt hatte. Sabine rekapitulierte sie auf dem Weg durch das riesige Gebäude zur Ankunftshalle.

Florian Waldschmidt, sechsundvierzig Jahre alt, geboren in Essen, Professor für Biologie an der Universität Frankfurt, Expeditionsleiter. Waldschmidt lebte offenbar nur für seine Arbeit. Er hatte weder Frau noch Kinder und auch keine Geschwister. Die Eltern waren jung gestorben. Die Todesanzeigen, die Angersbach im Netz gefunden hatte, sprachen in beiden Fällen von einer schweren Krankheit.

Markus Kießling, siebenunddreißig Jahre alt, gebürtig aus Friedberg. Studium der Journalistik in Frankfurt, Tätigkeit als PR-Manager für verschiedene Umweltorganisationen, bevor er zu den RegenWaldRettern gekommen war. Ebenfalls nicht verheiratet, keine Kinder. Die Eltern und der zwei Jahre ältere Bruder waren in Friedberg gemeldet.

Danny Bender, achtundzwanzig Jahre alt, aus Fulda. Er hatte in München Biologie und Fotografie studiert und anschließend für verschiedene Zeitungen gearbeitet. Wie Kießling war er fest angestellt bei den RegenWaldRettern. Auch er hatte weder Frau noch Kinder. Die beiden jüngeren Schwestern und die Eltern waren in Fulda gemeldet.

Und Lara Schick, sechsundzwanzig Jahre alt, aus Frankfurt.

»Eine Kollegin«, ergänzte Angersbach seinen Bericht, während Kaufmann auf der Ankunftstafel nach dem United-Airlines-Flug suchte, der am Abend zuvor um neunzehn Uhr vierzig Ortszeit vom George Bush Intercontinental Airport in Houston, Texas, gestartet war. »Sie arbeitet in Frankfurt bei der Schutzpolizei. Ich habe mit ihrem Chef telefoniert. Schick hat jahrelang ihren Urlaub aufgespart, um diese dreimonatige Expedition nach Kolumbien mitmachen zu können. Sie hat ein Faible für Echsen und will unbedingt den Regenwald retten.« Er hob die Schultern. »Und sie hat ebenfalls keine Familie, abgesehen von den Eltern, die in Frankfurt wohnen. Scheint, dass sich die Arbeit für den Umweltschutz nicht gut mit Ehe, Haus und Kindern vereinbaren lässt.«

»Genau wie der Polizeidienst«, gab Kaufmann zurück. Ralph und sie hatten schließlich auch keine Familien. Was nicht allein am Job lag, aber sicherlich auch.

Angersbach hatte den Flug gefunden, die Maschine war soeben gelandet, zehn Minuten vor der geplanten Ankunftszeit um zwölf Uhr zwanzig.

»Es wird noch eine Weile dauern, bis sie ihr Gepäck haben.« Kaufmann zeigte zu dem Bistro in der Ankunftshalle, das sich gegenüber der Zollabfertigung befand. »Wir könnten vorher schnell einen Kaffee trinken.«

Ralph hatte nichts dagegen. Von der anstrengenden Autofahrt fielen ihm fast die Augen zu. Und der Tag würde noch lang werden. Sie waren schließlich nicht nur hier, um die RegenWaldRetter abzuholen, sie wollten sie auch befragen.

Frankfurt Airport

Sie entdeckten die Gruppe sofort, als sie durch die Tür kam. Man sah den vieren die fast vierzigstündige Reise an. Ralph hatte das im Internet gecheckt. Die RegenWaldRetter waren am Montagmittag in Leticia, Kolumbien, gestartet. Knapp zwei Stunden Flug bis zur kolumbianischen Hauptstadt Bogotá, dort sechzehn Stunden Aufenthalt, bis es nach Houston, Texas, weiterging. Fünfeinhalb Stunden Flug, sechs Stunden Aufenthalt. Und schließlich die Maschine nach Frankfurt, Flugzeit knapp zehn Stunden.

Die verbliebenen vier Expeditionsteilnehmer hatten müde und, im Fall der drei Männer, unrasierte Gesichter, dunkle Ringe unter den Augen und zerknitterte Kleidung, die außerdem durch ihre Machart aus der Menge der Anzugträger herausstach. Praktische Outdoor-Kleidung, die abgetragen und verblichen war. Die beiden älteren Männer und die Frau hatten offensichtlich auch die Haare wachsen lassen, nur der jüngere Mann hatte seine auf etwa zwei Zentimeter Länge stutzen lassen oder selbst gestutzt. Irgendeine Stromversorgung musste es im Regenwald-Camp ja gegeben haben, schließlich hatte die Gruppe dort auch wissenschaftliche Studien durchgeführt.

Angersbach schauderte allein bei dem Gedanken, drei Monate lang im Zelt zu leben, und das auch noch in einer Gegend, in der es ständig heiß und nass war. Dagegen war der Gedanke an Australien geradezu paradiesisch. Aber auch an diese Reise wollte er jetzt nicht denken. Zuerst mussten sie den Mord an Kim Helbig und den Angriff auf Holger Rahn klären, eher kam ein Flug nach Australien ohnehin nicht in Frage. Im Zweifel musste die Hochzeit eben doch ohne ihn und Sabine Kaufmann stattfinden. Zumindest der alte Gründler war ja dort. Er würde sicher jede Menge Fotos schießen und ihnen ausführlich berichten, wenn er zurück war.

Gemeinsam mit Sabine ging er der RegenWaldRetter-Gruppe entgegen. Jeder der vier schob einen vollbeladenen Gepäckwagen vor sich her. Klar, für drei Monate musste man einiges einpacken, auch wenn man sparsam war und seine Sachen zwischendurch wusch.

Der Mann, der die Gruppe anführte, entdeckte sie und hob die Hand. Er sah aus wie die Wiedergeburt des Camel-Manns, braun gebrannt, mit dunklen, zerzausten Haaren, braunen Augen, markantem Kinn und Sechstagebart. Angersbach stellte fest, dass in seiner Hemdtasche tatsächlich eine Pappschachtel steckte.

Der Camel-Mann streckte die Hand aus. »Kriminaloberkommissar Angersbach?«, fragte er. »Ich bin Markus Kießling.«

»Kommissar reicht«, sagte Ralph und schüttelte Kießling die Hand. Der Händedruck war angenehm, warm und fest.

Kießling schaute zu Sabine. »Verzeihen Sie. Offenbar sind mir im Regenwald die Manieren abhandengekommen. Ich hätte Sie natürlich zuerst begrüßen sollen. Allerdings weiß ich nicht, wer Sie sind.«

»Sabine Kaufmann, LKA Wiesbaden.«

»LKA?« Kießling runzelte die Stirn. »Wieso denn das?«

»Dazu kommen wir später.« Angersbach begrüßte die anderen drei, den blonden Fotografen Danny Bender, die junge Kollegin Lara Schick und zuletzt den braun gelockten Professor Waldschmidt, der sich seltsam schüchtern im Hintergrund hielt. Sein Händedruck war weich, und er schaffte es nicht, Ralph in die Augen zu sehen.

»Nehmen Sie es nicht persönlich«, raunte ihm Kießling ins Ohr. »Florian ist ein wenig menschenscheu. Und nach drei

Monaten im Urwald ist man es auch nicht mehr so richtig gewöhnt.« Er zeigte zum Ausgang. »Können wir kurz nach draußen gehen? Ich brauche frische Luft.« Kießling blinzelte und klopfte auf die Pappschachtel in seiner Hemdtasche.

»Ich bleibe mit Frau Schick hier und passe auf die Sachen auf«, schlug Sabine vor.

»Prima.« Danny Bender schob seinen Gepäckwagen neben den von Kießling, nahm seinen Rucksack ab und platzierte ihn oben auf den Gepäckstücken. »Ich kann auch ein bisschen frische Luft gebrauchen. Echte Luft«, sagte er mit einem Zwinkern zu Kießling.

Florian Waldschmidt sah unschlüssig zwischen den beiden Gruppen hin und her.

»Von mir aus«, sagte er dann, stellte seinen Gepäckwagen neben die anderen drei und folgte der Frischluftgruppe.

Sabine Kaufmann wartete, bis die Männer außer Hörweite waren. Dann streckte sie Lara Schick erneut die Hand hin.

»Wir sind ja Kolleginnen«, sagte sie. »Ich bin Sabine.«

»Lara.« Die junge Polizistin lächelte. »Aber Sie ... ich meine: du bist beim LKA. Und ich nur eine kleine Streifenbeamtin.«

»Wir haben alle mal klein angefangen.«

»Klar. Aber den Sprung von der Schutzpolizei zur Kriminalpolizei schafft kaum jemand.«

»Warum bist du nicht zur Kripo gegangen?«

»Ich habe nach der Realschule aufgehört, obwohl ich eigentlich mal davon geträumt habe, Biologie zu studieren. Aber ich wollte so schnell wie möglich mein eigenes Geld verdienen. Meine Eltern haben nicht viel, und sie stecken alles ins Haus. Mein Opa hat es gebaut, und meine Mutter will es nicht hergeben. Dabei können wir es uns schon lange nicht mehr leisten.« Schick winkte ab. »Entschuldige. Das willst du bestimmt gar nicht wissen.«

»Doch.« Sabine lächelte. »Es interessiert mich. Außerdem habe ich ja gefragt.«

»Okay. Jedenfalls: Ohne Abitur konnte ich nicht zur Kripo, deswegen bin ich zur Schutzpolizei gegangen.« Sie schnitt eine Grimasse. »Na ja, ganz ehrlich: Ich habe mir das mit Abitur und Studium auch nicht zugetraut. Aber ich mag meine Arbeit.«

»Sie ist auch nicht weniger wichtig als meine«, sagte Sabine, die fand, dass Lara sich unnötig kleinmachte. Sie fuhr fort: »Und außerdem engagierst du dich noch für den Umweltschutz. Das finde ich klasse.«

Ein Leuchten trat in Laras Blick. »Danke. Weißt du, ich habe mir als Kind immer ein Tier gewünscht. Meine Eltern wollten das nicht. Weil es Geld kostet, aber auch, weil es in der Wohnung herumläuft und Geräusche und Schmutz verursacht. Meine Mutter ist da sehr eigen.« Lara verdrehte die Augen. »Aber ich habe so lange weiter gequengelt, bis ich irgendwann mein Haustier bekommen habe.« Sie machte eine Kunstpause. »Eine Echse.«

»Im Ernst?«

»Ja. Bleibt schön im Terrarium und stinkt nicht, hat meine Mutter gesagt.« Lara hob die Schultern. »Ich war total enttäuscht. Ich wollte ein Tier, mit dem ich spielen kann. Aber dann habe ich angefangen, alles über Echsen zu lesen, was ich in die Finger bekommen habe, und das war so spannend! Seitdem beschäftige ich mich mit dem Thema. Mit den Tieren und mit dem Amazonas-Gebiet. Wir müssen bald etwas tun, sonst stirbt der Regenwald, und die Klimakatastrophe ist nicht mehr aufzuhalten. Deswegen will ich eine eigene Organisation gründen. Ich brauche nur noch einen Sponsor.«

»Sorry«, sagte Sabine. »Ich habe nichts übrig.«

Lara lachte. »So war das nicht gemeint.«

»Ich weiß. Aber ich habe schon so oft gedacht, dass man irgendetwas tun sollte.«

»Du tust doch was. Du bist LKA-Beamtin. Du hilfst Menschen.«

»Genau wie du als Polizistin. Und du bist nebenbei noch bei den RegenWaldRettern. Du hast seit Jahren deinen Urlaub dafür gespart.«

»Was machst du denn im Urlaub?«

Sabine stieß einen Laut aus, halb Lachen, halb Stöhnen. »Bis vor drei Jahren habe ich mich um meine Mutter gekümmert. Sie war Alkoholikerin und dazu noch schizophren.«

»Oh.«

»Vor drei Jahren ist sie gestorben. Danach wollte ich einen Neuanfang. Na ja, ich *brauchte* ihn, um genau zu sein. Deshalb der Wechsel zum LKA. Vorher war ich in Bad Vilbel bei der Mordkommission. Ich bin dann nach Wiesbaden gezogen, aber ich habe irgendwie den Anschluss nicht gefunden.« Kaufmann lächelte schief. »Wenn ihr also noch mal eine Expedition plant: Ich habe noch den Jahresurlaub von drei Jahren übrig.«

»Vielleicht kommen wir darauf zurück.« Lara richtete den Blick in die Ferne, dorthin, wo sich die Türen öffneten und die Fluggäste mit ihrem Gepäck in die Halle entließen. »Uns fehlt ja jetzt jemand.«

»Kim.« Sabine war froh, dass Lara das Thema von sich aus auf den Tisch brachte. Sie selbst hätte nicht so recht gewusst, wie sie vom Geplauder zur Befragung wechseln sollte, ohne Lara vor den Kopf zu stoßen.

»Ja.« Laras Augen wurden feucht. »Das ist so schrecklich. Wir haben uns gut verstanden, Kim und ich. Wir kannten uns vor der Reise nicht, aber in diesen drei Monaten sind wir echte Freundinnen geworden. Ich habe vorher noch nie jemanden getroffen, dem ich mich so nah gefühlt habe. Seelisch, meine ich. Als wären wir Geschwister, die sich erst als Erwachsene kennengelernt haben.« Sie wischte sich mit dem Handballen über die Augen. »Was ist da passiert? Man hat uns nur gesagt, dass ihr Kims Leiche gefunden habt. Auf einem Rastplatz in der Nähe von Gießen?«

»Das stimmt.« Kaufmann beobachtete einen Mann, der vor dem Zollschalter stehen blieb und sich rasch nach allen Seiten umsah. Dann setzte er sich wieder in Bewegung und schlenderte betont unschuldig an den Beamten vorbei.

Kaufmann versuchte, den Blick von einem der Zöllner aufzufangen. Als sie ihn hatte, schwenkte sie ihre Dienstmarke und deutete mit der freien Hand auf den Mann, der ihr aufgefallen war. Der Zöllner verstand und eilte hinter dem Mann her. Mit einem freundlichen Lächeln winkte er ihn zurück zum Schalter und ließ sich seine Reisetasche zeigen.

Sabine wandte sich wieder Lara zu. »Kims Leichnam lag in einer Kiste mit toten Reptilien«, erklärte sie. »Angeblich stammt die Kiste von der Leticia Animal Farm.«

Lara schüttelte langsam den Kopf. »In Leticia gibt es keine Tierfarm.«

»Ja. Das haben wir auch herausgefunden.«

Lara zog das Gummi aus ihren Haaren, schüttelte sie aus, fasste sie mit beiden Händen hinter dem Kopf und band sie neu.

»Also haben die Wilderer sie umgebracht.« Schick rückte den Pferdeschwanz zurecht und sah Kaufmann unglücklich an. »Wir hätten uns nicht trennen dürfen. Aber wir hatten nur noch so wenig Zeit und keine Spur.« Ihre Arme sanken herab. »Kim hat die Wildfänger offenbar entdeckt. Und mit dem Leben dafür bezahlt.«

»Danach sieht es aus.«

Lara seufzte schwer. »Dann können wir überhaupt nichts tun. Wir sind den Wilderern nie begegnet.«

»Aber ihr kennt Land und Leute. Es muss eine Verbindung geben zwischen den Wilderern und dem Mann, der die illegal eingeführten Tiere hier in Deutschland verkauft. Vielleicht könnt ihr uns helfen herauszufinden, welchen Weg die geschmuggelten Tiere nehmen.«

»Sicher. Wir können es versuchen.« Lara sah nicht sehr optimistisch aus.

Kaufmann zögerte kurz. Aber sie musste das Thema anschneiden. »Wenn wir mal beiseitelassen, wie man sie gefunden hat: Kannst du dir einen Grund vorstellen, warum jemand Kim Helbig getötet hat? Jemand anders als die Wilderer, meine ich.«

Lara blinzelte. »Ich verstehe die Frage nicht.«

Kaufmann neigte ihr den Kopf zu. »Komm schon. Du bist Polizistin. Du hast das genau wie ich in der Ausbildung gelernt. Motiv, Mittel, Gelegenheit. Auf wen könnte das zutreffen?«

Schick hob die Hände. »Ich weiß es nicht. Wir haben uns alle gut verstanden. Es gab keinen Streit.«

»Und das Gegenteil?«

Lara schaute sie ratlos an. »Was ist das Gegenteil von Streit?«

»Liebe.«

Die junge Kollegin konnte ihr plötzlich nicht mehr in die Augen sehen.

»Nun sag schon«, drängte Sabine.

»Ich muss nichts sagen, wenn ich mich damit selbst belaste, oder?«

»Du bist in einen der Männer verliebt, aber der hatte nur Augen für Kim?«

»Ja.« Lara seufzte. »Markus. Aber ich weiß nicht, ob er sich für Kim interessiert hat. Ich glaube, für Markus gibt es nur seine Arbeit.«

»Dann hattest du ja keinen Grund, Kim umzubringen.«

»Nein. Und überhaupt: Wenn es jemand von uns gewesen wäre – wie ist sie dann in die Kiste gekommen?«

»Das ist die Preisfrage. Aber bleiben wir noch mal bei der Liebe. Wir haben eine Aussage vorliegen, dass alle männlichen Expeditionsteilnehmer in Kim verliebt waren, sie aber alle drei abgewiesen hat.«

»Wer behauptet denn so was?«

»Ihre Mitbewohnerin.«

»Ach so.« Lara lachte. »Nein, das stimmt nicht. Das hat Kim nur erfunden, um Nadine zu necken. Weil die immer sagte, die einzigen Lebewesen, die sich für Kim interessieren, wären Schlangen und Echsen. Weil sie ständig nur mit ihren Reptilien beschäftigt war. Nadine meinte, Kim würde nie einen Mann abbekommen. Kim wollte ihr einfach nur den Wind aus den Segeln nehmen.«

»Also war da nichts?«

»Bei Flo und Markus? Nein. Danny allerdings – ich glaube, der war wirklich in Kim verliebt.«

»Hat er ihr das gestanden? Und wie hat sie reagiert? Hat sie ihn abblitzen lassen?«

Lara schüttelte den Kopf. »Sie wusste es nicht. Ich habe es auch erst gemerkt, als Kim verschwunden war. Da war Danny so angefasst. Ansonsten ist er nicht der Typ, der seine Gefühle zeigt oder etwas sagt.«

»Gut. Danke.«

Kaufmann fühlte sich plötzlich maßlos erschöpft. Tagelang hatten sie auf die Rückkehr der RegenWaldRetter gewartet, doch jetzt wusste sie nicht mehr, was sie sich eigentlich davon versprochen hatten. Die Sachlage war doch klar. Kim Helbig konnte nur von den Wilderern getötet und in der Transportkiste mit den Reptilien versteckt worden sein. Diese Personen galt es zu fassen, aber das war Aufgabe der kolumbianischen Polizei. Kims Arbeitskollegen konnten nichts dazu beitragen. Sie hatten die Wilderer während ihres dreimonatigen Aufenthalts nicht aufgespürt, und jetzt, zurück in Deutschland, konnten sie erst recht nichts tun.

»Es tut mir leid«, sagte sie und legte Lara die Hand auf die Schulter. »Dass du deine Freundin verloren hast, meine ich. Wir werden alles tun, was in unserer Macht steht, um die Verantwortlichen zu finden. Wir jagen diejenigen, die von hier aus mit den Wilderern zusammenarbeiten und Bestellungen für exotische Tiere in Auftrag geben, und wir arbeiten auch mit der kolumbianischen Polizei zusammen, um Kims Mörder zu finden.«

Lara blinzelte. »Die Chancen sind trotzdem nicht besonders groß, oder?«

»Nein. Aber mein Kollege und ich geben nicht so schnell auf.« Sabine dachte an Ralph und empfand plötzlich ein warmes Gefühl. »Er ist wie ein Terrier. Wenn er sich einmal festgebissen hat, lässt er nicht wieder los.«

Lara zog ein Taschentuch hervor und schnäuzte sich. »Ich hoffe wirklich, dass ihr die Schuldigen erwischt. Das ist das Mindeste, was Kim verdient hat.« Sie schluckte. »Kann ich sie noch mal sehen? Ich würde mich gern von ihr verabschieden.«

Kaufmann hatte Mühe, ihre Mimik zu kontrollieren.

»Das geht leider nicht mehr«, sagte sie. »Der Leichnam ist bereits nach Bad Vilbel überführt worden. Kim wird dort nicht noch einmal aufgebahrt. Morgen findet die Beerdigung statt.«

Das war die Wahrheit, aber sie hätte in diesem Fall auch gelogen. Man musste es niemandem zumuten, sich das entstellte Gesicht der Bäckerstochter anzusehen, schon gar nicht der jungen Polizistin, der Kim offensichtlich ans Herz gewachsen war.

»Oh«, entfuhr es Lara Schick. »Morgen schon? Dann sind wir ja gerade rechtzeitig zurückgekommen.«

»Ja.« Kaufmann wusste nicht, was sie noch sagen sollte. Zum Glück kam in diesem Moment der Zöllner auf sie zu, dem sie gewinkt hatte.

»Hallo.« Er grinste breit, und aus der Nähe erkannte sie, dass er noch blutjung war. »Das war ein klasse Tipp«, erklärte er. »Wir haben uns die Reisetasche des Herrn angesehen, und bäng: fünf Paar Schuhe aus Schlangenleder, illegal natürlich. Made in Colombia.« Er sah Sabine interessiert an. »Woher wussten Sie das?«

Kaufmann lächelte. »Berufserfahrung. Man bekommt mit der Zeit einen Blick dafür. Das wird bei Ihnen auch so sein.«

»Hoffentlich.« Der Zöllner strahlte sie an. »Jedenfalls: danke. Das gibt bestimmt ein paar Pluspunkte beim Chef.«

Er wandte sich ab und ging wieder auf seinen Posten. Sabine fühlte sich ein wenig getröstet. Zumindest diesen Erfolg konnte sie nach ihrem Besuch im Flughafen verbuchen.

Markus Kießling nahm die Pappschachtel aus der Hemdtasche und steckte sich einen Zigarillo an, kaum dass sie das Flughafengebäude verlassen hatten.

»Vier Jahre«, sagte er zu Ralph. »Vier Jahre lang habe ich nicht mehr geraucht. Aber als das mit Kim passiert ist …« Er ließ den Satz in der Luft hängen.

Angersbach war froh, dass sie sofort beim Thema waren. Er musterte die drei Männer, Kießling, der an dem Zigarillo zog, als hinge sein Leben davon ab, Bender, der wie ein Baum dastand und die Luft einatmete, die deutlich nach Flugbenzin und Abgasen roch und damit alles andere als frisch war, und Waldschmidt, der sich sichtlich entspannt hatte, nachdem sie dem Gewimmel im Inneren des Flughafens entkommen waren.

»Erzählen Sie mir doch bitte genau, was an dem Tag passiert ist, an dem Sie Kim Helbig das letzte Mal gesehen haben.«

»Nichts Besonderes«, sagte Kießling und sah dem Rauch nach, der aus seinem Mund entwich. »Es war ein Tag wie jeder andere. Wir haben unsere Arbeit gemacht, Spuren verfolgt, Tiere beobachtet, bestimmt und katalogisiert, Statistiken angefertigt und so weiter. Abends haben wir wie immer unsere Runde gedreht. Wir haben gehofft, dass wir zufällig die Wilderer entdecken, die es in dieser Gegend sicher gibt. Auch wenn die Wahrscheinlichkeit eher gering war. Aber im Netz werden immer wieder Tiere aus Kolumbien angeboten, die dort unter Artenschutz stehen. Am Anfang sind wir in Gruppen gegangen, aber das Gebiet ist so groß, dass wir irgendwann einzeln losgezogen sind. Die Mädels waren da total schmerzfrei, aber das ist wohl der Einfluss des Dschungels. Man kann sich einerseits gut verstecken, andererseits kennt man nach ein paar Wochen vor Ort sämtliche Trampelpfade und verirrt sich nicht mehr. Wir hatten außerdem immer die Funkgeräte und unsere Smartphones dabei. Nicht zum Telefonieren, das funktioniert im Regenwald nur selten, aber wegen der eingebauten Kamera. Wenn jemand die Wilderer gesichtet hätte, hätte er damit Fotos machen und sich per Funk melden sollen.«

»Kim Helbig hat die Wilderer offenbar entdeckt«, warf Angersbach ein.

»Sie hat sich aber nicht gemeldet«, sagte Danny Bender. »Wir haben nichts von ihr gehört.« Er fuhr sich mit der Hand über die Augen. »Wir haben auch erst am nächsten Morgen

187

gemerkt, dass sie nicht zurückgekommen war. Das werde ich mir nie verzeihen. Wenn wir sie gleich am Montagabend gesucht hätten ...«

»Das hätte nichts geändert.« Kießling legte Bender die Hand auf die Schulter. »Die haben sie umgebracht und ihre Leiche verschwinden lassen, richtig?« Er sah fragend zu Ralph, der das mit einem Nicken bestätigte. »Wir hätten sie nicht gefunden. Wir wären höchstens selbst den Wilderern in die Arme gelaufen, und dann wäre jetzt nicht nur Kim tot, sondern auch noch Florian oder Lara. Oder du oder ich.«

Bender ballte die Fäuste. »Das hätten wir dann ja gesehen.«

»Ach, komm schon.« Kießling boxte ihn gegen den Arm. »Das waren sicher mehrere. Einheimische, die sich im Regenwald auskennen und die wissen, wie man kämpft. Du hättest keine Chance gehabt.«

Bender brummelte irgendwas in seinen nicht vorhandenen Bart.

Angersbach wandte sich wieder an Kießling. »Warum haben Sie erst am nächsten Tag bemerkt, dass Kim fehlt?«

»Wir waren alle lange weg. Wir dachten einfach, sie hätte sich schon in ihrem Zelt schlafen gelegt, als wir zurückgekommen sind.«

»Und Sie waren ebenfalls alle vier einzeln unterwegs?«

Kießling kniff die Augen zusammen. »Was wird das? Die Frage nach unseren Alibis?«

Waldschmidt, der seinen Blick bisher starr auf die Reihe wartender Taxis vor dem Flughafengebäude gerichtet hatte, fuhr auf. »Sie glauben doch nicht, dass wir etwas mit Kims Tod zu tun haben?«

Bender verschränkte die Arme vor der Brust. »Sie müssen das fragen, richtig? Ja, wir sind alle vier einzeln durch den Regenwald gelaufen. Jeder von uns hätte heimlich hinter

Kim herschleichen und sie töten können, wenn er es gewollt hätte.«

Waldschmidt und Kießling schüttelten synchron den Kopf.

»Ehrlich, Danny«, sagte Waldschmidt. »Das ist nicht witzig.«

»So war es auch nicht gemeint.« Bender funkelte ihn an. »Ich finde Kims Tod alles andere als lustig.« Er schaute zu Angersbach. »Ich habe Kim sehr gemocht. Ich will, dass Sie ihren Mörder finden.«

Ralph nickte ihm knapp zu. »Besitzt jemand von Ihnen ein Survival-Messer? So eines mit glatter Klinge an der einen und Sägezähnen auf der anderen Seite?«

»Klar. So eins haben wir alle«, sagte Kießling. »Das braucht man im Dschungel.«

»Dann wäre es sehr nett, wenn Sie uns diese Messer zur Verfügung stellen könnten«, sagte Ralph.

»Von mir aus nehmen Sie gleich das ganze Gepäck mit«, erwiderte Kießling. »Dann muss ich es nicht nach Hause schleppen. Dritter Stock, und mit den ganzen Taschen müsste ich wahrscheinlich dreimal laufen, dabei kann ich schon jetzt kaum noch stehen.«

Bender kaute auf seiner Unterlippe. »Ist sie damit ermordet worden? Mit einem Survival-Messer?«

»Ja.«

»Diese Messer finden Sie dort unten an jeder Ecke«, erklärte Florian Waldschmidt. »Selbstverständlich haben wir welche, aber das gilt auch für jeden Einheimischen. Sie treffen da kaum jemanden, der keine Waffe dabeihat. Der Urwald ist viel zu gefährlich, und Leticia liegt mittendrin. Ringsherum Regenwald und dazu der Amazonas, in dem es von Krokodilen wimmelt, vor allem Schwarze Kaimane und Brillenkaimane, aber auch andere Arten.«

Angersbach dachte kurz nach. Sabine hatte ihm etwas zu Krokodilen und Kaimanen erzählt, aber er hatte es nicht für wichtig genommen. Nur, dass er im Grunde mit dem Begriff Krokodil praktisch nicht falschliegen konnte. Er entschied sich, nicht weiter nachzufragen, sondern bei der Sache zu bleiben.

»Wenn Sie damit einverstanden sind, lassen wir Ihr gesamtes Gepäck abholen und sehen uns alle Waffen in Ihren Koffern an.« Er hob die Hand, ehe jemand etwas einwenden konnte. »Wir gehen nicht davon aus, dass einer von Ihnen für Kims Tod verantwortlich ist. Aber wir müssen trotzdem unsere Arbeit gründlich machen.«

Kießling warf seinen aufgerauchten Zigarillo auf den Boden und trat ihn aus. »Wie gesagt. Ich habe nichts dagegen.« Er hob die Kippe auf und warf sie in den Papierkorb, der im Raucherbereich bereitstand.

»Ich auch nicht«, sagte Danny.

»Dito«, schloss sich Professor Waldschmidt an. »Tun Sie, was Sie für richtig halten. Und sagen Sie uns Bescheid, wenn wir irgendwie helfen können.«

»Danke. Das werden wir.« Ralph dachte nach, aber ihm fiel nichts ein, was er noch hätte fragen können. »Gehen wir wieder rein«, sagte er.

23

Gießen, einige Stunden später

Die Fakten.« Sabine Kaufmann hob den dicken grünen Folienstift. Sie stand in Angersbachs Büro im Polizeipräsidium Mittelhessen. Draußen wurde es bereits dunkel. Der Regen prasselte nach wie vor gegen die Scheibe. Holger Rahn lag immer noch im Koma.

Kaufmann zog zwei senkrechte Striche und teilte die Tafel damit in drei Spalten. Über die erste schrieb sie »Kim Helbig«, über die mittlere »Holger Rahn«, über die dritte »Tierschmuggel«. »Den Mord an Kim Helbig müssen die Kollegen in Kolumbien klären«, sagte sie und machte einen Spiegelstrich, den sie mit »Polizei Leticia« beschriftete. »Es sei denn, wir finden Blut von Kim an einem der Messer aus dem Gepäck der Reisegruppe.« Die Survival-Messer der vier Expeditionsteilnehmer lagen mittlerweile in der KTU. Bis Kaufmann und Angersbach ein Ergebnis bekamen, würde es dauern, ebenso wie bei den Daten von Liebetrauts Computer und dem Infusionsbeutel aus Rahns Krankenhauszimmer.

»Die finden da nichts«, sagte Angersbach, der sich an der Kaffeemaschine zu schaffen machte. »Selbst wenn es einer von ihnen war. Der ist doch nicht so blöd und nimmt die Tatwaffe wieder mit nach Deutschland. Der wirft sie in den Wald und fertig. In diesem Dschungel da unten findet sie nie im Leben jemand. Und ein neues Messer zu besorgen, ist sicherlich ein Kinderspiel. Wenn es nicht auffallen soll, kauft man eben ein gebrauchtes.«

Kaufmann machte einen weiteren Spiegelstrich und schrieb
»Waffe/Messer?« daneben.

»Das wäre klug«, erwiderte sie. »Aber genauso schlau wäre
es, die Leiche im Urwald zu entsorgen, statt sie in einer Kiste
nach Deutschland zu schicken.«

Das war der Punkt, der ihr von Anfang an Kopfzerbrechen
bereitet hatte. In den langen Stunden an Holger Rahns Krankenbett hatte sie immer wieder darüber nachgedacht.

»Vielleicht war es eine Warnung. Ein Druckmittel für den
Empfänger in Deutschland«, sagte Ralph. »Liebetraut oder
Amrhein. Vielleicht wollte da jemand aussteigen, und der Geschäftspartner auf kolumbianischer Seite wollte ihm zeigen,
was mit Verrätern passiert.«

»Wie bei der Mafia, meinst du?«

»Warum nicht? Tierschmuggel ist organisiertes Verbrechen.
Da stecken oft größere Gruppierungen dahinter. Nenn sie
Mafia oder Bande, aber die Mechanismen sind meist ähnlich.
Viel Geld für die, die mitspielen, Gewalt gegen die Abtrünni-
gen.«

Sabine nickte. In ihrer Zeit bei der Frankfurter Mordkommission, als sie mit Julia Durant und ihrem Team gearbeitet
hatte, hatte sie mit solchen Fällen zu tun gehabt, und auch
während ihrer LKA-Tätigkeit hatte es Ermittlungen wegen
Bandenkriminalität gegeben. Es war genauso, wie Ralph sagte.

»Dann ist also Liebetraut unser Mann? Er ist ja derjenige,
der die Tiere ausliefert.« Sie schrieb Liebetrauts Namen in
die Spalte für den Tierschmuggel. »Amrhein oder Petri hätten
die Leiche gar nicht zu Gesicht bekommen, selbst wenn sie
irgendwie in die Sache verstrickt sind.«

»Das wissen die Leute in Kolumbien aber vielleicht nicht.
Die schicken einfach ihre Botschaft und hoffen, dass sie beim
richtigen Empfänger ankommt.«

Kaufmann machte hinter Liebetrauts Namen ein Fragezeichen und schrieb seinen Chef Elmar Amrhein dazu, ebenfalls mit Fragezeichen. In die mittlere Spalte trug sie die Namen Liebetraut, Petri und Lippert ein. Wobei die Betreiber der Raststätte eigentlich schon raus waren, nachdem sich kein Hinweis darauf ergeben hatte, dass dort mit illegalen Tieren oder Drogen gehandelt wurde. Jedenfalls nicht von Gerrit Liebetraut.

Aber vielleicht hatten die beiden Imbissbetreiber Liebetraut dennoch geholfen, die Tatwaffe verschwinden zu lassen, aus welchem Grund auch immer, oder es gab noch ein anderes Motiv. Petri und Lippert hätten zumindest die Gelegenheit für den Angriff auf Holger Rahn gehabt, also waren sie vielleicht doch noch im Rennen.

Sabine schrieb die Stichpunkte »Tatwaffe« und »Fingerabdrücke« in die Spalte für Holger Rahn und »PC Liebetraut« in die Tierschmuggelspalte, außerdem die Information, die sie von Liebetrauts Bank erhalten hatten: In den letzten Jahren hatte es immer wieder Bareinzahlungen gegeben. Kleine Beträge, aber trotzdem ein Hinweis darauf, dass es sich um Geld handeln könnte, das Liebetraut nicht auf legalem Weg verdient hatte.

»Wie viele Täter suchen wir nun?«, fragte sie. »Mindestens zwei, weil derjenige, der Kim Helbig ermordet hat, nicht derselbe sein kann, der Holger niedergeschlagen hat. Aber hat die Person, die Holger umbringen wollte, auch etwas mit dem Tierschmuggel zu tun?«

Angersbach schenkte Kaffee in zwei Becher und reichte Kaufmann einen davon.

»Für mich ist die Sache klar«, sagte er. »Liebetraut organisiert den Tierschmuggel. Er hat Kontakte nach Kolumbien, aber da ist man unzufrieden mit ihm. Die Wilderer entdecken

Kim Helbig und glauben, dass sie ihnen auf der Spur ist, weil Liebetraut nicht gut arbeitet. Irgendwie müssen die Regen-WaldRetter ja herausgefunden haben, dass es diese Wildererbande in Leticia gibt. Also versteckt Liebetraut seine illegalen Geschäfte nicht sorgfältig genug. Die Wilderer töten Kim, weil sie eine Zeugin ist, und packen sie in die Kiste für Liebetraut, als Warnung.«

»Hm.« Kaufmann schob die Kappe auf den Stift und kaute am hinteren Ende herum. »So könnte es gewesen sein. Aber warum die Gewalt gegen Holger?«

»Liebetraut wusste von der Leiche. Er hat gemerkt, dass Rahn kein Kunde ist. Deshalb hat er ihn niedergeschlagen. Er wollte abhauen und die Tote loswerden, bevor die Polizei sie findet.«

»Warum hat er das nicht getan, bevor er sich mit uns auf dem Rastplatz getroffen hat?«

»Vielleicht hatte er noch keine Gelegenheit. Oder keine Idee, was er mit der Toten anstellen soll. Deswegen hat er auch die Tiere in der Kiste nicht richtig verpflegt. Er wollte sich nicht immer wieder dem Anblick der Leiche aussetzen. Und die Tiere wollte er mit entsorgen.«

Kaufmann schmeckte Plastik und legte den Stift beiseite.

»So weit, so gut. Aber warum der Angriff auf Holger im Krankenhaus? Wir haben Liebetraut festgenommen und die Leiche gefunden. Es gibt nichts mehr, das er vor uns verstecken müsste.«

»Rahn kann gegen ihn aussagen, wenn er wieder aufwacht. Er ist der Einzige, der weiß, wer ihn niedergeschlagen hat. Wenn er tot ist, könnte Liebetraut mit seinen Lügen davonkommen.«

Kaufmann knirschte mit den Zähnen. Es gefiel ihr nicht, wie Angersbach über Holger Rahn redete. So, als sei Rahn nur eine von mehreren Variablen in einem Logikrätsel. Doch inhaltlich hatte Angersbach natürlich recht.

»Das klingt alles plausibel«, gab sie zu. »Aber wie beweisen wir es?«

Angersbach zeigte auf die Tafel. »Wir brauchen die Antworten auf die Fragezeichen, die du gemacht hast. Anders kommen wir nicht weiter.«

»Gut.« Kaufmann leerte ihre Kaffeetasse. »Dann ist für heute Schluss? Vielleicht liegt ja morgen früh etwas auf dem Tisch, mit dem wir arbeiten können.«

Angersbach trank ebenfalls seinen Kaffee aus. »Gute Idee.« Er zögerte, zog seinen Autoschlüssel aus der Hosentasche und ließ ihn am Schlüsselring um den Finger kreisen. »Sollen wir noch was essen gehen?«, fragte er in bemüht beiläufigem Tonfall.

»Nein.« Sabine verspürte ein Ziehen in der Magengegend, aber das kam nicht vom Hunger, sondern daher, dass die Situation sie belastete. »Ich will ins Krankenhaus und schauen, wie es Holger geht.«

Angersbach sah sie ernst an. »Ich kann dich fahren.«

»Danke.« Sie sehnte sich plötzlich danach, sich einfach in Ralphs Arme zu schmiegen und den Kopf an seine Schulter zu lehnen. Aber solange Holger im Koma lag, konnte sie keine Entscheidung treffen. »Das wäre nett«, sagte sie deshalb nur.

24

Gießen, einen Tag später, Donnerstag

Am nächsten Morgen kamen endlich die Informationen, auf die sie gewartet hatten, und wie so oft prasselte alles gleichzeitig auf sie ein. Das Labor der KTU meldete, dass sich auf dem Infusionsbeutel mehrere Fingerabdrücke gefunden hatten, die aber keine Übereinstimmung mit der Datenbank aufwiesen. Angersbach hatte daraufhin zwei Kollegen ins Klinikum geschickt mit dem Auftrag, von allen auf Rahns Station zuständigen Pflegern und Schwestern Vergleichsabdrücke zu nehmen. Da es ein großes Krankenhaus war und das Personal öfter zwischen den Stationen wechselte, würde das einige Zeit in Anspruch nehmen.

Die Survival-Messer, die sie am Vortag aus dem Gepäck der Expeditionsteilnehmer zusammengesucht hatten, waren bei der KTU tatsächlich vorgezogen worden. Man hatte sie alle mit Luminol besprüht und unter ultraviolettem Licht betrachtet. Auf keinem der Messer hatte sich auch nur die winzigste Blutspur befunden.

Zwei Sackgassen, aber dafür war die dritte Nachricht umso besser: Die IT war mit der Untersuchung von Liebetrauts PC fertig, und sie hatten einiges entdeckt. Zum einen war Liebetraut der Betreiber mehrerer Seiten im Internet, auf denen exotische Tiere zum Kauf angeboten wurden. Natürlich war überall von Zuchttieren die Rede, aber zwischen den Zeilen war zu lesen, dass auch die Beschaffung illegaler Tiere direkt aus dem Amazonas-Regenwald kein Problem darstellte. Dazu konnte man sich über den Privatchat eines Messengers mit Liebetraut in Verbindung setzen. Das Problem war, dass man die Nachrichten, die Liebetraut über diesen Messenger ausgetauscht hatte, nicht nachvollziehen konnte. Sie wurden nicht auf dem Rechner gespeichert, sondern nur online. Ohne Liebetrauts Nutzernamen und Passwort gab es keinen Zugang, und Liebetraut würde ihnen weder das eine noch das andere nennen. Die Möglichkeit, über den Anbieter an Informationen zu kommen, bestand ebenfalls nicht. Der Betreiber der Seite war ein in China ansässiges Unternehmen, das sicher nicht mit der deutschen Polizei kooperieren und die Daten herausgeben würde – sofern sie überhaupt gespeichert wurden.

»Aber der wirkliche Knaller kommt jetzt.« Kaufmann hob den Zeigefinger. Angersbach, der gerade versuchte, die Papiere zu sortieren, die er ausgedruckt hatte, hob den Kopf. Wollte sie eine weitere Bemerkung dazu machen, dass es völliger Unsinn war, für Dokumente, die man auf jedem Mobilgerät lesen konnte, den Drucker zu benutzen?

»Pass auf!« Kaufmann beugte sich zu ihm vor. »Die Kollegen von der IT haben herausgefunden, dass Liebetraut in den vergangenen drei Monaten mehrere Gespräche über einen Videochat geführt hatte. Und zwar nicht über eine WLAN-Verbindung, sondern über ein Satellitentelefon.«

»Aha?« Angersbach schob die Papiere beiseite und schüttelte die Kaffeekanne, um zu sehen, ob noch etwas darin war. Was leider nicht der Fall war.

»Die Kollegen haben anhand der Verbindungsdaten das Gerät identifizieren können.« Sabine machte eine Kunstpause, um sich Ralphs volle Aufmerksamkeit zu sichern. »Es gehört der Universität Frankfurt, genauer gesagt dem Institut für Ökologie, Evolution und Diversität. Und es war in den letzten drei Monaten im Amazonas-Regenwald.«

»Mist.« Ralph stellte die Kanne so unsanft ab, dass es schepperte. »Das heißt dann wohl, dass nicht alle fünf RegenWald-Retter wirklich an der Rettung des Regenwalds interessiert sind.«

»Richtig.« Kaufmann nickte. »Es muss ein schwarzes Schaf in der Gruppe geben.«

»Jemanden, der seine Position nutzt, um den Kontakt zwischen den Wilderern im Amazonas-Regenwald und dem Verkäufer in Deutschland zu halten. Und der mit Sicherheit eine hübsche Provision kassiert«, ergänzte Ralph verbittert.

»Fragt sich nur, wer von den vieren es ist«, sagte Sabine Kaufmann. »Auf den ersten Blick fand ich sie alle glaubhaft und integer.«

Angersbach ging es nicht anders. Aber die Daten aus der IT waren unbestechlich. Einer der RegenWaldRetter musste mit Liebetraut telefoniert haben. Und dafür konnte es nur einen Grund geben.

»Das heißt, dass auch einer von ihnen der Mörder von Kim Helbig sein könnte«, stellte Kaufmann fest. »Wenn Kim gesehen hat, dass jemand aus ihrer Gruppe gemeinsame Sache mit den Wilderern macht, hatte diese Person ein starkes Motiv.«

Die Frage war, wie sie jetzt vorgehen sollten. Die vier Expeditionsteilnehmer verhören und hoffen, dass sich der Täter durch sein Verhalten verriet? Liebetraut unter Druck setzen? Das Wissen, das sie aus Liebetrauts Daten gewonnen hatten, nutzen, um ihm eine Falle zu stellen? Oder Liebetraut observieren lassen, weil sich der RegenWaldRetter, der sich aus dem Urwald per Videochat mit Liebetraut getroffen hatte, dies nach seiner Rückkehr auch ohne Zuhilfenahme irgendwelcher Medien tat? Immerhin waren Verkäufe getätigt worden, und die Provision an den Vermittler wurde sicherlich nicht per Banküberweisung gezahlt. Zudem war noch völlig unklar, welche Auswirkungen der Mord auf die heimlichen Geschäfte haben würde. Doch war man in gewissen Kreisen nicht skrupellos genug, um den Verlust eines Menschenlebens als Risiko abzutun? Ein vertretbares Risiko – jedenfalls, solange man selbst nicht ins Visier geriet.

Kaufmann hätte am liebsten auch die vier Expeditionsteilnehmer observieren lassen, doch dieses Mal erteilte ihr Chef Julius Haase eine Absage. Auch beim LKA war die Personaldecke dünn. Es ging zwar um Mord, aber dafür wurden bereits die Ressourcen des Polizeipräsidiums Mittelhessen genutzt, und der Tierschmuggel rechtfertigte, bei aller Liebe zum Projekt ET, nicht den Einsatz von acht weiteren Ermittlern für die Observierung von vier Personen, von denen mindestens drei aller Voraussicht nach unschuldig waren. Was auch ein ethisches Problem mit sich brachte.

Kaufmann beendete das Telefonat frustriert, äußerte aber Verständnis für ihren Chef. »Er hat ja recht. Und die Observierung von Liebetraut ist besser als nichts. Wenn er sich mit einem der RegenWaldRetter trifft, sehen wir, wer von denen das schwarze Schaf ist.«

Angersbach stimmte ihr zu. »Sofern sich aus der Observierung nichts ergibt, können wir immer noch alle Beteiligten vorladen und befragen. Und vielleicht kommt ja in der Zwischenzeit auch der Kollege Rahn wieder zu sich.«

Parallel dazu würden sie Gerrit Liebetraut seinen PC zurückbringen und seine Aktivität im Netz verfolgen, soweit das möglich war. Angersbach hätte dem Tiermediziner am liebsten einen Trojaner untergejubelt, doch das gab die Gesetzeslage nicht her. Aber sie konnten sich auf seinen Seiten herumtreiben und versuchen, ihn zu ködern.

Kaufmann bat darüber hinaus die Kollegen im LKA, eine weitere Anzeige online zu stellen, in der explizit nach Tieren gefragt wurde, die frisch aus Kolumbien importiert worden waren. Verklausuliert natürlich, aber diejenigen, die es betraf, würden die Anfrage schon verstehen. Dazu immerhin hatte ihr Chef sein Einverständnis gegeben.

Dann hieß es erneut warten. Kaufmann tat das an Rahns Krankenbett. Angersbach lieferte den PC bei Liebetraut ab. Anschließend fuhr er nach Hause und legte sich aufs Sofa. Wenn sich etwas Neues ergab, wollte er fit sein.

Gießen, am frühen Nachmittag

Sabine Kaufmann hatte es nicht lange im Krankenhaus ausgehalten. Rahns Zustand war unverändert, und Stunde um Stunde dem Piepen des Herzmonitors und dem Pumpen des Sauerstoffgeräts zuzuhören war mehr, als sie ertragen konnte. Sie musste etwas tun. Wenn es keine neuen Informationen gab, würde sie eben die vorhandenen noch einmal sichten und ergänzen. Vielleicht hatten sie ja etwas übersehen. Oder Dinge, die ihnen eine knappe Woche zuvor unwichtig erschienen waren, gewannen nach allem, was sie mittlerweile wussten, an Bedeutung.

Kaufmann entschied sich für den öffentlichen Nahverkehr und machte einen Abstecher in die Innenstadt, um einen Lautsprecher mit einem Steckplatz für eine Micro-SD-Karte und die passende Speicherkarte zu kaufen. Die Karte wollte sie mit Musik von ihrem Handy bestücken und den Lautsprecher neben Holgers Krankenbett stellen, damit er Musik hören konnte, wenn sie nicht da war. Vielleicht würde sie auch ein paar Geschichten aufnehmen, damit er ihre Stimme hören konnte. Zwar war ein künstliches Koma etwas anderes als ein Koma, aber auch hier galt, dass der Betroffene je nach Tiefe der Sedierung durchaus etwas von seiner Umwelt mitbekommen konnte, und man war sich in der Medizin weitgehend einig, dass das Sprechen mit Patienten und das regelmäßige Berühren einen positiven Einfluss auf den Heilungsprozess hatten.

Der Beamte am Empfang des Polizeipräsidiums winkte ihr und betätigte den Türöffner, ohne dass sie sich ausweisen musste. Sie erwiderte das Winken mit einem Lächeln. Der junge Mann mit den roten Locken und den fröhlichen Augen schien fast immer Dienst zu haben, wenn sie mit Angersbach das Gebäude betrat, auch schon im letzten Herbst, als sie gemeinsam den explosiven Atommüll-Fall bearbeitet hatten.

Sie ging die Stufen hinauf und den langen Flur zu Ralphs Büro entlang. Vor der Tür blieb sie kurz stehen und fuhr sich durch die Haare. Sie hatte sich in den letzten Tagen nicht viel um ihr Aussehen gekümmert, die Haare fühlten sich trocken an. Wenn sie zurück in Wiesbaden war, musste sie ihnen dringend eine Haarkur gönnen. Sonst würden die Zentimeter, die sie den Winter über gewonnen hatte, gleich wieder der Schere ihres Friseurs zum Opfer fallen. Kaufmann sah direkt vor sich, wie er beide Hände an den Mund hob und mit weit aufgerissenen Augen »Spliss!« hauchte. Nun ja. Hatte sie den Traum von den langen Haaren nicht ohnehin längst begraben? Seit Jahren versuchte sie erfolglos, sie wachsen zu lassen. Doch regelmäßig erreichte sie auf dem Weg von kurz zu lang ein Stadium, in dem die Frisur auch ohne Spliss so furchtbar aussah, dass sie die Haare doch wieder abschneiden ließ. Warum sollte das dieses Mal anders sein?

Es war so auch viel praktischer. Waschen und Trocknen gingen schneller, und sie musste die Haare nicht immer erst flechten, knoten oder wickeln, ehe sie zum Laufen ging. Mit fast vierzig war sie ohnehin langsam zu alt für eine solche Frisur.

Lange Haare waren etwas für junge Mädchen. Diese Phase hatte sie definitiv verpasst.

Sabine hob die Hand und klopfte. Von drinnen war nichts zu hören. Sie versuchte es erneut, dieses Mal etwas energischer. Wieder keine Reaktion. Verwundert drückte sie die Klinke hinunter und spähte in Angersbachs Büro. Es war leer.

»Okay«, sagte sie gedehnt und überlegte, was sie jetzt tun sollte. Eine kurze SMS oder eine Nachricht über irgendeinen Messenger wäre der nächstliegende Gedanke gewesen, aber in dieser Hinsicht war Ralph ein Dinosaurier. Also rief sie ihn kurzerhand an. Mailbox. So ein Mist. Sabine betrat das Büro und schloss die Tür hinter sich. Ganz wohl war ihr nicht dabei, einfach in Ralphs Revier einzudringen. Aber was sollte sie sonst tun? Die Datenbanken, die sie sich ansehen wollte, waren über ihr Smartphone nicht zugänglich, ebenso wie die Akten, die sie im Fall Helbig/Rahn/Exoten angelegt hatten.

Sie setzte sich auf seinen Bürostuhl und schaltete den Rechner ein. Das Betriebssystem startete und fragte nach dem Passwort.

Kaufmann biss sich auf die Unterlippe. Sollte sie ihn noch einmal anrufen? Ohne große Hoffnung probierte sie einige Wörter aus. »Janine«, »Johann« und »Gründler«, dann »Hack«, »Hackebeil« und »Neifinger«, doch die Antwort war jedes Mal dieselbe: »Falsches Passwort«.

»Mist.« Sie lehnte sich auf dem Stuhl zurück. Offenbar hatte Angersbach etwas Komplizierteres gewählt oder zumindest einen der Namen zusätzlich mit einer Zahl oder ein paar Sonderzeichen versehen. Es blieb ihr also überhaupt nichts übrig, als darauf zu warten, bis sie ihn irgendwie erreichen konnte. Vielleicht doch eine SMS? Aber was sollte sie in der Zwischenzeit tun? Wer sagte denn, dass er auch bei der Vergabe seines

Passwortes ein Dinosaurier gewesen war? Selbst er musste wissen, dass die Verwendung von Namen ein Sicherheitsrisiko war. Es sei denn ...

Sie beugte sich vor. Ihre Finger schwebten über der Tastatur. Er würde doch nicht ...?

Rasch tippte sie die Buchstaben ein. S, A, B, I, N, E.

Der Sperrbildschirm verschwand, der Desktop öffnete sich. Sabine schluckte. Ralph verwendete tatsächlich ihren Namen als Passwort. Es war ein Gefühl, als würde jemand einen Finger in ihr Herz bohren.

Kaufmann öffnete den Explorer und suchte nach dem Ordner mit den Fallakten. Besser, sie beschäftigte sich mit der Arbeit. Über Ralph und Holger wollte sie erst nachdenken, wenn der Fall abgeschlossen und Holger wieder auf den Beinen war.

Sie las noch einmal gründlich sämtliche Protokolle, die Befragungen von Lieferwagenfahrer Liebetraut und Zoohändler Amrhein, von Kims Eltern und ihrer Mitbewohnerin, von den Römerwall-Imbissbetreibern Petri und Lippert und von den vier Expeditionsteilnehmern.

Nichts.

Als Nächstes sah sie sich die Dossiers an, die Angersbach über die RegenWaldRetter angelegt hatte, doch auch dort gab es nichts, das Ralph ihr nicht getreulich übermittelt hätte.

Zuletzt nahm sie sich die Akten von Petri und Lippert vor. Die letzte Verurteilung lag zwei Jahre zurück. Lippert war seitdem offensichtlich clean, abgesehen davon, dass sie Kette rauchte und vermutlich auch reichlich Alkohol konsumierte. Petri nahm immer noch Drogen, besorgte sie sich aber nicht an der Raststätte, sondern bei einem Dealer in Frankfurt. Heimlich, damit seine Partnerin nichts davon mitbekam.

Das brachte sie alles nicht weiter.

Kaufmann lehnte sich auf dem Stuhl zurück und starrte aus dem Fenster. Wenn wenigstens dieser andauernde Regen aufhören würde. Der graue Himmel und die Feuchtigkeit, die ständig in den Kleidern hing, waren deprimierend. Dabei sollte doch jetzt, Ende März, der Frühling anfangen. Junges Grün und Hoffnung sollten die Tage bestimmen. Stattdessen war sie in jeder Hinsicht in der Schwärze gefangen.

Sie dachte an den Tag, als sie mit Rahn zur Raststätte Römerwall gefahren war. Da hatte die Sonne geschienen, und sie waren voller Optimismus gewesen. Sie hatten im Imbiss einen Burger gegessen und …

Sabine richtete sich auf. Das hatte sie vollkommen vergessen!

Sie rollte wieder an den Schreibtisch heran und rief die Datenbank auf.

Holger hatte die Imbissbesitzerin erkannt. Sonja Lippert, die Schwester einer ehemaligen LKA-Kollegin.

Zu Sybille Lippert, der Schwester der Imbissbesitzerin, gab es nicht viel. Sobald Kaufmann versuchte, etwas über die Fälle in Erfahrung zu bringen, an denen sie gearbeitet hatte, geriet sie in ein Minenfeld aus Sperrvermerken und Geheimhaltungshinweisen. Auffällig waren die Daten. Der letzte Fall, an dem Lippert gearbeitet hatte, lag mehr als fünf Jahre zurück. Hatte sie danach das LKA verlassen, oder war sie einfach nur in einen anderen Arbeitsbereich gewechselt? So oder so: Wenn Sabine wissen wollte, ob Sybille Lippert jemals etwas mit einer Organisation zu tun gehabt hatte, die sich auch am Schmuggel exotischer Tiere bereicherte, musste sie eine Anfrage über ihren Chef Julius Haase stellen. Und selbst dann war zweifelhaft, ob sie an die Informationen gelangten.

Kaufmann wechselte ins Internet und gab dort Sybilles Namen ein. Sie fand ein paar Fotos – Sybille und ihre Schwester

Sonja hatten in jungen Jahren Volleyball gespielt. Auf den Bildern standen sie meistens direkt nebeneinander, die Arme um die Schultern der anderen gelegt. Ohne die Bildunterschrift, die verriet, wer Sybille und wer Sonja war, hätte sie die Mädchen nicht zu unterscheiden gewusst.

Mit der heutigen Sonja Lippert hatte das Mädchen auf den Bildern nicht viel gemein. Als junge Frau war sie hübsch und strahlend gewesen. Jetzt war ihr Gesicht vom jahrelangen Drogenmissbrauch gezeichnet.

Kaufmann klickte weiter und schnappte nach Luft. Der nächste Eintrag war eine Todesanzeige. Sybille Lippert war im Frühjahr vor fünf Jahren gestorben. Sabine musste sich erst mal zurücklehnen und tief durchatmen. Das hatte sie nicht erwartet.

Als sie ihre Gefühle wieder einigermaßen unter Kontrolle hatte, las sie weiter. Es gab zwei Anzeigen. Die private war von Sonja Lippert und bedauerte den frühen Tod der Schwester, mit der sie immer aufs Innigste verbunden bleiben würde, weil sie ein Teil von ihr war. Die offizielle Anzeige kam vom LKA. Man sprach in nebulösen Formulierungen von den großen Verdiensten und der großen Einsatzbereitschaft der Beamtin, die »viel zu früh von uns gegangen« war.

Etwas daran störte Sabine. Spontan griff sie zum Hörer und wählte die Nummer ihres Chefs.

»Sybille Lippert?« Julius Haase seufzte. »Eine unschöne Geschichte. Sybille war wirklich gut in ihrem Job, aber dann kamen Gerüchte auf. Sie sei aufgeflogen, sagten die einen, sie hätte sich kaufen lassen, die anderen. Wir haben die Frage nicht mehr klären können, weil sie sich kurz darauf das Leben genommen hat.«

»Oh.« Kaufmann verspürte einen Stich, wie immer, wenn es um Menschen ging, die Suizid begangen hatten. Es erinnerte

205

sie an ihre Mutter, die man aufgeknüpft an einem Baum in der Nähe eines Sühnekreuzes gefunden hatte. Auch wenn das eine ganz andere Geschichte war.

»Das ist traurig«, sagte sie.

»Ja«, entgegnete Julius Haase und wünschte ihr Glück für ihre Ermittlung, ehe er sich verabschiedete.

Sabine sah nachdenklich aus dem Fenster.

Ob an den Vorwürfen der Korruption und Bestechlichkeit etwas dran gewesen war? Oder hatte Sybille ihrem Leben ein Ende gesetzt, weil sie als Undercover-Ermittlerin Dinge erlebt hatte, die sie einfach nicht verkraftet hatte? Gerüchte kamen bei einem Suizid in den eigenen Reihen immer schnell auf. Es schien, als ließe sich der Tod eines Kollegen besser verkraften, wenn man ihm unterstellte, die Seiten gewechselt zu haben, als wenn man eingestehen musste, dass auch Polizisten nicht aus Stahl waren und eine Seele hatten.

Kaufmann schloss die Suchanfrage zu Sybille Lippert und widmete sich stattdessen Zwillingsschwester Sonja.

»Oh.« Sabines Mund verzog sich mitleidig, als sie feststellte, dass Sonja Lippert im Frühjahr vor fünf Jahren nicht nur den Verlust ihrer Schwester, sondern kurz zuvor auch den Tod ihres Mannes zu verkraften gehabt hatte. Hier fand sie ebenfalls eine Traueranzeige, unterschrieben von beiden Schwestern. »Plötzlich«, »unerwartet« und »schwere Krankheit« waren die Stichworte, ein »grausames Schicksal« hatte den geliebten Menschen »viel zu früh aus dem Leben gerissen«.

Nur vier Wochen danach hatte sich Sonja Lipperts Schwester das Leben genommen, und einige Monate später war Lipperts Umzug von Frankfurt nach Fernwald erfolgt, das konnte Kaufmann dem Meldedatenregister entnehmen. In dieser Zeit musste Sonja ihren neuen Partner Ingo Petri kennengelernt haben, und es war wohl nicht besonders weit hergeholt, anzunehmen, dass es Petri gewesen war, der die zu diesem Zeitpunkt höchst labile Sonja Lippert mit Drogen in Kontakt gebracht hatte.

Das erklärte auch, warum Lippert erfolgreich einen Entzug gemacht hatte, Petri dagegen immer noch Drogen konsumierte. Bei Lippert war es eine Phase gewesen, sie hatte sich mittlerweile stabilisiert. Petri dagegen hatte sein Drogenproblem konserviert.

Sabine recherchierte weiter und stellte fest, dass Lippert und Petri im Spätsommer desselben Jahres den Imbiss auf dem Rastplatz Römerwall übernommen hatten. Gepachtet. Ermöglicht hatten das offensichtlich Sonjas Erbe und ihre Hinterbliebenenrente. Ihr verstorbener Mann war selbstständiger Anlageberater gewesen – Hinweise auf seine Agentur waren noch immer im Netz zu finden – und hatte vermutlich gut verdient.

Ingo Petri dagegen war eine in jeder Hinsicht gescheiterte Existenz. Die Polizeiakte zum Drogenbesitz gab einen kurzen Abriss seines Lebens wieder. Petris Eltern hatten eine Kneipe in einem der sozial schwächeren Bezirke Frankfurts betrieben. Der kleine Ingo war dort schon früh in Kontakt mit Alkohol und Gewalt gekommen, als Jugendlicher dann auch mit Drogen. Die Schule hatte er ohne Abschluss nach der achten Klasse verlassen und eine Kochlehre in einem Hotel angefangen, vermittelt über einen Kontakt der Eltern. Wegen wiederholten Alkohol- und Drogenkonsums während der Arbeitszeit hatte er den Ausbildungsplatz aber wieder verloren, genau wie die beiden nachfolgenden. Mit zwanzig hatte er wiederum ohne Abschluss die Lehrjahre beendet und war bei seinen Eltern mit eingestiegen. Er hatte versucht, das Angebot der Kneipe durch eine kleine Speisekarte mit einfachen Gerichten zu ergänzen, und damit zunächst Erfolg gehabt. Zugleich war er jedoch weiter in die Abhängigkeit gerutscht und hatte nicht nur sein Privatvermögen für Drogen verbraucht, sondern auch das Geld seiner Eltern und schließlich sogar die Kasse der Kneipe und die Rücklagen für den Betrieb. Nachdem einige Lieferanten nicht mehr bezahlt werden konnten und mit der Zeit auch die Kunden wegblieben, weil es wiederholt zu Schlägereien mit dem betrunkenen oder zugedröhnten Ingo Petri gekommen war, hatten die Eltern Insolvenz angemeldet.

Die Familie war in die Sozialhilfe abgerutscht, Petri über Jahre hinweg arbeitslos. Zwischendurch hatte er ein paar Aushilfsjobs in Restaurants und Gaststätten angenommen, doch eine Daueranstellung war dabei nicht herausgekommen. Gewendet hatte sich das Blatt erst, als er Sonja Lippert kennengelernt und mit ihr den Imbiss am Römerwall übernommen hatte. Die Bilanzen waren gut; trotzdem befand sich der Betrieb in wirtschaftlicher Schieflage. Vermutlich, weil Ingo Petri nach wie vor zu viel Geld in Drogen steckte. Kein Wunder, dass Sonja Lippert sauer war.

Aber die beiden betrieben anscheinend keinen Handel mit Drogen aus Kolumbien. Ob sie stattdessen in den Tierschmuggel verwickelt waren? Vielleicht war es ja kein Zufall, dass Gerrit Liebetraut ausgerechnet die Raststätte Römerwall ansteuerte? Oder war es Elmar Amrhein, der in Kontakt mit Petri stand und seinen Angestellten nicht nur dorthin schickte, sondern zugleich von Petri überwachen oder beschützen ließ?

Sabine rollte mit dem Bürostuhl vom Fenster weg. Das waren eine Menge Hypothesen, von denen sie nicht das Geringste belegen konnte.

Vielleicht sollten sie doch lieber die Verdächtigen einbestellen und in der Vernehmung unter Druck setzen? Das war doch das, was Ralph Angersbach besonders gut konnte.

Kaufmann rollte ein Stück zur Seite, um in Reichweite des

Bürotelefons zu gelangen, doch ehe sie den Hörer abnehmen konnte, klingelte ihr Smartphone.

Ein Kollege aus dem LKA teilte ihr mit, dass der Fisch angebissen hatte. »Eine SMS von einem Prepaid-Handy, leider nicht zurückzuverfolgen. Im Angebot sind ein Grüner Leguan oder ein Waran, frisch importiert aus Kolumbien. Treffpunkt ist der Pendlerparkplatz Friedberg an der A5. Ausfahrt 16 in Richtung Bad Homburg und Friedrichsdorf. Der Name ist etwas irreführend, denn der Parkplatz liegt ja im Grunde in Rosbach.« Der Kollege machte eine Kunstpause. »Ich habe mich für den Grünen Leguan entschieden, ich hoffe, das ist recht? Die Übergabe ist heute Abend um zwanzig Uhr.«

Sabine spürte, wie ihr Körper von Adrenalin durchspült wurde. Endlich kam Bewegung in die Sache. Dass es ein anderer Parkplatz war, könnte natürlich bedeuten, dass der Anbieter nichts mit ihrem aktuellen Fall zu tun hatte, aber auch dann würden sie jemanden schnappen, der illegale Tiere verkaufte. Wenn sie Glück hatten, war es dagegen Liebetraut, der aus Sicherheitsgründen den Übergabeort geändert hatte. Nach dem Fiasko auf dem Rastplatz Römerwall wäre es extrem dumm, weiterhin dort Geschäfte zu machen. Und wer sagte denn, dass der Rastplatz bisher sein einziger Ort gewesen war? Je nachdem, woher die Kundschaft kam, musste man flexibel sein. Die großen Verkehrsadern jedenfalls boten da jede Menge geeigneter Plätze.

Sabine führte ein paar Telefonate mit Kollegen im LKA, um drei Teams zu organisieren, die sich als Privatpersonen getarnt auf dem Pendlerparkplatz postierten. Sie kannte den Platz; er eignete sich nicht, um dort mit großen Fahrzeugen anzurücken. Ein Mannschaftsbus oder Lastwagen würde auffallen. Wenn die Kollegen dagegen als Pärchen mit amourösen Absichten auftraten oder anhielten, um mit ihrem Hund Gassi zu gehen, würde das kein Misstrauen erregen.

Nachdem sie die Falle organisiert hatte, rief sie ein weiteres Mal bei Angersbach an, dieses Mal mit Erfolg.

Er reagierte zuerst etwas verschlafen, dann hocherfreut auf ihre Nachricht. »Super. Ich mache mich sofort auf den Weg und hole dich am Klinikum ab.«

Erst jetzt fiel Sabine ein, dass sie besser zunächst ins Krankenhaus zurückkehren und Angersbach von dort aus hätte anrufen sollen. Auf der anderen Seite: Sie hatte ja nicht seine privaten Dateien ausspioniert, sondern den Rechner benutzt, um zu arbeiten. Aber sie hatte eben auch sein Passwort geknackt, und das war nicht in Ordnung.

»Ich ... äh ... bin nicht im Klinikum«, sagte sie.

»Ach so? Wo bist du dann?«

»Im Büro.«

»Du bist zurück nach Wiesbaden gefahren?«

»Nein. Ich bin in Gießen. In deinem Büro.«

»Aha. Und was tust du da?«

»Ich habe ein paar Dinge recherchiert.«

Sie konnte beinahe hören, wie es in Ralphs Kopf arbeitete.

»Ich weiß, ich hätte dich fragen sollen«, sagte sie rasch. »Aber ich bekam nur die Mailbox dran, und die Zeit drängte. Tut mir leid, dass ich einfach deinen Computer benutzt habe.«

Am anderen Ende blieb es still.

»Ralph?«, fragte Sabine.

»Ich bin gleich da«, sagte Angersbach und beendete die Verbindung.

Kaufmann legte den Hörer behutsam zurück aufs Telefon. Im Magen verspürte sie einen Knoten. Da hatte sie sich wieder einmal hübsch in die Nesseln gesetzt!

Ralph Angersbach fluchte unablässig vor sich hin, während er den Lada Niva zum Polizeipräsidium Mittelhessen steuerte. Seine Wangen brannten, vor Scham ebenso wie vor Zorn. Wie unglaublich peinlich war das denn?

Wenn Sabine Kaufmann an seinem Rechner gearbeitet hatte, dann hatte sie auch sein Passwort herausgefunden. Warum um alles in der Welt hatte er es nicht geändert? Spätestens im letzten Herbst, als er entdeckt hatte, dass sie mit Holger Rahn zusammen war.

Aber er hatte es nicht gekonnt. Auch wenn er sich schon hundertmal gesagt hatte, dass das zwischen Sabine und ihm nie etwas werden würde – allein schon, weil er einfach nicht zu einer normalen Beziehung in der Lage war. Doch jedes Mal, wenn er das Fenster zum Ändern des Passworts geöffnet hatte, hatte er es nicht übers Herz gebracht, es wirklich zu tun. Als würde der letzte Funke Hoffnung erlöschen, wenn er ein anderes Passwort eingab. Es kam ihm vor wie ein endgültiger Schlussstrich, und er war einfach noch nicht bereit gewesen, ihn zu ziehen.

Zumindest aber hätte er ein anderes Passwort benutzen müssen, solange er mit Sabine hier in Gießen zusammenarbeitete. Die Wahrscheinlichkeit, dass sie irgendwann etwas an seinem Rechner zu erledigen hatte, war hoch gewesen. Hätte er sie dann jedes Mal auffordern wollen, wegzusehen, wenn er das Passwort eingab?

Aber es nützte nichts. Das Kind war in den Brunnen gefallen. Sabine wusste Bescheid.

Vielleicht war das ja auch gut? So hatte sie erfahren, was er nicht über die Lippen brachte. Aber wie würde sie darauf reagieren?

Er stoppte vor dem Eingangsportal des Präsidiums, und Sabine, die unter dem Vordach gewartet hatte, hastete durch den strömenden Regen zu seinem Wagen und kletterte rasch auf den Beifahrersitz.

»Ob das irgendwann auch noch mal wieder aufhört zu regnen?«, fragte sie und lächelte krampfhaft.

»Das hoffe ich.« Angersbach fädelte sich in den Verkehr ein. Bis zum Treffen auf dem Pendlerparkplatz war noch Zeit, aber sie wollten sich rechtzeitig vorher mit den LKA-Kollegen dort treffen und alles vorbereiten, um nicht erneut ein Fiasko zu erleben wie auf der Raststätte Römerwall.

Er wartete darauf, dass Sabine noch etwas sagte, zu dem Rechner, seinem Passwort oder ihren Recherchen, doch sie schaute nur schweigend aus dem Seitenfenster, den Kopf angestrengt abgewandt.

Angersbach war das nur recht. Was hätte er denn sagen sollen, wenn sie ihn fragte, warum er dieses Passwort gewählt hatte? Abgesehen davon, dass sie es sich ja denken konnte. Aber aussprechen konnte er es nicht, nicht in dieser Situation, mit Rahn, der im Koma lag und nichts mehr hatte als die Hand seiner großen Liebe, die er halten konnte.

Erst als sie schon auf der Autobahn waren und sich dem Pendlerparkplatz näherten, wandte Kaufmann ihm den Kopf zu.

»Wir beide bleiben außer Sichtweite«, sagte sie. »Wenn derjenige, der zur Übergabe erscheint, Liebetraut oder jemand aus der RegenWaldRetter-Gruppe ist, würde er uns erkennen und die Flucht ergreifen. Ich habe zwei Kollegen instruiert, die sich als Kunden ausgeben. Ein weiteres Team wartet im Pkw in der Nähe der Ausfahrt. Sie tun so, als hätten sie ein Rendezvous. Das dritte Team steht an der Einfahrt, die beiden gehen mit ihrem Hund Gassi. Wir postieren uns in der Mitte, so dass wir gute Sicht auf die angeblichen Kunden haben. Wenn das Tier übergeben wird, geben wir das Signal für den Zugriff.«

»Hm.« Angersbach brummte nur. Was sollte er auch sagen? Es war alles organisiert. Die größte Schwierigkeit würde darin bestehen, die Zeit herumzukriegen, die er neben Sabine im Wagen saß, während seine Gedanken kreisten. Nicht um die Tierschmuggler, sondern um sie.

Pendlerparkplatz Friedberg A5, außerhalb von Rosbach, zwei Stunden später

Sabine Kaufmann zitterte. Nicht, weil sie von unangenehmen Gefühlen gepeinigt wurde, sondern weil ihr kalt war. Mittlerweile war es dunkel, so dass für jemanden, der auf den Parkplatz fuhr, nicht zu erkennen war, ob jemand im Wagen saß oder nicht. Damit das so blieb, konnten sie die Heizung nicht laufen lassen. Bei einem alten Auto wie Ralphs Lada müsste man dazu den Motor einschalten, und ein Wagen, der mit laufendem Motor, aber ohne ersichtlichen Grund auf dem Pendlerparkplatz stand, würde den Lieferanten des Grünen Leguans möglicherweise misstrauisch machen. Abends um zwanzig Uhr trafen sich hier gewöhnlich keine Fahrgemeinschaften, und mehr als ein Fahrzeug, in dem ein Liebespaar saß, war auch wenig glaubhaft. So romantisch war dieser Ort nun auch wieder nicht. Abgesehen von den Autos der drei LKA-Teams und Ralphs Niva war der Parkplatz nahezu leer.

Kaufmann warf einen Blick auf ihre Armbanduhr. Es war kurz vor acht. Wenn der Lieferant pünktlich war, hatte das Bibbern bald ein Ende.

Die beiden Beamten, die die Kunden spielten, stiegen aus ihrem Fahrzeug und postierten sich neben der Heckklappe. Sie hatten aus dem Fuhrpark des LKA einen Kombi ausgewählt, um den Eindruck zu erwecken, dass sie auf den Transport eines größeren Tierkäfigs vorbereitet waren. Sie hatten das Standlicht eingeschaltet und außerdem die Fahrertür offen gelassen, so dass die Innenbeleuchtung ebenfalls brannte. Auch vom Typ her waren die beiden glaubhaft – er ein dünner Mann mit Pluderhose, gefütterter Wolljacke und Nickelbrille, der wie eine Mischung aus Biologielehrer und Hippie wirkte, sie eine kleine, stämmige Frau mit schweren Stiefeln, olivfarbener Trekkinghose, Parka und gleichfarbiger Schirmmütze. Der dunkle Passat passte nicht ganz, ein älteres Modell wäre stimmiger gewesen, aber auch Alternative und Hippies mussten sich ja gelegentlich einen neuen Wagen zulegen. Wenn der Lieferant nicht allzu genau hinsah, würde es schon gehen.

Kaufmann erwartete, dass ein Firmenwagen der Zoohandlung Amrhein auftauchen würde, doch das nächste Auto, das auf den Parkplatz fuhr, war ein Renault Kangoo. Blau, soweit man das in der Dunkelheit ausmachen konnte, mit Frankfurter Kennzeichen.

»Das ist nicht Liebetraut.« Ralph griff zum Smartphone und startete eine Halterabfrage. Die Antwort kam rasch, der Wagen gehörte einer Johanna Grimm aus Gießen, gegen die polizeilich nichts vorlag.

»Falscher Alarm«, sagte Angersbach. »Oder eine neue Figur im Spiel, die wir noch nicht kennen.«

Der Kangoo stoppte hinter dem Passat. Die Fahrertür öffnete sich, eine Person stieg aus. Kaufmann schnappte nach Luft. »Das darf doch nicht wahr sein.«

Die beiden angeblichen Kunden gingen auf den Kangoo zu. Ein kurzer Wortwechsel, dann wurde ein Umschlag mit Geld übergeben. Im Gegenzug erhielten die Beamten einen Käfig, in dem sich offensichtlich eine Echse befand.

Ralph und Sabine sprangen aus dem Lada und überbrückten die kurze Distanz zu den beiden Fahrzeugen.

»Kriminalpolizei«, sagte Angersbach. »Sie sind vorläufig festgenommen.«

Die Person, die den Käfig mit dem Leguan noch in der Hand hielt, fuhr erschrocken herum.

Kaufmann rammte die Hände in die Taschen ihrer Jeansjacke.

»Ich bin enttäuscht«, sagte sie. »Mit allem hätte ich gerechnet, aber damit nicht.«

25

Gießen, zwei Stunden später

Warum?«, fragte Sabine Kaufmann, als sie im Vernehmungs-
raum im Polizeipräsidium Mittelhessen saßen. »Du hast mir
gesagt, du willst den Regenwald retten. Du liebst Echsen.
Und du bist Polizistin. Wie kannst du da illegale Tiere von
Kolumbien nach Deutschland schmuggeln und hier verkaufen?«

Lara Schick öffnete ihren Pferdeschwanz, schüttelte die
Haare aus und fasste sie wieder zusammen. Sie zog das Haar-
gummi darüber und strich den Pferdeschwanz glatt. »Kann
ich ein Glas Wasser bekommen?«

»Sicher.« Ralph Angersbach stand auf, um das Gewünschte
zu holen.

Die Rollen waren heute vertauscht. Sabine, normalerweise
die Sanfte, Einfühlsame, Behutsame, prügelte verbal auf die
Verdächtige ein. Und Ralph, sonst der Bulldozer, der Terrier,
der Elefant im Porzellanladen, gab sich mitfühlend. Nicht
zum ersten Mal in diesem Fall, wie Kaufmann durchaus bewusst war. Seit dem Angriff auf Holger schienen ihre Geduld
und ihr Mitgefühl aufgebraucht. Sie wollte den oder die Schuldigen ausfindig machen und ihrer gerechten Strafe zuführen,
und zwar bald.

Angersbach kam mit dem Glas zurück, und Schick trank
einen großen Schluck.

»Kennst du ›Terror‹?«, fragte sie. »Das Theaterstück von
Ferdinand von Schirach? Da schießt ein Kampfpilot ein Pas-

sagierflugzeug ab, um zu verhindern, dass ein Terrorist das Flugzeug in ein vollbesetztes Fußballstadion abstürzen lässt.«

»Ja.« Kaufmann verschränkte die Arme vor der Brust. Sie hatte die Verfilmung im Fernsehen gesehen und war beeindruckt gewesen. Von Schirach hatte ein moralisches Dilemma beschrieben, das im Grund nicht zu lösen war.

»Das ist genau das, was ich tue«, erklärte Schick. »Ich schmuggele ein paar exotische Tiere von Kolumbien nach Deutschland und verkaufe sie hier für teures Geld. Damit ich meine Organisation gründen und all die anderen Exoten retten kann, die jetzt den Wilderern zum Opfer fallen.«

Kaufmann schürzte die Lippen. »Ich dachte, du suchst einen Sponsor.«

»Wer gibt denn Geld für Artenschutz in Kolumbien aus?«

»Das Bundesministerium für Umwelt zum Beispiel«, sagte Kaufmann. »Die finanzieren doch das Forschungsprojekt von Professor Waldschmidt. Dazu gehört auch die Expedition, an der du teilgenommen hast.«

Lara Schick winkte ungeduldig ab. »Da geht es um Wissenschaft, nicht darum, Tiere zu retten. Waldschmidt erhebt Daten, um politisch Einfluss zu nehmen. Aber das dauert alles viel zu lange. Man muss jetzt handeln.«

»Ich dachte, ihr habt auch nach den Wilderern gesucht?«, fragte Kaufmann.

»Ja. Nebenbei. Und was ist passiert? Kim ist tot!« Laras Augen füllten sich mit Tränen. »Weil wir das alles völlig unprofessionell angefangen haben. Man braucht mehr Leute, die nach den Wildfängern fahnden. Leute, die auch mit Waffen umgehen und sich verteidigen können.«

»So wie du.«

»Ja. Eine Truppe von Polizisten wäre toll. Am besten in Kooperation mit der Polizei vor Ort. Dann könnte man etwas erreichen. Dafür brauche ich das Geld. Es ist eine Abwägung, verstehst du? Was sind ein paar geschmuggelte Tiere gegen die vielen, die gerettet werden können?«

Kaufmann schüttelte den Kopf. »Moralisch kann man darüber diskutieren. Aber du bist Polizistin. Wir haben einen Eid geschworen, geltende Gesetze zu verteidigen. Da kann man sich nicht einfach darüber hinwegsetzen, weil man glaubt, einer höheren Gerechtigkeit zu dienen.«

Lara trank ihr Glas leer. »Das sehe ich anders.«

»Ich nicht«, mischte sich Angersbach ein. Sabine wusste, dass er es mit dem Gesetz sehr genau nahm. Das war für ihn die Essenz ihres Berufs. Man konnte nicht ein Diener des Gesetzes sein und selbst dagegen verstoßen. »Aber wir sind hier nicht vor Gericht. Das Urteil zu Ihrem Vergehen müssen andere fällen.«

Lara nickte. »Dann kann ich jetzt gehen? Tierschmuggel ist ja kein Haftgrund. Ich habe einen festen Wohnsitz. Ihr wisst, wo ihr mich finden könnt.«

»Nicht so schnell.« Kaufmann hob die Hand. Sie ärgerte sich über die selbstbewusste und uneinsichtige Haltung der jungen Kollegin. Engagement und Enthusiasmus in Ehren, aber ein wenig Selbstreflexion sollte auch im Spiel sein. »Wir haben eine Reihe von Fragen.«

Lara sank wieder auf ihren Stuhl zurück. »Was denn noch?«

»Erstens: Wie hast du die Tiere eingeschmuggelt?«

Lara breitete die Arme aus, die Handflächen nach oben. »Das war leicht. Ich habe sie einfach zwischen der Ausrüstung versteckt. Material für die wissenschaftliche Forschung. Wenn man weiß, wie, reisen solche Kisten bevorzugt, denn der Inhalt könnte ja verderblich oder von besonderer Bedeutung sein. Gleichzeitig wird das Ganze nicht groß kontrolliert, weder in Kolumbien noch bei uns.«

»Wie viele Tiere?«

Lara kaute auf der Unterlippe. Es war offensichtlich, dass sie nicht mehr preisgeben wollte als unbedingt nötig.

»Wir werden uns deine Wohnung ansehen«, sagte Sabine. »Und zwar, bevor du sie das nächste Mal betrittst.«

»Wer soll das denn genehmigen? Wegen ein paar geschmuggelter Tiere?«

War die Kollegin wirklich so naiv? Kaufmann seufzte. »Es geht nicht nur um die Tiere. Es geht auch um Mord. Deine Freundin Kim Helbig. Sie ist offenbar Wilderern oder Tierschmugglern in die Quere gekommen, und du schmuggelst Tiere. Damit gehörst du zum Kreis der Verdächtigen. Du warst zur Tatzeit in Kolumbien. Ihr habt im selben Camp gelebt, und ihr wart beide an dem Abend, an dem sie ermordet wurde, im Regenwald unterwegs.«

Lara Schick starrte Sabine mit offenem Mund an. »Das meinst du nicht ernst.«

Angersbach beugte sich zu ihr vor. »Frau Schick«, sagte er ernst. »Sie sind eine Kollegin. Sie wissen, wie solche Ermittlungen ablaufen. Sie hatten ein Motiv, Sie hatten die Mittel, und Sie hatten die Gelegenheit. Wir können gar nicht anders. Wir müssen prüfen, ob Sie etwas mit dem Tod von Kim Helbig zu tun haben.«

»Scheiße.« Laras selbstbewusste Fassade bröckelte. »Das ist doch Scheiße.« Wieder traten ihr Tränen in die Augen. »Kim war meine Freundin. Ich hätte ihr nie etwas antun können.«

»Dann beweisen Sie es. Beantworten Sie unsere Fragen. Ehrlich.«

Lara wischte sich mit dem Handrücken über die Augen. »Okay.«

»Also, noch mal«, sagte Sabine. »Wie viele Tiere?«

»Zwanzig. Zehn Grüne Leguane und zehn Warane.«

»Hatten Sie keine Angst, dass die Tiere während des Transports sterben?«, erkundigte sich Ralph.

»Nein. Ich kenne mich mit Echsen aus. Ich habe ihnen in den Ausrüstungskisten einen geeigneten Unterschlupf gebaut. Dunkel und kühl. Die Echsen fahren unter solchen Bedingungen ihre Temperatur hinunter und gehen in den Winterruhe-Modus. Sie brauchen dann keine Nahrung und nehmen auch keinen Schaden.«

»Schön. Dann finden wir in deiner Wohnung also neunzehn quietschvergnügte Warane und Leguane«, sagte Kaufmann bissig.

»Neunzehn aus Kolumbien«, korrigierte Lara. »Meine eigenen sind auch noch da. Die waren die letzten drei Monate bei einer Freundin und sind froh, wieder zu Hause zu sein.«

»Wie heißt diese Freundin?«

»Johanna Grimm.«

»Ah. Die Besitzerin des Renault Kangoo.«

»Richtig. Sie leiht mir das Auto, wenn ich eines brauche. Ich selbst besitze keines. Ich fahre mit dem Rad. Wegen der Umwelt.«

»Sehr schön.« Kaufmann ließ sich nicht ablenken. »Weiß Frau Grimm, wozu du ihr Auto heute Abend benutzt hast?«

»Nein. Ich habe ihr gesagt, ich habe eine Verabredung, mehr nicht. Wir vertrauen uns blind. Ich muss ihr nichts erklären.«

»Gut.« Sabine machte sich eine Notiz. »Wie ist der Kontakt zu Gerrit Liebetraut zustande gekommen? Oder ist es Elmar Amrhein, mit dem du zusammenarbeitest?«

Lara sah ratlos zwischen Kaufmann und Angersbach hin und her. »Liebetraut? Amrhein? Wer soll das sein?«

Kaufmann stöhnte entnervt. Hatten sie sich nicht gerade darauf geeinigt, keine Spielchen zu spielen?

»Kim Helbig wurde in einer Kiste mit Reptilien aus dem

Amazonas-Regenwald gefunden. Und diese Kiste stand auf der Ladefläche eines Transporters der Zoohandlung Amrhein in Gießen. Gefahren hat den Wagen Gerrit Liebetraut.«

»Moment.« Lara fuchtelte aufgeregt mit den Händen. »Ich habe doch nichts mit Kims Tod zu tun.«

»Dann ist es Zufall, dass Kim einer Gruppe von Wilderern in die Hände gefallen ist, während du ebenfalls unterwegs warst, um wilde Tiere zu fangen?«

»Ja, natürlich. Ich arbeite mit niemandem zusammen. Ich habe die Tiere selbst gefangen und verpackt, und ich verkaufe sie auch selbst. Ich habe keine Komplizen, weder hier noch in Kolumbien. Dann müsste ich den Erlös teilen. Das will ich nicht. Ich brauche so viel Geld wie möglich für meine Organisation.«

Kaufmann sah seufzend zu Angersbach. »Und das sollen wir nun glauben?«

»Es wird euch nichts anderes übrig bleiben«, versetzte Lara patzig. »Von mir werdet ihr nichts anderes hören. Weil es nämlich die Wahrheit ist.«

»Du hattest also auch keine Videochats mit Gerrit Liebetraut?«

»Ich habe doch gesagt, dass ich niemanden kenne, der so heißt. Ich habe das alles allein gemacht.«

»Okay.« Sabine holte tief Luft. »Verrätst du uns, wie du das geschafft hast? Die Tiere zu fangen und aufzubewahren, ohne dass die anderen etwas davon gemerkt haben?«

Lara verdrehte die Augen. »Wir sind jeden Abend einzeln durch den Dschungel gestreift, um nach den Wilderern Ausschau zu halten. Da war nun wirklich Gelegenheit genug. Käfige haben wir für unsere Forschung immer dabei. Und sie fünfzig Meter vom Camp entfernt zu verstecken, ist auch kein Kunststück. Da ist alles grün und dicht, da findet kein Mensch was. Direkt vor der eigenen Tür haben meine Kollegen die Wilderer ja nicht vermutet.«

Kaufmann tauschte erneut einen Blick mit Angersbach. Wem konnte man noch trauen, wenn selbst die eigenen Kollegen die Seite wechselten?

Sie hatten Lara Schick gehen lassen. Was auch sonst? Eine Verbindung zu Liebetraut oder Amrhein war ihr nicht nachzuweisen, und eine Beteiligung an der Ermordung von Kim Helbig erst recht nicht. Die Frage war, ob es sich lohnte, weiter in diese Richtung zu ermitteln – Durchsuchungsbeschluss, Überprüfen von Schicks Telefonverbindungen und E-Mail-Verkehr, Befragung von Liebetraut und Amrhein.

Ralph Angersbach blätterte in den Notizen, die sich in den letzten Tagen angesammelt hatten.

»Denkst du, sie war es?«, fragte er Sabine Kaufmann, die ihre Hände aufs Fensterbrett gestützt hatte und finster in den Dauerregen hinausblickte, angestrahlt von den Lichtkegeln der Straßenlaternen. Sie sahen aus wie große, beleuchtete Duschen. »Diejenige, die vom Camp aus mit Liebetraut die Videochats hatte?«

Kaufmann löste sich aus ihrer Pose. »Ich bin so sauer, dass ich gar nicht richtig denken kann. Wie kann man so vermessen sein?«

»Ganz von der Hand zu weisen ist ihre Argumentation nicht«, entgegnete Angersbach. »Sie opfert ein paar Tiere, um eine Vielzahl zu retten. Das ist nicht richtig, doch ich kann nachvollziehen, was in ihrem Kopf vorgegangen ist.«

Kaufmann stemmte die Hände in die Hüften. Ihre Augen sprühten Funken. »Aber sie entscheidet über den Wert des einzelnen Lebewesens. Welcher Leguan darf bleiben und gerettet werden, und welcher muss sich auf den Weg nach Deutschland in die Gefangenschaft machen? Sie stellt sich über Recht und Gesetz. Wenn das jeder täte, hätten wir Sodom und Gomorra.«

»Du hast völlig recht. Ich sage ja nur, dass ich ihre Überlegung nachvollziehen kann.«

Kaufmann seufzte. »Das kann ich auch. Aber genau das ist es, was einen guten Polizisten ausmacht, richtig? Zu wissen, dass das Gesetz nicht immer die beste Lösung für ein Problem bietet, es jedoch trotzdem zu respektieren. Weil die gesamte Gesellschaft, die ganze Welt nur dann funktioniert, wenn sich alle an die Spielregeln halten.«

»Absolut.« Das war exakt Ralphs Überzeugung. Deswegen bereitete ihm der regelmäßige Marihuana-Konsum seines Vaters immer wieder Schwierigkeiten, und deshalb fuhr er auch nicht mit dem Wagen, wenn er getrunken hatte. Man konnte nicht Polizist sein und selbst die Regeln übertreten.

»Was passiert jetzt mit ihr?«, fragte Kaufmann. »Verliert sie ihren Job, oder kommt sie mit einem Disziplinarverfahren davon?«

»Keine Ahnung. Das muss ihr Dienstherr entscheiden. Und es hängt natürlich davon ab, ob es wirklich nur diese zwanzig Echsen waren oder ob sie Tierschmuggel im großen Stil betreibt.« Angersbach tippte auf seine Notizen.

»Ich glaube nicht, dass sie gelogen hat«, sagte Sabine. »Sie hat sich da eine verquere Logik zurechtgelegt, aber sie ist trotzdem Polizistin.«

»Auch Polizisten verstoßen gegen Gesetze. Sie wäre nicht die Erste, die mit organisiertem Verbrechen zu tun hätte.«

Kaufmann ließ sich auf den freien Stuhl am zweiten Schreibtisch in Angersbachs Büro fallen. »Du hast recht. Und auf meine Intuition verlasse ich mich in diesem Fall lieber nicht. Die hat seit dem Anschlag auf Holger gelitten.«

»Gut.« Angersbach, der weder an Rahn denken noch über

ihn reden wollte, weckte seinen Rechner aus dem Ruhemodus. »Dann veranlasse ich das volle Programm bei Schick.«

Als sich das Betriebssystem meldete und das Passwort forderte, fiel ihm wieder ein, dass Sabine es geknackt hatte. Mit einem verlegenen Grinsen tippte er ihren Namen ein und wechselte anschließend zu den Einstellungen.

Passwort ändern? Ja.

Neues Passwort? Ralph überlegte kurz. Es musste etwas sein, das er sich merken konnte, das aber zugleich nicht so leicht zu erraten war.

Kaufmann stand auf und machte Anstalten, zu ihm herüberzukommen.

Rasch gab Ralph »Boaconstrictor« ein und bestätigte seine Wahl, indem er das Passwort ein zweites Mal tippte. Er schaffte es gerade noch, das Fenster zu schließen, ehe Kaufmann hinter ihn trat.

Erreichen würde er zu dieser späten Stunde niemanden mehr, deshalb konnte er nur alles so weit in die Wege leiten, dass es am nächsten Tag keine Verzögerungen gab.

Angersbach öffnete das Mailprogramm und verfasste zuerst eine Nachricht an seinen Vorgesetzten, danach an den Staatsanwalt. Zum Schluss bereitete er die Anweisung an die Kollegen vor. Mehr konnte er im Augenblick nicht tun.

Es gefiel ihm nicht, dass Sabine ihm die ganze Zeit über die Schulter sah. Er hatte sich noch nie konzentrieren können, wenn ihn jemand beim Schreiben beobachtete. Früher, in der Schule, hatte er immer aufgehört zu schreiben, wenn der Lehrer bei einer Klassenarbeit hinter ihn getreten war und auf sein Blatt geschaut hatte. Er hatte erst weitergearbeitet, wenn der Lehrer zum nächsten Schüler gegangen war.

Aber er wollte auf keinen Fall einen Konflikt mit Sabine heraufbeschwören. Die Situation mit ihr war angespannt genug. Also tippte er mit zusammengebissenen Zähnen und atmete erleichtert auf, als er fertig war.

»Was machen wir jetzt?«, fragte er, als er den Rechner hinunterfuhr. Die Uhr über der Tür zeigte an, dass es bereits kurz vor halb zwölf war.

Kaufmann schob die Hände in die Hosentaschen. »Ich nehme mir ein Taxi ins Hotel. Ich will morgen früh bei Holger vorbeischauen, bevor wir mit der Arbeit anfangen.«

»Ich kann dich fahren.«

»Nein, danke.« Sie trat neben ihn, so dass er sie ansehen konnte. »Nimm's nicht persönlich, aber ich muss ein bisschen allein sein. Diese Sache mit Lara hat mich ziemlich aus der Bahn geworfen.«

»Ja, klar. Verstehe ich.« Ralph zwang sich zu einem Lächeln.

Zwei Tage war es erst her, dass Sabine neben ihm auf dem Sofa gesessen und den Kopf an seine Schulter gelehnt hatte, während Richard Gere versuchte, Julia Roberts für sich zu gewinnen. Ralph wollte so gern ihr Fels in der Brandung sein, doch jetzt schien es, als seien sie davon weiter entfernt denn je.

Holger Rahn trieb unter der Wasseroberfläche dahin, das Gesicht nach oben gerichtet. Ganz dicht, er konnte den Himmel sehen, blau und strahlend, und die weißen Wolken, die träge vorüberzogen. Komischerweise hatte er keine Schwierigkeiten zu atmen. Auf seinem Gesicht lag eine Maske, die ihn mit Sauerstoff versorgte. War das ein Teil einer Taucherausrüstung?

Rahn war noch nie getaucht. Der Gedanke, nicht die normale Luft, sondern irgendein Gemisch aus einer Sauerstoffflasche einzuatmen, hatte ihm nie gefallen. Und die Vorstellung, so tief unter Wasser zu sein, dass er nicht mit ein paar Schwimmzügen an die Oberfläche gelangen konnte, verursachte ihm klaustrophobische Gefühle.

Er war auch noch nie an einem Ort gewesen, an dem sich die Frage wirklich gestellt hätte. Das glasklare Wasser der Karibik oder des Pazifiks mit den unzähligen bunten Fischen, die darin herumschwammen, kannte er nur aus dem Fernsehen.

Vielleicht war das Gewässer, in dem er jetzt gerade trieb, eines von dieser Sorte? Aber wie um alles in der Welt war er dorthin gekommen?

Er wollte sich umdrehen, um nachzusehen, ob unter ihm vielleicht farbenprächtige Fische schwammen oder hübsche Korallen wuchsen, doch er hing fest. Da waren Schläuche, die ihn behinderten. Nicht nur die seines Atemgeräts, sondern auch einer, der an seinem Arm hing, und eine Art Kabel, das an seinem linken Mittelfinger festgeklemmt war.

Das passte nicht zusammen. Beim Tauchen brauchte man nur einen Schlauch. Er trug auch keinen Neoprenanzug, sondern ein dünnes langes Hemd, das am Rücken offen zu sein schien.

Rahn blinzelte und richtete den Blick wieder auf die Wasseroberfläche. Jetzt war da kein Himmel mehr, sondern etwas Weißes. Ein Zimmer. Es war gar nicht weit weg. Wenn er nur den Kopf aus dem Wasser heben könnte, dann könnte er vielleicht auch wieder richtig atmen.

Er versuchte, sich hochzustemmen, aber das Wasser drückte ihn zurück. Seine Arme begannen zu zittern, seine Nackenmuskulatur schmerzte. Das Piepsen, das schon die ganze Zeit da gewesen sein musste, steigerte sich zu einem beängstigenden Tempo. Rahn verdrehte die Augen und sah eine grüne Kurve, die sich irgendwo hinter ihm schlängelte. Sie befand sich in einem grauen Kasten, mehr konnte er nicht erkennen.

Noch einmal hob er den Kopf, so weit er konnte, aber er schaffte es nicht, die Wasseroberfläche zu durchstoßen. Erschöpft ließ er den Kopf zurücksinken. Rechts neben ihm erklang ein durchdringendes Warnsignal.

Ein Krachen, ein Lichtrechteck, das auf sein Gesicht fiel, dann blendende Helligkeit über dem Wasser. Er spürte Menschen in seiner Nähe. Jemand fummelte an den Schläuchen und am Kabel herum. Von irgendwo erklang eine vertraute Stimme.

»Was ist passiert?«

Eine andere, tiefere Stimme antwortete. »Wir dachten, er kommt zu sich. Aber es war wohl nur eine physiologische Reaktion.«

Rahn konzentrierte sich vollkommen auf das, was in seinem Kopf passierte. Diese Stimme. Eine Frau.

Auf einmal wusste er es.

Sabine Kaufmann.

Er wollte ihren Namen aussprechen, aber er war noch immer unter Wasser. Er schaffte es einfach nicht hinaus.

26

Gießen, einen Tag später, Freitag

Falsches Passwort, besagte die Schrift auf dem Bildschirm. Ralph Angersbach kniff verärgert die Augen zusammen. Er tippte das Passwort erneut ein, S, A, B, I, N, E, und achtete sorgsam darauf, die richtigen Buchstaben zu erwischen. Vielleicht hatte er beim ersten Mal daneben getippt. Das Ergebnis blieb indes dasselbe.

»Was zum Henker ... ach.« Angersbach schlug sich mit der Hand vor die Stirn. Er hatte das Passwort letzte Nacht geändert. Weil es ihm so unfassbar peinlich gewesen war, dass Sabine Kaufmann sein kleines Geheimnis entdeckt hatte. Dabei war das Kind längst in den Brunnen gefallen. Das Passwort im Nachhinein zu ändern, war vollkommen überflüssig. Das weitaus größere Problem bestand allerdings darin, dass er sich nicht erinnern konnte, wie das neue Passwort lautete.

Zunächst hatte er Sabines Namen durch den eines Familienmitglieds ersetzen wollen, Janine oder Johann, aber dann hatte er gedacht, dass das zu durchsichtig war. Also hatte er etwas anderes ersonnen. Ein Passwort, das gut zu merken, aber weniger leicht zu erraten war.

Es hatte irgendetwas mit dem aktuellen Fall zu tun. *Exoten?* Nein. *Amazonas?* Auch nicht. Vielleicht *Regenwald?* Er gab es versuchsweise ein, obwohl er schon vorher wusste, dass es nicht stimmte.

Auf der Suche nach einer Eingebung schob er die Unterlagen auf seinem Schreibtisch hin und her. Der Mord an Kim

Helbig. Der Tierschmuggel. Gerrit Liebetraut, der Holger Rahn eine Schlange übergeben hatte.

Ah!

Boaconstrictor. Das war es!

Er tippte den Namen der geschützten Schlange ein, und der Desktop öffnete sich.

Sollte das jetzt jeden Morgen so gehen? Vielleicht wäre es doch besser, das Passwort wieder zurückzusetzen.

Er wollte gerade die Seite mit den Einstellungen aufrufen, als es an der Tür klopfte.

»Ja, bitte?«

Ein junger Kollege steckte den Kopf herein. »Morgen, Ralph«, grüßte er. »Ich wollte dir nur sagen, dass heute Nacht ein Anruf in der Zentrale eingegangen ist, gegen halb zwei. Aus Leticia in Kolumbien, von der Polizei, wenn ich das richtig verstanden habe.«

Angersbach rechnete rasch nach. Sechs Stunden Zeitunterschied, also war es in Kolumbien halb acht Uhr abends gewesen. »Was haben sie gewollt?«

»Keine Ahnung. Wir konnten uns leider nicht verständigen. Der Kollege in Kolumbien spricht nur Spanisch, kein Englisch. Bei mir ist es umgekehrt.«

Der junge Kollege wurde von jemandem ins Zimmer geschoben, dem er im Weg stand. Es war Sabine Kaufmann.

»Hallo«, sagte sie. »Gibt's was Neues?«

»Ein Anruf aus Kolumbien«, erklärte Ralph. »Wir brauchen diesen Dolmetscher noch mal. Wie hieß er gleich wieder?«

»Miguel Rodriguez.«

»Richtig.«

»Den kenne ich«, meldete sich der junge Kollege zu Wort. »Soll ich ihn anrufen und ihm sagen, dass ihr ihn braucht?«

»Das wäre prima.«

»Wird erledigt.« Der Kollege verschwand und schloss die Tür hinter sich. Kaufmann setzte sich auf den Stuhl an dem leeren Schreibtisch.

»Bei Holger tut sich was«, berichtete sie. »Man weiß nur nicht, ob zum Guten oder zum Schlechten. Heute Nacht hat sein Herzmonitor Alarm geschlagen. Die Ärzte dachten, er kommt vielleicht zu sich, aber er liegt immer noch im Koma. Womöglich deutet sich auch irgendein Organversagen an, auf das sein Gehirn reagiert.«

»Mach dir keine Sorgen. Das wird schon«, sagte Ralph unbeholfen.

Kaufmann hob die Augenbrauen. »Keine Sorgen?«

»Du weißt, was ich meine.«

»Ja. Aber es wäre einfacher, wenn du das auch sagen würdest und man nicht immer Rätsel raten müsste.«

Angersbach erwiderte nichts. Er fühlte sich zu Unrecht angegriffen. Aber solange Rahn Sabines gesamte Aufmerksamkeit auf sich zog, hatte er, Ralph, ohnehin keine Chance. Es war wahrlich kein schöner Zug, auf einen Kollegen eifersüchtig zu sein, der im Koma lag, aber die Erkenntnis machte die Sache nicht besser.

Es war wohl das Vernünftigste, sich auf die Arbeit zu konzentrieren. Angersbach las die E-Mails, die bereits eingegangen waren, eine von seinem Vorgesetzten, eine vom zuständigen Staatsanwalt. Beide sprachen sich dafür aus, die Verfehlungen der jungen Kollegin Lara Schick in aller Gründlichkeit zu prüfen.

Ralph gab daraufhin die Anweisungen an die Kollegen heraus, die er bereits am Abend zuvor vorbereitet hatte.

Und was jetzt? Sollte er sich in den Akten auf seinem Schreibtisch vergraben? Oder noch einmal versuchen, ein versöhnliches Gespräch mit Sabine zu beginnen? Der Anruf in Kolumbien machte zu dieser frühen Stunde keinen Sinn, dort war es jetzt mitten in der Nacht. Was der Dolmetscher sicher wusste. Vor dem frühen Nachmittag würde er nicht aufkreuzen.

»Wie wär's, wenn wir zu Amrhein und Liebetraut fahren und ihnen ein Foto von Lara Schick zeigen?«, meldete sich Kaufmann von der anderen Seite der Schreibtische zu Wort. »Sie werden natürlich leugnen, sie zu kennen, aber vielleicht liefert uns ihre Reaktion trotzdem Aufschluss darüber, ob sie die Wahrheit sagen.«

»Gute Idee.« Angersbach stand sofort auf und nahm seine Wetterjacke vom Haken. Er wäre auch mitgekommen, wenn Sabine vorgeschlagen hätte, den Besuch im Gießkannenmuseum nachzuholen. Hauptsache, sie mussten hier nicht herumsitzen und so tun, als würden sie die Spannung nicht bemerken, die in der Luft lag.

Sabine Kaufmann tat es leid, dass sie Ralph so angefahren hatte. Er hatte es ja nur gut gemeint. Aber seit den Unregelmäßigkeiten, die sich letzte Nacht in Rahns EKG gezeigt hatten, war sie mit den Nerven fertig. Der Arzt hatte ihr zwar versichert, dass es mit großer Wahrscheinlichkeit ein gutes Zeichen war, wenn sich etwas tat, aber es könnte eben auch der Anfang vom Ende sein.

Wie sollte sie jemals darüber hinwegkommen, wenn Rahn infolge eines Einsatzes starb, den sie vermasselt hatte?

Wenn sie den Zugriff doch nur besser geplant hätten. Diese verdammte Hintertür des Imbisses. Wie hatten sie die ignorieren können? Und noch immer hatte sie keine Idee, was Ingo Petri oder Sonja Lippert mit Gerrit Liebetraut verbinden könnte. Waren sie in irgendeiner Weise am Verkauf der Tiere beteiligt? Aber wozu? Liebetraut lieferte die Tiere persönlich aus und nahm die Zahlungen entgegen. Jeder weitere Zwischenhändler würde das Risiko vergrößern und den Gewinn verkleinern. Das ergab einfach keinen Sinn.

Dieses Stochern im Nebel machte sie wahnsinnig, und dazu noch der Regen, der einfach nicht aufhörte. Sie waren doch hier nicht im Regenwald!

Angersbach steuerte direkt die Zoohandlung Amrhein an, weil sie annahmen, dass sie Gerrit Liebetraut dort ebenfalls antreffen würden. Was nicht der Fall war.

»Ich habe ihn entlassen«, erklärte Elmar Amrhein. »Mitarbeiter, die illegal Tiere aus dem Regenwald nach Deutschland schmuggeln, will ich in meinem Geschäft nicht haben. Das beschädigt den guten Ruf des Unternehmens und besudelt den Namen meiner Familie. Erst recht, wenn ein Fahrzeug mit Firmenlogo dafür benutzt wird.«

Er bat die Kommissare in sein Büro und wies einen Mitarbeiter an, ihnen Kaffee zu bringen. Sabine war dankbar dafür. Bis auf die Instantbrühe aus dem Automaten im Krankenhaus hatte sie an diesem Morgen noch keinen Kaffee gehabt.

»Auch wenn es schade ist«, ergänzte Amrhein. »Liebetraut ist examinierter Tierarzt, das hatte ich Ihnen doch schon gesagt, oder? Er beherrscht seinen Job, und er ist vernarrt in Reptilien. Jemanden wie ihn muss man lange suchen. Aber es nützt ja nichts.«

Der Zoohändler kramte in seinem Schreibtisch, fand eine Schachtel mit Keksen und stellte sie auf den Tisch. »Bitte. Bedienen Sie sich.«

Kaufmann griff gerne zu. Gegessen hatte sie an diesem Morgen noch gar nichts. Auch Angersbach nahm sich einen Keks.

»Was kann ich denn nun für Sie tun?«, fragte Amrhein.

»Wir wüssten gern, ob Sie diese junge Frau kennen.« Angersbach zog ein Foto von Lara Schick aus der Jackentasche und reichte es dem Zoohändler.

Amrhein kniff die Augen zusammen und runzelte die Stirn. Erneut suchte er in seiner Schreibtischschublade und beförderte dieses Mal eine Lesebrille hervor, die er aufsetzte. »Hm. Hm. Hm.«

»Sie kennen sie?«

Der Zoohändler zupfte an seinem Zottelbart. »Ich bin mir nicht sicher. Aber ich glaube ... doch.« Ein Lächeln erschien auf seinem Gesicht. »Natürlich. Das ist eine Kundin von uns. Sie hat mehrere Echsen bei uns gekauft. Ich erinnere mich an einen Halsbandleguan und einen Leopardgecko. Eine Zwergbartagame war auch dabei, meine ich.« Amrhein nickte, er war sich seiner Sache jetzt sicher. »Eine sehr engagierte junge Frau, die sich hervorragend mit der Echsenhaltung auskennt. Die meisten Kunden kaufen Reptilien, weil sie ihnen gefallen, ohne zu wissen, was auf sie zukommt. Die Kosten sind immens, der Platzbedarf auch. Reptilien brauchen Bewegungsfreiheit und eine Umgebung mit verschiedenen Temperaturbereichen. Das bedeutet entsprechend große Terrarien, UV-Lampen, die regelmäßig ausgetauscht werden müssen, dazu das Lebendfutter, für das ebenfalls ein entsprechender Lebensraum geschaffen werden muss. Deswegen werden viele Spontankäufe auch genauso rasch wieder abgegeben oder zum Weiterverkauf angeboten. Diese junge Dame hier ist sich dagegen der Komplexität der Reptilienhaltung voll bewusst. Bei ihr sind die Tiere in guten Händen.«

»Hm.« Dieses Mal war es Ralph, der in seinen nicht vorhandenen Bart grummelte. So sorgsam Lara Schick bei der Behandlung der Tiere auch sein mochte, so wenig war sie es im Umgang mit den geltenden Artenschutzbestimmungen. Allerdings waren das Ermittlungsinterna, die Angersbach hier nicht ausplaudern würde, auch wenn es ihn sicher juckte, wie Kaufmann vermutete.

»In einem anderen Kontext sind Sie der Frau nicht begegnet?«, fragte sie nach.

Amrhein neigte den Kopf. »In einem anderen Kontext? Nein. Was sollte das sein? Zu meinem privaten Bekanntenkreis gehört die Dame nicht. Und Geschäfte, sofern Sie darauf hinauswollen, mache ich nur hier im Laden.«

»Gut.« Angersbach leerte seine Kaffeetasse und nahm sich noch einen Keks. »Das war es dann erst mal.«

Sabine tat es ihm gleich. Sie verabschiedeten sich von Amrhein und saßen gleich darauf wieder im Auto.

Zwanzig Minuten später standen sie vor der Tür der WG, in der Gerrit Liebetraut wohnte. Liebetraut öffnete selbst – obwohl es mittlerweile nach elf war, in schlabberiger Pyjamahose und einem ausgeleierten T-Shirt. Die nackten Füße steckten in neongrünen Gummiclogs. Er war unrasiert und hatte dunkle Ringe unter den blutunterlaufenen Augen. Offenbar hatte er am Abend zuvor zu tief ins Glas geschaut oder sich sonstige Rauschmittel zugeführt. Ob sie die Drogenspur doch noch weiter verfolgen sollten? Aber die Hunde hatten ja nicht angeschlagen.

»Sie?« Liebetraut machte automatisch einen Schritt zurück in den Wohnungsflur und hob die Hände, als müsste er sich gegen einen körperlichen Angriff verteidigen. »Was wollen Sie? Mich wieder in den Knast sperren? Ich hab nichts getan, das habe ich doch schon gesagt.«

Ralph zeigte sein Wolfslächeln, das er, wie Sabine auffiel, in diesem Fall noch gar nicht zum Einsatz gebracht hatte. Bisher war er eher der Wolf aus dem Märchen mit den sieben Geißlein gewesen, der so viel Kreide gefressen hatte, dass man ihn nicht mehr als Wolf erkannte.

»Wir haben nur eine Frage«, sagte er. »Dürfen wir kurz reinkommen?«

»Von mir aus.« Liebetraut führte sie in eine unaufgeräumte Küche.

Angersbach zog das Foto von Lara Schick hervor. »Wir wüssten gern, ob Sie diese junge Frau kennen.«

Liebetraut nahm das Bild entgegen. »Wow. Hübsche Braut.«

»Ist sie Ihnen schon mal begegnet?«

»Nein. Leider nicht. Aber wenn Sie mir den Namen und die Adresse geben, ändere ich das sofort.«

Sein Blick war so voller Lüsternheit, dass Sabine fast übel davon wurde. Widerlich, aber so echt, dass sie keine Sekunde daran zweifelte, dass Liebetraut die Wahrheit sagte. Er war Lara noch nie begegnet.

Kaufmann nahm ihm das Foto aus der Hand. »Danke. Das war's auch schon.« Sie winkte Angersbach, ihr zu folgen.

»So schnell?«, fragte Ralph, als sie wieder im Wagen saßen und zurück zum Präsidium fuhren.

»Selbst ein begnadeter Schauspieler hätte das nicht so überzeugend hinbekommen, wenn es nicht stimmen würde«, entgegnete Sabine. »Und Liebetraut war in keiner besonders guten Verfassung. Wenn er gelogen hätte, hätten wir das gemerkt.«

»Ja. Wahrscheinlich hast du recht.« Angersbach stellte den Scheibenwischer auf die höchste Stufe. Auch wenn man es kaum für möglich gehalten hätte, der Regen wurde noch dichter. »Also war Lara Schick nicht die Person, mit der Liebetraut gechattet hat. Aber wer war es dann?«

»Das finden wir vielleicht heraus, wenn wir wissen, was die Kollegen aus Kolumbien uns mitzuteilen haben«, sagte Sabine.

»Hm. Ja.« Ralph lenkte den Wagen auf den Hof des Polizeipräsidiums. »Dein Wort in Gottes Ohr.«

Zwei Stunden später saßen sie wieder in Ralphs Büro, nach einem faden Mittagessen in der Kantine, einem kurzen Besuch bei Holger Rahn, dessen Zustand seit der letzten Nacht unverändert war, und einem starken und guten Kaffee in einem Café in der Nähe des Präsidiums. Angersbach sah auf die Uhr. Es war jetzt kurz nach zwei, in Kolumbien also kurz nach acht am Vormittag.

»Ich hoffe, der Dolmetscher kommt bald«, sagte er und deutete auf die Akten auf seinem Schreibtisch. »Ich habe nicht das Gefühl, dass wir mit dem, was wir haben, irgendwie weiterkommen.« Er lehnte sich auf dem Stuhl zurück. »Lara Schick können wir jedenfalls von der Liste streichen. Sie hat weder mit Amrhein noch mit Liebetraut gemeinsame Sache gemacht. Da sind wir uns einig, oder?«

Kaufmann, die ihm gegenübersaß und ihre Notizen durchblätterte, hob den Kopf. »Ja. Aber die Kollegen sollen trotzdem die Hausdurchsuchung durchführen und sich ihre elektronischen Geräte ansehen. Die Staatsanwaltschaft braucht eine lückenlose Dokumentation ihrer Verfehlungen und Online-Aktivitäten, um zu entscheiden, ob nur ein Disziplinarverfahren eingeleitet oder auch Anklage erhoben wird.«

»Das gebe ich so weiter.« Angersbach fuhr den Rechner hoch und blinzelte. Schon wieder das verdammte Passwort. Was war es noch mal? Ach ja. *Boaconstrictor*. Vielleicht doch nicht so schlecht. Man könnte sich daran gewöhnen.

Angersbach schrieb eine Nachricht an die Kollegen, die Untersuchungsergebnisse im Fall Schick direkt an die Staatsanwaltschaft weiterzuleiten. Die Mordkommission hatte mit der Sache nichts mehr zu tun.

Er hatte die E-Mail gerade gesendet, als es an der Tür klopfte. Der Surfer trat mit einem breiten Lächeln auf dem Gesicht ein.

»Buenos días!«

Auch heute hatte der Spanier die langen blonden Haare am Hinterkopf mit einem Gummi zusammengefasst, der Dreitagebart war perfekt und verwegen wie beim letzten Mal, und auch das strahlende Lächeln im braun gebrannten Gesicht war dasselbe. Das Hemd dagegen war dieses Mal schlicht blau, und die Jeans hatte keine Löcher.

»Hallo«, sagte Kaufmann. »Danke, dass Sie so schnell kommen konnten.«

»Es ist kein weiter Weg von meiner Schule hierher. Und ich helfe gern.« Miguel Rodriguez deutete auf Ralphs Telefon. »Neuigkeiten aus Kolumbien?«

»Vermutlich ja.«

»Schön.« Rodriguez nahm sich einen der Besucherstühle, setzte sich neben Ralph und hob den Hörer ab. »Haben Sie die Nummer da?«

»Klar.« Angersbach blätterte in den Akten und hielt dem Dolmetscher die entsprechende Seite hin. Der tippte die Zahlen auf dem Tastenfeld ein und wartete.

Auf der anderen Seite des Atlantiks klingelte das Telefon. Drei-, vier-, fünfmal, dann wurde abgehoben. Angersbach stellte das Gespräch auf Lautsprecher.

Rodriguez ließ einen Redeschwall los, der von der anderen Seite ebenso wortreich erwidert wurde. Der Surfer winkte nach Stift und Papier.

»Die Polizei in Leticia hat eine Gruppe Wilderer festgenommen«, übersetzte er, während er gleichzeitig seinem Gesprächspartner weiter zuhörte. »Bei einem der Männer haben sie ein Messer sichergestellt, auf dem sich Blutspuren finden. Menschliches Blut.«

Ralph spürte, wie ihm ein Schauer über den Rücken lief. Hatten die kolumbianischen Kollegen womöglich die Tatwaffe im Mordfall Kim Helbig gefunden?

»Woher wissen sie, dass es kein Tierblut ist?«

Rodriguez gab die Frage weiter.

»Sie haben das Messer nach Bogotá ins Labor geschickt«, präsentierte er gleich darauf die Antwort.

Angersbach hatte keine Ahnung, wie es um den wissenschaftlichen Stand der Kriminaltechnik in Kolumbien bestellt war, aber fragen kostete ja nichts. »Gibt es eine DNA-Analyse?«

»Selbstverständlich.« Rodriguez sah aus, als wäre er persönlich beleidigt, dabei war er kein Kolumbianer, sondern Spanier. Geboren in Marbella, das hatte er doch gesagt?

»Dann bitten Sie die Kollegen, uns die Sequenzierung zu schicken, damit wir sie mit unserem Mordopfer vergleichen können.«

»Genau das hatten die Beamten in Kolumbien vor«, entgegnete der Dolmetscher. »Deswegen haben sie gestern Abend angerufen. Sie wollten die E-Mail-Adresse des Kriminaltechnischen Labors erfragen.«

»Moment.« Angersbach musste in seinen eigenen Mails nachschauen, auswendig wusste er die Adresse nicht. Als er sie gefunden hatte, zeigte er sie Rodriguez.

»Perfetto.« Der Surfer gab die Mailadresse weiter.

»Haben die Kollegen sonst noch was?«

Rodriguez hob die Hand. Vom anderen Ende war erneut ein Wortschwall zu hören.

»Der Mann, bei dem das Messer entdeckt wurde, behauptet, es gehöre ihm nicht.«

»Logisch.« Angersbach tauschte einen bedeutungsvollen Blick mit Kaufmann.

»Er meint, jemand habe es ihm untergeschoben«, ergänzte Rodriguez.

»Und wer soll das getan haben?«

»Der Mann sagt, die Gruppe der Wildfänger hatte einen Kontaktmann. Einen Weißen, der mit ihnen unterwegs war und die Kisten mit den Reptilien hat verschicken lassen.«

»Kisten mit dem Aufdruck ›Leticia Animal Farm‹?«

»Exakt.«

»Gibt es eine Beschreibung?«

»Groß, was aus der Sicht des durchschnittlichen Kolumbianers für die meisten weißen Männer gilt. Sein Gesicht haben sie nicht gesehen, weil er eine Augenmaske trug, so wie Zorro, dazu einen Tropenhelm mit einem dunklen Moskitonetz. Die Wildfänger haben auch einen Namen genannt. Jake. Vermutlich nicht sein richtiger Name.«

»Haben die Kollegen in Leticia eine Idee, wer das sein könnte?«

»Nichts Konkretes. Aber im Grenzgebiet zwischen Kolumbien, Brasilien und Peru wimmelt es von Glücksrittern, die versuchen, sich im Urwald eine goldene Nase zu verdienen. Dingfest machen kann man sie nur selten, und ihnen etwas nachweisen erst recht nicht.«

»Hm.« Angersbach kaute auf der Innenseite seiner Wange. »Hat man den Wilderern ein Foto von Kim Helbig gezeigt?«

»Ja. Sie sagen, sie haben die junge Frau noch nie gesehen, und natürlich haben sie sie auch nicht ermordet.«

»Was sonst?«, machte sich Kaufmann bemerkbar. »Sagen Sie den Kollegen, wir warten den DNA-Abgleich ab, und anschließend melden wir uns wieder.«

»Gebe ich weiter.« Der Surfer lächelte sie an. Er wechselte noch ein paar Sätze mit der anderen Seite, dann legte er auf.

»Beste Grüße aus Leticia«, sagte er. »Man ist dort sehr positiv überrascht, dass sich die Kooperation mit den deutschen Behörden so angenehm und unkompliziert gestaltet. Man hatte sich die deutsche Bürokratie schlimmer vorgestellt.«

»Na, vielen Dank«, grummelte Angersbach.

Sabine Kaufmann lachte. »Das ist doch nett.« Sie wandte sich an Rodriguez. »Wenn Sie das nächste Mal mit den Kollegen sprechen, sagen Sie ihnen, dass wir uns für das Kompliment bedanken. Die deutsche Bürokratie ist in der Tat nicht ohne, aber der Kollege Angersbach und ich bemühen uns um Flexibilität.«

Rodriguez spitzte die Lippen. »Das freut mich zu hören.« Er zog eine Visitenkarte aus der Tasche und reichte sie ihr mit einem Augenzwinkern. »Sie melden sich, wenn es weiteren Übersetzungsbedarf gibt?«

Kaufmann nahm die Karte entgegen. »Auf jeden Fall.«

Ralph beobachtete die beiden argwöhnisch. Flirtete Sabine jetzt mit diesem Dolmetscher?

»Und? Was machen Sie heute noch so?«, fragte er, um den intensiven Blickkontakt zwischen den beiden zu unterbrechen. »Surfen gehen?«

Rodriguez drehte sich zu ihm um. »Nein. Bouldern«, sagte er. »Man muss ja sehen, dass man fit bleibt.« Er hob zum Abschied die Hand und verschwand aus dem Büro.

»Bouldern?«, fragte Ralph. »Was ist nun das wieder?«

»Klettern ohne Seil und Klettergurt«, erwiderte Kaufmann zerstreut, während sie etwas in ihrem Notizbuch aufschrieb. »Boulder ist das englische Wort für Felsblock. Man hält sich an Felsblöcken oder Felsvorsprüngen fest, oder man macht es an einer Kletterwand in der Halle.«

Angersbach schüttelte den Kopf. Der Ausdruck »Freiklettern« war ihm aus seinen jüngeren Jahren noch ein Begriff. Allerdings nur vom Hörensagen. Sich an eine Felswand zu hängen war schon bescheuert genug, aber ohne Seil und Klettergurt? Wozu sollte das gut sein? War das eine Mutprobe? Oder ging es um den Adrenalinkick?

Kaufmann hob den Kopf. Offenbar konnte sie an seinem Gesicht ablesen, was ihm durch den Sinn ging.

»Man klettert nur bis zur sogenannten Absprunghöhe. Das ist die Höhe, aus der man noch ohne wesentliches Verletzungsrisiko von der Wand zum Boden abspringen kann.«

»Ah. Toll.« Man riskierte also nicht nur, beim Klettern hinunterzufallen, sondern auch noch, sich beim Sprung auf den Boden die Beine zu brechen. Dann doch lieber surfen. Das war zwar ebenso halsbrecherisch, sah aber wenigstens noch schick aus. Besser jedenfalls, als wie ein Affe mit verrenkten Gliedmaßen an einer Wand zu hängen und die Finger in bunte Gummigriffe zu krallen. Für ihn selbst war das ohnehin alles nichts. Er hatte noch nie Sport getrieben und war immer schlank und fit gewesen. Dass ihm sein Arzt gesagt hatte, ab fünfzig sei das keine Selbstverständlichkeit mehr und man müsse anfangen, etwas für die Muskeln und das Herz-Kreislauf-System zu tun, verdrängte er lieber.

»Was halten wir von Jake?«, fragte er. »Ist er wirklich ein Glücksritter, der mit den Wilderern gemeinsame Sache macht? Ist er bloß eine Erfindung der Wildfänger? Jemand, dem man die Schuld in die Schuhe schieben kann? Oder ist es einer unserer Regenwald-Freunde von der Uni Frankfurt?«

»Schwer zu sagen«, entgegnete Sabine und legte ihr Notizbuch beiseite. »Dass es diesen Jake tatsächlich gibt, halte ich für plausibel. Irgendjemand muss ja den Kontakt zwischen den Wilderern und den Empfängern der gewilderten Tiere herstellen. Warum nicht ein Weißer? Dieser Jake könnte Liebetrauts Kontaktperson sein. Allerdings habe ich Schwierigkeiten, mir vorzustellen, dass er einer der RegenWaldRetter ist. Auch wenn es diesen Videochat zwischen Liebetraut und jemandem aus dem Camp gab. Aber hätte einer der Regen-WaldRetter wirklich unbemerkt von den anderen der Wilderei im großen Stil nachgehen können? In so einem Camp hockt man doch eng zusammen und kann nicht kommen und gehen, wie man will.«

»Immerhin haben sie sich jeden Abend auf die Suche nach den Wildfängern gemacht«, gab Angersbach zu bedenken. »Einzeln. Das hat Lara bestätigt. Deshalb war es für sie auch nicht schwierig, die Tiere zu fangen.«

»Schon. Aber zwanzig Tiere sind etwas anderes als ganze Transportkisten voller Tiere und dazu eine komplette Organisation und Logistik. Kann man das mal eben auf einem Abendspaziergang erledigen?«

Ralph hob die Schultern. »Mit der nötigen kriminellen Energie? Warum nicht?«

Tatsächlich konnte er sich allerdings ebenfalls nicht vorstellen, dass Waldschmidt, Kießling oder Bender höchstpersönlich mit den Wilderern auf die Jagd ging, und erst recht nicht, dass einer der Männer Kim Helbig ermordet hatte. Er konnte auch nicht glauben, dass überhaupt einer der drei etwas mit der Wilderei zu tun hatte. Aber der Videochat mit Liebetraut ließ wohl keinen anderen Schluss zu.

»Ich vermute, es gibt nicht nur eine Kontaktperson, sondern das Ganze läuft über mehrere Stationen«, überlegte Kaufmann. »Dieser Jake hält den Kontakt zu den Wilderern und zu jemandem aus dem Camp, und dieser wiederum steht in Verbindung zu Liebetraut. Wahrscheinlich sind auch der RegenWaldRetter und Liebetraut nur Teil eines großen Ganzen, und dieser Glücksritter hat noch weitere Personen, die für ihn die wild gefangenen Tiere aus dem Land schaffen und irgendwo im Ausland verkaufen.«

Angersbach nickte. Das klang logisch.

»Deswegen hat dieser Glücksritter wahrscheinlich auch Kims Leiche in der Kiste versteckt«, spann Kaufmann den Gedanken weiter. »Als Warnung für den RegenWaldRetter und Liebetraut. Weil die beiden nicht verhindert haben, dass Kim die Wildfänger aufspürt, und dadurch das gesamte Netzwerk in Gefahr gebracht haben.«

Ralph erhob sich und griff nach seiner Jacke. »Dann sollten wir versuchen, diesen Glücksritter ausfindig zu machen. Wenn einer der Männer aus dem Camp mit ihm in Kontakt stand, weiß er ja vielleicht mehr über ihn.«

Sabine lächelte und hängte sich die Handtasche über die Schulter.

»Das ist ein guter Plan«, verkündete sie. »Weitaus besser, als hier zu sitzen und Däumchen zu drehen, bis die KT mit der Blutanalyse fertig ist.«

Frankfurt, zwei Stunden später

Die Fahrt zur Johann Wolfgang Goethe-Universität dauerte weniger lange, als Sabine Kaufmann es an einem Freitagnachmittag befürchtet hatte, aber es brauchte eine Weile, bis sie sich auf dem weitläufigen Gelände am Campus Riedberg zurechtgefunden hatten. Die baumbestandenen Grünflächen wurden von zahllosen Gebäuden gesäumt, allesamt große Kästen aus Stahl, Glas und Beton. Das Biologicum mit der knallroten Farbe war leicht zu entdecken, weil es sich von den anderen in Weiß und Grau gehaltenen Gebäuden abhob, aber im Institut für Ökologie, Evolution und Diversität liefen sie einige Male in die Irre, ehe sie Florian Waldschmidts Büro gefunden hatten.

»Hoffentlich ist er überhaupt noch da«, sagte Ralph Angersbach, der mit so langen Schritten neben ihr herlief, dass Sabine Mühe hatte, mitzuhalten. »Keine Ahnung, wie lange so ein Professor gewöhnlich im Büro sitzt.«

»Ich auch nicht«, entgegnete Sabine. »Ich nehme an, es hängt davon ab, ob er Veranstaltungen hat oder nicht. Jetzt sind ja Semesterferien.«

Angersbach klopfte an die Tür und brummte zufrieden, als auf der anderen Seite jemand »Herein« rief.

Sie betraten den Raum, und Kaufmann entwich ein überraschter Laut. Es war nicht das erste Mal, dass sie das Büro eines Professors sah, aber noch nie war sie so beeindruckt gewesen.

Der Raum war vielleicht zwanzig Quadratmeter groß. Vor dem Fenster stand ein kleiner Schreibtisch mit einem Laptop darauf, in einer Ecke gab es eine Sitzgruppe mit grünen Campingstühlen und einem Campingtisch. Eine Wand war bis zur Decke mit Bücherregalen bedeckt, in denen sich Bücher und Aktenordner drängten.

Die Attraktion war die andere Wand. Sie war komplett mit großformatigen Fotos tapeziert, die allesamt Impressionen aus dem Amazonas-Regenwald zeigten, dichten Dschungel aus großblättrigen Pflanzen, Flusslandschaften mit braunem Wasser, aus dem die wachsamen Augen von Krokodilen sahen, und jede Menge bunter, exotischer Tiere, die sich durch den Urwald bewegten. Auf einigen Bildern prasselte Regen so dicht wie aus einem Duschkopf zu Boden, auf anderen stiegen riesige Nebelschwaden zwischen den Bäumen empor. Es waren großartige Fotos, gestochen scharf und mit perfekt gewählten Bildausschnitten.

Vor der Fotowand stand ein Terrarium von etwa drei Metern Länge und eineinhalb Metern in der Höhe und Tiefe. Im Inneren befand sich ein ähnlicher Dschungel wie auf den Bildern. Drei UV-Lampen warfen ein rötliches Licht auf die Pflanzen. Tiere konnte Sabine nicht entdecken.

Sie wandte sich den drei Männern zu, die auf den Campingstühlen saßen, alle drei mit einem Lächeln auf den Lippen angesichts der Begeisterung, die man ihr sicherlich ansah. Es waren die drei Expeditionsteilnehmer, Professor Florian Waldschmidt, der Journalist Markus Kießling und der Fotograf Danny Bender. Vor ihnen auf dem Campingtisch lagen unzählige weitere Fotografien mit ähnlichen Motiven wie die an der Wand.

Waldschmidt erhob sich. »Frau Kaufmann. Herr Angersbach. Gibt es Neuigkeiten? Haben Sie herausgefunden, wer Kim ermordet hat?«

»Wir haben zumindest eine Spur«, erwiderte Sabine. »In Leticia ist eine Gruppe Wilderer gefasst worden. Man hat bei den Männern ein Messer sichergestellt, bei dem es sich möglicherweise um die Tatwaffe handelt. Allerdings bestreiten die Festgenommenen die Tat.«

»Also hat Kim die Schweine gefunden«, stieß Markus Kießling hervor. »Und die haben sie einfach kaltgemacht.«

Danny Bender ballte die Fäuste. »Wird man sie dafür drankriegen?«

»Das hängt von der Qualität der Beweise ab. Es würde auf jeden Fall helfen, wenn wir eine Verbindung herstellen könnten zu den Auftraggebern und Zwischenhändlern beim Exotenschmuggel.« Angersbach folgte der wortlosen Einladung von Florian Waldschmidt und setzte sich auf einen der Campingstühle. Langsam und vorsichtig; offenbar traute er der Stabilität der Sitzmöbel nicht.

»Keine Sorge«, beruhigte ihn Waldschmidt. »Die Dinger sind stabil.«

Kaufmann nahm ebenfalls Platz und betrachtete den Wissenschaftler. Hier in seinem Büro wirkte er überhaupt nicht schüchtern. Anscheinend fühlte er sich einfach nur im Gedränge wie auf dem Frankfurter Flughafen nicht wohl.

»Wozu brauchen Sie die Verbindung?«, fragte Fotograf Bender. »Wenn Sie die Tatwaffe und den Täter haben, ist doch alles klar.«

»Uns interessiert das Motiv«, erklärte Kaufmann.

»Ist das nicht logisch?«, fragte Kießling. »Kim hat die Wilderer aufgespürt, und sie hätte dafür gesorgt, dass man sie drankriegt. Die haben Kim getötet, damit sie weiter ihrem illegalen Gewerbe nachgehen können.«

Die beiden anderen Männer nickten.

Kaufmann schüttelte den Kopf. »Das scheint uns nicht die ganze Geschichte zu sein«, entgegnete sie. »Weil es nicht erklärt, warum man Kims Leiche in die Kiste mit den Reptilien gelegt hat.«

Bender runzelte die Stirn. »Was hätten die Männer denn sonst tun sollen?«

»Den Leichnam im Regenwald entsorgen natürlich«, sagte Kießling, ehe Kaufmann oder Angersbach antworten konnten. »Das Gebiet ist riesig und undurchdringlich. Die Wahrscheinlichkeit, dass man Kimmi jemals gefunden hätte, wäre gegen null gegangen.«

Waldschmidt krauste die Stirn. »Das stimmt. Darüber hatte ich noch gar nicht nachgedacht.« Er rückte auf seinem Stuhl nach vorn. »Aber warum hat man es dann getan?«

Angersbach stützte die Hände auf die Knie. »Wir denken, es war eine Warnung an den Empfänger der Reptilienkiste. Weil er nicht verhindert hat, dass Kim Helbig die Wilderer aufspürt.«

»Das ist doch Unsinn.« Markus Kießling fuhr sich durch die Haare. »Sofern Kim die Wildfänger wirklich gefunden hat, war das reiner Zufall. Wir wussten nur, dass in der Region gewildert wird, aber nicht, wohin die Tiere gehen und nach wem wir suchen müssen.«

»Wirklich nicht?«, fragte Ralph.

Danny Benders blaue Augen unter den blonden Brauen richteten sich wie ein Laserstrahl auf ihn. »Was soll das heißen?«

Ralph sah kurz zu Sabine herüber. Sie bedeutete ihm, dass sie nichts dagegen hatte, wenn er die Gruppe befragte. Die Samthandschuhe waren ihr seit dem Angriff auf Rahn verloren gegangen, und Angersbach hatte sich in diesem Fall bisher überraschend sensibel gezeigt.

»Wir haben Hinweise darauf, dass es einen Kontakt gab«, sagte er, »zwischen dem Mann, der die illegal importierten Reptilien auf dem Rastplatz Römerwall verkauft, und jemandem aus Ihrem Camp in Leticia.«

Die drei Männer tauschten ratlose Blicke.

»Wie kommen Sie darauf?«, erkundigte sich Kießling.

»Auf Liebetrauts PC gibt es Verbindungsnachweise. Für einen Videochat mit einem Satellitentelefon, das dem Institut für Ökologie, Evolution und Diversität der Universität Frankfurt zugeordnet werden kann und das sich zum Zeitpunkt der Chats in Leticia befand.«

Kießling hob die Schultern. »Ich war's nicht«, erklärte er.

»Ich auch nicht«, schloss sich Fotograf Bender an.

Waldschmidt fuhr sich durch die braunen Locken. »Dito. Bliebe also noch Lara, aber die war es bestimmt nicht. Sie ist Polizistin, und sie engagiert sich aus tiefster Seele für die Rettung des Regenwalds. Auf keinen Fall würde sie sich am Schmuggel exotischer Tiere beteiligen.«

So kann man sich täuschen, dachte Kaufmann. Waldschmidt mochte ein guter Biologe sein; ein Menschenkenner war er offensichtlich nicht.

»Der Videochat ist aber eine Tatsache. Wie erklären Sie sich das?«, fragte Angersbach.

Wieder tauschten die Männer stumme Blicke.

»Wir waren ja nicht die Einzigen im Camp«, sagte Bender dann.

»Aha?«

»Wir hatten Helfer«, erklärte Waldschmidt. »Einheimische, die uns unterstützt haben. Beim Transport und Aufbauen der Gerätschaften, bei unseren ersten Erkundungstouren durch den Regenwald, beim Einsammeln der Pflanzenproben, die wir bestimmt haben, und so weiter. Sie haben uns auch die Lebensmittel und Getränke geliefert, und sie waren natürlich manchmal dort, während wir unterwegs waren. Das war ein Zeltlager, da gab es keine abschließbaren Räume. Wenn jemand das Satellitentelefon benutzen wollte, konnte er das ungehindert tun.«

Kaufmann notierte sich das und klappte ihr Buch zu. Sie hatte auf mehr gehofft, aber so ergab es natürlich Sinn. Es war weitaus plausibler, dass sich einer der Wilderer heimlich Zugriff auf die Kommunikationstechnik im Camp verschafft hatte, als dass die Forscher mit dem Tierschmuggler Liebetraut gemeinsame Sache machten.

Angersbach schien das ähnlich zu sehen. Er stand auf und nickte in die Runde.

»Dann wollen wir Sie nicht länger stören«, sagte er und deutete auf die Fotowand. »Großartige Bilder übrigens.«

»Die hat Danny gemacht.« Waldschmidt zeigte auf den Fotografen, der verlegen die Schultern hochzog.

»Er ist ein Ass«, bestätigte Journalist Kießling.

Bender wehrte ab. »Ich mache bloß meinen Job. Wie wir alle.«

Kaufmann zeigte auf das Terrarium. »Sind da nur Pflanzen drin?«

Waldschmidt lachte. »Nein. Zwei Taggeckos. Aber sie verstecken sich. Sie müssen sie suchen.«

»Tja«, sagte Angersbach. »Das ist unser Job.«

Gießen, zur selben Zeit

Der Himmel war so herrlich blau. Die Sonne brach sich an der Wasseroberfläche und lockte ihn. Er wollte unbedingt hinaus aus seinem Gefängnis, doch die verklebten Lider ließen sich nicht öffnen. Mühsam hob er den rechten Arm, um sich die Augen zu reiben, aber da war etwas, das ihn behinderte. Eine Klemme an seinem Mittelfinger, die mit irgendetwas verbunden war. Er probierte es mit dem anderen Arm, doch auch da gab es ein Problem. Etwas steckte in seiner Armbeuge, das ihn daran hinderte, den Arm zu knicken.

In seinem Kopf waren verschwommene Gedanken. Er erinnerte sich an eine Autobahnraststätte und an eine Frau, mit der er zusammen gewesen war. Sie hatten einen Auftrag. Aber etwas war dazwischengekommen. Nein, nicht etwas, sondern jemand. Eine Person, die ihm einen harten Gegenstand über den Schädel gezogen hatte.

Holger Rahn versuchte, sich zu konzentrieren. Die Bilder wurden klarer. Die Frau war Sabine Kaufmann. Und das, was ihn festhielt, waren Gerätschaften im Krankenhaus. Der Zugang für einen Tropf in der linken Armbeuge, ein Pulsmesser am Mittelfinger rechts. Der Widerstand rührte von dem Kabel her, das mit dem Messgerät verbunden war.

Erneut hob er den rechten Arm, energischer dieses Mal. Das Kabel hatte sich offenbar irgendwo verhakt. Rahn rüttelte daran und spürte, wie es sich löste. Jetzt konnte er die Hand zum Gesicht führen.

Auf dem Weg zu seinen Augen stieß er gegen etwas Festes, aus dem ein Schlauch herauskam. Rahn betastete es und stellte fest, dass es eine stabile Schale war, die Mund und Nase bedeckte.

Dieses Mal setzte er die Informationen schneller zusammen.

Das Ding auf seinem Gesicht war eine Atemmaske. Er hob die Hand höher und konnte endlich mit den Fingern über die Augen reiben. Vorsichtig entfernte er die Kruste, die sich auf den Wimpern abgelagert hatte. Erneut versuchte er, die Lider zu öffnen, und dieses Mal gelang es.

Rahn erkannte das Zimmer wieder, den Tisch, den Schrank, das Bett und das Fenster, vor dem immer noch der Regen in Strömen niederging. Auch die Bettwäsche und das Nachthemd schienen noch dieselben zu sein.

Er erinnerte sich, dass er schon einmal in diesem Raum aufgewacht war. Aber dann war jemand ins Zimmer gekommen und hatte ihm einen Lappen aufs Gesicht gedrückt. Danach war irgendetwas mit ihm passiert. Er hatte einen langen Tunnel gesehen und ein gleißendes Licht. Wie auf einer Wolke hatte er sich gefühlt, auf direktem Weg ins Paradies, aber dann hatte sich sein Herz plötzlich schmerzhaft zusammengezogen, und sein Körper hatte sich komplett verkrampft. Als er sich endlich wieder entspannt hatte, waren der Tunnel und das Licht verschwunden. Stattdessen war nur noch Dunkelheit um ihn herum gewesen.

Jetzt war das Licht wieder da, aber nicht mehr das unwirkliche, das ihn auf die andere Seite locken wollte, sondern der Schein seelenloser Leuchtstoffröhren. Anscheinend war er dem Tod gerade noch von der Schippe gesprungen.

Er wollte nach der Klingel greifen, die über dem Bett hing, damit jemand Sabine Bescheid sagte, dass er zurück war, doch die Müdigkeit überrollte ihn wie eine Welle. Sein Arm sank kraftlos auf die Bettdecke, und die Augen fielen ihm erneut zu.

Frankfurt, eine Stunde später

Ralph Angersbach steckte den Schlüssel ins Zündschloss, startete den Motor aber nicht. Stattdessen sah er aus dem Wagenfenster in den strömenden Regen. »Das war eine verdammt gute Erklärung für den Videochat, die unsere Expeditionsteilnehmer da hatten«, sagte er zu Sabine Kaufmann. »Aber ob es auch stimmt?«

»Ich fand die drei überzeugend«, erwiderte seine Kollegin. »Wenn einer von ihnen etwas mit dem Tierschmuggel zu tun hätte, müsste er ein verdammt guter Schauspieler sein. Aber ausschließen können wir es natürlich trotzdem nicht.«

Angersbach dachte nach. Was in Kolumbien geschehen war, würden sie von hier aus nicht herausfinden. Sinnvoller war es, sich auf die Dinge zu konzentrieren, die sich vor ihrer eigenen Haustür abspielten.

»Was meinst du?«, fragte er. »Sollen wir noch mal zur Raststätte Römerwall fahren und mit Ingo Petri und Sonja Lippert sprechen? Wenn wir ihnen ordentlich Feuer unterm Hintern machen, kriegen wir vielleicht noch irgendetwas aus ihnen heraus.«

Kaufmann schüttelte den Kopf. »Womit willst du sie unter Druck setzen? Wir haben doch nichts in der Hand. Sie müssen lediglich bei dem bleiben, was sie ausgesagt haben, dann kann ihnen nichts passieren, und das wissen sie.«

Angersbach trommelte mit den Fingern auf dem Lenkrad. »Aber zumindest einer der beiden muss in der Sache mit drinstecken«, sagte er. »Die Waffe, mit der Rahn niedergeschlagen wurde, kann sich nicht in Luft aufgelöst haben. Und wenn es nicht um Drogen ging, dann hat derjenige auch etwas mit Gerrit Liebetraut und dem Tierschmuggel zu tun.«

Kaufmann blinzelte und wischte sich verstohlen über die

Augen. Dass Rahn immer noch im Koma lag, machte ihr gewaltig zu schaffen, das konnte Ralph ihr ansehen. An ihren Sorgen teilhaben lassen wollte sie ihn aber offenbar nicht. Stattdessen nahm sie ihr Notizbuch aus der Tasche und blätterte darin.

»Ich sehe das genauso«, erklärte sie sachlich. »Deswegen lassen wir Liebetraut ja observieren. Aber solange wir keine neuen Indizien haben, können wir nichts tun.«

»Hm.« Angersbach wusste, dass sie recht hatte, doch er fand es schwer zu ertragen, dass sie nichts anderes tun konnten, als zu warten.

»Lass uns zurück ins Präsidium fahren«, schlug Sabine vor. »Wir ordnen noch einmal alle Informationen, die wir haben. Vielleicht fällt uns dabei etwas ein.«

»Okay.« Ralph wollte gerade den Zündschlüssel umdrehen, als sein Handy klingelte. »Moment.« Er fischte das Gerät aus der Tasche und nahm den Anruf entgegen.

Im selben Augenblick begann auch Sabines Smartphone zu klingeln. Angersbach wandte sich halb von ihr ab und steckte einen Finger ins Ohr, um sich auf sein Gespräch zu konzentrieren. Sabines Stimme drang nur noch gedämpft zu ihm.

»Hallo?«, sagte er.

»Kommissar Angersbach? Hier ist Martens von der Kriminaltechnik. Wegen dem Abgleich der DNA, die uns die Kollegen aus Leticia geschickt haben, mit dem Erbgut der Toten aus der Reptilienkiste, Kim Helbig.«

»Ja?«, fragte Ralph atemlos.

»Identisch«, verkündete Martens. »Das Blut an dem Messer, das in Kolumbien sichergestellt wurde, stammt vom Mordopfer. Es handelt sich definitiv um die Tatwaffe.«

Ralph durchzuckte ein Gefühl, das halb Trauer, halb Triumph war. »Danke. Schickt ihr uns das Ergebnis per Mail?«

»Klar«, versprach der Kollege und verabschiedete sich.

Angersbach nahm den Finger aus dem Ohr, steckte das Handy zurück in die Tasche und drehte sich zu Sabine.

»Es gibt Neuigkeiten«, setzte er an.

»Ja«, fiel Sabine ihm strahlend ins Wort. »Das war das Klinikum. Holger ist aufgewacht. Und er fängt an, sich zu erinnern.«

»Gott sei Dank«, sagte Ralph von Herzen. »Sollen wir gleich hinfahren?«

»Nein. Er schläft jetzt. Die Ärzte meinen, er ist noch sehr mitgenommen von dem Medikamentencocktail, den ihm der Täter verabreicht hat, von der OP und von der Reanimation. Er braucht jetzt viel Ruhe. Wir sollen morgen kommen.«

»Okay.«

Kaufmann blickte auf die Jackentasche, in der er sein Handy verstaut hatte. »Und dein Anruf?«

»Die Kriminaltechnik. Das Blut auf dem Messer des Wilderers stammt von Kim Helbig.«

Kaufmann schloss kurz die Augen. Offenbar ging es ihr genau wie ihm. Es war gut, dass die Frage geklärt war, aber das Szenario, das sich aufgrund der vorliegenden Indizien entfaltete, war grausam. Eine junge, engagierte Frau, die irgendwo im Urwald von einem Wilderer aus Habgier gnadenlos niedergestochen worden war.

»Gut.« Kaufmann öffnete die Augen wieder. »Dann muss sich nur noch herausstellen, ob der Wilderer auch der Täter ist.«

»Das werden die Kollegen in Leticia sicher herausfinden.« Ralph sah Sabine fragend an. »Willst du immer noch ins Büro? Oder sollen wir für heute Schluss machen? Wenn Rahn sich erinnert, müssen wir nicht länger im Nebel stochern.«

Kaufmann lächelte. »Feierabend. Eine Flasche Rotwein.

253

Und Pizza. Bei dir auf dem Sofa. So eine gute Nachricht muss gefeiert werden.«

Dagegen hatte Angersbach nicht das Geringste einzuwenden.

27

Gießen, zwei Stunden später

Ralphs Wohnung war wirklich gemütlich, stellte Sabine Kaufmann wieder einmal fest. Ein kuscheliges Sofa, ein gediegener Couchtisch, ein aufgearbeiteter Schrank, auf dem der Fernseher stand. Sie musste unwillkürlich an *Pretty Woman* denken. Es war schön gewesen, sich an Ralph zu kuscheln und sich der Liebesschnulze hinzugeben. Welcher Mann war dazu schon bereit? Ob Holger sich mit ihr solche Filme ansehen würde? Und ob er dann ebenfalls heimlich eine Träne verdrücken würde wie Angersbach? Ralph hatte versucht, es vor ihr zu verbergen, aber sie hatte den feuchten Glanz in seinen Augen gesehen. Das war nichts, wofür ein Mann sich schämen musste, fand sie. Im Gegenteil.

Was wäre wohl passiert, wenn nicht ausgerechnet in dieser Nacht jemand den zweiten Anschlag auf Holger Rahn verübt hätte? Ralph hatte sie küssen wollen, aber der Anruf des Klinikums hatte es verhindert.

Vielleicht zum Glück? Angersbach war offenbar nicht beziehungsfähig. Er war noch nie längere Zeit mit einer Frau zusammen gewesen, soweit sie wusste. Aber sie selbst war kaum besser. Ein paar Jahre lang war sie mit Michael Schreck liiert gewesen, einem Kollegen aus dem Frankfurter Präsidium. Aber so richtig fallen lassen hatte sie sich bei ihm nie können.

Was allerdings auch daran gelegen hatte, dass sie sich ständig um ihre schizophrene Mutter hatte kümmern müssen. Das war ziemlicher Ballast für ein junges Liebesglück. Oder war das Problem gewesen, dass sie Michael nie wirklich in ihre Probleme einbezogen hatte? Im Grunde versuchte sie immer, alle Schwierigkeiten des Lebens mit sich allein abzumachen. So, wie es auch Ralph Angersbach tat. Konnten zwei Menschen mit einer solchen Persönlichkeit eine gelingende Beziehung führen?

Holger Rahn dagegen hatte bisher nur zwei Freundinnen gehabt, mit denen er jeweils über mehrere Jahre zusammen gewesen war. Seine erste Freundin hatte er bereits in der Schule kennengelernt, die zweite war eine Kollegin gewesen. Die Trennung von ihr musste unschön gewesen sein; jedenfalls wollte Rahn nicht darüber reden.

In den letzten Jahren hatte es für ihn nur seine Arbeit gegeben, doch jetzt war er wieder bereit für eine ernsthafte Beziehung. Sabine war sich sicher, dass er dazu auch in der Lage war.

Aber war sie es auch? Brauchte sie jemanden wie Rahn, weil sie selbst diese Fähigkeit nicht besaß? Oder wäre jemand wie Ralph besser, weil sie dasselbe Problem teilten?

Vielleicht fragst du einfach mal dein Herz?, wies sie sich selbst zurecht. Aber ihr Herz sagte natürlich nichts.

Angersbach kam aus der Küche, in der einen Hand zwei langstielige Gläser, in der anderen die offene Rotweinflasche.

»Die Pizza kommt gleich«, verkündete er. »Zwanzig Minuten, haben sie beim Lieferservice gesagt.«

»Fein.«

Ralph schenkte ein und reichte ihr ein Glas, und sie stießen an.

»Auf Holger«, sagte Angersbach.

»Ja.« Sabine nippte an ihrem Wein. Sie fühlte sich schrecklich befangen. Was war das für eine blöde Idee gewesen, mit einem Mann, der sie wahrscheinlich liebte, darauf anzustoßen, dass der andere, der sie definitiv liebte, aus dem Koma aufgewacht war? Vermutlich war es besser, den Abend sofort zu beenden, ehe sie sich wieder in irgendetwas verstrickte. Entschlossen stellte sie das Glas auf den Tisch.

»Ralph«, setzte sie an, doch das Geräusch der Türklingel unterbrach sie.

»Ach.« Angersbach stellte sein Glas ebenfalls beiseite und sprang auf. »Das ging ja schneller, als ich dachte.«

Sabine lehnte sich seufzend auf dem Sofa zurück. Ausgerechnet jetzt zu gehen, wo die Pizza kam, wäre ausgesprochen unhöflich. Davon abgesehen hatte sie Hunger. Sie würde einfach mit Angersbach essen und ein Glas Wein trinken – eins, auf keinen Fall ein zweites oder mehr –, und dann würde sie sich frühzeitig verabschieden mit der Begründung, dass sie müde war von den anstrengenden Tagen, die hinter ihnen lagen, und sich ausruhen wollte für die nicht weniger anstrengenden Tage, die noch kommen würden. Was nicht einmal gelogen war.

Angersbach kehrte von der Haustür zurück und stellte zwei Pappkartons auf den Tisch, denen köstlicher Pizzaduft entwich.

»Mach schon mal auf«, sagte er. »Ich hole Messer und Holzbretter.«

Kaufmann öffnete die Kartons, Spinatpizza für Ralph, Salami für sie selbst. Angersbach kehrte zurück, schob die Pizzen auf die Bretter und reichte Sabine Messer und Gabel. »Lass es dir schmecken.«

Sie aßen schweigend. Ralph stand zwischendurch auf und legte eine CD ein, irgendeinen uralten Kuschelrock-Sampler. Einige Lieder kamen Kaufmann sofort bekannt vor, auch wenn sie sie keinem Titel oder Interpreten zuordnen konnte, andere hatte sie noch nie gehört.

Nach der halben Pizza war sie satt und stellte das Holzbrett auf den Tisch. Angersbach hatte seine Pizza vollständig vertilgt und schob sein Brett ebenfalls beiseite.

»Hat's dir nicht geschmeckt?«, erkundigte er sich.

»Doch. Ich habe nur nicht so viel Appetit.«

»Machst du dir immer noch Sorgen um Holger?«

Sie dachte kurz darüber nach. »Nein«, sagte sie dann. »Ich glaube, es ist der Fall, der mir im Magen liegt.«

»Hm.« Angersbach legte einen Arm auf die Rückenlehne des Sofas. »Es ist schwer zu fassen. Da fährt so ein junges Mädchen in den Amazonas-Regenwald, voller Tatendrang und Enthusiasmus, und dann fällt sie ein paar skrupellosen Geschäftemachern in die Hände und wird einfach erstochen. Das ist nicht fair.« Seine Augen waren dunkel vor Mitgefühl.

Sabine konnte den Blick nicht von ihm lösen. War er schon immer so gewesen, so nachdenklich, so sensibel? Waren die harte Schale, der raue Ton, die Starrsinnigkeit, das unüberlegte Lospreschen nur Fassade, damit niemand den weichen Kern dahinter sah? Oder hatte sich Angersbach in den letzten Monaten verändert? Weil ihn die Ereignisse im letzten Herbst so erschüttert hatten, die Angriffe auf seinen Vater und seine Halbschwester? Oder weil ihn die Liebe zwischen Janine und Morten so rührte? Erst jetzt fiel ihr wieder ein, dass die beiden heiraten wollten. Die Feier war verschoben worden, weil sich Mortens Mutter ein Bein gebrochen hatte, aber irgendwann in der nächsten Zeit stand die australische Hochzeit an. Irgendwann hatte Sabine einmal gehofft, dass sie gemeinsam mit Ralph hinüberfliegen würde. Doch das stand wohl momentan nicht zur Debatte.

Ralph schluckte, sein Adamsapfel bewegte sich auf und ab. Er fuhr sich mit der Zungenspitze über die Lippen, unbewusst wahrscheinlich, und seine Augen begannen zu glänzen. Sie sollte jetzt wirklich gehen.

Angersbach nahm sein Glas vom Tisch und hob es ihr entgegen. Sie konnte ihm von der Stirn ablesen, dass er etwas sagen wollte, ihm aber die Worte fehlten.

Ihr ging es nicht besser, sie wollte aufstehen, aber ihre Beine gehorchten ihr einfach nicht.

Würden sie jetzt für alle Ewigkeit hier sitzen, gefangen in einer Zeitschleife, die sich nicht auflöste?

Ralphs Handy klingelte, und er zuckte derart zusammen, dass er den Rotwein verschüttete. Déjà-vu, dachte Sabine. Diese Situation hatten sie auch schon gehabt. Sie hatte Salz geholt und ihn gebeten, die Hose auszuziehen, damit sie etwas gegen den Fleck unternehmen konnte. Nun, dieses Mal würde sie ihm die Sache überlassen. Es hatte verfängliche Gelegenheiten genug gegeben. Entweder, sie traf eine klare Entscheidung, oder sie ließ die Finger davon.

»Was?«, drang Angersbachs ungläubiger Ausruf an ihr Ohr.

Sabine hatte nicht zugehört, sie wurde erst aufmerksam, als Ralph die Stimme hob.

»Ja. Okay. Wir sind gleich da«, sagte er und beendete das Gespräch. Von seinem verklärten Gesichtsausdruck war nichts mehr übrig. Stattdessen sah er sehr ernst aus.

Kaufmann atmete einmal tief durch. »Was ist passiert?«, fragte sie.

Angersbach schaute auf den Fleck auf seiner Hose. »Wir haben eine neue Leiche.«

Rastplatz Römerwall, dreißig Minuten später

Die Fahrt dauerte nur eine knappe halbe Stunde. Auf den Straßen war nicht mehr viel los. Mittlerweile war es nach einundzwanzig Uhr. Es war stockfinster, und es regnete immer noch in Strömen. Schlechte Voraussetzungen für die Spurensicherung am Tatort.

»Ein Toter ausgerechnet hier – das kann doch kein Zufall sein«, sagte Ralph Angersbach, während er das Tempo drosselte und den Niva auf die Zufahrt zur Raststätte lenkte. Die Kollegen, die den sogenannten ersten Angriff durchgeführt hatten – die erste Inaugenscheinnahme eines gemeldeten Verbrechens –, hatten keine genauen Angaben machen können. Der Tote war männlich, Anfang bis Mitte zwanzig und blond. Er hatte keine Papiere dabei, kein Handy und auch keine Schlüssel, die man an den Fahrzeugen auf dem Rastplatz hätte durchprobieren können. Er lag auf dem Grasstreifen in der Nähe der Ausfahrt. Beobachtet hatte niemand etwas.

Sabine Kaufmann, die nachdenklich aus dem Seitenfenster sah, gab einen zustimmenden Laut von sich, erwiderte aber nichts.

Angersbach parkte den Lada hinter dem Streifenwagen, direkt neben dem rot-weißen Flatterband, das die uniformierten Kollegen weiträumig um den Leichnam herum aufgespannt hatten. Sabine und er zogen sich die Polizeiregenjacken über, die sie aus dem Präsidium mitgenommen hatten, und stiegen aus. Sie begrüßten den Beamten, der an der Absperrung Wache hielt, und erkundigten sich, ob bereits Maßnahmen eingeleitet worden waren, um den Leichnam vor der Witterung zu schützen.

»Die Kollegen der nächsten Autobahnwache sind unterwegs«, entgegnete der Beamte. »Sie bringen erst mal eine Plane. Die Jungs aus Gießen kommen dann mit dem Zelt, so schnell es geht.«

»Sehr gut.« Angersbach nickte dem Kollegen zu und schlüpfte unter dem Flatterband hindurch. Kaufmann folgte ihm. Eine Windbö pfiff ihm entgegen und klatschte ihm einen

Schwall kalter Tropfen ins Gesicht. Angersbach schüttelte sich wie ein Hund. »Großartig«, murrte er.

Sabine Kaufmann zog die Kordel ihrer Kapuze so eng, dass nur noch ein schmales Oval ihres Gesichts darunter hervorsah. Mund, Augen, Nase, alles andere verschwand unter dem dunkelblauen Plastik. Ralph versuchte dasselbe, verhedderte sich aber mit den Zugbändern. Fluchend hielt er sie mit einer Hand fest, damit ihm die Kapuze nicht vom Kopf wehte, und fischte mit der anderen die Taschenlampe aus der Jackentasche.

Er richtete den Lichtkegel auf den Toten und sah ein Gesicht mit einer spitzen Nase, kurz geschorenen blonden Haaren und einem dürren Ziegenbärtchen. Mund und Augen standen offen, der Blick war starr. Das Blau der Augen sah aus wie ausgewaschen. Angersbach seufzte.

»Liebetraut«, sagte Sabine hinter ihm.

»Sie kennen den Toten?«, fragte der uniformierte Kollege interessiert. Wie Kaufmann und Angersbach trug er eine dunkelblaue Polizeiregenjacke. Die Kapuze hatte er so geschnürt, dass der Gummizug oberhalb des Schirms seiner Mütze verlief, damit sein Gesicht geschützt war und die Kapuze ihm nicht die Sicht behinderte.

»Wir hatten schon mit ihm zu tun«, erwiderte Kaufmann und ergänzte dann: »Ein Fall von Tierschmuggel.«

Der Kollege blinzelte. »Tierschmuggel? So, so.« Er deutete zur Parkfläche neben dem Imbiss. »Da hinten steht ein Transporter von einer Zoohandlung. Vielleicht ist er damit gekommen.«

Angersbach kniff die Augen zusammen, konnte durch den prasselnden Regen aber nur die schemenhaften Silhouetten mehrerer Fahrzeuge erkennen, darunter auch einige Transporter.

»Erinnern Sie sich an den Firmennamen?«

»Ja.« Der uniformierte Beamte lächelte. Der Regen schien ihn nicht im Geringsten zu stören. »Zoohandlung Amrhein. Die sind in Gießen im Gewerbegebiet. Ein toller Laden. Wir haben da schon etliche Meerschweinchen für unsere Kinder gekauft.«

»Hm.« Angersbach richtete die Taschenlampe wieder auf den Toten. Gerrit Liebetraut trug schwarze Jeans, schwarze Turnschuhe und einen schwarzen Kapuzenpullover. Alles war komplett durchnässt. Verletzungen konnte Ralph nicht erkennen, aber wenn er hätte raten müssen, hätte er darauf getippt, dass Liebetraut erschlagen worden war. Wenn sie ihm die Kapuze abnahmen, würden sie vermutlich Spuren entdecken, aber diesen Part überließ er der Rechtsmedizin. Hackebeil würde ihn einen Kopf kürzer machen, wenn er einen Leichnam manipulierte, der noch nicht rechtsmedizinisch untersucht worden war.

Angersbach steckte die Taschenlampe zurück und bemerkte, dass Kaufmann sich mit zusammengekniffenen Augen umsah.

»Suchst du was?«, fragte er.

Sabine wandte sich ihm wieder zu. »Das Observationsteam?« Sie zeigte auf den Toten. »Wie konnte das passieren, wenn er die ganze Zeit unter Beobachtung stand?«

»Scheiße.« Angersbach hatte komplett vergessen, dass sie Liebetraut seit dem gestrigen Morgen beschatten ließen. Er öffnete die Regenjacke und zog sie wie ein Zelt über den Kopf. Dann zog er sein Smartphone aus der Tasche und tippte auf einen Kontakt.

»Kollege Angersbach«, erklang es am anderen Ende. »Gut, dass du dich meldest. Es gibt da ein kleines Problem. Wir haben Gerrit Liebetraut für einen Moment aus den Augen verloren.«

Angersbach musste sich zusammenreißen, um nicht loszubrüllen. »Wie kann das sein?«

»Wir haben im Wagen vor seinem Haus gesessen. Dann ist ein junger Mann herausgekommen, schwarzes Kapuzenshirt, schwarze Jeans, Skateboard unterm Arm. Wir sind ihm gefolgt. Er ist zur Bushaltestelle gegangen und hat da ziemlich lange gewartet. Komisch eigentlich, der hätte doch die Abfahrtszeit auf dem Smartphone nachsehen können. Wer steht heute noch eine halbe Stunde an der Haltestelle rum? Aber vielleicht ist er nicht der Hellste. Wie auch immer, er ist dann mit dem Bus durch die halbe Stadt gefahren, und am Ende ist er ausgestiegen und zu einem Park gelaufen. Er hat sich dort mit ein paar anderen Jungs getroffen, alle mit demselben Outfit. Die haben da zusammen geskatet. Richtig gut übrigens.« Der Kollege räusperte sich. »Wir haben eine Weile zugesehen. Dann haben wir gemerkt, dass es der Falsche ist. Der Typ mit dem Skateboard. Das war nicht Liebetraut, sondern nur jemand, der die gleichen Klamotten trägt. Das ist Kacke, die sehen ja alle so aus. Wie soll man da den Richtigen erwischen? Aber mach dir keine Sorgen. Wir sind schon wieder vor der Haustür. Wenn Liebetraut rauskommt, hängen wir uns an ihn dran. Er wird schon nicht ausgerechnet in den zwei Stunden, die wir nicht bei ihm waren, den halben Regenwald importiert haben, nicht wahr?« Der Beamte lachte aufgesetzt.

»Weißt du, was wirklich Kacke ist, Kollege?«, schnauzte Angersbach. »In den zwei Stunden, die ihr ihn nicht im Auge hattet, ist Liebetraut irgendwie zur Raststätte Römerwall gelangt. Und da hat ihm jemand den Garaus gemacht.«

Am anderen Ende blieb es einige Sekunden still.

»Liebetraut ist … tot?«, krächzte der Kollege bestürzt.

»Ja. Ihr könnt also ruhig nach Hause fahren«, antwortete Angersbach mit bittersüßem Unterton und drückte dann das

Gespräch weg. Er verstaute das Telefon in der Tasche und zog die Jacke wieder herunter.

Sabine Kaufmann und der uniformierte Kollege schauten ihn fragend an, und Ralph berichtete, was er erfahren hatte. Die Enttäuschung darüber war ihm deutlich anzuhören und löste sich auch nur langsam auf.

»Oha.« Dem Schutzpolizisten war anzusehen, dass er jetzt nicht in der Haut der Kollegen stecken wollte. Sabine Kaufmann schloss die Augen und atmete ein paarmal tief durch.

»Das hätte nicht passieren dürfen«, sagte sie dann. »Aber wir können es nicht ändern. Das Einzige, was wir tun können, ist, den Schuldigen zu finden und zur Rechenschaft zu ziehen.« Sie wandte sich an den Streifenbeamten. »Wer hat den Toten gefunden?«

»Der Inhaber der Imbissstube. Ein gewisser ...« Der uniformierte Kollege schnippte mit den Fingern, weil ihm der Name nicht einfiel.

»Ingo Petri«, sagte Kaufmann.

»Richtig.« Der Beamte legte den Kopf schief. »Hat der auch etwas mit dem Tierschmuggel zu tun?«

»Das wissen wir noch nicht. Möglich wäre es.«

»Er ist zurück in seinen Imbiss gegangen«, erklärte der Kollege. »War ihm zu nass hier draußen. Außerdem meinte er, er bräuchte dringend einen Schnaps.«

Was man ihm nach dem Auffinden eines Toten nicht verdenken konnte, auch wenn Liebetraut nicht schlimm zugerichtet war. Aber man stolperte nicht jeden Tag über eine Leiche.

»Wir reden mit ihm«, sagte Kaufmann. »Erst will ich einen Blick in den Lieferwagen werfen.«

Sie marschierte am Imbiss vorbei zu den parkenden Fahrzeugen, und Angersbach beeilte sich, ihr zu folgen. Dabei ließ er die Kordeln seiner Kapuze los. Sofort fegte ihm ein Windstoß die Haube vom Kopf, und eisiger Regen trommelte auf seinen Schädel. Angersbach fluchte laut und stülpte die Kapuze zurück über seine nassen Haare. Einen großen Unterschied machte es nicht mehr, aber so war es besser, als sich vollkommen schutzlos den Elementen ausgesetzt zu fühlen. Er knotete die Kordeln unter dem Kinn zusammen und hoffte, dass es halten würde.

Sabine Kaufmann hatte den Transporter der Zoohandlung gefunden. Sie rüttelte an den Türen. »Abgeschlossen. Wir brauchen jemanden, der das Schloss knackt.«

»Verdammt.« Angersbach richtete den Blick nach oben. Dieser ganze Fall war misslich genug. Könnte es da nicht wenigstens aufhören zu regnen? Auch wenn sie es hier mit Tieren aus dem Amazonas-Regenwald zu tun hatten, brauchte er keine Kopie. Vermutlich durfte er froh sein, dass es nur nass war und nicht auch noch tropisch heiß. In Kolumbien, das hatte er recherchiert, lagen die Temperaturen auch zur Regenzeit weit über dreißig Grad, und selbst nachts fiel das Thermometer selten unter die Dreißiger-Marke.

Sie machten sich auf den Weg zurück zum Leichenfundort. Angersbach zog sein Handy hervor und ging gebeugt, um es vor dem Regen zu schützen. Rasch suchte er die Nummer der Kollegen von der Kriminaltechnik heraus und schob das Handy unter seine Kapuze. Der zuständige Beamte versprach, dass die Kollegen einen Satz Dietriche und auch schwereres Gerät mitbringen würden. So oder so würde es ihnen gelingen, den Transporter zu knacken.

Angersbach bedankte sich, drückte auf den Ausschaltknopf und beförderte das Handy mit einer schnellen Bewegung aus der Kapuze hervor und in die Hosentasche. Das würde ihm gerade noch fehlen, dass das Gerät den Geist aufgab, weil Feuchtigkeit hineingeriet. Vielleicht hätte er sich zum Telefonieren besser in den Wagen oder in den Imbiss setzen sollen? Ralph kam nicht dazu, länger darüber nachzudenken, weil in diesem Moment ein roter Geländewagen auf den Rastplatz auffuhr. Unter den breiten Reifen spritzten Wasserfontänen auf. Angersbach brachte sich mit einem Sprung zur Seite in Sicherheit und konnte gerade noch verhindern, dass seine Hosenbeine durchnässt wurden.

Der SUV steuerte direkt den Streifenwagen an und parkte hinter Angersbachs Niva. Heraus stieg Wilhelm Hack, von Kopf bis Fuß in gelbes Regenzeug verpackt. Gummierte Jacke und Hose, Gummistiefel und ein Südwester – ein gummierter Hut mit breiter, umlaufender Krempe, wie man ihn von Fischern an der Nordsee kannte. Dazu trug er eine Laborbrille, die seine Augen schützte. Wie immer schien er bester Laune zu sein.

»Ich hatte schon befürchtet, einen weiteren langweiligen Abend vor dem Fernseher verbringen zu müssen«, begrüßte er sie. »Aber zum Glück kümmern Sie sich ja darum, dass das Leben abwechslungsreich bleibt.« Er nahm seinen Koffer von der Rückbank und schlug die Wagentür zu. »Haben Sie veranlasst, dass ein Zelt über der Leiche errichtet wird?«

»Die Kollegen sind unterwegs.«

Wie aufs Stichwort fuhr in diesem Moment ein Wagen der Autobahnpolizei auf den Rastplatz. Die beiden Beamten parkten direkt neben den anderen Fahrzeugen und holten eine große schwarze Plane aus dem Kofferraum. Sie trugen sie zu dem Toten und schauten dann etwas ratlos zwischen der Leiche und dem Rechtsmediziner hin und her.

»Seien Sie so gut und halten Sie die Plane aufgespannt über den Leichnam«, forderte Hack bissig. »Wenn Sie ihn zudecken, kann ich ihn mir nicht ansehen, und wenn Sie nur danebenstehen, werden die letzten Spuren weggewaschen.«

Die Autobahnpolizisten blickten irritiert zu Angersbach. Der hob Hände und Schultern zu einer Geste, die andeuten sollte, dass Hack hier das Sagen hatte. Daraufhin hielten die beiden Polizisten gehorsam die Plane über den Leichnam. Hack zog dem Toten die Kapuze vom Kopf und enthüllte eine blutige Schädelverletzung.

»Dumm gelaufen«, kommentierte er.

»Ja. Die Kapuze hat ihn nicht geschützt«, sagte einer der Autobahnpolizisten.

Hack hob eine Augenbraue. »Das meinte ich nicht. Dank der Kapuze sind die einzigen Spuren, die man in der Wunde finden wird, Fusseln von der Jacke. Ohne die Kapuze hätte man gegebenenfalls Spuren der Tatwaffe finden können, sofern der Regen sie nicht weggespült hätte.«

»Ach so.« Der Autobahnpolizist sah verlegen zu Boden.

Von der anderen Seite kam der Kollege des Beamten, der sie an der Absperrung begrüßt hatte. Er musste irgendwo auf dem Gelände zwischen Raststätte und Hotel unterwegs gewesen sein, jedenfalls waren Regenjacke, Hose und Schuhe klatschnass. In der Hand trug er einen großen, durchsichtigen Plastikbeutel, auf dem Gesicht ein höchst zufriedenes Lächeln.

»Hallo, Kollegen«, sagte er. »Ich habe da was für euch.« Er hielt den Beutel hoch, und Angersbach sah, dass sich im Inneren ein Baseballschläger befand.

»Zeigen Sie mal her.« Hackebeil streckte die Hand nach dem Beutel aus. Er besah sich den Schlägerkopf und hielt ihn an die Kopfwunde des Toten. »Könnte passen«, konstatierte er.

Kaufmann trat dazu. »Meinen Sie, das könnte dieselbe Waffe sein, mit der auch Holger Rahn niedergeschlagen wurde?«

Hack kniff die Lider zusammen. »Möglich. Ich konnte ihn ja nicht rechtsmedizinisch untersuchen. Die Kollegen im Kran-

267

kenhaus haben die Kopfwunde gesäubert. Im OP-Bericht steht nichts von Holzsplittern, aber das muss nichts heißen. Erstens liegt der Fokus im OP auf anderen Dingen, und zweitens hat dieser Baseballschläger eine glatte, lackierte Oberfläche. Wenn man damit ein weiches Objekt trifft, müssen sich nicht zwangsläufig Splitter lösen. Dann wäre das Sportgerät von minderer Qualität. Ein Schädelknochen ist zwar hart, aber die Kopfschwarte und die Haare dämpfen den Schlag.«

»Es war aber ein heftiger Schlag. Die Schädeldecke des Kollegen war gesplittert«, merkte Ralph an.

»Sicher. Doch das bedeutet nicht automatisch, dass das zweite Objekt, das an dieser Krafteinwirkung beteiligt war, ebenfalls gesplittert ist. Sie kennen das vielleicht, wenn Ihnen beim Spülen ein Glas aus der Hand rutscht und ein anderes, das im Becken steht, zertrümmert. Das eine bleibt möglicherweise vollkommen unbeschadet, das andere können Sie in den Müll werfen.«

»Hm.« Hack hatte recht. Das war Ralph tatsächlich schon einige Male passiert, und das Ergebnis war genau so, wie der Rechtsmediziner es beschrieben hatte. Ralph nahm sich immer wieder vor, nichts Zerbrechliches in die Spüle zu stellen, aber gegen eingefleischte Gewohnheiten kam man schwer an.

»Es könnte also sein«, fasste Angersbach zusammen. »Es könnte in beiden Fällen dieselbe Waffe gewesen sein und damit höchstwahrscheinlich auch derselbe Täter. Wenn es kein unbekannter Dritter war, wovon ich im Moment nicht ausgehen möchte, bleiben da im Grunde ja nur Ingo Petri oder Sonja Lippert. Einer von beiden hat also erst Rahn angegriffen und ihn später im Krankenhaus zu vergiften versucht.« Er atmete schwer. »Und jetzt hat dieselbe Person auch noch Gerrit Liebetraut erschlagen.«

»Petri hat uns aber doch informiert«, steuerte der uniformierte Kollege bei. »Die Frage ist jetzt nur, ob das ein ganz bewusster Schritt war, um den Verdacht von sich selbst abzulenken.«

»Die beiden hatten nach dem Angriff auf Holger jedenfalls Zeit genug, den Baseballschläger verschwinden zu lassen«, überlegte Kaufmann. »Wir hatten ja nur einen Durchsuchungsbeschluss für den Imbiss und die zugehörigen Fahrzeuge. Wenn sie den Baseballschläger in ihrem Privatwagen oder in der Wohnung aufbewahrt haben, konnten sie ihn jetzt problemlos ein weiteres Mal verwenden.«

Angersbach zupfte an seiner nassen Jacke. Irgendwie schien der Regen trotz der Schutzkleidung einzudringen. Hemd und Hose fühlten sich bereits feucht an.

»Warum haben sie den Baseballschläger dieses Mal nicht auf dieselbe Weise verschwinden lassen?«, fragte er. »Weshalb werfen sie ihn einfach ins Gelände, so dass er sofort gefunden wird?«

»Vielleicht dachten sie, dass wir uns beim nächsten Mal nicht nur den Imbiss, sondern auch ihre Wohnung und ihr Auto ansehen. Deshalb fanden sie es sicherer, ihn loszuwerden. Spuren werden wir darauf kaum finden, nach dem Regen.«

»Möglich.« Angersbach versuchte, sich so hinzustellen, dass ihm der Regen nicht die ganze Zeit in die Augen fegte, doch das war nicht so einfach. Der Wind schien sich beständig zu drehen, die Tropfen kamen mal von rechts, mal von links. Ralph wischte sich genervt mit der Hand über das nasse Gesicht. Unter diesen Umständen fiel ihm das Denken nicht gerade leicht. »Aber wieso sollten die beiden Rahn und Liebetraut überhaupt umbringen?«

Kaufmann sah ihn ungeduldig an. »Ich dachte, das wäre klar. Petri und Lippert stecken mit Liebetraut unter einer Decke. Die beiden beteiligen sich am Tierschmuggel, um ihre desolate finanzielle Situation zu verbessern. Wahrscheinlich sind sie sogar die Drahtzieher, und Liebetraut war nur ein kleines Rädchen im Getriebe. So eine Raststätte ist doch der ideale Umschlagplatz für illegale Güter. Niemand wundert sich, wenn hier Lastwagen und Transporter auffahren, und der Bereich hinter dem Imbiss ist schlecht einzusehen. Da kann man wunderbar Sachen umladen oder rasch durch die Hintertür hinein- oder herausbringen.«

»Okay. Und wo ist da jetzt das Mordmotiv?«

Sabine verdrehte die Augen. »O Mann! Wenn du dir Notizen machen würdest, müsste man nicht ständig von vorn anfangen«, bemerkte sie spitz. »Petri hat uns belauscht, als ich mit Holger den Zugriff geplant habe. Er hat ihn niedergeschlagen, um zu verhindern, dass Liebetraut auffliegt.«

»Was nicht funktioniert hat.«

»Weil wir Liebetraut aufgehalten haben, als er fliehen wollte. Das hatte Petri anders geplant.«

»Und anschließend hat er versucht, die Sache mit Rahn zu Ende zu bringen, damit er ihn nicht als Täter identifiziert?«

»Genau.«

»Gut. Aber warum der Mord an Liebetraut?«

»Möglicherweise ist Liebetraut zu gierig geworden. Er hat gesehen, dass Petri und Lippert unter Druck stehen, und wollte mehr Geld, damit er sie nicht ans Messer liefert.«

»Hm.« Angersbach grunzte. Sabines Argumentation war plausibel, aber das machte die Sache nicht leichter. Wenn Petri oder Lippert so dreist waren, sich mit Liebetraut auf dem Parkplatz vor ihrem eigenen Imbiss zu verabreden, um ihn aus dem Weg zu räumen, würden sie bei einer Befragung durch die Polizei nicht einfach einknicken. Es sei denn, der eine von ihnen hatte es ohne das Wissen des anderen getan, dann waren bei dem Unschuldigen vielleicht Schock und Entsetzen so groß, dass er aus dem Nähkästchen plauderte. Aber Sabine und er würden nicht unzählige Chancen bekommen. Vermutlich war es besser, die Ergebnisse der Rechtsmedizin und der Spurensicherung abzuwarten, ehe man Petri und Lippert beschuldigte, und sie fürs Erste nur als Zeugen zu vernehmen.

Sabine Kaufmann sah Angersbach überrascht an, als er diesen Vorschlag machte, stimmte aber zu. Ralph hätte sich vermutlich darüber freuen sollen, doch stattdessen fühlte er sich gekränkt. Er wusste, dass er manchmal mit dem Kopf durch die Wand wollte, aber das musste ja nicht heißen, dass ihm jegliches Feingefühl abging. Mittlerweile sollte Sabine ihn besser kennen. Offenbar hatte sie noch immer ein völlig falsches Bild von ihm.

Hack hatte unterdessen die vorläufige Untersuchung des Leichnams abgeschlossen. »Außer der Schädelverletzung gibt es keine Anzeichen von Gewalteinwirkung«, erklärte er knapp, während er seine Tasche auf dem Rücksitz seines Wagens verstaute. »Der Tod dürfte frühestens vor zwei und spätestens vor einer Stunde eingetreten sein. Alles Weitere nach der Obduktion.« Hack schaute zu Angersbach. »Ich weiß, Ihnen gefällt es bei mir in den Katakomben nicht, aber zumindest ist es dort trocken.« Er blinzelte Sabine zu und schwang sich hinters Steuer seines knallroten SUV. Im nächsten Moment brauste er davon.

Von der anderen Seite näherte sich der weiße Bus mit den Kollegen der Spurensicherung. Man begrüßte sich, und Kaufmann und Angersbach sahen zu, wie das Schutzzelt über dem Toten errichtet wurde, der mittlerweile unter der schwarzen Plane lag, die die Kollegen von der Autobahnpolizei gebracht hatten. Die Plane wurde wieder entfernt, die Autobahnpolizisten verabschiedeten sich und fuhren davon. Die Kriminaltechniker stiegen in ihre Schutzkleidung und machten sich an die Arbeit. Die Tyvek-Anzüge waren nass vom Regen, ehe die Forensiker auch nur die erste Nummerntafel aufgestellt hatten.

Einer der Beamten kam auf Kaufmann und Angersbach zu und schwenkte ein Schlüsselbund. »Hier soll irgendwo ein Wagen stehen, den ihr euch ansehen wollt?«

»Richtig.« Ralph und Sabine führten ihn zu dem Transporter der Zoohandlung Amrhein. Der Kollege suchte zwischen seinen Schlüsseln, probierte einige erfolglos aus und fluchte leise. »Mistwetter.« Ein weiterer Versuch, dann ging ein Lächeln über sein Gesicht. »Na also.« Er zog die hinteren Türen des Transporters auf.

Auf der Ladefläche standen mehrere große Kisten, außerdem einige Körbe. Angersbach richtete den Strahl seiner Taschenlampe ins Innere. Der Kollege der Kriminaltechnik stieß einen unwilligen Laut aus.

»Igitt. Das sind ja Schlangen.«

»Aus dem Amazonas-Gebiet vermutlich«, bestätigte Ralph und kletterte auf die Ladefläche. Ihm graute davor, die Kisten zu öffnen, aber es nützte ja nichts.

Der Inhalt glich dem der Kiste, in der sie den Leichnam von Kim Helbig gefunden hatten, nur dass sich dieses Mal keine Leiche darin befand. Die Tiere waren auch nicht tot, sondern allesamt quicklebendig. Unzählige Augenpaare starrten Angersbach aus gepanzerten Gesichtern in allen Regenbogenfarben an. Rasch schlug er den Deckel wieder zu und verließ den Laderaum.

»Schlangen und Echsen«, sagte er zu Kaufmann und dem Kriminaltechniker, die ihn erwartungsvoll ansahen. »Geckos oder Leguane oder was auch immer. Dutzende. Und ein Haufen riesiger Schlangen, keine Ahnung, welche Sorte.«

»Tot?«

»Nein. Lebendig und neugierig.«

Angersbach schüttelte den Kopf. »Findet ihr das nicht auch komisch? Diese Schmuggler wissen doch, dass wir sie im Visier haben. Und trotzdem eine solche Masse an Tieren!«

Sabine Kaufmann hob die Achseln. »Das Geschäft ist extrem lukrativ, und trotz unserer Sondereinheit sind die Fahndungserfolge recht überschaubar. Zumal die Strafen ein echter Witz sind.«

Ralph blickte in Richtung Ladefläche und verzog den Mund.

Sabine schien sein Unbehagen zu erkennen und sagte entschlossen: »Wir rufen jetzt erst mal Elmar Amrhein an. Er soll die Tiere abholen und sich um sie kümmern. Er mag sie vielleicht nicht besonders, aber er kennt sich aus und verfügt über die notwendige Ausstattung. Wir können sie ja schlecht als Beweismittel sichern und in die Asservatenkammer bringen. Schlimm genug, dass man sie aus ihrer Heimat entführt hat, wo sie vom Aussterben bedroht sind, aber dann sollen sie zumindest hier ein gutes Leben haben.«

Angersbach war damit absolut einverstanden. Das war zum Wohl der Tiere ebenso wie zu seinem eigenen. Je weniger er mit diesem Schuppengetier zu tun haben musste, desto besser. Es war ihm ein absolutes Rätsel, wie jemand auf die Idee kam, sich eine Echse oder Schlange als Haustier zu halten. Zugegeben, einige von ihnen sahen recht interessant aus, aber was konnte man mit ihnen anfangen? Mit ihnen spielen oder sie streicheln konnte man jedenfalls nicht. Nur ansehen und füttern, und das auch noch mit lebendem Getier wie Heuschrecken oder Würmern, die man dann ebenfalls als Haustiere hatte. Nein, für ihn wäre das nichts.

»Wenn ihr mich nicht mehr braucht, kümmere ich mich um den Tatort«, verkündete der Kollege von der Spurensicherung.

»Ja, danke«, sagte Sabine und winkte ihm, als er davoneilte.

Angersbach zerrte an seiner Kapuze. »Lass uns in den Imbiss gehen und mit Ingo Petri reden, während die Kollegen ihre Arbeit machen«, schlug er vor. »Da ist es trocken, und wir können von dort aus bei Amrhein anrufen. Und uns vielleicht einen heißen Kaffee holen.«

Sabine hatte absolut nichts dagegen.

Ingo Petri hatte sich deutlich mehr als nur ein Glas Schnaps gegönnt. In der Weizenkornflasche, die vor ihm auf dem Tisch stand, befand sich nur noch ein Daumenbreit Flüssigkeit. Er saß in einer Nische am Fenster und presste die Hände an die Schläfen, als müsste er seinen Kopf festhalten.

Petris Blick irrte ruhelos umher. Er schaffte es nicht, Kaufmann und Angersbach zu fokussieren, und seine Aussprache war derart verwaschen, dass man ihn kaum verstand. Die Pfützen auf dem Tisch deuteten darauf hin, dass er einen Teil seines Getränks verschüttet hatte. Im Blut hatte er dennoch genug davon.

»Wer macht denn so was?«, lallte er zum wiederholten Mal. »Jemandem einfach so den Schädel einschlagen?«

Sabine Kaufmann beobachtete den Koch genau. War das alles Theater, und Petri hatte seinen Auftritt genau geplant und sich absichtlich betrunken? Oder hatte ihn das Auffinden der Leiche tatsächlich derart aus der Bahn geworfen? Bisher war Petri nur im Zusammenhang mit Drogendelikten aufgefallen. Gewalttätig war er nie geworden. Sie konnte auch keine Anzeichen dafür entdecken, dass er log, aber das konnte ebenso gut am Alkohol liegen, der die Reflexe verwischte.

»Herr Petri«, versuchte Angersbach es erneut. »Können Sie uns schildern, wie Sie den Toten aufgefunden haben?«

Sonja Lippert, die hinter der Theke stand und die wenigen

Gäste bediente, die sich im Imbiss aufhielten, schaute immer wieder zu ihnen herüber. Die Blicke, die sie Petri zuwarf, waren alles andere als freundlich. Nachdem sie sämtliche Kunden abgefertigt hatte, kam sie zu ihnen an den Tisch.

Sie nahm ihrem Lebensgefährten die Schnapsflasche weg und stellte ihm stattdessen ein Glas hin, in dem eine Brausetablette sprudelte.

»Musst du dich immer wegdröhnen, wenn irgendwas nicht rundläuft?«, schimpfte sie.

Petri sah sie beleidigt an. »Du solltest mich trösten«, brachte er mühsam hervor. »Nicht auf mir rumhacken.«

Lippert verdrehte die Augen. Sie ging zur Theke und kam mit einer Kanne und vier Tassen zurück. Als sie einschenkte, breitete sich herrlicher Kaffeeduft aus.

»Braucht jemand von Ihnen Milch oder Zucker?«

»Nein, danke«, sagte Kaufmann. Angersbach hob nur abwehrend die Hand.

Lippert setzte sich zu ihnen und nippte an ihrem Kaffee. »Ich habe Ingo rausgeschickt, weil da draußen irgendwas Seltsames vorgegangen ist«, berichtete sie. »Da war dieser Mann, der den Transporter abgestellt hat. Ich konnte es nicht richtig erkennen, aber das Logo an der Seite sah so ähnlich aus wie bei dem Wagen, in dem sie die andere Leiche gefunden haben. Der Fahrer ist ausgestiegen, aber er ist nicht in den Imbiss gekommen, sondern auf die Rückseite gelaufen und nicht wieder aufgetaucht. Ich habe mich gefragt, was er da will. Auf der Seite ist nur der Lieferanteneingang, der ist abgeschlossen. Ansonsten sind da noch die Mülltonnen. Ich dachte, dass er wohl kaum einen Spaziergang machen wird, bei dem Wetter. Deswegen bin ich zur Hintertür und habe rausgeschaut, aber da war niemand. Also habe ich weiterbedient.« Sie hob den Zeigefinger. »Nach einer Weile habe ich gesehen, dass jemand zu dem Lieferwagen gelaufen ist. Das war aber nicht der Fahrer.«

»Woran haben Sie das erkannt?«, fragte Sabine.

»Seine Bewegungen. Der Fahrer, der hatte so was Staksiges. Wie ein Storch im Salat. Hatte auch total dünne Beine. Der andere, der ist wie ein Sportler gelaufen. Jemand, der viel trainiert.«

»Okay. Und was hat dieser Mann getan?«

»Er hat den Transporter aufgeschlossen und die hinteren Türen geöffnet. Mehr konnte ich nicht erkennen. Bei dem Regen sieht man ja nichts. Nach einer Weile hat er die Türen wieder zugeworfen und ist hinter den Imbiss gegangen. Und ein paar Minuten später ist ein Wagen über die Straße beim Hotel weggefahren. Kann natürlich ein Hotelgast gewesen sein. Aber vielleicht war es auch dieser Mann, der sein Auto dort abgestellt hatte.«

Ingo Petri nahm das Glas, in dem sich die Brausetablette mittlerweile aufgelöst hatte, und leerte es in einem Zug. Der Inhalt schien nicht sonderlich schmackhaft zu sein. Petri verzog den Mund und schlürfte rasch etwas Kaffee hinterher.

»Können Sie den Mann beschreiben?«, fragte Sabine Kaufmann.

»Nicht wirklich«, entgegnete Sonja Lippert und nahm ebenfalls einen Schluck von ihrem Kaffee. Ralph und Sabine taten es ihr gleich, und Sabine seufzte leise. Der Kaffee war gut und stark und vertrieb die Kälte und das Grauen, die sich in ihren Gliedern festgesetzt hatten.

»Er hatte schwarze Klamotten an, genau wie der Fahrer«, berichtete Sonja Lippert, nachdem sie die Tasse wieder abgesetzt hatte. »So einen Kapuzenpullover und darunter ein Basecap. Das Gesicht konnte ich nicht sehen, das lag immer im Schatten.«

»Und sonst?«, fragte Angersbach. »Größe, Gewicht, Statur, Alter?«

»Durchschnittlich.«

»Was genau?«

»Alles. Er war mittelgroß, mittelschwer, weder dick noch besonders dünn und seinen Bewegungen nach im mittleren Alter.«

»Gut.« Kaufmann machte sich Notizen. »Was ist mit dem Wagen, mit dem er weggefahren ist?«

»Eine Limousine. Ein kleiner BMW oder Audi, würde ich tippen. Schwarz oder blau oder anthrazitfarben.«

Angersbach schnitt eine Grimasse. »Das ist alles sehr vage.«

»Tut mir leid.« Sonja Lippert deutete aus dem Fenster in den strömenden Regen. »Aber versuchen Sie mal, da was zu erkennen. So toll ist die Beleuchtung hier auf dem Parkplatz nicht, und dann noch dieser ganze Sprühnebel.«

Sabine Kaufmann folgte der Bewegung mit den Augen und musste Sonja Lippert recht geben. Wenn sie selbst einen der Wagen auf dem Parkplatz oder eine der Personen, die zu ihren Fahrzeugen oder zum Imbiss hasteten, hätte beschreiben sollen, hätte sie ebenfalls Schwierigkeiten gehabt, und das, obwohl sie über ein fast fotografisches Gedächtnis verfügte.

»Okay«, sagte sie. »Wie ging es dann weiter?«

»Nachdem der Mann weggefahren war – oder besser, nachdem das Auto weggefahren war, ich weiß ja nicht, ob er wirklich darin saß, vielleicht ist er auch zu Fuß weggegangen, ins Hotel oder einfach über die Felder … Jedenfalls habe ich zu Ingo gesagt, er soll mal nachsehen, wo der Lieferwagenfahrer abgeblieben ist.«

»Hab ich gemacht«, meldete sich Petri zu Wort und rülpste. »Hab eine Weile suchen müssen. Dann hab ich ihn gesehen, auf dem Grasstreifen, gleich bei der Ausfahrt.« Seine Aussprache war wieder deutlicher; die Brausetablette und der Kaffee entfalteten offenbar rasch ihre Wirkung. »Ich bin zu ihm hingegangen und hab an seiner Schulter gerüttelt, aber da kam keine Reaktion. Also hab ich mein Handy genommen und die Taschenlampe angemacht. Da hab ich gesehen, dass seine Augen und sein Mund offen standen. Der war mausetot.« Petri blinzelte. »Das war ein Schock, ehrlich. Ich hab vorher noch nie einen Toten gesehen.« Er schüttelte sich. »Ich hab dann nichts mehr angefasst. Bin zurück in den Imbiss und hab die Polizei angerufen. Eins eins null. Die waren schnell da, keine Viertelstunde. Na ja, und den Rest kennen Sie ja.«

Elmar Amrhein fuhr eine halbe Stunde später mit einem weiteren Firmenwagen der Zoohandlung vor. Die Beamten von der Spurensicherung waren noch im abgesperrten Bereich an der Ausfahrt beschäftigt. Gerrit Liebetrauts Leichnam war mittlerweile abgeholt und in die Rechtsmedizin nach Gießen gebracht worden. Wilhelm Hack würde sich gleich am nächsten Morgen um ihn kümmern.

Amrhein kletterte aus dem Wagen und hielt sich schützend seine Jacke über den Kopf. Er schaute verwirrt auf den Transporter, der neben einem Lkw parkte.

»Warum haben Sie mir nicht gesagt, dass Gerrit schon hier ist? Dann hätte ich nicht kommen müssen.«

Ralph Angersbach zerrte an den Kordeln seiner Kapuze. Immer wieder pfiff ihm der Wind unter die Haube und fegte sie ihm fast vom Kopf. Der Regen prasselte ihm ins Gesicht.

»Wieso war Herr Liebetraut mit einem Ihrer Fahrzeuge unterwegs?«, erkundigte er sich und wischte sich mit dem Jackenärmel über die Augen. »Sagten Sie nicht, Sie hätten ihn entlassen?«

Der Zoohändler lächelte verlegen. »Er war gestern bei mir

und hat mich angefleht, ihm noch eine Chance zu geben. Ihm war klar, dass er einen Fehler gemacht hatte. Wissen Sie, er ist einfach vernarrt in seine Tiere, und die Terraristik ist ein teures Hobby, das hatte ich Ihnen ja bereits erläutert. Er steckte in finanziellen Schwierigkeiten, deshalb hat er sich auf den Schmuggel eingelassen. Aber er hat mir versichert, dass so etwas nie wieder vorkommen würde.«

Angersbach tauschte einen Blick mit Kaufmann. War das nun Show, oder war Amrhein wirklich ein so gutgläubiger Mensch, dass er in Liebetraut nur das Beste hatte sehen wollen? Sabine hob die Schultern, offenbar ebenfalls unschlüssig. Vielleicht hatten Liebetraut und Amrhein das Geschäft ja auch gemeinsam aufgezogen?

Ralph winkte den Zoohändler zu Liebetrauts Wagen und öffnete die Hintertüren. »Werfen Sie mal einen Blick hinein.«

Amrhein kletterte umständlich auf die Ladefläche und nahm die Taschenlampe entgegen, die Ralph ihm reichte.

»Oh«, sagte er, als er die Körbe mit den Schlangen sah. Zögernd hob er den Deckel von einer der Kisten und leuchtete hinein. »Um Gottes willen.« Er schloss den Deckel rasch wieder und ließ sich von Ralph aus dem Fahrzeug helfen. Angersbach konnte spüren, dass der Zoohändler zitterte.

»Das sind verbotene Tiere«, keuchte Amrhein, während sie gemeinsam mit schnellen Schritten zum Imbiss liefen, Amrhein mit der Jacke über dem Kopf, Angersbach mit den Kordeln seiner Kapuze in der Hand. »Sie dürfen weder im Herkunftsland gefangen und ausgeführt werden, noch dürfen sie hier verkauft werden. Einige stehen auf der Roten Liste, weil sie akut vom Aussterben bedroht sind, andere sind illegal, weil sie zu den gefährlichen Wildtieren gehören, für die in Hessen ebenso wie in einigen anderen Bundesländern ein Haltungsverbot besteht.«

Sie betraten die Imbissstube, und Ralph dirigierte Amrhein zu einem Tisch in der hintersten Ecke, so weit wie möglich von der Theke entfernt, wo Sonja Lippert und Ingo Petri standen und zu ihnen herübersahen. Angersbach gab ihnen zu verstehen, dass sie ungestört sein wollten und keine Bedienung wünschten. Petri nickte, Lippert verschränkte beleidigt die Arme vor der Brust.

Der Zoohändler hängte die nasse Jacke über die Stuhllehne, und Kaufmann und Angersbach taten es ihm gleich.

»Das heißt, diese Tiere können sehr teuer verkauft werden, richtig?«, fragte Angersbach, nachdem sie alle Platz genommen hatten.

»Das ist das Problem«, bestätigte Amrhein. »Es gibt immer Verrückte, die unbedingt solche verbotenen Tiere haben wollen, und diese Personen zahlen horrende Summen dafür. Da können diejenigen, die Zugriff auf die Tiere haben, schon mal schwach werden.«

»Sie zum Beispiel?«, fragte Ralph. »Haben Sie gemeinsam mit Gerrit Liebetraut den Import organisiert? Haben Sie ihn deshalb wieder eingestellt, damit Sie Ihre illegalen Geschäfte weiterführen können?«

Amrhein wurde blass. »Du liebe Güte, nein. Wie kommen Sie denn darauf?«

Ralph konnte sehen, wie es im Kopf des Zoohändlers arbeitete und wie sich seine Augen weiteten, als er begriff. »Sie haben Gerrit gar nicht angerufen, damit er kommt und die Tiere abholt? Er ist derjenige, der sie hierhergebracht hat?«

»Richtig.«

Amrhein knirschte mit den Zähnen. »Das ist eine Schande. Dieser Lügner. Wie kann er den Tieren das antun? Dafür drehe ich ihm den Hals um.«

»Damit kommen Sie ein wenig zu spät«, bemerkte Angersbach flapsig und fing sich einen tadelnden Blick von Sabine ein. Na gut, sie hatte recht. Das war wieder Ralph Angersbach, das Trampeltier. Dabei hatte er sich doch vorgenommen, in Zukunft etwas besonnener zu agieren. Aber es war eben noch kein Meister vom Himmel gefallen.

Der Zoohändler blickte zwischen Kaufmann und ihm hin und her. »Ich verstehe nicht.«

Sabine deutete nach draußen. »Wir müssen Ihnen leider mitteilen, dass wir Gerrit Liebetraut tot aufgefunden haben. Jemand hat ihn erschlagen, hier auf dem Rastplatz.«

Amrhein blinzelte. »Das verstehe ich nicht. Wer hat ihn umgebracht? Der Kunde, dem er die Tiere übergeben wollte? Aber warum sind dann die Tiere noch da?«

»Wir gehen davon aus, dass Liebetraut Komplizen hatte«, erwiderte Sabine Kaufmann. »Offenbar wollte da jemand einen Mitwisser aus dem Weg räumen.«

»Mein Gott.« Amrhein rang um Fassung. »Das kommt mir alles vor wie ein schlechter Film.«

»Haben Sie eine Idee, wer diese Komplizen sein könnten?«, bohrte Sabine weiter.

»Nein.« Der Zoohändler holte ein Tuch hervor und rieb die Gläser seiner Brille trocken. »Ich hoffe nur, es war keiner meiner Mitarbeiter. Wenn ich mir vorstelle, dass es eine geheime Organisation innerhalb des Unternehmens gibt, die hinter meinem Rücken mit artgeschützten Tieren handelt ... Ich würde mir das nie verzeihen.«

»Warten wir erst mal ab«, sagte Kaufmann. »Man muss ja nicht in einer Zoohandlung arbeiten, um Geschäfte mit illegalen Tieren zu machen. Vielleicht sitzen Liebetrauts Komplizen auch ganz woanders.«

Amrhein wirkte nicht getröstet. Er steckte das Tuch weg und setzte die Brille wieder auf. Sein Blick ging nach draußen zum Parkplatz. »Was wird nun aus den armen Kreaturen?«

»Das muss ein Gericht entscheiden«, entgegnete Sabine. »Vielleicht kann man sie an einen Zoo vermitteln, aber fürs Erste sind sie Beweismittel in einer laufenden Ermittlung. Könnten Sie die Tiere für diese Zeit in Ihrer Zoohandlung unterbringen?«

»Selbstverständlich.« Amrhein erhob sich und nahm seine Jacke. »Dann kümmere ich mich jetzt darum. Oder brauchen Sie mich noch?«

»Nein, gehen Sie ruhig. Und vielen Dank. Wir melden uns bei Ihnen, wenn der Fall geklärt ist und wir wissen, was mit den Tieren passieren soll.«

»Ich hoffe, Sie finden Gerrits Mörder«, sagte der Zoohändler. »Es war nicht richtig, was er getan hat, aber den Tod hat er dafür nicht verdient.«

Mit schweren Schritten ging er zur Tür, zog sich die Jacke zum Schutz gegen den Regen über den Kopf und eilte zu seinem Transporter. Sabine und Ralph sahen zu, wie er ihn neben den zweiten Firmenwagen rangierte und mit Hilfe der beiden uniformierten Beamten, die noch vor Ort waren, die Körbe und Kisten umlud. Dann fuhr er vom Rastplatz, und die roten Rücklichter verschwanden in der Dunkelheit.

»Er hat nichts damit zu tun, oder?«, fragte Sabine Kaufmann.

»Wenn doch, hat er einen Oscar für seine Darbietung verdient«, erwiderte Ralph. »Aber nein, ich glaube, er würde das nicht tun. Er liebt die Tiere. Das tun auch noch andere, klar, aber warum soll ausgerechnet er das Risiko eingehen, Reptilien zu verkaufen, die auch bei uns unter Artenschutz stehen? Das ist eindeutig ein Verbrechen, und er würde damit alles aufs Spiel setzen, was seine Familie aufgebaut hat. Er hat es ja schon gesagt. Sein Unternehmen läuft gut. Nach allem, was ich gesehen habe, glaube ich das auch. Er hat es jedenfalls sicher nicht nötig, sich mit illegalen Geschäften etwas dazuzuverdienen.«

Kaufmann nickte, aber ihre Miene blieb nachdenklich. Ihr Blick ging zum Gaststättenpärchen, das hinter der Theke hantierte. »Was ist mit Sonja Lipperts Geschichte von dem geheimnisvollen Unbekannten? Glauben wir die?«

Angersbach horchte in sich hinein, erhielt aber keine Antwort. Lipperts Darstellung hatte überzeugend geklungen, doch auf der anderen Seite kam ihr der Fremde natürlich äußerst gelegen, um von sich und Petri abzulenken. Und wer sollte dieser Unbekannte sein? Außer den beiden Imbissbetreibern sah Ralph weit und breit keine Verdächtigen.

Kaufmann stimmte ihm zu, hatte aber trotzdem ein Problem.

»Wenn Petri und Lippert Liebetrauts Komplizen waren, warum bestellen sie ihn dann ausgerechnet hierher, um ihn aus dem Weg zu räumen, direkt vor der eigenen Tür?«, fragte sie. »Und wieso lassen sie den Transporter mit den illegalen Reptilien einfach auf dem Parkplatz stehen? Wenn sie am Verkauf beteiligt sind, weshalb haben sie die Tiere dann nicht ausgeladen und versteckt? Nach dem, was Amrhein sagt, befindet sich ein kleines Vermögen im Lieferwagen.«

Angersbach schlürfte den letzten Rest Kaffee aus seiner Tasse. »Vielleicht dachten sie, Liebetraut wird misstrauisch, wenn sie sich woanders mit ihm verabreden«, überlegte er. »Aber weshalb derjenige, der Liebetraut den Wagenschlüssel abgenommen hat, die Tiere nicht herausgeholt hat, ist mir ebenfalls ein Rätsel.«

Kaufmann zog ihr Notizbuch hervor und blätterte darin. Dann schaute sie erneut zu Lippert und Petri. »Irgendwas übersehen wir. Aber ich habe keine Ahnung, was.«

Angersbach spürte, wie ihn die Müdigkeit überrollte. Es gab so viele offene Fragen und so wenige Hinweise, die klar in eine Richtung deuteten.

»Lass uns Schluss machen für heute«, schlug er vor. »Warten wir ab, was die Kriminaltechnik findet und was Hack bei der Obduktion feststellt. Wenn wir genug in der Hand haben, knöpfen wir uns morgen Ingo Petri vor. Dann ist er hoffentlich wieder nüchtern.«

»Einverstanden«, nickte Kaufmann. »Bringst du mich ins Hotel?« Sie zögerte kurz. »Oder vielleicht doch lieber ins Klinikum. Ich will sehen, wie es Holger geht.«

»Klar.« Angersbach rang sich ein Lächeln ab. Waren sie an diesem Punkt nicht schon einmal gewesen?

28

Gießen, einen Tag später, Samstag

Sabine Kaufmann stand bereits vor dem Eingang des Klinikums, als Ralph Angersbach wie vereinbart um neun dort vorfuhr. Er versuchte, an ihrem Gesicht abzulesen, wie es Rahn ging, doch ihre Miene gab nichts preis. Sie sagte auch nichts, sondern kletterte nur stumm auf den Beifahrersitz und starrte durch die Windschutzscheibe in den dichten Nebel.

Irgendwann in der Nacht hatte es aufgehört zu regnen. Stattdessen hing die Feuchtigkeit jetzt in unzähligen winzigen Tröpfchen in der Luft. Aber vielleicht würde die Frühlingssonne ja genügend Kraft entwickeln, um den feuchten Dunst aufzulösen. Ralph sehnte sich nach einem Lichtblick, in jeder Hinsicht.

Während er den kurzen Weg zum Institut für Rechtsmedizin zurücklegte und den Lada dort auf dem Mitarbeiterparkplatz abstellte, dachte er darüber nach, wie er sich verhalten sollte. Warten, bis Sabine von sich aus etwas sagte, oder lieber nachfragen? Aber wenn er schwieg, würde sie ihm das vermutlich als Desinteresse auslegen.

Er räusperte sich. »Wie geht es Rahn?«, fragte er, um einen sachlichen Ton bemüht.

»Er schläft«, lautete die Antwort. »Gestern Abend, und heute Morgen auch. Die Ärzte meinen, er braucht noch viel Ruhe. Sie haben die Sauerstoffversorgung eingestellt, er atmet jetzt selbstständig, und die Werte sind gut, sagen sie. Wie es in seinem Kopf aussieht, kann aber noch niemand beurteilen.«

»Das klingt doch nicht schlecht.«

Kaufmann holte tief Luft. »Ich habe Angst«, gestand sie. »Dass irgendwas zurückbleibt. Dass er nicht mehr der Alte ist.«

Und dass er sich nicht mehr daran erinnert, dass er dich liebt?, dachte Ralph, sprach es aber nicht aus. Er überlegte, was er stattdessen sagen könnte, doch alles, was ihm einfiel, klang falsch. Plattitüden, die niemandem halfen.

Sabine wartete nicht auf eine Antwort, sondern stieg aus und ging auf die Eingangstür des Instituts zu. Angersbach beeilte sich, ihr zu folgen.

Obwohl sie pünktlich waren, hatte Hack schon mit der Obduktion begonnen.

»Ah. Das sind Sie ja«, begrüßte er die Kommissare und blinzelte Angersbach mit dem gesunden Auge zu. »Ich dachte, Sie freuen sich, wenn ich Ihnen das Aufsägen der Schädeldecke erspare. Dann halten Sie das weitere Prozedere vielleicht bis zum Ende durch.«

»Besten Dank.« Ralph zog den Mundschutz höher, aber gegen den durchdringenden Geruch nach Verwesung, Blut und Desinfektionsmittel half das wenig. Sein Blick fiel auf eine Dose mit Raumspray. Künstlicher Duft nach Zitrone und Orange, wie er wusste, eine gern verwendete Sorte überall dort, wo man es mit Toten zu tun hatte. Doch auch das Zitrusaroma konnte eines nicht überdecken: die Gewissheit, dass der Geruch nach Tod noch immer in der Luft lag.

Sabines Stimme lenkte ihn ab. »Haben Sie schon etwas entdeckt, das uns weiterhilft?«, erkundigte sie sich. Im Gegensatz zu Angersbach hatte die Kommissarin keinerlei Problem damit, dass Hackebeil den Brustkorb des Toten gerade mit dem standardmäßigen Y-Schnitt öffnete und die Rippen mit einer großen Geflügelschere aufschnitt.

Hack hielt kurz in der Bewegung inne. »Ich muss mir natürlich noch den Rest ansehen«, erwiderte er. »Aber ich bin mir bereits jetzt sicher, dass der Schlag die Todesursache war. Die Wunde passt zu dem Baseballschläger, den Sie sichergestellt haben. Ich habe das ausgemessen, die Fraktur am Schädel entspricht exakt dem Schlägerkopf. Sie können also getrost davon ausgehen, dass es sich um die Tatwaffe handelt, auch wenn keine Materialspuren in der Wunde zurückgeblieben sind.«

Der Rechtsmediziner legte die Schere beiseite und hob den Kopf des Toten an, so dass Kaufmann und Angersbach die Wunde betrachten konnten. Der Bereich um die Trefferfläche herum war rasiert worden. Sabine beugte sich vor, Ralph wandte den Blick ab. Hack lachte meckernd.

»Nun machen Sie sich mal nicht ins Hemd«, spottete er. »Wir haben schon alles abgewaschen. Da klebt kein Blut mehr und nichts von der grauen Hirnsubstanz, die ausgetreten ist. Es ist einfach nur ein eingedrückter Knochen.«

Hack legte den Kopf des Toten zurück auf den Metalltisch. »Es war eindeutig ein Schlag, kein Sturz, das erkennen Sie daran, dass sich die Wunde oberhalb der gedachten Hutkrempe befindet.« Er sah Angersbach an. »Die Hutkrempenregel ist Ihnen selbstverständlich geläufig.«

»Ich mache den Job nicht erst seit gestern«, knurrte Ralph. »Verletzung unterhalb der gedachten Hutkrempe gleich Sturz, Verletzung oberhalb gleich Schlag.«

»Sehr schön«, sagte Hack wie ein Lehrer, der von seinem Schüler die korrekte Antwort erhalten hatte. Auf Ralphs Missmut ging er nicht ein. »Anhand der Position der Wunde können Sie außerdem sehen, dass der Schlag von hinten kam.«

»Also hat sich der Angreifer heimlich angeschlichen, und Liebetraut hat ihn gar nicht bemerkt?«, überlegte Sabine.

»Das – oder der Täter hat ihn dazu gebracht, sich umzudrehen.«

»Zum Beispiel, indem er ihn aufgefordert hat, ihm die Tiere im Laderaum des Transporters zu zeigen«, steuerte Angersbach bei.

»Dieser verdammte Regen.« Kaufmann klang verärgert. »Keine Zeugen, die etwas gesehen haben, und keine Spuren, an denen man ablesen könnte, ob der Fundort auch der Tatort war oder ob der Täter ihn später dorthin geschafft hat.«

»Sehr unglücklich«, stimmte Hack zu. »Aber immerhin haben Sie die Tatwaffe. Und vielleicht auch schon einen Verdächtigen?«

»Zwei, um genau zu sein«, sagte Ralph. »Die beiden Imbissbetreiber. Aber ohne Beweise ...«

Hacks gesundes Auge, in dem sonst stets die Andeutung eines Lächelns lag, verengte sich. »Leider kann ich Ihnen in diesem Fall nicht den kleinsten Hinweis liefern. Ich kann Ihnen nur sagen, dass der junge Mann hier keinen besonders gesunden Lebensstil gepflegt hat.« Hack schüttelte den Kopf. »Muskulatur quasi nicht ausgeprägt, schlechte Haut und vergammelte Zähne. Und das in seinem Alter. Er scheint sich im Wesentlichen von Fastfood und Softdrinks ernährt zu haben, und Sport war vermutlich ein Fremdwort für ihn. Na ja.« Er schaute zu Angersbach. »Das ist bei Ihnen ja nicht anders. Aber im Vergleich zu Liebetraut sind Sie geradezu bemerkenswert fit. Er muss einen regen Stoffwechsel gehabt haben, ansonsten wäre er vermutlich fett.« Hack hob die behandschuhten Hände. »Das ist es, was ich an seinem Leichnam ablesen kann. Aber zum Täter führt Sie das nicht.«

»Schade«, sagte Sabine Kaufmann und blinzelte Ralph zu. »Dann bleibt uns wohl nur die gute, alte Polizeiarbeit.«

Angersbach deutete auf den Toten. »Haben wir schon das Tox-Screening? Oder gibt es Anzeichen dafür, dass er Drogen genommen hat?«

»Nein.« Hack überflog das Datenblatt, das auf dem Tisch neben dem Sektionstisch lag. »Aber es sind auch noch nicht alle Tests durchgeführt worden. Nach dem, was ich hier sehen kann, würde ich allerdings sagen, dass Drogen nicht sein Problem waren.«

»Hm.« Angersbach hatte im Grunde nichts anderes erwartet. Schließlich hatten sie bisher keine Hinweise darauf gefunden, dass neben den illegalen Tieren auch der Schmuggel von Drogen bei diesem Fall eine Rolle spielte. Andererseits bedeutete das Schmuggeln auch nicht automatisch, dass man selbst konsumierte, genauso wenig, wie der eigene Konsum einen zum Schmuggler machte. Er unterdrückte einen flüchtigen Gedanken an seinen eigenen Vater. Ein Wunder, dass dieser noch keine Hanfplantage im Vogelsberg unterhielt. Andererseits, vielleicht tat er es ja. Doch das alles brachte ihn im Moment nicht weiter. Trotzdem durfte er das Thema Drogenschmuggel nicht einfach übergehen. Gute Polizeiarbeit erforderte, auch das Unwahrscheinliche immer wieder in Erwägung zu ziehen und zu überprüfen.

Kaufmann nickte ihm zu, ein Zeichen, dass sie das genauso sah. Sie wollte ebenfalls eine Frage stellen, wurde aber vom Klingeln ihres Smartphones unterbrochen. »Entschuldigung.« Eilig zog sie das Gerät aus der Tasche. »Das Krankenhaus.« Sie tippte auf den grünen Hörer und hob das Smartphone ans Ohr. »Ja, Kaufmann?«

Sie hörte kurz zu, und Ralph konnte zusehen, wie auf ihrem Gesicht die Sonne aufging.

»Danke!«, sagte sie voller Inbrunst. »Wir kommen sofort.« Sie nahm das Smartphone herunter und beendete das Gespräch. »Holger ist wach«, teilte sie Angersbach und Hack mit. »Wir können mit ihm sprechen.«

Der Rechtsmediziner legte ihr spontan die Hände auf die

Arme. »Das freut mich sehr für Sie«, sagte er mit so viel Wärme in der Stimme, wie Ralph es noch nie bei ihm erlebt hatte. Dann ließ er Sabine wieder los und deutete auf die Tür. »Gehen Sie nur. Den Rest schaffe ich allein. Ich denke nicht, dass die Untersuchung der Organe noch neue Erkenntnisse bringt. Abgesehen davon, dass ich wetten würde, bei dem jungen Mann hier bereits eine Fettleber vorzufinden. Aber kümmern Sie sich lieber um die Lebenden. Wenn die Toten noch etwas zu sagen haben, lasse ich es Sie wissen.«

»Danke.« Sabine trat zu Hack, zog den Mundschutz herunter und drückte ihm einen Kuss auf die Wange.

Angersbach seufzte leise. Er hätte jetzt gerne getauscht. Er wusste nur nicht, ob mit Wilhelm Hack oder doch lieber mit Holger Rahn.

Sabine Kaufmann blieb vor der Tür des Krankenzimmers stehen und nickte dem uniformierten Kollegen zu, der daneben Wache hielt. Sie wollte die Hand heben, anklopfen und eintreten, aber ihr Körper gehorchte ihr nicht. Was, wenn Holger zwar wach, aber nicht mehr bei klarem Verstand war? Sie fürchtete sich – davor, dass er nicht mehr wissen könnte, wer er war, genauso wie davor, dass er irrtümlicherweise immer noch glaubte, sie wären ein Paar. Ihre Gefühle waren vollkommen durcheinander. Sosehr sie sich gewünscht hatte, Holger würde wieder aufwachen – jetzt wäre sie am liebsten davongelaufen.

Sie spürte Ralphs Hand auf ihrer Schulter. Er drückte sie sanft.

»Lass mich vorgehen«, sagte er.

Kaufmann trat dankbar einen Schritt beiseite.

Angersbach klopfte an die Tür und wartete ein paar Sekunden, ehe er das Zimmer betrat. Sabine sah, wie er zu Holgers

Bett ging und einen Blick auf den Kollegen warf. Dann schaute er zu ihr.

»Er schläft.«

Sabine fühlte einen Stich. Würde sie nun wieder tagelang warten müssen?

Zögerlich betrat sie das Zimmer, nahm sich einen Stuhl und setzte sich an Rahns Bett. Angersbach blieb am Fußende stehen und betrachtete den Schlafenden. Kaufmann griff nach Rahns Hand.

Holger Rahn schlug die Augen auf. »Sabine.« Ein Lächeln erschien auf seinem Gesicht. Sein Blick war hell und klar. Er sah sich im Zimmer um, schaute zum Fenster. »Wie spät ist es? Wie lange bin ich schon hier?«

»Es ist kurz vor elf«, sagte Kaufmann, während in ihrer Brust die Gefühle tobten, Freude und grenzenlose Erleichterung. »Du bist seit neun Tagen hier.«

»Neun Tage?« Rahn fasste sich an den Kopf und betastete den Verband. »Ich kann mich an nichts erinnern.«

»Das macht nichts.« Sabine drückte seine Hand. »Irgendwann kommt die Erinnerung wieder.«

Rahns Blick wanderte zu Ralph. »Angersbach? Was tun Sie hier?«

»Das ist eine lange Geschichte«, entgegnete Ralph. »Sie beginnt auf der Raststätte Römerwall mit einer LKA-Aktion. Ein illegal aus Kolumbien eingeschmuggeltes Tier sollte übergeben werden.«

»Klar.« Rahn vollführte eine ungeduldige Handbewegung. »Eine Boa constrictor. Ich habe den Kontakt hergestellt. Das war ein ET-Einsatz. Sonderkommission Exotische Tiere. Wir wollten den Lieferanten festnehmen.«

Kaufmann murmelte einen stummen Dank ans Universum. Holgers Kopf funktionierte tatsächlich wieder. Er erinnerte

291

sich an ET und an die Falle auf dem Rastplatz Römerwall. Und vielleicht auch an alles andere?

»Hm. Stattdessen sind Sie niedergeschlagen worden«, sagte Ralph. »Und in dem Transporter des Lieferanten wurden nicht nur Echsen und Schlangen gefunden, sondern auch eine Tote. Der Fundort liegt im Einzugsbereich des Polizeipräsidiums Mittelhessen. Mein Fall.«

Rahn zog die Augenbrauen zusammen. »Eine Tote?«

»In einer Kiste mit Reptilien«, berichtete Kaufmann. »Der Leichnam ist zusammen mit den Tieren aus Kolumbien importiert worden. Die Tote, Kim Helbig, war Mitglied einer Expedition, die im kolumbianischen Regenwald forscht. Sie hat offenbar die Wilderer aufgespürt, und die haben kurzen Prozess mit ihr gemacht. Jedenfalls hat die kolumbianische Polizei das Messer, mit dem sie erstochen wurde, bei einem der Wilderer sichergestellt. Aber der Mann leugnet die Tat.«

»Natürlich.« Rahn verzog spöttisch den Mund. »Wahrscheinlich leugnet er auch, dass er wildert.« Er hob die Schultern. »Aber das geht uns nichts an, richtig? Ein Mord in Kolumbien ist Sache der kolumbianischen Polizei.«

»Mittlerweile gibt es einen weiteren Toten«, erklärte Ralph. »Den Lieferanten, Gerrit Liebetraut. Wir gehen davon aus, dass ihn einer seiner Komplizen aus dem Weg geräumt hat. Möglicherweise dieselbe Person, die Ihnen den Baseballschläger über den Schädel gezogen hat.«

Rahn betastete wieder den Verband. »Ein Baseballschläger? Kein Wunder, dass es sich angefühlt hat, als würde mein Kopf explodieren.«

Sabine schluckte. »Hast du gesehen, wer dich angegriffen hat?«, fragte sie.

Rahn wandte ihr den Blick zu. »Nein.«

Die Enttäuschung traf sie wie eine kalte Dusche. Die ganze

Zeit hatte sie gehofft, dass sich der Fall klären würde, wenn Rahn nur aufwachen und sich erinnern würde. Dabei hatte er den Angreifer gar nicht zu Gesicht bekommen.

»Aber ich weiß, wer mir hier im Krankenhaus einen stinkenden Lappen aufs Gesicht gedrückt und irgendwas in meinen Infusionsbeutel gespritzt hat.«

Ein Schauer rieselte Sabine über den Rücken. »Wer?«

»Eine Frau in Schwesterntracht. Aber es war keine Schwester. Es war Sonja Lippert.« Rahn presste die Finger seiner linken Hand auf die Stelle über der Nasenwurzel. »Wenn ich nur wüsste, warum.«

Kaufmann tauschte einen Blick mit Ralph.

»Wir glauben, dass sie und ihr Lebensgefährte Ingo Petri die Komplizen des Lieferanten waren«, erklärte sie.

Rahn blinzelte. »Was hat das mit mir zu tun?«

»Wir beide waren da, um den Lieferanten festzunehmen. Sonja Lippert oder Ingo Petri hat dich niedergeschlagen, damit der Fahrer fliehen kann. Aber das ist nicht gelungen, wir haben ihn erwischt.«

Rahn sah zwischen den Kommissaren hin und her. »Warum ist er dann tot?«

»Wir mussten ihn laufen lassen«, erklärte Angersbach. »Er hat alles geleugnet, und wir hatten keine Beweise.«

Rahns Blick wurde stechend. »Aha. Und welchen Grund sollte Sonja Lippert dann gehabt haben, hier im Krankenhaus aufzukreuzen?«

»Vermutlich dachte sie, Sie hätten gesehen, wer Sie niedergeschlagen hat«, sagte Angersbach.

»Und dann hat sie mir etwas gespritzt, damit ich alles vergesse?« Rahns Miene blieb skeptisch.

»Nein.« Angersbach gestikulierte ungeduldig. »Es ging nicht darum, Ihre Erinnerung auszulöschen, sondern Sie. Das, was

Sonja Lippert in den Beutel gespritzt hat, war ein Giftcocktail, der Sie beinahe das Leben gekostet hätte. Die Ärzte mussten Sie reanimieren. Sie sind innerhalb von neun Tagen zweimal dem Tod nur um Haaresbreite von der Schippe gesprungen.«

Rahn wurde blass. »Sie wollte mich töten?«

Kaufmann sah Angersbach vorwurfsvoll an. In den letzten Tagen hatte er sie mit seiner neuen Feinfühligkeit wirklich beeindruckt, aber jetzt kam der alte Ralph wieder durch, der alles niederwalzte, was ihm im Weg war.

»Davon gehe ich aus«, machte Ralph unbeeindruckt weiter. »Sonja Lippert hat versucht, Sie zu ermorden. Mindestens einmal, hier im Krankenhaus, vielleicht auch schon auf dem Rastplatz. Und wenn nicht sie, dann ihr Lebensgefährte. Die beiden spielen in diesem Fall die Hauptrollen, da bin ich mir sicher.«

Rahn atmete stoßweise. »Ich kann das nicht glauben«, presste er hervor. »Die Strafen für Tierschmuggel sind lächerlich. Deshalb bringt man doch niemanden um.«

Angersbach war offensichtlich mit seiner Geduld am Ende. »Wir werden es ja sehen«, entgegnete er unwirsch. »Ich fahre jetzt jedenfalls zur Raststätte und nehme die beiden in die Mangel.« Er wandte sich an Sabine. »Kommst du mit?«

Kaufmann fühlte sich hin- und hergerissen. Sie war so froh, dass Rahn wach war, dass er sich erinnerte, dass in seinem Kopf alles seine Ordnung hatte, dass er keine Liebesschwüre mehr von sich gab und bei ET nicht mehr an einen Außerirdischen mit rot glühendem Zeigefinger dachte. Sie wollte ihn nicht allein lassen, wollte bei ihm sitzen und ihn festhalten, damit er nicht wieder zurückglitt in die andere Welt, in der sie ihn nicht erreichen konnte.

Zugleich wollte sie Sonja Lippert festnageln. Sie wollte wissen, warum die Frau ihren Kollegen angegriffen hatte. Und sie wollte ihr persönlich die Handschellen anlegen.

Rahn nickte ihr fast unmerklich zu.

Kaufmann sprang auf. Sie hauchte Rahn rasch einen Kuss auf die Wange.

»Ich bin dabei«, sagte sie zu Angersbach. »Aber ich komme so schnell wie möglich wieder«, versprach sie Rahn.

Rahn hob die Hand.

»Ich warte auf dich«, erwiderte er lächelnd.

Raststätte Römerwall, fünfundvierzig Minuten später

Sonja Lippert spielte Theater. Oder sie sagte die Wahrheit, das war schwer zu entscheiden. Ralph Angersbach war kein Experte für Mikroexpressionen, diese winzigen mimischen Veränderungen, aus denen man ablesen konnte, ob jemand log. Sabine beherrschte das besser. Er zumindest konnte nichts in Sonja Lipperts Gestik oder Mimik feststellen, das ihn misstrauisch gemacht hätte, und Sabine Kaufmann schien es nicht anders zu gehen. Sie wirkte ratlos.

Sie hatten sich im Autobahnimbiss an einem Tisch in der Ecke niedergelassen, weit entfernt von den anderen Gästen, die an der Fensterfront mit Blick auf die Boten des Frühlings saßen. Der Rastplatz gab zwar nicht viel her, nur ein paar dürre Bäume, die das Gelände notdürftig von der Autobahn abschirmten, aber auf der anderen Seite der A5 erhoben sich sanfte, dicht bewaldete Hügel.

Am Himmel war keine Wolke mehr zu sehen. Die Sonne warf ein weiches, goldgelbes Licht auf die Landschaft, und das junge Grün, das aus den Zweigen spross, sah frisch und lebendig aus. Ein Sinnbild für Hoffnung, Neuanfang, Erwachen. Angersbach konnte sich gerade noch ein Seufzen verkneifen.

Lippert zeigte sich entsetzt. Ihre Augen weiteten sich, als Sabine Kaufmann sie mit dem Vorwurf konfrontierte, Holger Rahn mit einem Betäubungsmittel außer Gefecht gesetzt und einen Giftcocktail in seinen Infusionsbeutel gespritzt zu haben.

»Der Mann, der hier auf dem Rastplatz niedergeschlagen wurde, bei Ihrer Aktion vergangene Woche, das war Holger Rahn?«, fragte sie.

»Sie kennen ihn?«, stellte Sabine die Gegenfrage.

»Nein.« Lipperts Blick ging aus dem Fenster. »Persönlich kennengelernt habe ich ihn nie. Aber ich weiß, dass meine Schwester eine ganze Weile mit ihm zusammen war. Das war die ganz große Liebe.«

Ralph sah, wie Sabine zusammenzuckte. Offenbar hatte sie davon nichts gewusst.

»Wenn die Liebe so groß war, weshalb hat Ihre Schwester Ihnen den Mann dann nicht vorgestellt? Hatten Sie kein gutes Verhältnis?«, erkundigte sich Kaufmann, nachdem sie sich gefangen hatte.

»Doch«, entgegnete Lippert. »Sie war meine Zwillingsschwester, wir waren uns immer ganz nah. Aber Sybille hat zu der Zeit als Undercover-Ermittlerin gearbeitet. Wir durften keinen Kontakt haben, damit sie nicht auffliegt. Wir haben uns natürlich Nachrichten geschrieben, mit Prepaid-Handys und unter falschem Namen. Aber gesehen haben wir uns über einen langen Zeitraum hinweg nicht. Mit Holger hat sie sich heimlich getroffen, er war ihr Führungsbeamter, oder wie man das bei Ihnen nennt. Das war ebenfalls riskant, aber die beiden waren so verliebt, dass sie alle Vernunft über Bord geworfen haben.«

»Aha.« Kaufmanns Gesicht sah aus wie versteinert.

»Und nachdem der Undercover-Einsatz Ihrer Schwester

beendet war?«, fragte Ralph. »Warum gab es da kein Treffen mit ihr und Rahn?«

Lipperts Blick wurde ernst. »Es ist nicht mehr dazu gekommen. Man hat damals schwere Vorwürfe gegen Sybille erhoben. Angeblich hat sie sich kaufen lassen. Rahn hat sie daraufhin fallen lassen wie eine heiße Kartoffel.« Sie holte tief Luft. »Ich hatte damals ebenfalls eine schwere Zeit. Bei meinem Mann wurde ein Gehirntumor festgestellt. Er war bereits so groß, dass man nicht mehr operieren konnte. Man hätte unweigerlich das Gehirn geschädigt, in einer Weise, die ein Weiterleben mit hoher Wahrscheinlichkeit nicht mehr erstrebenswert gemacht hätte. Die Ärzte haben angeboten, es trotzdem zu versuchen, aber mein Mann hat sich gegen die OP entschieden. Er ist nur drei Wochen später gestorben.« Lipperts Augen füllten sich mit Tränen. Sie zog ein Taschentuch hervor und tupfte sie ab. »Sybille ist damals zu mir gezogen, um mir Trost zu spenden, obwohl sie selbst gerade in einer furchtbaren Situation steckte, mit den Korruptionsvorwürfen und der Trennung von Holger.« Die Imbissbetreiberin biss sich auf die Lippen. »Sie hat es nicht ertragen und ihrem Leben ein Ende gesetzt, nur vier Wochen, nachdem mein Mann gestorben war.«

Ralph Angersbach schluckte schwer. Was für ein grausames Schicksal! Doch spielte das im Zusammenhang mit dem Angriff auf Holger Rahn eine Rolle?

»Er muss sich getäuscht haben«, erklärte Sonja Lippert. »Holger, meine ich. Er hat einen schweren Schlag auf den Kopf bekommen, richtig? Sie haben gesagt, er musste operiert werden, und er lag eine Weile im Koma. Und dann ist diese angebliche Krankenschwester gekommen und hat etwas in seinen Tropf gespritzt.« Lippert hob die Hände. »In einer solchen Situation spielt einem das Gehirn schon mal einen Streich, nicht wahr? Sybille war Holgers große Liebe. Bestimmt hat er im

Koma Bilder von ihr gesehen. Und als dann diese falsche Schwester ins Zimmer kam, ist das in seinem Kopf einfach durcheinandergegangen. Er lag danach eine Woche lang erneut im Koma, das haben Sie doch gesagt? Das ist wie im Traum. Da wirft das Gehirn alles durcheinander.«

Angersbach rieb sich das Kinn. Er hatte sich ein anderes Ergebnis der Befragung erhofft, aber Sonja Lippert hatte recht. Die Aussage eines Komapatienten war kein besonders solider Beweis. Es könnte tatsächlich so gewesen sein, wie sie es darstellte.

Sonja Lippert kräuselte die Stirn. »Welchen Grund sollte ich haben, Holger zu töten? Dass er meine Schwester hat sitzen lassen, ist fünf Jahre her. Und ich wusste ja nicht einmal, dass er es ist.«

Kaufmann hatte sich endlich wieder im Griff. »Also haben Sie ihn auch nicht niedergeschlagen?«, fragte sie.

Lippert sah sie verständnislos an. »Weshalb denn?«

»Weil Sie verhindern wollten, dass wir Gerrit Liebetraut festnehmen.«

»Liebetraut? Das ist der Fahrer des Tiertransporters, richtig? Der letzte Nacht getötet wurde?«

»Exakt.«

Lippert blinzelte. »Und Sie glauben, ich hätte etwas damit zu tun? Warum denn, um alles in der Welt?«

»Sie stecken in finanziellen Schwierigkeiten. Vielleicht verdienen Sie sich ein kleines Zubrot, indem Sie exotische Tiere vermitteln.«

Lippert verzog angewidert das Gesicht. »Sicher nicht.« Sie beugte sich zu Kaufmann und Angersbach vor. »Ich habe Ihnen das doch schon gesagt. Ich habe meine Lektion gelernt. Keine Drogen mehr, und keine krummen Dinger.«

»Sieht Ihr Lebensgefährte das genauso?« Kaufmann blieb

verbissen am Ball, wie Ralph Angersbach es nicht besser gekonnt hätte. Eigentlich hatten sie es anders abgesprochen. Sie hatten mit den Beschuldigungen gegen Lippert und Petri warten wollen, bis sie genügend handfeste Beweise zusammenhatten. Aber nun war eben die Aussage von Rahn dazugekommen, und das hatte die Lage geändert. Oder nicht?

Sonja Lippert schaute auf ihre Hände. »Nein. Ingo kommt nicht von den Drogen los.«

»Dann hat er vielleicht mit Liebetraut Geschäfte gemacht?«

»Das hat er nicht.« Lippert ballte die Fäuste. »Er hat auch den Polizisten – also Holger Rahn – nicht niedergeschlagen.«

»Und den Lieferanten?«

Lippert lächelte. »Den erst recht nicht. Zu dem Zeitpunkt war er gar nicht hier.«

Kaufmann runzelte die Stirn. »Gestern haben Sie ausgesagt, dass Sie Ihren Lebensgefährten losgeschickt haben, um nachzusehen, nachdem der geheimnisvolle Unbekannte in Richtung Hotel verschwunden und weggefahren war.«

»Richtig. Aber da war Ingo gerade erst wiedergekommen. Er ist mit unserem Transporter im selben Moment auf die Raststätte gefahren, als die Limousine verschwunden ist.«

»Wo war er denn so spät am Freitagabend?«

»In Gießen.«

»Und was hat er dort getan?«

Lippert kaute auf der Innenseite ihrer Wange. »Na ja. Bevor Sie ihm noch einen Mord unterschieben … Er war am Bahnhof und hat sich Stoff besorgt. Da gibt es doch Überwachungskameras, oder? Vielleicht sieht man ihn auf einer davon.«

Kaufmann setzte zu einer Entgegnung an, doch Ralph legte ihr die Hand auf den Arm.

»Danke, Frau Lippert«, sagte er. »Das war's erst mal. Wir melden uns, wenn wir weitere Fragen haben.«

»Schön.« Die Imbissbetreiberin stand auf, durchschritt eilig den Raum und verschwand in der Küche.

Kaufmann zog einen Schmollmund. »Was sollte das denn jetzt? Wenn wir sie noch ein bisschen unter Druck gesetzt hätten, hätte sie vielleicht etwas verraten.«

»Eher nicht«, entgegnete Angersbach ruhig. »Wir kommen so nicht weiter. Wir haben nichts in der Hand. Wenn sie lügt – falls sie lügt –, brauchen wir stichhaltige Beweise.«

»Ich weiß, dass sie lügt«, eiferte sich Kaufmann. »Dieser Blödsinn, dass Holger die falsche Schwester und seine alte Liebe durcheinandergeworfen haben soll. Das ist doch Quatsch.«

»Ich finde den Gedanken gar nicht so abwegig«, widersprach Ralph.

Kaufmann schloss die Augen und atmete tief durch. »Okay, meinetwegen«, sagte sie dann. »Vielleicht hast du recht.« Sie sah ihn frustriert an. »Was machen wir denn jetzt?«

»Wir fahren noch mal in Liebetrauts WG und stellen sein Zimmer auf den Kopf. Auf seinem PC gab es keinen Hinweis, dass er mit Petri oder Lippert in Verbindung stand, und das Smartphone hat offenbar sein Mörder mitgenommen, aber vielleicht finden wir noch etwas anderes. Unterlagen, Notizen, ein Prepaid-Handy. Keine Ahnung.«

»Hm.« Kaufmann sah nicht besonders hoffnungsvoll aus. Aber was sollten sie sonst tun?

29

Amazonas-Regenwald, Kolumbien,
zur selben Zeit

Sie waren schon wieder unterwegs, diesmal in den frühen Morgenstunden. Dabei hatte die Polizei von Leticia sie erst tags zuvor festgenommen. Aber nur einen der Männer hatten sie in eine Zelle gesteckt, denjenigen, bei dem sie das Messer gefunden hatten. Die anderen würden sich verantworten müssen, aber ein paar illegal gefangene Tiere waren kein Grund, jemanden in Haft zu nehmen. Die Männer würden eine Geldstrafe bekommen. Und damit sie die bezahlen konnten, mussten sie neues Geld verdienen. Indem sie weitere Tiere fingen, die sie teuer verkaufen konnten.

Diego wusste, dass die Männer das Geld zum Leben brauchten. Er selbst verdiente seinen Lebensunterhalt ebenfalls nicht auf ehrliche Weise. Er nahm sich, was er brauchte. Von reichen Touristen, die mit Schmuck und dicken Brieftaschen protzten. Die meisten waren unachtsam, gerade wenn sie zum ersten Mal auf einem Schiff auf dem Amazons fuhren. Dann galt ihre Aufmerksamkeit den Krokodilen, die träge durch den braunen Fluss schwammen, nicht dem unscheinbaren Mann neben ihnen an der Reling, der rasch die Hand in ihre Jackentasche steckte.

Diego nahm nur Bargeld, keine Karten, und er steckte die Brieftaschen stets wieder zurück. Sie zu behalten, wäre dumm gewesen, weil sie Beweisstücke waren, sie wegzuwerfen ein unnötiger Schaden. Er nahm auch nie das gesamte Geld. Nur so viel, dass sich die reichen Männer nie sicher sein konnten, ob überhaupt etwas fehlte.

Er wollte nicht, dass sie zur Polizei gingen und Anzeige erstatteten. Das Schiff war ein guter Ort, und es gab noch ein paar andere Plätze, an denen er ebenfalls ungestört arbeiten konnte. Solange die Polizei nichts von den Diebstählen wusste, konnte er es dort immer wieder probieren.

Wenn man es genau nahm, war er also ebenso ein Verbrecher wie die Wilderer. Aber er versuchte, nicht mehr Schaden anzurichten als unbedingt nötig. Die Wilderer dagegen waren brutal und rücksichtslos. Sie hatten keinen Respekt vor den Tieren, warfen sie einfach in Kisten und kümmerten sich nicht darum, ob sie überlebten oder nicht. Die Wilderer zerstörten die Natur in ihrem eigenen Land. Das konnte er nicht mit ansehen.

Deshalb schlich er ihnen immer wieder hinterher, auch an diesem frühen Morgen. Die Wilderer hatten wieder einmal die Transportkisten der angeblichen Leticia Animal Farm auf einer winzigen Lichtung im Dschungel abgestellt und waren ausgeschwärmt, um Tiere zu fangen. Die erste Ladung hatten sie bereits in die Kisten geworfen und den Deckel daraufgelegt.

Er würde ihnen wieder einmal einen Strich durch die Rechnung machen.

Rasch glitt er zu den Kisten, öffnete die Deckel und hob die Tiere heraus. Grüne Leguane und Warane, vom Aussterben bedroht. Er trug sie ein paar Meter von den Kisten weg und entließ sie in die Freiheit. Zufrieden sah er zu, wie sie im Dickicht verschwanden. Nur ein junges Tier blieb zu seinen Füßen sitzen und sah neugierig zu ihm auf.

Er klatschte in die Hände. »Los, lauf«, drängte er. »Bring dich in Sicherheit.«

Fast hätte er nicht bemerkt, dass sich jemand von hinten an ihn heranschlich. Aber er lebte seit Jahrzehnten im Regenwald und durchstreifte fast täglich den Dschungel. Sein Gehör war fein, er registrierte das kleinste Geräusch. Als der Knüppel niedersauste, machte er rasch einen Satz zur Seite.

Der Wilderer kam durch den Schwung aus dem Gleichgewicht und stolperte nach vorn.

Diego schnappte sich den jungen Waran und hetzte durch den Regenwald davon. Irgendwo hinter sich hörte er die aufgeregten Stimmen der Wilderer, aber sie entfernten sich immer weiter.

Diego schlug noch ein paar Haken und setzte den Waran dann in eine Mulde im grünen Dickicht. Anschließend lief er weiter in die Stadt.

Er war hungrig und durstig von der wilden Flucht, deshalb schlug er den Weg zum Fähranleger ein. Dort stand eine Gruppe von Touristen und wartete auf das nächste Boot. Amerikaner wahrscheinlich, sie sprachen ein schrecklich breites Englisch, von dem er kaum ein Wort verstand, und die Männer trugen helle Cowboyhüte, die hier im Regenwald schnell feucht und schmutzig werden würden. An den Füßen trugen sie Stiefel aus Schlangenleder.

Diego fühlte heiße Wut in sich hochkochen. Das waren die Menschen, die sein Land und den Regenwald ausbeuteten. Ohne Not. Einfach nur, weil sie zu viel Zeit und Geld hatten.

Er zog eine Plastiktüte aus der Hose und tat so, als würde er die Mülleimer nach etwas Brauchbarem durchsuchen. Dabei schob er sich unauffällig an einen dicken Mann heran, der breitbeinig am Ufer stand und mit verschränkten Armen und gewichtiger Miene über den Fluss schaute. Aus der hinteren Hosentasche ragte eine gut gefüllte Brieftasche.

Diego ließ seinen halb gefüllten Beutel direkt vor die Füße

des Mannes fallen und griff mit der anderen Hand nach der Brieftasche.

»Hey. Watch where you're going!«, schimpfte der Mann.

»Perdon. Sorry«, entschuldigte sich Diego. Er hob den Beutel auf und machte mehrere Diener, während er sich rückwärts von dem Mann wegbewegte. Der Cowboy hängte die Daumen in die Gürtelschlaufen und kam dabei mit seinen Fingern der Hosentasche nahe. Diego sah, wie er die Stirn runzelte.

Diego machte auf dem Absatz kehrt und wollte davonlaufen, doch der Cowboy war schnell, viel schneller, als Diego es jemandem, der so fett war, zugetraut hätte. Er packte Diego am Arm, wirbelte ihn zu sich herum und sah ihn an wie ein Stück Dreck.

»Stay here, fellow«, zischte er und winkte einem der Angestellten der Fährgesellschaft. »Call the police!«, brüllte er. »I caught a thief.«

Gießen, eine Stunde später

Es war derselbe Mitbewohner, der ihnen die Tür öffnete, und auch dieses Mal trug der dünne junge Mann mit dem kahl rasierten Schädel Bermudashorts, ein rotes Kapuzenshirt und Badelatschen. Die Augen sahen genauso verquollen aus wie beim letzten Besuch.

»Beschwerlich, die Abschlussarbeit, wie?«, fragte Angersbach mitfühlend. Er hatte es schon immer schwierig gefunden, Texte zu schreiben, in der Schule genauso wie in der Ausbildung, und auch die Berichte, die er als Polizist regelmäßig zu verfassen hatte, gingen ihm alles andere als leicht von der Hand. Wenn er dagegen sah, wie mühelos Sabine ihre Protokolle tippte …

Der Informatikstudent lächelte schief. »Selbst schuld. Ich hätte früher anfangen müssen. Aber ich programmiere gerade eine App. Wenn die viral geht, brauche ich mir keinen Job zu suchen, sondern kann direkt auf die Bermudas auswandern.«

»Passend zu den Shorts«, bemerkte Ralph.

»Wie? Ach so. Ja.« Der Student lachte. »Allerdings hakt bei dem Programm irgendwas. Es will einfach nicht laufen. Deswegen mache ich doch lieber meinen Abschluss. Sicher ist sicher.«

»Sehr vernünftig«, lobte Kaufmann, die neben Angersbach ungeduldig von einem Fuß auf den anderen trat. »Wenn Sie uns dann mal hereinlassen würden?«

Der Informatiker hob die Schultern. »Tut mir leid. Aber Gerrit ist wieder nicht da.«

»Natürlich nicht. Der liegt ja in der Rechtsmedizin«, entfuhr es Ralph, ehe ihm aufging, dass der Mitbewohner das vermutlich nicht wusste. Da er kein Angehöriger war, hatte man ihn nicht informiert. Liebetrauts Eltern, die in der Nähe von Mannheim lebten, hatten die dortigen Kollegen am frühen Morgen die traurige Botschaft überbracht. Sie würden sich auch um das WG-Zimmer kümmern müssen, hatten aber zunächst sicherlich andere Dinge im Kopf.

»Rechtsmedizin?«, fragte der Informatiker verwirrt. »Wieso das denn?«

Kaufmann warf Angersbach einen giftigen Blick zu. *Das hätten wir uns sparen können,* wollte sie wohl damit sagen. Ralph zuckte entschuldigend mit den Schultern.

»Wir haben schlechte Nachrichten für Sie«, wandte sich Sabine wieder an den Mitbewohner. »Herr Liebetraut ist tot.«

»Quatsch.« Der Student machte einen Schritt zurück in den Wohnungsflur. »Sie wollen mich verscheißern.«

»Nein. Gerrit Liebetraut wurde letzte Nacht tot aufgefunden. Auf der Autobahnraststätte Römerwall.«

»Was wollte er denn da? Er hat doch gar kein Auto.« Der Informatiker rieb sich nervös über den Hinterkopf.

»Er war mit einem Transporter der Zoohandlung Amrhein unterwegs«, sagte Sabine.

Der Student sah sie fragend an. »Ich dachte, Amrhein hätte ihn rausgeschmissen.«

»Das hat er Ihnen erzählt?«

»Klar. Warum nicht?«

»Hat er Ihnen auch den Grund für die Kündigung genannt?«

»Hm.« Wieder der Griff zu den Haaren am Hinterkopf. »Irgendwas mit Fehlbeträgen in der Kasse. Ein Kunde hat Gerrit wohl einen verkehrten Schein gegeben, aber Amrhein meinte, Gerrit hätte was für sich abgezweigt.«

»Da hat er Sie angelogen. Der Grund für die Kündigung war, dass Gerrit Liebetraut illegal importierte Tiere aus dem Amazonas-Regenwald verkauft hat.«

»Okay.« Der Informatiker setzte eine fragende Miene auf. »Und wieso war er dann trotzdem mit dem Firmenwagen unterwegs?«

»Amrhein hat die Kündigung zurückgezogen, weil Gerrit Liebetraut ihm versichert hat, dass so etwas nicht wieder vorkommen würde. Aber tatsächlich befanden sich in dem Transporter erneut illegale Tiere.«

Der Student blinzelte. »Er ist wirklich tot?«

»Leider ja.«

Der Informatiker schlang die Arme um den Oberkörper, als würde er frieren. »Schöne Scheiße. Tot.« Er schüttelte den Kopf. »Wer macht so was?« Sein Blick fokussierte Kaufmann. »Sie glauben aber nicht, dass Amrhein ihn wegen der illegalen Tiere umgebracht hat, oder? Das ist so ein netter älterer Herr.«

»Sie kennen ihn?«, fragte Angersbach überrascht, während er zugleich versuchte, über die Bezeichnung *älterer Herr* hinwegzuhören. Bei einem Mann Mitte fünfzig, gerade mal fünf Jahre älter als Ralph selbst. Also wirklich.

Der Student nickte. »Ich hab meine Ratte bei ihm gekauft. Er hat mir prima Tipps gegeben, wie man mit ihr umgeht.«

»Eine Ratte?« Sabine verzog angewidert das Gesicht.

»Wollen Sie sie sehen? Die ist total süß.« Er zuckte mit den Schultern. »Als Programmierer sitzt man den ganzen Tag allein am Rechner. Da ist es nett, wenn man Gesellschaft hat.«

»Nein, danke. Mein Bedarf an Tieren ist fürs Erste gedeckt. Mir reichen die, die wir uns in Liebetrauts Zimmer ansehen müssen.«

»Das haben Sie doch schon durchsucht«, wunderte sich der Student.

»Beim ersten Mal ging es um Beweise dafür, dass Gerrit Liebetraut mit illegalen Tieren handelt. Jetzt suchen wir seinen Mörder«, erklärte Ralph. »Die Namen Sonja Lippert oder Ingo Petri sagen Ihnen nicht zufällig etwas? Hat Herr Liebetraut sie mal erwähnt?«

»Nein.« Der Student kratzte sich am Kinn. »Jedenfalls kann ich mich nicht daran erinnern.« Er legte den Kopf schief. »Wieso? Glauben Sie, dass einer von denen Gerrit kaltgemacht hat?«

»Es war nur eine Frage«, wiegelte Angersbach ab. »Wir müssen alle Möglichkeiten in Betracht ziehen.«

»Ja, okay.« Der Informatiker trat beiseite, um sie in die Wohnung zu lassen. »Sie kennen ja den Weg. Wenn Sie noch irgendwas brauchen, sagen Sie Bescheid. Ich muss mich wieder um meine Arbeit kümmern. Obwohl … Ich glaube, ich brauche jetzt erst mal einen Schnaps.«

Er verschwand in der Küche. Kaufmann und Angersbach

gingen weiter zu Liebetrauts Zimmer. Ralph ließ Sabine den Vortritt.

»Wer kümmert sich denn jetzt um die Reptilien?«, fragte sie und deutete auf die Wand mit den Terrarien.

»Da müssen wir wohl noch einmal Elmar Amrhein anrufen.« Ralph fischte sein Mobiltelefon aus der Tasche.

Sabine sah sich im Raum um. »Was glaubst du eigentlich, was wir hier noch finden? Den PC hat die Kriminaltechnik, und die Unterlagen aus dem Bettkasten haben wir uns beim letzten Mal schon angesehen.«

Angersbach ließ das Telefon sinken. »Aber es muss noch mehr geben«, entgegnete er. »Wir wissen, dass Liebetraut mit den Exoten gehandelt hat, die entsprechenden Seiten waren auf seinem Rechner. Wir haben auch die Verbindungsdaten des Videochats in den Regenwald, den er mit dem Satellitentelefon der Universität Frankfurt geführt hat, und den Messenger, über den er seine Kundenkontakte gepflegt hat. Aber wir sind uns doch einig, dass er das alles nicht alleine aufgezogen haben kann, oder?«

»Klar«, sagte Sabine. »Er muss nicht nur in Kolumbien, sondern auch hier in Deutschland Komplizen haben. Ingo Petri oder Sonja Lippert, wenn unsere Theorie stimmt.«

»Genau. Aber wie stand er mit den beiden in Kontakt? Auf dem PC gab es dazu nichts.«

»Warum nicht über den Messenger, genau wie mit seiner Kundschaft?«, fragte Kaufmann. »Das wäre das Sicherste, weil die Daten nicht gespeichert werden und sich das Ganze nicht zurückverfolgen lässt. Oder über sein Smartphone, das sein Mörder anscheinend mitgenommen hat?«

»Möglich«, gab Ralph zu. »Aber trotzdem muss doch auch irgendetwas existieren, das Bestand hat. Unterlagen, um den Überblick zu behalten. Oder um die Komplizen im Notfall unter Druck zu setzen. Wenn es stimmt, dass Petri oder Lippert ihn ermordet haben, weil er ein Risiko geworden ist, muss er physische Beweisstücke besessen haben.« Angersbach drehte sich einmal um die eigene Achse. »Auch wenn ich in der Tat nicht weiß, wo wir noch suchen sollen. Das Zimmer ist übersichtlich, und wir haben schon in jeden Winkel geschaut. Vielleicht gibt es noch einen anderen Ort, an dem er die Sachen aufbewahrt haben könnte? Bei Amrhein in der Zoohandlung? Oder bei seinem Mitbewohner?«

Sabines Blick haftete an den Terrarien. »Ich an seiner Stelle hätte sie bei den Tieren versteckt.«

Angersbach versteifte sich. »Du glaubst aber jetzt nicht, dass ich da reingreife und im Sand nach Beweisen suche?«

Kaufmann lächelte ihm zu. »Nein. Das überlassen wir Elmar Amrhein. Er soll die Tiere herausnehmen. Und anschließend untersuchen wir die Terrarien.«

Es dauerte nur eine knappe halbe Stunde, ehe Elmar Amrhein zusammen mit einem seiner Angestellten eintraf, aber Sabine kam die Zeit entsetzlich lang vor. Sie begriff womöglich zum ersten Mal, warum Ralph oft wie ein wilder Stier mit gesenkten Hörnern durch einen Fall preschte, statt die Sache ruhig und besonnen anzugehen. Die ganze Situation zerrte an ihren Nerven. Sie wollte jetzt endlich Ergebnisse.

Elmar Amrhein strahlte, als er Liebetrauts Zimmer betrat.

»Das hat er großartig gemacht«, urteilte er über den toten Tiermediziner. »Sehen Sie?« Er deutete auf die UV-Lampen, die in den Glaskästen hingen. Einige leuchteten tiefrot, andere nur matt. »Er hat Zonen mit unterschiedlichen Temperaturen geschaffen, damit die Echsen sich aufwärmen oder abkühlen können. Das ist wichtig für sie. Außerdem haben sie Möglichkeiten zum Klettern, und die Wasserstelle, die automatisch gereinigt wird, bietet ihnen jederzeit frisches Trinkwasser.« Er sah zum nächsten Glaskäfig. »Gerrit hat auch gut für die Futtertiere gesorgt. Und das Wichtigste: Er hat die Terrarien nicht vollgestopft, sondern nur so viele Tiere darin untergebracht, dass jedes einzelne genug Bewegungsfreiheit hat.«

Amrhein öffnete das erste Terrarium und begann, die Tiere in die mitgebrachten Transportkörbe zu setzen.

»Man sollte dieses Arrangement fotografieren und veröffentlichen«, schwärmte er weiter. »Als Beispiel für eine gelungene Umsetzung der Grundregeln der Terraristik.«

Nachdem die Glaskäfige leer waren, komplimentierte Sabine den Zoohändler und seinen Helfer, der die Tiere hinunter zum Wagen brachte, aus der Wohnung, so rasch es ging, ohne allzu unhöflich zu wirken. Sie fand den Mann zwar sympathisch, und seine Tierliebe war rührend, aber im Augenblick hatte sie andere Sorgen.

Als sich die Tür endlich hinter Amrhein und seinem Mitarbeiter geschlossen hatte, atmete sie auf. Angersbach zog sich Latexhandschuhe über die Finger und steckte den Kopf in das erste der Terrarien.

»Dann wollen wir mal.« Er verzog das Gesicht. »Puh. Verdammt heiß hier drin. Und der Geruch … na ja.« Er grub mit den Fingern im Sand, schob die feinen Körner von einer Seite auf die andere und wieder zurück. Dann zog er den Kopf wieder heraus. »Also, hier ist nichts.« Er wandte sich dem nächsten der großen Glaskästen zu.

Sabine vibrierte innerlich, aber obwohl die Tiere nicht mehr in den Kästen waren, konnte sie sich nicht dazu überwinden, ebenfalls darin herumzuwühlen.

Ralph fand auch im zweiten und dritten Kasten nichts. Kaufmann spürte seine Frustration und begann ebenfalls zu zweifeln. Wahrscheinlich hatte Liebetraut doch all seine Ge-

310

schäfte über sein Smartphone abgewickelt, und das hatte jetzt sein Mörder. Der große Unbekannte vom Rastplatz?

»Ha!«, rief Angersbach in diesem Moment und hielt ein dick mit Klebeband umwickeltes Päckchen im Format eines USB-Sticks hoch. »Du hattest recht.«

Sabine lächelte ihn an. »Du auch. Dass es sich lohnen könnte, sich hier noch einmal umzusehen.«

»Hm.« Angersbach winkte bescheiden ab, aber auf seinen Wangen zeigte sich eine feine Röte, die allerdings auch von den Wärmelampen herrühren mochte. Er suchte den Anfang des Klebebands und zerrte ihn von dem Objekt, das sich tatsächlich als silberfarbener USB-Stick entpuppte. »Jetzt hoffe ich nur, dass uns der Inhalt weiterhilft.«

30

Holger Rahn starrte an die Decke des Krankenzimmers. Er wusste, dass er sich ausruhen sollte, aber es gelang ihm nicht, abzuschalten. Die Fragen rotierten in seinem Kopf.

Warum hatte Sonja Lippert versucht, ihn zu töten? Oder täuschte er sich, und die angebliche Krankenschwester, die ihm den Lappen aufs Gesicht gedrückt und etwas in seinen Tropf gespritzt hatte, war gar nicht Sonja gewesen? Lag es am Koma, dass die Dinge in seinem Kopf durcheinandergeraten waren, die Erinnerungen an damals, an die glückliche Zeit mit Sonjas Zwillingsschwester Sybille, und der schreckliche Moment, als zum zweiten Mal innerhalb von drei Tagen ein Anschlag auf sein Leben verübt worden war?

Rahn begriff es einfach nicht. Warum hatte er sterben sollen? Es mochte ja so sein, wie Sabine und Ralph Angersbach annahmen, dass Sonja versucht hatte, die Verhaftung des Lieferwagenfahrers zu verhindern. Aber Angersbachs Schlussfolgerung erschien ihm nicht logisch. Wenn Sonja ihm den Baseballschläger über den Schädel gezogen hatte, musste sie auch wissen, dass er sie dabei unmöglich gesehen haben konnte. Der Angriff war von hinten gekommen, und der Täter hatte sich unbemerkt und lautlos angeschlichen. Und selbst wenn. Würde sie wirklich einen Mordversuch unternehmen, um eine gefährliche Körperverletzung zu vertuschen? Die Schwere der Tat und das zu erwartende Strafmaß standen in keinem Verhältnis.

Nein, es musste noch etwas anderes dahinterstecken.

Um ihn als Ermittler in Sachen Tierschmuggel konnte es

auch nicht gehen. Seinen Part bei ET würde ein anderer Kollege übernehmen können. Er selbst als Person war dabei nicht wichtig.

Rahn atmete kurz und flach. Er konnte es nicht leiden, wenn er ein Rätsel nicht lösen konnte und keine Ordnung in seine Gedanken bekam.

Bleib ruhig, ermahnte er sich selbst. *Geh noch einmal zurück an den Anfang.*

Die geplante Übergabe der Boa constrictor an der Raststätte Römerwall. Nein. Er musste weiter zurückgehen. Der Abend vor der Übergabe. Er war mit Sabine zum Rastplatz gefahren. Sie hatten im Hotel eingecheckt und im Imbiss einen Burger gegessen.

Plötzlich fiel es ihm wie Schuppen von den Augen.

Als sie den Imbiss betreten hatten, hatte Sonja Lippert auf der Trittleiter gestanden und an der Leuchtstoffröhre an der Decke herumgeschraubt. Das Top war ihr hochgerutscht und hatte den unteren Rücken freigegeben, die Hose dagegen war nach unten gesackt, so dass sie ihr nur noch knapp über den Hüften hing. Oberhalb des Hosenbunds war die Hälfte eines Tattoos zu sehen gewesen. Kopf, Rumpf und die vorderen Extremitäten eines bunten Chamäleons.

Rahn begann zu zittern. Für einen Moment packte ihn die Angst, wieder das Bewusstsein zu verlieren. Sonja. Sybille. Würde er nicht schon liegen, hätte ihn das vermutlich umgehauen. Nur langsam sammelte er sich wieder und streckte schließlich die Hand zum Nachttisch aus. Sollte dort nicht sein Smartphone liegen? Er drehte den Kopf und stellte fest, dass sich nur ein halb volles Wasserglas, ein verschlossener Fruchtjoghurt und ein Teelöffel darauf befanden. Wo war das verdammte Telefon?

Sein Blick wanderte durch den Raum. Dann entdeckte er es.

Sabine hatte es mit dem Ladekabel verbunden, den Stecker in die Steckdose neben dem Fenster gesteckt und das Gerät auf die Fensterbank gelegt.

Rahn schlug die Bettdecke beiseite und schwang das rechte Bein aus dem Bett. Er war seit gestern Nachmittag bereits einige Male aufgestanden, um zur Toilette zu gehen. Langsam und vorsichtig, immer mit Unterstützung durch Sabine oder eine Schwester. Der Schwung, mit dem er jetzt hatte aufstehen wollen, überstieg seine Kräfte. Er bekam den Oberkörper nicht hoch, sondern rollte nur zur Seite. Das linke Bein folgte dem rechten. Rahn rutschte über die Bettkante und stürzte zu Boden.

Sabine Kaufmann zog eine Plastiktüte mit Clipverschluss aus der Jackentasche, öffnete sie und hielt sie Angersbach hin. Ralph ließ den USB-Stick aus dem Terrarium hineinfallen. Kaufmann verschloss den Beutel und steckte ihn in die Handtasche, während Angersbach versuchte, die sandigen Latexhandschuhe abzustreifen, die ihm an den Fingern hafteten.

»Den Stick bringen wir direkt in die Kriminaltechnik«, sagte Sabine. »Die sollen …« Sie unterbrach sich, weil das Smartphone in ihrer Tasche vibrierte. Rasch holte sie es hervor und meldete sich. Ralph kämpfte weiter mit den widerspenstigen Handschuhen.

»Frau Kaufmann? Hier ist das Klinikum Gießen«, meldete sich eine Frauenstimme. Den Rest verstand Sabine nicht, weil sich die Handschuhe mit einem Knall von Angersbachs Fingern lösten.

»Verzeihung. Was haben Sie gesagt?«, fragte sie nach und warf Ralph einen bösen Blick zu. Der hob entschuldigend die Hände.

»Ich muss Ihnen leider mitteilen, dass Herr Rahn aus dem

Bett gefallen ist«, wiederholte die Krankenschwester am anderen Ende geduldig.

Sabine verspürte einen eisigen Schauer. »Sagen Sie nicht, er liegt wieder im Koma.«

»Nein, nein. Sein Kopf ist völlig klar. Aber er hat sich den rechten Arm und das linke Handgelenk gebrochen.«

Kaufmann stöhnte auf. »Wie konnte das denn passieren?«

»Er wollte sein Smartphone von der Fensterbank holen. Er sagt, er müsse sofort mit Ihnen sprechen. Aber mit dem Telefonieren ist es jetzt schlecht. Seine Arme stecken beide in Gips. Er kann sich momentan kein Telefon ans Ohr halten und ist auch nicht gelenkig genug, um es mit der Lautsprecherfunktion zu nutzen. Wenn Sie wissen wollen, was er Ihnen so dringend mitzuteilen hatte, dass er es nicht geschafft hat, in Ruhe aufzustehen, werden Sie herkommen müssen.«

»Ja. Natürlich. Wir sind schon auf dem Weg. Danke.« Kaufmann drückte das Gespräch weg. Anscheinend war es für die Schwester keine Option gewesen, Holger beim Telefonieren zu assistieren. Und ihr Tonfall hatte auch nicht einladend genug geklungen, um sie danach zu fragen.

»Auf dem Weg wohin?«, erkundigte sich Angersbach. Sabine sagte es ihm.

Obwohl sie es eilig hatte, zu Rahn ins Klinikum zu kommen, bestand Sabine darauf, zuerst in die Kriminaltechnik zu fahren und die Tüte mit dem USB-Stick abzugeben. Zum Glück wurde dort auch am Samstag gearbeitet, und der anwesende Kollege versprach, einen Blick auf das Fundstück zu werfen, sobald er ein wenig Zeit fand. Was bedeutete, dass es vermutlich eine Weile dauern würde.

Angersbach hatte nichts gegen den kleinen Umweg gehabt. Er hasste Krankenhäuser, und die ständigen Besuche bei Rahn waren nicht dazu angetan, seine Aversionen zu mildern. Fast könnte man meinen, der LKA-Mann veranstaltete diese Dinge mit Absicht, um Sabine möglichst lange an sein Krankenbett zu fesseln. Aber zumindest für den Giftanschlag konnte er nichts, und dass sich jemand freiwillig beide Arme brach, war auch unwahrscheinlich. Offenbar war Rahn einfach ein Pechvogel. Hatte Ralph sich nicht kürzlich noch gewünscht, mit ihm zu tauschen? Nun, diesen Wunsch revidierte er hiermit.

Sabine Kaufmann war Ralph drei Schritte voraus. Sie hatte schon angeklopft und war an Rahns Bett, als Angersbach durch die Tür trat und sie hinter sich zuzog.

Ralph musste sich zusammenreißen, um eine angemessen betroffene Miene aufzusetzen. Der Anblick des LKA-Kollegen reizte zum Lachen, mit dem weißen Turban und den Armen, die beide vom Handgelenk bis zur Schulter in Gipsverbänden steckten. Aber Sabine fände es sicher nicht komisch, wenn Ralph darüber Witze riss.

»Holger.« Kaufmann nahm Rahns rechte Hand und drückte sie. »Was machst du denn für Sachen?«

Rahn lächelte schief. »Ich habe mich überschätzt. Ich dachte, ich kann einfach mit Schwung aus dem Bett aufstehen. Aber das hat nicht geklappt.«

»Du wolltest mich anrufen?«

»Ja. Weil mir etwas eingefallen ist.«

Kaufmann ließ seine Hand los, holte sich einen Stuhl und setzte sich neben ihn ans Bett. Angersbach blieb am Fußende stehen und stützte sich auf den Metallrahmen.

»Ja?« Kaufmann nahm wieder Rahns Hand. Der sah sie eindringlich an.

»Erinnerst du dich an den Abend, als wir den Imbiss an der Raststätte Römerwall das erste Mal betreten haben?«

Kaufmann lächelte, wenn auch ein wenig verkniffen, wie Ralph fand. Wie sie wohl damit umging, dass nicht sie, sondern die Schwester der Raststättenbetreiberin Rahns große Liebe gewesen war? Dass es im Leben eines Menschen nicht nur eine davon gab, mochte ja normal sein. Aber bis vor Kurzem war immerhin noch Sabine der Mittelpunkt von Rahns Universum gewesen.

»Sicher«, sagte sie. »Sonja Lippert stand auf der Leiter und hat an der Leuchtstoffröhre herumgeschraubt. Du hast sie angestarrt. Ich dachte, du guckst ihr auf den Po.«

Rahn nickte. »Das habe ich in der Tat, wenn auch eher unabsichtlich. Und dabei habe ich aus dem Augenwinkel etwas wahrgenommen. So flüchtig, dass es gar nicht bis in mein Bewusstsein vorgedrungen ist. Erst jetzt, als ich darüber nachgedacht habe, ist mir klar geworden, was ich da gesehen habe.«

Angersbach schnaubte ungeduldig. »Ja, was denn?«

»Die Tätowierung. Ein buntes Chamäleon.«

Angersbach hob die Augenbrauen. »Und deswegen wollten Sie Sabine so dringend anrufen, dass Sie dafür aus dem Bett gesprungen sind? Um ihr zu sagen, dass Sonja Lippert ein Lurch-Tattoo auf dem Po hat?«

»Nein. Nicht Sonja. Sybille.«

Ralph wandte Sabine den Blick zu und sah, wie sich ihre Augen weiteten. Offenbar hatten der Schlag und der Giftcocktail doch einen größeren Schaden in Rahns Kopf angerichtet, als die Ärzte angenommen hatten.

Kaufmann sah ihren LKA-Kollegen ernst an. »Sybille Lippert ist tot, Holger. Sie hat sich das Leben genommen.«

»Ja, ja.« Rahn nickte ungeduldig. »Das dachten wir. Weil die Frau, die ihre erhängte Schwester gefunden hat, der Polizei gesagt hat, sie wäre Sonja Lippert und die Tote ihre Schwester

317

Sybille. Aber die beiden waren eineiige Zwillinge, verstehst du? Man konnte sie wirklich kaum voneinander unterscheiden. Deswegen haben sie irgendwann beschlossen, dass es etwas geben sollte, das jeweils nur eine von ihnen aufweist.«

»Ein Tattoo«, schlussfolgerte Ralph, dem ein Schauer über den Rücken lief.

»Richtig. Sybille hat mir das ganz am Anfang mal erzählt. Ich habe dem keine besondere Aufmerksamkeit geschenkt. Für mich war es nicht wichtig. Ich kannte Sonja ja gar nicht. Aber jetzt habe ich mich erinnert. Sybille hat sich ein Chamäleon stechen lassen, Sonja einen Schmetterling. Beides schön bunt, aber das, was ich auf dem Po der Frau im Imbiss gesehen habe, war definitiv kein Schmetterling. Es war ein Chamäleon. Sybilles Chamäleon.«

Die Wucht der Erkenntnis schien ihn zurück aufs Krankenbett zu drücken. Er wirkte mit einem Mal vollkommen kraftlos und erschöpft. »Ich dachte, sie wäre tot«, presste er hervor. »Fünf Jahre lang habe ich geglaubt, dass sie nicht mehr da ist. Die Frau, die ich mehr geliebt habe als mein Leben. Und jetzt ...« Seine Augen füllten sich mit Tränen.

Angersbach sah, dass auch Sabine zu kämpfen hatte. Er wusste nicht genau, was sie für Rahn empfand, aber es war sicher nicht leicht, wenn der Mann, der ein paar Tage zuvor noch erklärt hatte, sie sei die Frau, die er liebte, jetzt plötzlich davon sprach, dass es eine andere gegeben hatte, die so viel mehr für ihn gewesen war. Aber Kaufmann hielt sich tapfer. Sie drückte Rahns Hand.

»Wir klären das«, versprach sie. »Sofort.«

Sie stand abrupt auf und war noch vor Ralph an der Zimmertür, obwohl er den weitaus kürzeren Weg hatte. Angersbach blieb noch einmal stehen und schaute zu Rahn, der hilflos in seinem Bett lag. Tränen und Rotz liefen ihm übers

Gesicht. Mit den eingegipsten Armen konnte er sich weder die Nase putzen noch nach der Schwester klingeln.

Ralph machte kehrt, wickelte die Klingelschnur vom Galgen über dem Bett und drückte Rahn den Klingelknopf in die Hand.

»Für den Fall, dass Sie etwas brauchen«, sagte er. Dann hastete er hinter Sabine her.

31

Raststätte Römerwall, dreißig Minuten später

Sabine Kaufmann stieß die Tür zum Imbiss auf und marschierte auf die Theke zu. Sie musterte die Frau, die dahinter stand. Mittelgroß und dünn, mit blauen Augen und glatten langen blonden Haaren, die ihr fast bis zum Po reichten. Man sah ihr an, dass sie einmal sehr hübsch gewesen sein musste. Eine Frau, mit der Sabine sich nicht hätte messen können.

Jetzt allerdings war ihr Gesicht mager, fast verhärmt. Die Augen waren tief in die Höhlen gesunken, das Kinn war spitz. Die Jahre des Drogenkonsums hatten deutliche Spuren hinterlassen. Heute wäre Sybille Lippert vermutlich keine Konkurrenz mehr für sie. Aber die Eifersucht saß trotzdem wie ein Stachel in ihrem Herzen.

»Hallo, Frau Lippert«, begrüßte Ralph Angersbach die Frau. »Haben Sie einen Moment für uns?«

»Sicher. Ist ja gerade nicht viel los.« Lippert machte eine Geste in den Gastraum, in dem nur wenige Tische besetzt waren. »Lassen Sie uns nach draußen gehen.« Sie drehte sich zur Küchentür. »Ingo!«, brüllte sie. »Kannst du hier mal übernehmen?«

Petri erschien in seiner weißen Kochuniform. »Was ist denn los? Ach, die Polizei.« Er hob die Hand zum Gruß. »Stehen wir immer noch auf Ihrer Verdächtigenliste?«

»Mal mehr, mal weniger«, entgegnete Angersbach und wies zur Tür.

Sie traten vor die Tür, und Lippert zog ein Zigarettenpäckchen hervor und steckte sich eine an. Sie sog den Rauch so gierig ein, als hinge ihr Leben davon ab. »Also?«

»Unser Kollege Holger Rahn ist aus dem Koma erwacht«, sagte Ralph.

»So?« Lippert zog noch heftiger an der Zigarette. Die Glut leuchtete hellrot auf. »Wie schön.«

»Nicht für Sie, Frau Lippert«, erwiderte Angersbach. »Frau Sybille Lippert, richtig?«

Die Schultern der Frau sackten herunter. Sämtliche Anspannung schien von ihr abzufallen. Wieder zog sie an ihrer Zigarette, tief und bewusst dieses Mal.

»So ein verdammtes Pech«, sagte sie. »Fünf Jahre lang hat alles wunderbar funktioniert. Niemand hat bezweifelt, dass die Frau, die sich im Haus meiner Schwester erhängt hat, die korrupte Polizistin Sybille Lippert war, die mit ihrer Schuld nicht mehr leben konnte. Kein Mensch ist auf die Idee gekommen, dass es in Wirklichkeit Sonja war, die den Tod ihres Mannes einfach nicht verkraftet hat.«

»Das kam Ihnen sehr gelegen«, bemerkte Kaufmann bitter.

Lippert sah sie mit hochgezogenen Brauen an. »Ich habe mir das weiß Gott nicht gewünscht«, gab sie zurück. »Ich habe meine Schwester geliebt. Kein anderer Mensch war mir jemals so nah. Wir hatten nicht nur dieselben Gene, wir hatten auch Seelen, die zusammengehörten.«

»Näher als Holger Rahn?«, konnte Sabine sich nicht verkneifen nachzufragen.

Sybille Lippert lächelte versonnen. »Holger. Ja. Er ist ein wunderbarer Mann.« Ihr Gesicht wurde wieder hart. »Aber die Liebe zu ihm war nichts gegen das Band, das mich mit meiner Schwester verbunden hat. Und Holger hatte mich fallen lassen, nachdem der Verdacht der Korruption aufgekommen war. Er war schon immer viel zu korrekt.«

Sabine empfand eine seltsame Zufriedenheit, auch wenn sie wusste, dass es albern war.

»Als ich Sonja damals fand, war mein erster Impuls, mir ebenfalls einen Strick zu nehmen und mich neben sie zu hängen«, fuhr Sybille Lippert fort. »Um mich herum brach alles zusammen. Ich hatte Geld genommen, aber die Mitglieder der Gang, in der ich undercover tätig war, trotzdem ans Messer geliefert. Beim LKA hat man davon Wind bekommen. Mir drohte ein Verfahren wegen Vorteilsnahme im Amt. Und zugleich waren die Köpfe der Organisation, gegen die ich ermittelt hatte, hinter mir her.« Sie lachte unfroh. »Ich weiß nicht, wovor ich mehr Angst hatte. Dass ich meinen Job verliere oder dass ich auf offener Straße erschossen oder erstochen werde. Und dann war auch noch meine Schwester tot.«

Lippert nahm eine frische Zigarette aus der Packung und zündete sie an der ersten an, die bis zum Filter heruntergebrannt war. Die Kippe ließ sie in der sandgefüllten Schale neben der Eingangstür verschwinden.

»Ich hatte die Schlinge schon geknüpft und mich auf einen Stuhl gestellt, aber dann habe ich es einfach nicht fertiggebracht, mir das Seil um den Hals zu legen und den Stuhl wegzustoßen. Ich bin wieder hinuntergeklettert und habe stundenlang neben meiner toten Schwester auf dem Boden gesessen und geheult. Ich hatte einfach keine Ahnung, wie es weitergehen soll.«

»Aber irgendwann hatten Sie eine Idee«, kürzte Sabine die Sache ab.

»Ja.« Lippert seufzte. »Ich habe mit meiner Schwester die Rollen getauscht. Mit dem Erbe meines verstorbenen Schwagers und der Hinterbliebenenrente meiner Schwester bin ich gut über die Runden gekommen. Dann habe ich Ingo kennengelernt, und wir haben den Imbiss hier übernommen.«

»Aber Petri hat Sie in Kontakt mit Drogen gebracht.«

Lippert nickte. »Es war fast absurd. So viele Jahre hatte ich im Milieu ermittelt und nie auch nur einen Joint geraucht. Erst, als ich raus war aus dem LKA und keinen anderen Stress mehr hatte als das Tagesgeschäft einer Autobahnraststätte, habe ich angefangen, Kokain zu nehmen. Weil ich mit dem Tod meiner Schwester nicht fertiggeworden bin.«

»Durch die Drogen sind Sie in finanzielle Schwierigkeiten geraten«, vervollständigte Kaufmann die Geschichte. »Und um sich zu sanieren, haben Sie gemeinsam mit Gerrit Liebetraut den Schmuggel mit exotischen Tieren aufgezogen.«

Sybille Lippert nahm einen letzten Zug von ihrer Zigarette und zündete sich mit dem Stummel die dritte an. Die Kippe wanderte zu der ersten in den Sandascher.

»Wir haben mit dem Tierschmuggel nichts zu tun, das habe ich Ihnen doch schon gesagt.«

»Liebetraut und Rahn sind mit derselben Waffe erschlagen worden«, mischte sich Angersbach ein. »Dem Baseballschläger, den wir nach dem Mord an Liebetraut auf dem Rastplatz sichergestellt haben. Das lässt darauf schließen, dass es auch derselbe Täter war.«

»Nein.« Lippert schüttelte den Kopf. »Ich habe Holger nicht mit dem Baseballschläger angegriffen. Das war die Schaufel aus der Backstube, mit der Ingo die Brötchen aus dem Ofen holt.«

Kaufmann schüttelte verärgert den Kopf. Also hatte Lippert die Tatwaffe gar nicht verschwinden lassen, sondern die Polizeischüler waren bei der Durchsuchung des Imbisses einfach nicht auf die Idee gekommen, dass Petris Arbeitsgerät die gesuchte Waffe sein könnte. Warum hatten sie nicht selbst nachgeschaut?

»Sie wollten ihn wirklich umbringen?«, fragte Angersbach. »Den Mann, den Sie geliebt haben?«

»Ich hatte Angst, dass er die Tätowierung bemerkt hat. Das Einzige, was mich von meiner Schwester unterscheidet.« Lippert ließ langsam den Rauch entweichen. »So ein verdammt blöder Zufall. Dass der einzige Mensch, der von dem Tattoo weiß, hierherkommt, und das auch noch genau in dem Moment, in dem ich oben auf der Leiter stehe und man es sehen kann.« Sie hob die Arme. »Es ging um meine Existenz. Ich wusste, dass ich alles verliere, wenn Holger mich erkennt. Jetzt wird man mich belangen, wegen Vorteilsnahme im Amt, wegen Erbschleicherei und unberechtigten Bezugs der Hinterbliebenenrente und wegen Vortäuschung einer falschen Identität. Und nachdem ich meine Strafe verbüßt habe, werden mich die Verbrecher jagen, deren schmutziges Geld ich genommen habe.«

»Machen Sie sich keine Sorgen«, entgegnete Sabine gallig. »Zunächst mal wandern Sie wegen zweifachen versuchten Mordes hinter Gitter. Bis die Verbrecher sich rächen können, wird einige Zeit ins Land gehen.«

Sybille Lippert lachte bitter. »Sie lieben Holger, stimmt's? Nehmen Sie ihn. Er ist ein guter Mensch.«

»Kommen wir auf den Tierschmuggel zurück«, fuhr Angersbach dazwischen, ehe sie das Thema vertiefen konnten.

Lippert zog an ihrer Zigarette, die bis zum Filter herunterbrannte. »Ich habe es Ihnen doch schon gesagt. Ich habe nichts damit zu tun. Ich könnte das gar nicht. Ich finde solches Getier widerlich.«

»Warum haben Sie es sich dann auf den Po tätowieren lassen?«, fragte Kaufmann.

»Das ist nur ein Bild. Ein hübsches Tiermotiv. Aber ich würde so eine Echse niemals im Leben anfassen! Oder glauben Sie, dass jeder, der sich einen Drachen oder einen Tiger tätowieren lässt, auch gleichzeitig mit ihnen kuscheln würde?«

»Stelle ich mir bei Drachen schwierig vor«, erwiderte Kaufmann und legte den Kopf schief. »Aber in Ordnung. Bleibt Ihr Lebensgefährte Ingo Petri.«

»Der schmuggelt auch keine Tiere. Und er kann den Lieferwagenfahrer nicht getötet haben, weil er in Gießen am Bahnhof war. Haben Sie das überprüft?«

»Wir haben es veranlasst.« Angersbach zog sein Smartphone hervor und ging ein paar Schritte beiseite, um zu telefonieren.

»Was ist denn mit dem Mann, den ich gesehen habe?«, fragte Sybille Lippert. »Der mit dem dunklen Wagen vom Hotelparkplatz weggefahren ist?«

»Wenn es ihn gibt, kommt er als Täter in Frage«, beschied Kaufmann der ehemaligen Undercover-Agentin schroff.

Lippert versenkte die Kippe im Sandascher und nahm die nächste Zigarette aus der Schachtel. Kein Wunder, dachte Kaufmann, dass ihre Haut so grau war, auch ohne dass sie weiterhin Drogen nahm.

Angersbach kehrte zurück. »Die Kollegen haben die Aufzeichnungen der Überwachungskameras am Bahnhof ausgewertet«, berichtete er. »Ingo Petri ist tatsächlich darauf zu sehen. Es ist nicht ausgeschlossen, aber ziemlich unwahrscheinlich, dass er früh genug zurück war, um Gerrit Liebetraut zu erschlagen. Und dass er vorher rasch nach Gießen fährt, wenn er sich eigens mit Liebetraut verabredet hat, um ihn aus dem Weg zu räumen, macht auch wenig Sinn.«

»Okay.« Sabine versuchte, die neuen Informationen zu verarbeiten. Der Verdacht, dass die Imbissbetreiber in den Tierschmuggel involviert waren, hatte sich vor allem auf die Annahme gegründet, dass Rahn und Liebetraut mit derselben Waffe niedergestreckt worden waren – mit dem Ziel, die Enttarnung des Schmugglerrings zu verhindern. Da es aber zwei verschiedene Waffen waren, waren es vermutlich auch verschiedene Täter. Anscheinend hatten sie es von Anfang an nicht nur mit einem, sondern mit zwei Fällen zu tun gehabt.

Kaufmann machte eine knappe Handbewegung zum Imbiss.

»Sie haben fünf Minuten, um sich von Herrn Petri zu verabschieden«, sagte sie. »Wir nehmen Sie fest unter dem Verdacht, zwei Mordanschläge auf unseren Kollegen Holger Rahn verübt zu haben.«

Sybille Lippert nickte und steckte die halb aufgerauchte Zigarette in den Sandascher. »Danke. Ich bin gleich wieder da.«

Kaufmann und Angersbach sahen ihr nach, wie sie mit müden Schritten den Imbiss betrat.

»Was für eine Scheiße«, dachte Angersbach laut.

»Was meinst du?«, fragte Kaufmann und kratzte sich hinterm Ohr.

»Wenn Kollegen kriminell werden. Und dann sogar gleich zwei.«

»Und auch noch zwei Frauen. Das ist wieder eine Menge Wasser auf die Mühlen derer, für die Frauen bei der Polizei nichts zu suchen haben. Weil wir so willensschwach sind.«

Angersbach wippte mit der Hand. »Na ja, ich weiß nicht, ob dieses Argument hier passt.« Dann blickte er in die Richtung, in die Sybille Lippert verschwunden war. »Müssen wir uns Sorgen machen, dass sie wegläuft?«

Kaufmann schüttelte den Kopf. »Nein. Sie weiß, dass sie verloren hat. Wahrscheinlich ist sie sogar froh, dass die Sache ein Ende hat. Mit dem Betrug konnte sie leben, aber dass sie Holger angreifen musste, um nicht aufzufliegen, hat sie aufgefressen. Auch wenn sie keine Polizistin mehr ist, das tiefe Moralempfinden, das man in diesem Beruf hat, schüttelt man nicht so einfach ab.«

Jedenfalls hoffte sie das.

Angersbach fuhr sich durch die Wuschelfrisur. »Den Fall Rahn haben wir somit geklärt. Dafür gibt uns der Fall Liebetraut Rätsel auf.«

Sabine sah nachdenklich über den Parkplatz. »Gerrit Liebetraut kann den Schmuggel unmöglich allein durchgezogen haben. Er muss einen Komplizen haben. Wenn es nicht Petri und Lippert sind, dann ist es der Unbekannte, den Lippert zum Zeitpunkt von Liebetrauts Ermordung gesehen hat.«

»Ein durchschnittlicher Typ in dunkler Kleidung mit einem dunklen Fahrzeug.« Angersbach zog die Augenbrauen hoch.

»Hm. Viel ist das nicht«, gab Kaufmann zu.

»Ich frage noch mal bei der Spurensicherung nach«, sagte Angersbach. »Irgendeinen Fussel, der uns weiterbringt, müssen sie doch gefunden haben, trotz des Regens.« Er zog sein Smartphone hervor und zuckte zusammen, weil es im selben Moment zu klingeln begann. »Zentrale«, sagte er und tippte erst auf den grünen Hörer, dann auf das Lautsprechersymbol, damit Kaufmann mithören konnte.

»Hallo?«

»Äh. Ja. Hallo«, meldete sich eine jugendliche Stimme am anderen Ende. »Ich habe eine Nachricht für Kommissar Angersbach.«

»Das bin ich«, brummte Ralph.

»Ah. Sehr gut. Hier ist Jungmann von der Zentrale«, erklärte der Anrufer. »Ich wollte Ihnen mitteilen, dass sich die Polizei aus Kolumbien gemeldet hat. Leticia, hat der Beamte gesagt.«

Ralph richtete sich auf. »Worum geht's?«

Jungmann aus der Zentrale räusperte sich. »Soweit ich das verstanden habe, haben sie da einen Dieb festgenommen, der einem Amerikaner die Brieftasche gestohlen hat.«

Angersbach zog die Brauen zusammen. »Was hat das mit

uns zu tun? Wir brauchen Informationen über den Mord an Kim Helbig, nicht über irgendwelche Taschendiebe.«

»Äh … vielleicht …«

»Ja?«

»Vielleicht habe ich da irgendwas falsch verstanden«, sagte Jungmann. »Mein Spanisch ist – äh – lückenhaft. Ich habe gerade erst angefangen. Volkshochschule, wissen Sie?«

»Ja, sehr schön«, sagte Angersbach und verdrehte die Augen. »Dann bestellen Sie uns bitte den amtlichen Dolmetscher ins Präsidium. Diesen …«

»Miguel Rodriguez«, half Kaufmann.

»Genau. Der soll in Leticia anrufen und nachfragen. Wir sind in einer halben Stunde da.«

»Alles klar.« Der junge Kollege wirkte erleichtert. »Ende und aus.«

Die Verbindung wurde unterbrochen. Angersbach beäugte ratlos sein Telefon.

»Ende und aus? Wo hat der denn seine Polizeiausbildung gemacht? Etwa auch in der Volkshochschule?«

32

Gießen, eine Stunde später

Miguel Rodriguez wartete bereits in Angersbachs Büro, als Ralph und Sabine dort eintrafen, nachdem sie Sybille Lippert in der Haftanstalt abgeliefert hatten. Das fiel eigentlich nicht in ihren Aufgabenbereich, aber da es sich bei Lippert um eine ehemalige Kollegin handelte, hatten sie ihr diese Ehre erweisen wollen, auch wenn Lippert zwischenzeitlich die Seiten gewechselt hatte.

Rodriguez hatte es sich auf Angersbachs Schreibtischstuhl gemütlich gemacht und einen zweiten Stuhl herangezogen, auf dem er die Füße abgelegt hatte. Als Kaufmann und Angersbach den Raum betraten, tippte er konzentriert auf seinem Smartphone.

»Hallo, Herr Rodriguez«, sagte Sabine. »Danke, dass Sie so schnell kommen konnten.«

Ralph schaute auf die Füße des Dolmetschers. Sie steckten in hellen Laufschuhen mit sauberer weißer Sohle, aber trotzdem gefiel es Ralph nicht, dass er sich auf seinem Büromobiliar fläzte, als wäre er bei sich zu Hause.

Rodriguez bemerkte seinen Blick, schwang ohne jede Verlegenheit die Beine vom Stuhl und erhob sich.

»Für Sie jederzeit gerne«, sagte er zu Sabine und begrüßte sie mit Handschlag. Anschließend hielt er auch Ralph die Hand hin, dem nichts anderes übrig blieb, als sie zu ergreifen.

Kaufmann erklärte dem Dolmetscher, worum es ging, Angersbach holte einen dritten Stuhl und schlug dann die Akte mit der Telefonnummer der Polizei in Leticia auf. Rodriguez wählte und wurde von seinem Gesprächspartner auf der anderen Seite des Atlantiks offenbar freudig begrüßt. Man tauschte sich eine Weile lang aus. Dann begann Rodriguez zu übersetzen, während er gleichzeitig dem kolumbianischen Polizisten zuhörte.

»Ihre Kollegen in Leticia haben einen Mann festgenommen, der versucht hat, einen amerikanischen Touristen zu bestehlen«, erklärte er.

Angersbach schnitt eine Grimasse. Hatte Jungmann aus der Zentrale mit seinem Volkshochschul-Spanisch also doch alles richtig verstanden. Aber was ging sie das an?

»Er will einen Deal machen«, erklärte Rodriguez weiter. »Er bietet der Polizei in Leticia Informationen über einen Mord, wenn sie ihn wegen der Sache mit der Brieftasche laufen lassen.«

Kaufmann und Angersbach waren von einer Sekunde auf die andere aufs Höchste gespannt.

Rodriguez lächelte. »Sie können ihm natürlich nichts versprechen. Das muss die Justiz entscheiden. Aber sie haben ihn so weit, dass er mit uns reden will.« Er deutete auf das Telefon. »Können Sie das auf Lautsprecher stellen? Das ist leichter für mich, wenn ich simultan übersetze.«

»Klar.« Angersbach sprang fast von seinem Stuhl und tippte auf die Taste. Aus dem Lautsprecher erklangen Stimmen.

Rodriguez sagte etwas, das von der anderen Seite kommentiert wurde. Der Sprecher klang tief und selbstbewusst.

»Okay«, sagte der Dolmetscher. »Der Dieb heißt Diego. Ich habe ihn jetzt in der Leitung.«

Eine neue Stimme kam dazu, ein Mann, der sanft, in einem melodiösen Singsang sprach.

Leticia, Kolumbien, zwölf Tage zuvor

Die Frau glaubte vermutlich, dass sie sich lautlos durch den Regenwald bewegte, aber in Wirklichkeit machte sie einen solchen Lärm, dass er ihr problemlos mit einem Abstand von fünfzig Metern folgen konnte. Er brauchte sie nicht zu sehen. Seine Ohren sagten ihm genau, wo sie sich aufhielt.

Das war eben der Unterschied zwischen den Weißen, die glaubten, sie hätten den Dschungel erobert, und den Menschen, die schon immer hier gelebt hatten. Die Eroberer versuchten, sich den Amazonas untertan zu machen. Die Indios lebten im Einklang mit ihm.

Doch die Frau gehörte nicht zu den Touristen, die den Regenwald wie einen Vergnügungspark behandelten, nur auf Urlaubsabenteuer bedacht und ohne Rücksicht auf Natur, Tiere und Menschen. Sie gehörte auch nicht zu jenen, die das Land ausbeuteten. Sie war Teil einer Gruppe von fünf Personen, die den Amazonas beforschten. Von den Leuten aus seinem Dorf, die dort Aushilfstätigkeiten verrichteten, wusste er, dass ihr Ziel darin bestand, den Regenwald zu retten, und dass sie versuchen wollten, die Wilderer zu fangen.

Deswegen folgte er ihr. Die fünf aus dem Camp hatten irgendwann in den letzten Tagen beschlossen, nicht mehr in Gruppen, sondern einzeln durch den Dschungel zu streifen und nach den Wildfängern Ausschau zu halten. Eine dumme Idee. Die Wilderer waren brutal und skrupellos. Wenn sie einen deutschen Idealisten erwischten, würden sie kurzen Prozess mit ihm machen.

Die Frau blieb stehen und duckte sich. Das erkannte er, weil ihre Füße nicht länger über den Boden strichen, dafür aber Blätter raschelten, die sich ungefähr auf Hüfthöhe befanden. Dann war es still.

Hatte die Frau etwa die Wilderer entdeckt?

Diego überbrückte rasch die fünfzig Meter, die er sich hinter ihr gehalten hatte, und entdeckte die Frau im Schatten eines üppig wuchernden Busches. Sie war klein, so wie die Frauen am Amazonas, und kräftig, nicht so verhungert wie diese amerikanischen Models, die mit ihren reichen Sugardaddys hierherkamen. Ihre Haare waren kurz, blond und ziemlich zerzaust. Sie sah nett aus.

Ihre Kleidung war gut gewählt, sie trug ein langärmeliges Hemd und lange Hosen, dazu feste Stiefel. Damit war sie optimal vor Schlangen und Insekten geschützt. Die Kleidung war offenbar atmungsaktiv, aber die junge Frau schwitzte trotzdem, weil ihr Körper die Temperaturen hier am Amazonas nicht gewöhnt war.

Diego sah auch, weshalb sie ihren Marsch unterbrochen und sich im Gebüsch versteckt hatte. Auf der kleinen Lichtung vor ihr hatten die Wilderer ihre Transportkisten abgestellt und machten sich jetzt auf den Weg, um Tiere zu fangen.

Die Frau schlich sich auf die Lichtung und nahm die Kisten in Augenschein. Sie zog ihr Handy hervor und machte Fotos. Völliger Unsinn, in der Dunkelheit würde man nichts erkennen. Das stellte die Frau ebenfalls fest – und benutzte den Blitz.

Diego presste sich die Faust vor den Mund, um nicht aufzuschreien. Wie konnte sie so dumm sein?

Binnen Sekunden war die Frau von den Wilderern umringt. Sie nahm die Beine in die Hand und floh.

Sie fing es geschickt an. Da ihr klar war, dass sie den Wilderern hier im Regenwald unterlegen war und ihnen vermutlich nicht entkommen würde, lief sie nicht blindlings davon, sondern suchte sich ein Versteck in einer Mulde tief in den Büschen. Dort verharrte sie, bis die Schritte und Rufe der Wilderer im Wald verklungen waren. Einen Moment später machte sie sich in die andere Richtung davon.

Sie lief dem weißen Mann direkt in die Arme. Im Schein von dessen Taschenlampe sah Diego, wie der Mann die junge Frau brutal niederstach und die Leiche anschließend ins Gebüsch warf. Hier würde sie niemals irgendjemand finden.

Diego rührte sich nicht von der Stelle, bis der Weiße zurück zur Lichtung ging. Dann hob er den leblosen Körper der Frau auf und trug sie genau dorthin.

Wieder wartete er, bis der weiße Mann und die Wildfänger erneut ihrem verbotenen Tun nachgingen. Dann schlich er sich zu den Transportkisten und versteckte die Tote unter den Reptilien, die die Wilderer bereits gefangen hatten.

Er hätte auch gerne die Tiere befreit, doch in diesem Fall schien ihm die Gerechtigkeit höher zu wiegen. Wenn die Wilderer die Frau in der Kiste nicht entdeckten, würde man sie dort, wo die Tiere ausgeladen wurden, finden. Und dann würde vielleicht jemand ihren Mörder jagen.

Gießen, zwölf Tage später

Die sanfte, melodiöse Stimme verstummte. Rodriguez sah Kaufmann und Angersbach erwartungsvoll an.

Sabine brauchte einen Moment, um das Gehörte zu verarbeiten.

»Was ist mit dem Messer?«, fragte sie. »Wenn dieser weiße Mann die Frau erstochen hat, warum hat die kolumbianische Polizei das Messer bei einem der Wilderer gefunden?«

Rodriguez übersetzte.

»Das weiß er nicht«, lautete die Antwort. »Aber Diego geht davon aus, dass der Weiße es einem der Wildfänger unterge-

schoben hat. Nur zur Sicherheit, falls man die Leiche doch
entdeckt.«

Kaufmann nickte. Das war plausibel. »Kennt er den weißen
Mann? Kann er ihn beschreiben? Ist es jemand, der in Leticia
oder in der Umgebung lebt? Ein Glücksritter?«

Der Spanier übersetzte erneut Frage und Antwort.

»Er kennt ihn nicht. Er kann ihn auch nicht beschreiben,
weil der Mann maskiert war. Eine Augenmaske, dazu ein Tropenhelm mit Moskitonetz. Groß und kräftig war er, aber Diego selbst ist klein und eher schmächtig. Für ihn sind die meisten weißen Männer groß.«

»Hm«, grunzte Angersbach unzufrieden. »Das hilft uns
alles nicht viel weiter.«

»Ich übersetze nur, was Diego sagt.« Der Dolmetscher
klang verärgert.

»Schon gut«, ging Sabine dazwischen, ehe die beiden Männer einen Hahnenkampf begannen. Rodriguez war einer dieser lässigen Typen, auf die Ralph allergisch reagierte, das
wusste sie schon. Dass er sich dann auch noch erdreistet hatte,
auf Ralphs Schreibtischstuhl Platz zu nehmen und die Füße
hochzulegen ...

Die sanfte Stimme von der anderen Seite des Ozeans meldete sich wieder.

»Er sagt, die Wilderer hätten den Mann Jake genannt«,
übersetzte Rodriguez.

Angersbach und Kaufmann tauschten einen raschen Blick.
Also gab es diesen Jake wirklich.

»Diego meint, dieser Jake sei vor ungefähr drei Monaten
aufgetaucht«, berichtete Rodriguez weiter. »Bis vor einer Woche war er häufiger mit den Wilderern auf Beutezug im Regenwald. Jetzt sind sie wieder allein unterwegs.«

Sabine rann ein Schauer über den Rücken. Vor drei Monaten war Florian Waldschmidt mit seiner Exkursion in den Amazonas-Regenwald aufgebrochen, vor drei Tagen waren die RegenWaldRetter aus Kolumbien zurückgekehrt.

Sie sah, dass Angersbach denselben Gedanken hatte.

»Mehr kann uns Diego leider nicht sagen«, erklärte der Dolmetscher.

»Richten Sie ihm aus, dass wir ihm für seine Aussage danken«, bat Kaufmann rasch. »Er hat uns sehr geholfen. Und sagen Sie ihm auch, dass wir den Mörder der jungen Frau finden werden.«

Rodriguez übersetzte, und am anderen Ende meldete sich die tiefe, selbstbewusste Stimme.

»Der Kommissar fragt, ob Sie glauben, dass der Mörder hier in Deutschland zu suchen ist.«

Sabine Kaufmann sah Ralph Angersbach an.

»Ja«, sagte sie. »Das glauben wir allerdings.«

Ralph wartete ungeduldig, bis Sabine den Dolmetscher aus dem Büro komplimentiert hatte. Endlich hatten sie eine heiße Spur!

»Also gibt es bei den RegenWaldRettern doch ein schwarzes Schaf«, sagte er, kaum dass die Tür hinter Rodriguez ins Schloss gefallen war. »Ein zweites, um genau zu sein. Das erste, die Kollegin Lara Schick, haben wir ja schon gefangen. Aber sie hatte zumindest edle Motive und hat die Tiere lebendig hierhergeschafft. Die Person, die wir jetzt suchen, ist dagegen vollkommen skrupellos. Jemand, der über Leichen geht, über die der Tiere ebenso wie über die seiner Mitmenschen.«

Kaufmann stimmte ihm zu. »Es ist die perfekte Tarnung. So einfach ist es ja nicht, illegal gefangene Tiere von Kolumbien nach Europa zu schmuggeln. Man braucht eine gewisse Logistik. Ich nehme an, als Mitglied der Expedition ist man da gut aufgestellt.« Sie zeigte auf die Tafel, auf der sie zwischenzeitlich auch die Fotos der Opfer und Verdächtigen in ihren aktuellen Fällen angebracht hatte. In der Spalte, die zum Mord an Kim Helbig gehörte, hingen die Bilder von Florian Waldschmidt, Danny Bender und Markus Kießling.

»Wir sollten noch einmal mit Professor Waldschmidt sprechen«, schlug sie vor.

»Du glaubst, der Professor organisiert diese Expedition und besorgt sich dafür Forschungsgelder vom Umweltministerium, um in Wirklichkeit exotische Tiere zu schmuggeln?«

Kaufmann lächelte. »Nein. Ich denke, dass er genau das nicht tut. Waldschmidt ist ein engagierter Wissenschaftler. Aber er kann uns vielleicht bestätigen, dass man als Expeditionsteilnehmer die besten Voraussetzungen hat, um die Tiere am Zoll vorbeizulotsen. Und möglicherweise hat er auch einen Verdacht, welcher seiner beiden fest angestellten Mitarbeiter die weniger edlen Motive hat.«

»Hm.« Angersbach grunzte unzufrieden. »Warum so kompliziert? Weshalb knöpfen wir uns nicht einfach Kießling und Bender vor und schauen, was sie zu sagen haben?«

»Weil wir nichts in der Hand haben. Sie werden beide leugnen, und damit sind wir keinen Schritt weiter. Doch der Täter weiß dann, dass wir ihm auf den Fersen sind, und kann sich absetzen.«

Angersbach griff nach dem Telefon. »Vielleicht haben wir ja Beweise.« Er wählte die Nummer der Kriminaltechnik.

Sabine, die neben ihn getreten war und ihm über die Schulter sah, lachte. »Du glaubst nicht im Ernst, dass die Kollegen den USB-Stick aus Liebetrauts Terrarium schon untersucht haben?«

»Fragen kostet nichts«, gab Ralph brummig zurück. Ihm

ging der ganze Fall gewaltig auf die Nerven. Lauter Fehlspuren, die sie intensiv verfolgt hatten, während der wahre Täter als vermeintlicher Gutmensch unterm Radar geblieben war. Wenn Holger Rahn sie nicht darauf gebracht hätte, dass Sybille Lippert ihn töten wollte, um zu verhindern, dass ihre Lügengeschichte aufflog, würden sie immer noch Lippert und Petri verdächtigen, mit Gerrit Liebetraut den Tierschmuggel aufgezogen zu haben, und den Mörder von Kim Helbig am Amazonas vermuten. Nicht genug also, dass Rahn ihm bei Sabine im Weg stand, nun musste er ihm zu allem Überfluss auch noch dankbar sein.

»Hallo, Ralph«, meldete sich der Kollege aus der Kriminaltechnik munter. »Du rufst bestimmt wegen des USB-Sticks an, richtig?«

»Ja. Genau.« Angersbach verspürte ein Aufflackern von Hoffnung.

»Ehrlich, Ralph. Es ist kein Wunder, dass wir ständig mit unserer Arbeit im Rückstand sind, wenn ihr uns mit solchen Sachen behelligt. Den Stick in den Rechner stecken – das hättet ihr doch auch selbst gekonnt.«

»Wir dachten, er ist vielleicht geschützt. Wir wollten nichts verderben.«

»Hättet ihr nicht«, entgegnete der Kollege.

»Man braucht kein Passwort?«

»Nein. Vermutlich dachte Liebetraut, nachdem er den Stick so gut versteckt hat, ist das nicht nötig. Oder er hat nicht gewusst, wie das geht.«

»Hm«, brummte Angersbach, der selbst ebenfalls nicht die geringste Ahnung hatte, wie man einen USB-Stick mit einem Passwort schützen könnte. »Und was war drauf?«

»Eine einzige Datei«, teilte ihm der Kollege mit. »Die allerdings dürfte die Kollegin Kaufmann brennend interessieren.

Gerrit Liebetraut hat darin akribisch sämtliche Käufer seiner illegal eingeführten exotischen Tiere erfasst.«

Das war ein Erfolg für die Soko ET, aber nicht das, was Angersbach brauchte.

»Gibt es auch Informationen zu Liebetrauts Kontaktpersonen auf der anderen Seite? Zu den Leuten, mit denen er zusammengearbeitet hat?«

»Nein. Nur die Kundenliste. Mit E-Mail-Adresse, dem gekauften Tier und dem Preis, den der Kunde gezahlt hat. Ich schicke euch die Datei rüber.«

»Okay. Danke. Und sorry, dass wir nicht selbst nachgesehen haben.«

Der Kollege lachte. »Das war doch nur Spaß. Ist schon richtig, dass ihr die Finger davon lasst. Sonst ist nachher alles voll mit euren digitalen Spuren, und wir müssen das irgendwie auseinandersortieren.«

Sie verabschiedeten sich, und Angersbach gab die Informationen an Kaufmann weiter.

Sabine rang sich ein Lächeln ab. »Vor vier Wochen hätte ich mich darüber gefreut. Aber jetzt will ich wissen, wer Kim Helbig ermordet hat.«

Angersbach griff nach seiner Jacke. »Also, auf nach Frankfurt.«

Kaufmann legte den Kopf schief. »Dann findest du den Vorschlag doch nicht so schlecht?«

Ralph lächelte. »Es ist ein bisschen von hinten durch die Brust ins Auge. Aber wenn man mit einem Frontalangriff nicht weiterkommt – warum nicht?«

33

Frankfurt, zwei Stunden später

Es war kurz nach siebzehn Uhr, als sie das Universitätsgelände in Frankfurt erreichten. Studenten waren keine zu sehen, aber Professor Florian Waldschmidt war in seinem Büro. Kaufmann hatte ihn vom Auto aus angerufen, und er hatte ihnen versichert, dass er noch länger da sein würde. Offenbar war der Beruf des Professors ein aufwendiges Geschäft.

Waldschmidt begrüßte sie freundlich, wenn auch mit einer gewissen vorsichtigen Zurückhaltung.

»Ich bin ein wenig verwundert, dass Sie mich erneut aufsuchen«, erklärte er, während er Kaufmann und Angersbach Sitzplätze und Kaffee anbot. Sie nahmen beides dankend an und setzten sich auf die Campingstühle neben der Fotowand.

Sabine hätte die Befragung gerne behutsam angefangen, doch Ralph hatte ganz offensichtlich keine Geduld mehr und fiel mit der Tür ins Haus. »Wir haben einen Zeugen gefunden, der den Mord an Kim Helbig beobachtet hat«, sagte er. »Er hat auch den Täter beschrieben. Keinen Einheimischen oder Indio, sondern einen weißen Mann. Die Wilderer nennen ihn Jake. Interessant ist, dass er vor etwa drei Monaten in Kolumbien aufgetaucht und vor ungefähr einer Woche wieder verschwunden ist.«

Waldschmidt war nicht grundlos Akademiker geworden, sein Verstand arbeitete schnell und präzise.

»Sie denken an die RegenWaldRetter«, schloss er.

»Wir haben uns Gedanken darüber gemacht, welche Voraussetzungen nötig sind, um illegal gefangene exotische Tiere nach Deutschland zu schmuggeln«, griff Sabine ein. »Die Logistik. Man braucht Helfer, die die Tiere fangen, andere, die die Kisten transportieren. Jemanden, der die Ware durch den Zoll schleust, dort wie hier. Und jemanden, der sie hier verkauft. Die Wilderer hat die Polizei in Leticia gefasst, den Verkäufer in Deutschland haben wir gefunden. Was uns fehlt, ist die Person, die das Bindeglied darstellt.«

Waldschmidt schenkte Kaffee in drei Campingbecher und stellte sie auf den Tisch. »Milch? Zucker?«

»Danke, nein«, lehnten Kaufmann und Angersbach synchron ab.

»Fein.« Waldschmidt setzte sich wieder und legte die Fingerspitzen aneinander. »Sie haben recht«, sagte er nach einer Weile. »Für die Vermittlung der illegal gefangenen Tiere an einen Verkäufer im Bestimmungsland ist eine gewisse Logistik erforderlich. Wer nur als Tourist nach Kolumbien reist, hätte damit vermutlich Schwierigkeiten. Aber wir sind nicht die einzige Organisation, die sich dort zu Forschungszwecken aufgehalten hat.«

»Sie meinen, in den letzten drei Monaten gab es noch andere Expeditionen in Leticia?«

»Nicht direkt dort«, entgegnete Waldschmidt. »Aber im brasilianischen Teil des Gebiets, in dem wir uns aufgehalten haben, war in derselben Zeit eine Gruppe von deutschen Naturschützern aktiv, die gegen die Rodung des Regenwalds kämpft.«

Angersbach schlürfte geräuschvoll seinen Kaffee. »Sie wollen nicht glauben, dass einer Ihrer Mitstreiter die Seiten gewechselt hat, richtig?«

Der Professor fuhr sich mit beiden Händen durch die lockigen braunen Haare. »Soweit ich das mitbekommen habe, hat Frau Schick ein paar Tiere ins Land geschmuggelt, um mit dem Gewinn eine Organisation zu gründen, die sich gegen den Tierschmuggel einsetzt.« Er schüttelte den Kopf. »Wie absurd ist das? Als wollte man den Teufel mit dem Beelzebub austreiben.«

Kaufmann fragte sich, wie er davon erfahren hatte. Sie hatten diese Information nicht herausgegeben.

»Lara hat sich Danny anvertraut«, beantwortete Waldschmidt die unausgesprochene Frage. »Unserem Fotografen. Und der hat es mir erzählt, weil es ihn so aufgewühlt hat.«

»Wie steht es mit Ihrem anderen Mitarbeiter?«, hakte Ralph ein. »Markus Kießling? Hat es ihn auch aufgewühlt?«

»Wir haben es ihm nicht erzählt. Er hatte sich schon vorher herablassend über Lara geäußert.«

»Aha?« Kaufmann horchte auf. »Weshalb?«

»Er fand sie naiv«, erwiderte Waldschmidt. »Weil sie im Alleingang die Welt retten wollte.« Er hob die Hände. »Ganz unrecht hat er damit ja nicht.«

»Kommen wir noch mal auf den weißen Mann zurück, der in Leticia den Tierschmuggel organisiert hat«, insistierte Ralph. »Können Sie sich vorstellen, dass es sich dabei um einen Ihrer Mitarbeiter handelt?«

Der Professor leerte seine Kaffeetasse. »Ich möchte es mir nicht vorstellen. Aber wenn ich ehrlich bin ...«

»Ja?«

»Ich hatte von Anfang an Zweifel, ob Markus tatsächlich dieselben Ziele verfolgt wie wir. Wir sind alle fasziniert von Exoten, sonst würden wir keine monatelangen Expeditionen in den Regenwald unternehmen. Es ist dort heiß, nass und nicht besonders komfortabel. Man muss schon eine gewisse Leidensbereitschaft mitbringen, um an einem solchen Projekt mitzuarbeiten. Aber Markus – er ist nicht nur fasziniert von Reptilien, er ist geradezu besessen. Ich kann nicht beschwö-

341

ren, dass es ihm wirklich nur um den Schutzgedanken geht. Womöglich verfolgt er auch seine ganz eigenen Interessen.«

»Die da wären?«

Waldschmidt raufte sich die Haare. »Es ist mir wirklich unangenehm. Ich möchte niemanden fälschlich beschuldigen. Markus war in Leticia eine echte Bank, ein Mann, auf den man sich in jeder Hinsicht verlassen konnte.«

»Machen Sie sich keine Sorgen«, sagte Sabine. »Wir verraten Herrn Kießling nicht, woher wir unsere Informationen haben.«

Waldschmidt lachte gequält. »Das wird er sich dann schon denken können. Aber gut. Wenn es der Wahrheitsfindung dient: Markus hat mal davon gesprochen, dass er ein Reptilien-Land gründen will. So eine Mischung aus Disney World und Jurassic Park. So etwas kostet natürlich Geld. Und mit dem Schmuggel vom Aussterben bedrohter Tiere kann man sehr schnell eine ganze Menge davon verdienen.«

Kaufmann leerte ebenfalls ihre Tasse und bedankte sich. »Wir werden das prüfen. Und wir geben Ihnen auf jeden Fall Bescheid.«

Waldschmidt ließ sich gegen die Rückenlehne seines Campingstuhls sinken. »Was für ein Desaster«, stöhnte er. »Ich habe dieses Unternehmen gestartet, um ein paar unschuldige Kreaturen zu retten. Und was haben wir stattdessen? Eine erstochene Doktorandin, Hunderte toter Reptilien, eine korrupte Polizistin und nun womöglich auch noch einen mörderischen Journalisten.«

»Tja«, entgegnete Ralph. »Wie sagt man so schön? Der Weg zur Hölle ist mit guten Absichten gepflastert.«

Kaufmann sah entschuldigend in Waldschmidts Richtung. Sie hatten so gut angefangen, doch jetzt kehrte Ralph doch wieder das Trampeltier heraus.

Waldschmidt winkte ab. »Lassen Sie nur. Ihr Kollege hat ja recht.«

Ralph Angersbach stapfte mit großen Schritten durch die verlassenen Flure des Universitätsgebäudes. Endlich hatten sie einen konkreten Verdacht! Erst als er auf die Straße trat, fiel ihm auf, dass Sabine Kaufmann neben ihm heftig atmete. Offenbar musste sie sich anstrengen, um mit ihm mitzuhalten. Kein Wunder, sie musste die deutlich kürzeren Beine durch ein entsprechend höheres Tempo ausgleichen. Ralph wollte sich entschuldigen, sah aber dann, dass in ihren Augen dasselbe Jagdfieber glühte, das auch er empfand.

Es passte alles zusammen. Markus Kießling war ein Reptiliennarr, der von einem gigantischen Exotenprojekt träumte. Er hatte während der dreimonatigen Expedition nach Kolumbien Kontakt zu den einheimischen Wildfängern aufnehmen und mit ihnen das Geschäft aufziehen können. Kießling war in Leticia gewesen, als Kim Helbig ermordet wurde. Es war plausibel, dass er der weiße Mann war, den die Wilderer Jake nannten. Und Kießling war zurück in Deutschland gewesen, als man Gerrit Liebetraut erschlagen hatte.

Angersbach reduzierte das Tempo ein wenig. »Warum hat er Liebetraut umgebracht? Und weshalb hat er die Tiere aus dem Lieferwagen nicht mitgenommen?«

»Keine Ahnung«, entgegnete Kaufmann. »Weil Liebetraut unverschämt geworden ist und mehr Geld wollte vielleicht. Möglicherweise hat er Kießling auch erpresst. Oder Kießling war der Ansicht, dass Liebetraut ein zu großer Unsicherheitsfaktor geworden war, nachdem wir ihn festgenommen hatten. Liebetraut hat zwar nichts verraten, aber vielleicht hat Kießling befürchtet, dass er irgendwann einknickt.« Sie blieb kurz stehen. »Und die Tiere? Wahrscheinlich wollte er den Verdacht auf die Raststättenbetreiber lenken. Das hat ja auch ganz gut geklappt. Wenn Holger sich nicht daran erinnert hätte, dass Sybille Lippert dieses Chamäleon-Tattoo hat, würden wir vermutlich immer noch nach einer Verbindung von Petri und Lippert zu den Tierschmugglern suchen.«

»Hm.« Angersbach lief weiter. Die Erwähnung von Holger Rahn löste Gefühle in ihm aus, denen er lieber nicht nachspüren wollte.

»Überraschungsbesuch?«, fragte Sabine Kaufmann, als sie vor Angersbachs Wagen standen.

»Ja. Hast du die Adresse von Markus Kießling?«

Kaufmann zog ihr Smartphone hervor und suchte eine Weile. »Hier!«, verkündete sie triumphierend. »Adresse und Handynummer.«

»Ich vermute, wir rufen nicht vorher an?«, fragte Ralph.

Sabine richtete die Augen zum Himmel. »Dann wäre es keine Überraschung mehr, oder?«

Hofheim am Taunus, dreißig Minuten später

Markus Kießling wohnte in Hofheim am Taunus, etwa fünfzehn Kilometer vom Stadtzentrum Frankfurts und knapp zwanzig vom Campusgelände am Riedberg entfernt. Durch die Nähe Hofheims zur A66, von der aus man am Nordwestkreuz auf die A5 wechseln konnte, die fast unmittelbar am Stadtteil Riedberg vorbeiführte, war es ein für Frankfurter Verhältnisse sehr akzeptabler Weg zur Arbeit.

Kießlings Zuhause war ein kleines graues Haus in einer Straße mit vielen schlichten Häusern, was hier eher die Ausnahme war. Hofheim glänzte mit zahlreichen gut erhaltenen Fachwerkhäusern und einem malerischen Ortskern, während um den Altbestand herum in den letzten Jahrzehnten immer mehr moderne Neubauten und teure Wohnanlagen entstanden waren. Sabine, die in Wiesbaden selbst in einer Neubauwohnung lebte, betrachtete mit einem Anflug von Nostalgie die schönen weiß oder gelb gestrichenen Häuser mit dem roten, braunen und schwarzen Fachwerk, an denen sie vorbeifuhren. Die Häuser erinnerten sie an die Zeit in Bad Vilbel und an ihre Mutter.

Kaufmann seufzte und stellte zugleich überrascht fest, dass der Schmerz nicht mehr so tief und bohrend war. Die Verzweiflung über den Tod der Mutter überrollte sie nicht mehr. Die Gefühle von Hilflosigkeit und Wut, die Hedwigs Schizophrenie und ihr übermäßiger Alkoholkonsum ausgelöst hatten, waren nicht mehr scharf und spitz. Stattdessen erinnerte sie sich mit einem warmen Gefühl an die schönen Momente, die sie mit ihrer Mutter erlebt hatte. Besuche in der Alten Oper in Frankfurt, Kinoabende, lange Spaziergänge und gute Gespräche beim Pizzaessen beim Italiener oder bei Kaffee und Kuchen im Café.

Angersbach stellte den Lada vor dem grauen Haus ab, und sie gingen gemeinsam zur Eingangstür. Ralph betätigte die Türglocke. Sie warteten eine Weile, doch nichts geschah. Angersbach läutete erneut, wieder ohne Ergebnis.

»Er scheint nicht zu Hause zu sein«, stellte er überflüssigerweise fest.

Kaufmann sah nach Westen, wo hinter den Baumwipfeln die Sonne versank und die Landschaft in mildes Abendlicht tauchte. Die Wolken am Himmel färbten sich rot.

»Dann rufen wir ihn eben doch an«, befand sie und zog ihr Smartphone heraus. Sie wählte die Nummer, die sie ermittelt hatte, doch der Anruf landete bei der Mailbox. Ohne persönlichen Ansagetext, einfach nur die Aufforderung, nach dem Piepton zu sprechen. Kaufmann verzichtete darauf.

Ralph machte sich auf den Weg um das Haus herum. Sabine eilte ihm hinterher.

»Was wird das jetzt?«, fragte sie.

»Ich will mich nur mal umsehen«, entgegnete Angersbach.

Sie kamen in einen kleinen, verwilderten Garten und gelangten von dort auf eine Terrasse aus Betonplatten, von denen die meisten Risse hatten. Sie spähten durch die Terrassentür und das große rückwärtige Fenster ins Innere, konnten aber nicht viel erkennen. Essecke, Sitzlandschaft und ein großer Flachbildfernseher, an der Rückwand ein riesiges Terrarium, dessen UV- und Wärmelampen rotes Licht in den Raum warfen.

Angersbach beäugte die Terrassentür. Kaufmann stemmte die Hände in die Hüften. »Wir werden nicht versuchen, bei ihm einzubrechen.«

Ralph legte die Hände trichterförmig an die Scheibe und spähte ins Innere. »Ich würde mich einfach gerne bei ihm umsehen.«

»Das werden wir auch. Aber nicht so.« Sabine zog ihn von der Tür weg. »Hör auf, hier überall deine Fingerabdrücke zu hinterlassen«, tadelte sie.

Ralph ließ den Blick schweifen. »Wie denn dann?«

»Ganz einfach. Wir fahren rasch nach Wiesbaden und bitten meinen Chef, uns einen Durchsuchungsbeschluss zu organisieren. Immerhin haben wir den begründeten Verdacht, dass Kießling der Kopf hinter dem Wildtierschmuggel ist. ET, du erinnerst dich?«

»Klar.« Angersbach grinste und hielt den rechten Zeigefinger hoch. »ET nach Hause telefonieren.«

»Ha, ha.« Kaufmann drehte sich kopfschüttelnd ab und ging zurück zur Straße. Sie wusste ja, dass Ralph ein Problem mit Holger Rahn hatte. Aber das war noch lange kein Grund, sich über einen Mann lustig zu machen, der nach einem Schlag auf den Kopf im Koma gelegen hatte und sich erst wieder sortieren musste.

Ralph holte sie ein, öffnete den Wagen und hielt ihr galant die Beifahrertür auf.

»Entschuldige. War nicht böse gemeint. Aber diese Steilvorlage konnte ich mir einfach nicht entgehen lassen.«

Sein Gesichtsausdruck war so reumütig und verschmitzt zugleich, dass Kaufmann lachen musste.

Da hatte er gerade noch mal die Kurve bekommen!

Ralph Angersbach stieß die Luft aus, als er den Wagen umrundete. Warum konnte er nur nie die Klappe halten? Oder wenigstens nachdenken, bevor er den Mund aufmachte? Den Kampf um Sabines Gunst würde er sicher nicht gewinnen, indem er über Rahn herzog. Das war einfach nur schlechter Stil. Wenn er sie wirklich beeindrucken wollte, musste er etwas tun, mit dem er ihre Anerkennung gewann. Die entscheidende Wende in den Mordfällen Helbig und Liebetraut herbeizuführen zum Beispiel wäre eine gute Sache.

Er schwang sich hinters Steuer und fuhr über die B519 zur A66. Von Hofheim bis Wiesbaden war es nicht weit, ungefähr zwanzig Kilometer, aber die Fahrzeit stand und fiel mit der Verkehrsdichte. Nur weil Wochenende war, bedeutete das nicht, dass die Straßen alle frei waren. Im Gegenteil. Vor neunzehn Uhr würden sie es wohl kaum bis zum LKA schaffen.

»Glaubst du wirklich, dein Chef ist um diese Zeit noch im Büro? An einem Samstagabend?«, fragte er.

»Ich frage ihn.« Kaufmann nahm ihr Smartphone aus der Tasche und tippte auf einen Kontakt. Ihr Chef meldete sich sofort. Dem kurzen Wortwechsel entnahm Ralph, dass Kriminaloberrat Julius Haase tatsächlich noch im Büro war.

»Alles andere hätte mich auch gewundert«, sagte Sabine, als sie das Telefon wieder in der Handtasche verstaute.

Angersbach warf ihr einen kurzen Seitenblick zu. »Hat der Mann kein Privatleben?«

»Seine Frau ist vor ein paar Jahren gestorben«, entgegnete Kaufmann. »Gehirntumor. Seitdem gibt es nur noch den Job für ihn.«

»Scheiße.« Ralph starrte auf die Straße.

»Hm.«

Sie schwiegen, bis Angersbach sich durch das Zentrum von Wiesbaden zum LKA-Gebäude durchgekämpft und den Lada auf dem Besucherparkplatz abgestellt hatte.

Als Ralph eine Woche zuvor das erste Mal mit Sabine hier gewesen war, hatte er keine Augen für ihren Arbeitsplatz gehabt. Viel zu sehr hatten ihn die Erkenntnis, dass die Tote in der Reptilienkiste Kim Helbig war, der Besuch bei Kims Eltern und Rahns Amnesie aufgewühlt. Dieses Mal sah er sich neugierig um.

Das Gebäude war ähnlich aufgebaut wie das Polizeipräsidium Mittelhessen in Gießen. Lange Flure, von denen zahllose Türen abgingen, nur dass hier alles heller, sauberer und moderner war. Viel Glas und Stahl, klare Farben und graues Linoleum statt der üblichen Beigetöne. Schön, dachte Angersbach, dem die Gestaltung im Gießener Präsidium nie so recht gefallen hatte. Als hätte derjenige, der die alten beige-grünen Polizeiuniformen entworfen hatte, auch die Farbe für die Dienstgebäude angerührt.

Kaufmann führte ihn direkt zum Büro von Kriminaloberrat Julius Haase und klopfte an.

»Ja, bitte«, erscholl von innen ein volltönender Bass. Ralph Angersbach hatte sofort ein Bild vor Augen. Sabines Chef war vermutlich über sechzig, hatte kein einziges Haar mehr auf dem Kopf, dafür aber einen mächtigen Bauch vom vielen Sitzen am Schreibtisch. Anders als Ralph, der seine Figur immer noch hielt. Zugegebenermaßen, ohne dass er sich dafür in irgendeiner Weise anstrengen musste. Er hatte einfach einen sehr aktiven Stoffwechsel.

Kaufmann öffnete die Tür, und Angersbach sah, dass er sich getäuscht hatte. Der Mann, der dynamisch hinter seinem Schreibtisch hervorkam, war höchstens Anfang fünfzig, also etwa genauso alt wie Ralph. Er hatte volles dunkles Haar, das modisch geschnitten war, und ein markantes, glatt rasiertes Kinn. Seine grauen Augen hatten die Farbe von Kieselsteinen und blickten wach und neugierig. Er sah definitiv nicht so aus wie der gebrochene Mann, den Ralph erwartet hatte, sondern eher wie jemand, der mit sich und der Welt im Einklang war.

»Kriminaloberkommissar Angersbach«, begrüßte Haase ihn herzlich. »Ich freue mich, dass wir uns endlich persönlich kennenlernen. Bitte, nehmen Sie doch Platz.« Er dirigierte Ralph und Sabine zur Sitzecke mit bequemen Ledersesseln und Glastisch.

»Tee?«, fragte er. Kaufmann nickte, Angersbach lehnte ab. Er zeigte auf die kleinen Flaschen auf dem Tisch. »So eine Bionade würde ich nehmen.«

»Bitte. Bedienen Sie sich.« Haase schenkte Tee ein und reichte Angersbach ein Glas. Dann setzte er sich den Kommissaren gegenüber. »Sie brauchen also einen Durchsuchungsbeschluss?«

»Richtig.« Sabine legte ihm rasch die Lage dar.

»Hm«, machte Haase. »Das ist dünn. Sehr dünn. Ich weiß nicht, ob ich den Staatsanwalt überzeugen kann, damit zum Richter zu gehen und einen Beschluss zu beantragen.«

Angersbach stellte ärgerlich seine Bionadeflasche auf den

Tisch. »Ich verstehe das Problem nicht. Die Sache ist doch sonnenklar.«

Haase ließ sich von seinem barschen Ton nicht aus der Ruhe bringen. »Das Problem besteht darin, dass wir nicht plausibel darlegen können, warum sich Markus Kießling und Gerrit Liebetraut überhaupt gekannt haben sollen«, erklärte er. Immerhin sagte er »wir« und nicht »Sie«.

»Ein Frankfurter Journalist und der Mitarbeiter einer Gießener Zoohandlung«, fuhr Haase fort. »Wo ist da der Schnittpunkt?«

Ralph dachte angestrengt nach. Es war in der Tat unwahrscheinlich, dass sich die beiden Männer zufällig über den Weg gelaufen waren. Aber irgendeine Verbindung musste es geben. Angersbach schaute auf Haases aufgeräumten Schreibtisch, auf dem ein aufgeklappter Laptop stand. Im selben Moment hatte er einen Geistesblitz.

»Verzeihung.« Er stand auf. »Wenn Sie mich kurz entschuldigen würden?« Er nickte Haase knapp zu und eilte aus dem Büro. Im Flur blieb er vor der großen Fensterfront stehen und blickte auf die Lichter der Stadt, die in der Dunkelheit leuchteten. Er angelte sein Smartphone aus der Tasche und wählte die Nummer der Kriminaltechnik. Das hätte er natürlich auch in Haases Büro tun können, aber wenn er falschlag, brauchten Sabine und ihr Chef nichts davon zu wissen. Sollten sie eben denken, dass er ein dringendes Bedürfnis gehabt hatte. Das war besser, als sich zu blamieren.

Der Kollege aus der KTU, der ihn ein paar Stunden zuvor angerufen hatte, war zum Glück noch im Büro. Angersbach erklärte ihm, was er wollte. Der Kollege murrte kurz, erfüllte Ralph dann aber den Wunsch.

»Ich weiß wirklich nicht, warum du das nicht selbst machst«, bemerkte er. »Ich habe dir die Datei per Mail geschickt.«

»Ich bin nicht im Büro«, erklärte Angersbach.

»Kriegst du die Mails nicht aufs Handy?«

»Doch. Aber auf dem kleinen Display dauert es ewig, bis man etwas findet.« Dass das Problem vor allem darin bestand, dass er Texte auf dem Smartphone einfach nicht mehr lesen konnte, weil die Schrift vor seinen Augen verschwamm, erwähnte er nicht. Das gab er nicht einmal vor sich selbst zu. Das Letzte, was ihm fehlte, war eine Lesebrille, die er ständig aus der Tasche fummeln und auf- und absetzen müsste. Irgendwann würde er vermutlich nicht mehr darum herumkommen, sich eine Sehhilfe anzuschaffen, aber noch konnte er so tun, als wären einfach nur zu kleine Bildschirme und schlechte Beleuchtung schuld an seinen Schwierigkeiten.

»Okay.« Der Kriminaltechniker gab sich mit Ralphs Ausrede zufrieden. Angersbach hörte das Klappern einer Tastatur, und eine ganze Weile blieb es still in der Leitung. Schließlich meldete sich der Kollege wieder. »Du hattest recht«, verkündete er.

Ralph bedankte sich überschwänglich und stürzte zurück in Haases Büro. Sabine und ihr Chef sahen ihn irritiert an.

Angersbach lächelte. »Ich habe die Verbindung«, erklärte er. »Markus Kießling steht auf der Liste.«

Haase runzelte verständnislos die Stirn. Kaufmann richtete sich auf ihrem Stuhl auf. »Auf Liebetrauts Kundenliste?«

»Richtig. Markus Kießling war einer von Gerrit Liebetrauts ersten Kunden. Er hat ein paar Amazonas-Reptilien bei ihm gekauft.«

»Bevor er dann vom Käufer zum Lieferanten geworden ist«, schlussfolgerte Kaufmann. »So haben sie sich kennengelernt, und die ganze anschließende Kommunikation fand mit persönlichen Nachrichten über den Messenger-Dienst statt, die sich nicht nachvollziehen lassen.«

Julius Haase nickte Angersbach zu.

»Gute Arbeit, Herr Kollege. Damit bekommen wir den Durchsuchungsbeschluss.« Er legte den Kopf schief. »Haben Sie schon mal darüber nachgedacht, Ihre Dienststelle zu wechseln? Kluge Köpfe können wir hier beim LKA immer gebrauchen.«

Ralph Angersbach wäre beinahe rot geworden.

34

Wiesbaden, zwei Stunden später

So recht behagte es Sabine Kaufmann nicht, Ralph mit in ihre Wohnung zu nehmen, aber was wäre die Alternative? Wenn sie dienstlich in Gießen zu tun gehabt hatten, hatte Angersbach ihr immer einen Platz auf seiner Couch angeboten. Nun waren sie eben in Wiesbaden, und der Durchsuchungsbeschluss würde erst am nächsten Tag kommen. Da sich Kießlings Haus ganz in der Nähe befand, war es wenig sinnvoll, jetzt, am Samstagabend, nach Gießen zu fahren und am Sonntagmorgen wiederzukommen. Es war nur vernünftig, die Nacht in Wiesbaden zu verbringen. Und dann musste sie Angersbach eben einen Platz auf ihrer Couch offerieren. Es lag ja an ihr, ob mehr passieren würde oder nicht.

Ralph nahm das Angebot an, aber Sabine merkte, dass auch ihm nicht ganz wohl dabei war. Zu lange gab es schon dieses Hin und Her zwischen ihnen, die Anziehung und die Angst, sich wirklich aufeinander einzulassen.

Nein, entschied Sabine. Heute Abend würden sie einfach nur gemeinsam essen, und danach würde sie sich in ihr Schlafzimmer zurückziehen und Ralph im Wohnzimmer allein lassen. Noch besser wäre es, wenn sie den Abend gar nicht zu Hause verbrachten.

»Sollen wir essen gehen?«, fragten sie wie aus einem Mund und mussten beide lachen.

»Pizza?«, erkundigte sich Sabine. »Es gibt einen wunderbaren Italiener gleich um die Ecke.«

Eine Viertelstunde später saßen sie bei Luigi an einem winzigen Tisch in der Nische am Fenster. Eigentlich hatte es keine freien Plätze mehr gegeben, aber für seine Stammkundin schuf Luigi gerne Abhilfe. Er holte einfach einen Klapptisch und zwei Stühle aus der Küche und zwängte sie zwischen das vorhandene Mobiliar. Die anderen Gäste mussten eben ein wenig zusammenrücken. Niemand beschwerte sich.

Kaufmann bestellte ihre geliebte Salamipizza, Angersbach eine Pizza mit gebratenen Auberginen, Zucchini, Möhren und veganem Käse. Dazu tranken sie Rotwein.

Sabine beglückwünschte sich zu ihrer Idee. Es war ein entspannter Abend, sie unterhielten sich über alles Mögliche, nur nicht über die Arbeit. Die Pizza war wie immer hervorragend, der Wein lecker. Sabine entspannte sich und ließ das wohlige Gefühl zu, das sich in ihr breitmachte.

Auf dem Weg nach Hause hätte sie nichts dagegen gehabt, wenn Ralph ihr den Arm um die Schultern gelegt hätte, aber er tat nichts dergleichen. Es schien, als habe er ebenfalls beschlossen, alles Private auszuklammern, bis der Fall gelöst war.

In ihrer Wohnung bezog sie rasch das Sofa für Ralph, gab ihm ein Handtuch und eine unbenutzte Zahnbürste und wünschte ihm eine gute Nacht. Sie zog sich in ihr Schlafzimmer zurück und wartete, bis sie keine Geräusche mehr hörte. Erst dann ging sie ins Bad und machte sich für die Nacht bereit.

Anschließend lag sie in ihrem Bett und konnte nicht einschlafen. Sie musste an Ralph denken, der im Raum gleich nebenan war. Ob sie noch einmal aufstehen und nachsehen sollte, ob er ebenfalls nicht schlafen konnte?

Nein. Wenn er wollte, dass in dieser Nacht etwas zwischen ihnen passierte, musste er zu ihr kommen.

Aber es rührte sich nichts. Sabine starrte weiter an die Decke, und irgendwann fielen ihr die Augen zu.

35

Hofheim am Taunus, einen Tag später, Sonntag

Die jungen Kollegen von der Bereitschaftspolizei waren dieselben, die auch den Imbiss Römerwall durchsucht hatten. Kaufmann und Angersbach hatten extra darum gebeten, weil sie den Polizeischülern die Möglichkeit geben wollten, den Fortgang einer laufenden Ermittlung hautnah mitzuerleben. Die jungen Polizisten waren sichtlich erfreut und brannten darauf, dieses Mal einen Erfolg zu verzeichnen.

Für den Fall, dass Markus Kießling erneut nicht zu Hause war, hatten sie außerdem den Mitarbeiter eines Schlüsseldiensts mitgebracht. Angersbach klingelte mehrere Male, ohne dass sich im Haus etwas rührte, und bedeutete dem Mann dann, seine Arbeit zu tun. Der Fachmann brauchte nur eine Minute, bis sich die Haustür öffnete.

Kaufmann und Angersbach betraten gemeinsam mit den Polizeischülern das Haus, während der Mann vom Schlüsseldienst in seinen Firmenwagen stieg und davonfuhr.

Die Polizeischüler verteilten sich auf die Räume im Erdgeschoss und untersuchten Regale, Schränke und Schubladen. Kaufmann und Angersbach durchschritten das Wohnzimmer, das sie bereits vom Blick durch das Terrassenfenster kannten.

In dem großen Terrarium an der Rückwand wucherte ein dichter Dschungel. Es schien, als würden sich überhaupt keine Tiere darin befinden. Genau wie Gerrit Liebetraut achtete Kießling offensichtlich darauf, das Terrarium nicht zu überfrachten, damit die Tiere genügend Bewegungsfreiheit hatten.

Angersbach sah, wie ein paar grüne Blätter in der unteren rechten Ecke erzitterten. Etwas Schuppiges huschte durchs Unterholz und verschwand auf der anderen Seite wieder. Das Ganze ging so schnell, dass Ralph nicht hätte sagen können, was für ein Tier es gewesen war. Aber seine Kenntnisse der Reptilienwelt waren ohnehin begrenzt. Chamäleon, Eidechse, Schildkröte, Krokodil – diese Tiere könnte er wohl noch auseinanderhalten. Aber Warane, Agamen, Geckos, Leguane? Doch das spielte ja auch keine Rolle. Die Tiere im Terrarium waren nicht von vordringlichem Interesse. Ob für sie Papiere existierten, die ihren Besitz als legal bescheinigten, würde man später prüfen. Jetzt ging es darum, Beweise dafür zu finden, dass Markus Kießling der Kontaktmann von Gerrit Liebetraut gewesen war. Dass er jener Jake war, der Mann mit der Maske, der Kim Helbig erstochen hatte. Und derjenige, der Gerrit Liebetraut an der Raststätte Römerwall erschlagen hatte.

Neben dem Wohnzimmer gab es eine Nische mit einer Essecke, dahinter die Küche, auf der anderen Seite des Flurs die Gästetoilette. Während die Polizeischüler weiter das Erdgeschoss unter die Lupe nahmen, ging Ralph die Treppe in den ersten Stock hinauf und sah sich um.

Rechts und links standen die Türen zu Schlafzimmer und Bad offen, beides ordentlich und übersichtlich, fast spartanisch eingerichtet. Dschungel- und abenteuerkonformes Braun und NATO-Oliv waren die vorherrschenden Farben bei Handtüchern und Bettwäsche. An den Wänden hingen großformatige Amazonas-Fotos hinter Glas, am Ende des Flurs blickte Angersbach direkt in den weit aufgerissenen Rachen eines Krokodils im A1-Format.

Das Poster hing auf der Außenseite der einzigen verschlossenen Tür im Obergeschoss. Ralph öffnete sie und betrat den

Raum dahinter, bei dem es sich offensichtlich um Kießlings Büro handelte.

»Wow«, stieß Sabine aus, die ihm gefolgt war. »Das ist Hardcore.«

Ralph hatte es für einen Moment die Sprache verschlagen. Er musste sich erst räuspern, ehe er ein »Aber hallo!« herausbrachte.

Eine Wand des Raums war, ähnlich wie in Waldschmidts Büro, mit Bildern tapeziert. Allerdings waren es keine Tierfotografien, sondern Computeranimationen, die ein Gelände zeigten, auf dem sich mehrere Hallen, eine Reihe riesiger Gewächshäuser und ein künstlicher See mit einer Brücke darüber befanden. Vor dieser Wand stand ein großer Tisch, wie er von Architekten oder Bauzeichnern benutzt wurde. Er war bedeckt mit ausgerollten Plänen, offensichtlich von demselben Gelände. Angersbach hob die großen Seiten an und sah, dass Kießling verschiedene Entwürfe angefertigt hatte. Den Gewächshäusern waren Klimazonen zugeordnet, vom Regenwald bis zur Wüste war alles vertreten.

Neben dem Zeichentisch befand sich ein weiterer Tisch, auf dem ein Modell aus offensichtlich selbstgefertigten Miniaturgebäuden stand. Es entsprach dem Entwurf, der zuoberst lag, und war offensichtlich mit viel Geduld und Liebe zum Detail gebaut worden. Das Modell zeigte eine weitläufige Parkanlage mit Wegen, die zu den Gewächshäusern und zum See führten. Dazu gab es ein Restaurant, einen Kinderspielplatz und verschiedene Actionhallen. Was es damit auf sich hatte, verrieten die Seiten, die Kießling an das Whiteboard geheftet hatte, das fast die gesamte zweite Wand des Raums einnahm. Die Blätter enthielten Skizzen und Notizen, angeordnet in mehreren Spalten. Über allem stand mit dickem rotem Boardmarker in Großbuchstaben geschrieben die Überschrift »Alligator-Land«.

Kaufmann blieb vor dem Whiteboard stehen. »Mutproben mit Alligatoren?«, fragte sie. »Die Besucher sollen einem Krokodil auf die Schnauze klopfen und dann rasch die Hand durch die geöffnete Schnauze ziehen, ehe der Beißreflex einsetzt? Mit Kettenhandschuhen, für den Fall, dass sie zu langsam sind?«

»Bestimmt gibt es Leute, die das cool finden«, entgegnete Angersbach, der ebenfalls die Notizen studierte. Es gab Action-Ideen aus der Kategorie »Abenteuer und Mutproben« wie Krokodilreiten, Schwimmen mit Alligatoren oder die Schlangenbeschwörung, bei der sich der Besucher am Ende eine meterlange Python um den Hals legen sollte, Angebote aus der Farming-Ecke wie Streicheln, Fütterung und Dressur der Reptilien, inklusive eines Hindernisparcours, den Schlangen in Bestzeit durchqueren sollten, und schließlich die vorgeblich therapeutischen Angebote unter dem Stichwort »Angst und Ekel überwinden«, die zu Aktivitäten wie dem Verzehr lebendiger Heuschrecken einluden oder dazu, Hand oder Kopf in einen Glaskasten mit Mehlwürmern oder Spinnen zu stecken.

»Igitt«, sagte Kaufmann. »Das ist ja schlimmer als beim Dschungelcamp.«

»Aber genau das ist die Idee, richtig?«, entgegnete Ralph, dem sich angesichts der Zeichnungen ebenfalls der Magen umdrehte. »Die Leute gucken sich diese Shows im Fernsehen an, und Kießling baut ihnen einen Vergnügungspark, in dem sie ausprobieren können, ob sie selbst auch das Zeug dazu hätten, solche bescheuerten Dinge zu tun.«

»Ja.« Kaufmann wandte sich von den Notizen und Zeichnungen ab und der dritten Wand zu, an der Regale mit Büchern und Aktenordnern standen. »Ich persönlich finde das widerlich, aber vermutlich würden ihm die Leute die Bude einrennen. Heutzutage kann es ja gar nicht spektakulär genug sein, und alle sind ständig auf der Jagd nach dem nächsten Adrenalinkick. Schön dokumentiert mit den entsprechenden Selfies, die im Alligator-Land sicher noch mal extra Geld kosten. Und es finden sich immer Wege, um dafür eine Genehmigung zu bekommen. Hauptsache, die Tiere sind entsprechend registriert und man kann eine gewisse Expertise vorweisen.«

Angersbach ging zum Schreibtisch unterhalb des Fensters. Er klappte den Laptop auf und drückte auf den Netzschalter. Das Display leuchtete auf, das Betriebsystem startete. Als Nächstes öffnete sich ein Fenster mit der Aufforderung, den Fingerabdruckscanner zu benutzen.

»Na toll.« Ralph klappte das Gerät wieder zu und entfernte den Netzstecker und das Kabel, das zu einem großen Farbdrucker verlief. Damit würde sich die IT-Abteilung beschäftigen müssen.

Sabine hatte unterdessen angefangen, die Ordner aus dem Regal durchzusehen. Angersbach nahm die Bücher in Augenschein. Reiseführer zu allen möglichen Regionen der Erde, vorrangig der südamerikanische Regenwald und die afrikanische Wüste, außerdem Fachbücher über Wildtiere und Reptilien, Terraristik und Betriebswirtschaftslehre. Kießling verwendete offenbar viel Zeit und Ehrgeiz auf seinen geplanten Reptilien-Park.

Ralph entdeckte einen schmalen Papphefter, der zwischen einem Buch über Geckos und der Regalwand klemmte, und zog ihn heraus. Im Inneren befanden sich mehrere ausgedruckte Seiten. Ralph überflog sie rasch und pfiff durch die Zähne.

Kaufmann wandte ihm den Kopf zu. »Hast du was?«

»Ja. Kontoauszüge«, sagte Angersbach. »Kießling hat in den letzten Jahren regelmäßig Bareinzahlungen vorgenommen.«

»Geld für die Tiere, die er nach Deutschland geschmuggelt hat.«

»Das steht hier natürlich nicht, aber die Hypothese scheint mir nicht allzu gewagt«, entgegnete Ralph. »Da ist einiges zusammengekommen, fast zweihundertfünfzigtausend Euro. Den Reibach hat eindeutig Kießling gemacht, nicht Liebetraut. Den hat er mit einer lächerlichen Provision abgespeist.« Auch das war nur eine Vermutung, aber ebenfalls eine naheliegende. Sie hatten ja herausgefunden, dass es auf Liebetrauts Konto Bareinzahlungen gegeben hatte. Anders als bei Kießling hatten diese allerdings lediglich im unteren dreistelligen Bereich gelegen, während Kießlings Einzahlungen vierstellig waren.

»Wahnsinn«, sagte Sabine. »Aber ob das für sein Projekt Alligator-Land reicht?«

»Das hängt davon ab, wie viel Geld er für das Gelände aufbringen muss«, meinte Angersbach und schaute erst auf das Modell, dann auf die Computeranimationen an der Wand. Was für Gebäude mochten das sein? Und vor allem: Wo befanden sie sich?

Kaufmann und er arbeiteten sich durch die Aktenordner. Sie waren schon fast am Ende, als Sabine einen triumphierenden Laut ausstieß. »Ich hab's! Es gibt hier einen Pachtvertrag für ein Gelände direkt an der A5, gar nicht weit entfernt von Friedberg.« Sie runzelte die Stirn. »Die Pacht ist geradezu lächerlich niedrig, dabei sind es fast viertausend Quadratmeter Gelände.«

»Wie geht das?«

»Keine Ahnung.« Kaufmann reichte Ralph den Ordner, zog ihr Smartphone hervor und tippte etwas ein. Angersbach besah sich die abgehefteten Pläne.

Eine der Polizeischülerinnen steckte den Kopf zur Tür herein und stieß einen Pfiff aus. »Krass.« Sie räusperte sich. »Unten gibt es nichts, das irgendwie von Interesse wäre. Sollen wir hier oben weitermachen?«

Angersbach nickte. »Schauen Sie sich schon mal die anderen Räume an. Wir sind hier gleich durch, dann können Sie das alles dokumentieren und den Rechner in die IT bringen.«

»Super.« Die Kollegin reckte den Daumen und verschwand zurück in den Flur. Angersbach widmete sich wieder den Plänen im Ordner. »Das war mal Militärgelände«, stellte er fest. »Ein altes Lager mit ein paar Fahrzeughallen und Depots. Vielleicht ist es so günstig, weil es Altlasten gibt. Oder weil die Stadt sich sonst um die Pflege kümmern müsste. Da kommt so ein Pächter doch gerade recht.«

»Könnte hinkommen«, sagte Kaufmann, die auf ihrem Smartphone gefunden hatte, was sie suchte. »Bis vor ein paar Jahren war da tatsächlich so etwas wie eine Wildtierfarm. Ein paar Leute haben exotische Tiere gezüchtet, aber es gab wohl Ärger wegen der Tierschutzbestimmungen. Der Laden musste dichtmachen, und das Gelände wurde aufgekauft. Von einem Telekommunikationsanbieter.«

»Genau«, bestätigte Ralph, der diese Information auch den vorliegenden Unterlagen entnahm.

»Die wollten da ursprünglich ein Ausbildungszentrum bauen«, berichtete Sabine mit Blick auf ihr Smartphone. »Aber dann hat sich wohl herausgestellt, dass das Gelände doch nicht so gut geeignet ist. Oder die Verkehrsführung. Das alles sieht mir ziemlich kompliziert aus. Also war es nicht die Stadt selbst, sondern der neue Besitzer, der das Gelände verpachtet hat. Aber die Gründe waren offenbar dieselben. Ein symbolischer Preis, einfach nur, damit das Areal nicht verkommt oder man eine Kostenfalle am Bein hat.« Sie wischte über das Display und schüttelte den Kopf. »Puh. Ich habe hier Bilder von so einer Lost-Places-Seite, das sieht ganz schön übel aus. Alles verfallen und zugewuchert. Wenn Kießling daraus tatsächlich etwas machen will, das Ähnlichkeit mit seinem Modell hat, dann muss er eine Menge Geld und Arbeit investieren.«

Angersbach klappte den Ordner zu und stellte ihn zurück ins Regal.

»Wir fahren am besten mal hin und sehen uns das an«, schlug er vor. »Vielleicht finden wir dort ja auch Markus Kießling, dann können wir ihn gleich befragen.«

Kaufmann lächelte. »Ich bin dabei.« Sie deutete aus dem Fenster nach draußen, wo sich ein klarer Himmel mit kleinen weißen Wolken präsentierte. »Bei dem herrlichen Frühlingswetter ist so ein Ausflug doch genau das Richtige.«

Friedberg-Ockstadt, eine knappe Stunde später

Sabine Kaufmann ließ sich in den Sitz sinken, und Ralph Angersbach steuerte den Lada erst zur A66, dann zur A5. Sie ließ heute keinen bissigen Kommentar über den mangelhaften Komfort seines Fahrzeugs verlauten, das selbst in den Neunzigern schon überholt gewesen war. Da sie von Süden her kamen, wählte Ralph die Ausfahrt Friedberg, wo auch der Pendlerparkplatz lag. Während er diesmal nach rechts abbog, sinnierte er über das Schicksal des alten Militärgeländes. Die Verkehrsanbindung war vermutlich der Hauptgrund dafür gewesen, weshalb sich der Telekommunikationsanbieter doch gegen den Standort entschieden hatte. Das Areal lag zwar direkt neben der A5, aber man kam einfach nicht gut dorthin. Man musste entweder ein ganzes Stück weiter südlich bei Friedberg oder weiter nördlich bei Ober-Mörlen abfahren. Von dort aus fuhr man beinahe die doppelte Strecke wieder zurück, oder, wenn man über die entsprechende Ortskenntnis verfügte, über

Schleichwege. Weder das eine noch das andere wäre eine geeignete Option für ein bundesweites Publikum gewesen. Von Süden her führte der Weg zunächst ebenfalls über die Bundesstraße, aber man musste wiederum eine enge Ortsdurchfahrt bezwingen. Mit Radarfalle, Rechts-vor-Links und all den Einschränkungen, mit denen man sich auf Dörfern gegen die Metalllawinen zu schützen versuchte.

Als er den Blinker setzte, um in Richtung Ockstadt abzubiegen, sah Angersbach die drei Windräder, die zwischen Friedberg und Karben auf einer Anhöhe standen. Eine nostalgische Stimmung überkam ihn. Die Wetterau war ihm ebenso Heimat geworden wie der Vogelsberg, nach dem er sich sehnte. Hier unten hatte er Sabine Kaufmann kennengelernt. Eine Lücke im Gegenverkehr tat sich auf, und der Lada ruckelte los. Weg von diesen Gedanken.

Eine Minute später überquerten sie eine Kuppe. Die beachtliche Doppelturmfassade der Ockstädter Jakobuskirche tauchte auf, einer Kreuzkirche mit neubarockem Prunk, die im Volksmund zuweilen als Dom bezeichnet wurde. Ein breiter asphaltierter Weg zweigte nach links ab, aber noch bevor Sabine, die ihre Hand gehoben hatte, etwas sagen konnte, deutete Ralph auf die Infotafel am Ortseingang, die eine Kirschblütenwanderung Anfang April ankündigte.

»Schau mal«, sagte er.

»Was ist damit?«

»Ockstadt war viele Jahre lang Europas größtes Kirschanbaugebiet. Abertausende von Bäumen. Viele namhafte Sorten. In zwei, drei Wochen gleicht die ganze Gegend hier einem riesigen Gletscher. Weiß, so weit das Auge reicht.«

Sabine runzelte die Stirn und hob den Mundwinkel. »Okay, Herr Reiseführer. Vielleicht ein adäquater Ersatz für das Gießkannenmuseum?«

363

Bevor er etwas sagen konnte, hob sie den Daumen über die Schulter. »Da hinten ging es ab in Richtung Golfplatz. Und ein Lkw-Schild war da auch. Meinst du nicht, wir hätten da reingemusst?«

Ralph murmelte etwas. Der Lada hatte kein Navi, und keiner der beiden hatte sich die Mühe gemacht, die Adresse des Geländes auf dem Smartphone einzugeben. Als sie eine Halle erreichten, an deren Außenwand eine ganze Reihe Autos parkte, von denen manche getunt waren und andere wie Schlachtfahrzeuge aussahen, trat er auf die Bremse und schlug das Lenkrad ein.

»Ich glaube, das wäre richtig gewesen«, stieß er hervor, während seine Arme angestrengt kurbelten. »Ich drehe und du navigierst, okay?«

Kurz darauf erreichten sie die Abzweigung wieder. Sie passierten das Gelände des Golfplatzes. Der englische Rasen der Driving Range war mit Bällen übersät, hier und da standen Menschen mit ihren Trolleys und übten den Abschlag.

»Tatsächlich«, sagte die Kommissarin, während Ralph die teuren Autos begutachtete, die in der Nähe des Clubhauses parkten. Frankfurt und Bad Homburg, Porsche und Range Rover. Ihr Zeigefinger deutete auf die Wiese. »Schneeweiß. Wir müssen gar nicht bis zur Kirschblüte warten.«

Ralph zog eine Grimasse. »Hoffen wir mal lieber, dass uns kein Ball durch die Windschutzscheibe fliegt.«

»Vermutlich hat deine Kiste nicht mal Sicherheitsglas«, stichelte Sabine.

Da war es also wieder. Sie würde sich niemals mit seinem geliebten Lada Niva anfreunden können.

Wortlos lenkte er den Wagen in eine Senke, dann wieder bergauf. Sabine navigierte ihn scharf nach links. Sie erreichten den Waldrand, eine Kreuzung und standen kurz darauf vor einem Zaun, der die dahinterliegende Wildnis in seinem Inneren zu halten schien.

»Das muss es sein.« Angersbach stellte den Motor aus und kletterte aus dem Wagen. Kaufmann folgte ihm eilig.

Der Zaun war aus gewelltem Metall, zwei Meter hoch und in einem hässlichen Beige gestrichen. Die Farbe schien alt zu sein, sie blätterte an etlichen Stellen ab und entblößte blankes Metall, hier und da auch ausgedehnte Roststellen. Über dem Zaun verlief eine Dreierreihe Stacheldraht wie bei einer Gefängnisanlage. Wahrscheinlich stammte das alles noch aus der Zeit, als hier Militärfahrzeuge und Waffen gelagert worden waren, und dem Unternehmer, der seine exotischen Tiere gezüchtet hatte, war das nur recht gewesen. So konnte man ihm seine wertvolle lebendige Ware nicht so leicht entwenden.

»Wie kommen wir da jetzt rein?«, fragte sie.

Angersbach deutete vage in Richtung Norden. »Irgendwo dort muss ein Eingang sein. Aber ich komme mit dem Wagen nicht weiter. Da ist alles zugewuchert.«

»Und ich dachte, es wäre ein Geländewagen.«

»Richtig. Er eignet sich für Gelände, nicht als Mähdrescher.«

Ralph hatte offenbar nicht vor, das Thema Auto weiter zu vertiefen, sondern marschierte einfach los, durch das hoch stehende Gras und die wild wuchernden Büsche, die sich längs des Zauns erstreckten. Kaufmann hielt sich hinter ihm und war froh, sich am Morgen für praktische Sneakers und nicht für die schicken Ballerinas entschieden zu haben, die sie sonst gerne zu Bluejeans trug. Als hätte sie es geahnt ...

Der Zaun endete plötzlich, und der Pfad führte im Neunziggradwinkel um die Absperrung herum. Hundert Meter weiter kamen sie an ein verrammeltes Eingangstor. Es war ebenfalls aus Metall, besaß im Gegensatz zum umlaufenden

Zaun aber im oberen Drittel Gitterstäbe, so dass man aufs Gelände blicken konnte.

Es sah noch viel schlimmer aus als auf den Bildern im Internet. Das Gelände war komplett überwuchert, mit hoch stehendem, vertrocknetem Gras, Büschen, die sich in alle Himmelsrichtungen ausgebreitet hatten, Kakteen und Palmen, offensichtlich verdorrt oder verfroren, mit herunterhängenden Wedeln und nutzlos ausgestreckten Trieben. Überall lag Unrat herum, morsche Bretter, Steine, von denen ganze Teile abgebröckelt waren, Zaunlatten und Maschendraht, verrostete Gartengeräte und Werkzeuge. Dazwischen stand ein Autowrack, und im Hintergrund waren Käfige auszumachen. Die Gebäude waren teilweise eingestürzt, etliche Scheiben der Gewächshäuser hatten Risse und Löcher. Der See in der Mitte schien ausgetrocknet zu sein. Die Brücke, die darüberführte, wirkte so morsch, dass sie mit Sicherheit einsturzgefährdet war.

Am Eingangstor waren mehrere Schilder angebracht, »Betreten verboten«, »Privatgelände« und, besonders abschreckend, ein Hinweis auf eine Selbstschussanlage.

»Wir sollten wohl lieber ein Spezialeinsatzkommando anfordern«, sagte Sabine.

Ralph spähte angestrengt zwischen den Gitterstäben hindurch.

»Ich glaube, im hinteren Teil sieht es besser aus«, vermeldete er. »Da sind ein paar Gebäude, die noch intakt zu sein scheinen. Vielleicht ist das Kießlings Lager, in dem er seine illegalen Exoten und deren Futter und Medikamente artgerecht zwischenlagert, bevor er sie an den Mann bringt.«

»Ja. Schön.« Kaufmann machte einen Schritt vom Tor weg. »Das können die SEK-Kollegen dann ja feststellen.«

»Ach.« Angersbach machte eine wegwerfende Handbewegung. »Das dauert doch ewig, bis die hier sind. Dann ist der schöne Sonntag rum. Wäre doch ein Jammer bei dem Wetter.«

Kaufmann hob die Augenbrauen. »Und was ist dein Plan?«

»Wir gehen rein. Das mit der Selbstschussanlage ist mit Sicherheit ein Fake.« Er wies auf das verwilderte Gelände. »Wo soll die denn bitte sein? Und wie soll sie ausgelöst werden?«

»Ich würde es vorziehen, das nicht auszuprobieren«, sagte Sabine.

»Bist du nicht neugierig?«

»Schon. Aber ich hänge an meinem Leben. Du nicht?«

Angersbach lächelte geheimnisvoll. »Doch. Aber wir müssen ja nicht hier rein. Und ich habe schusssichere Westen im Kofferraum.«

»Was meinst du mit: ›Wir müssen nicht hier rein‹?«

Ralph zog etwas aus seiner Jackentasche. »Das habe ich aus Kießlings Wohnung mitgenommen.« Er faltete das Papier auseinander, bei dem es sich offensichtlich um eine Seite aus dem Ordner mit den Unterlagen zur Tierfarm handelte. »Hier.« Er deutete auf den Plan, der das gesamte Gelände zeigte. »Siehst du das? Da ist ein alter Zugangstunnel eingezeichnet. Vermutlich, um im Ernstfall die gelagerten Waffen heimlich vor dem Feind in Sicherheit bringen zu können. Oder, in Kießlings Fall, um die geschmuggelten Tiere und ihr Futter unbemerkt rein- und raustransportieren zu können.«

»Warum soll er das heimlich tun? Er hat das Gelände doch offiziell gepachtet.«

»Klar.« Angersbach grinste. »Weil er hier sein Alligator-Land aufbauen will. Aber er möchte sicher nicht, dass ihm jemand draufkommt, wie er das Unternehmen finanziert.«

»Okay.« Sabine nickte. Ralphs Argumentation war einleuchtend. Aber sollten sie wirklich zu zweit, ohne jede Rückendeckung, durch einen alten Zugangstunnel auf ein unübersichtliches Gelände schleichen, ohne die geringste Vorstellung davon, was sie dort erwartete?

Andererseits: Wenn hier tatsächlich nichts anderes war als Unrat und Müll, würden sie sich bei den Kollegen zum Gespött machen. Ein SEK anzufordern, um ein verlassenes, verwildertes Gelände zu sichern, auf dem sich am Ende vielleicht ein paar Leguane und Warane in einem Käfig fanden? Damit wären sie sowohl im LKA in Wiesbaden als auch im Polizeipräsidium Mittelhessen in Gießen für Wochen, wenn nicht Monate, Gesprächsthema.

»Einverstanden«, sagte sie deshalb und versuchte, das ungute Gefühl im Magen zu ignorieren. »Wir sehen nach, ob wir diesen Zugangstunnel finden. Und falls ja, werfen wir einen Blick auf das Gelände. Aber sobald wir irgendetwas entdecken, das auch nur die geringste Ähnlichkeit mit einer Selbstschussanlage hat, ziehen wir uns zurück.«

»Logo.« Angersbach grinste breit. »Wir sind doch kein Selbstmordkommando.«

36

Im Alligator-Land, zur selben Zeit

Markus Kießling zupfte an seiner Unterlippe. Die beiden Polizisten waren nicht dumm. Sie hatten offensichtlich herausgefunden, dass Kim nicht von einem Wilderer ermordet worden war.

Dabei hatte Kießling extra vorgesorgt und das Messer einem der Wildfänger untergeschoben. Demjenigen, den er für am wenigsten schlau hielt und den die Polizei in Leticia am ehesten einsperren würde, auch wenn er das Verbrechen bestritt. Nur für den Fall, dass Kims Leiche überhaupt gefunden wurde. Der Dschungel war riesig. Dunkel, dicht und zugewuchert. Frisches Fleisch wurde dort nicht alt.

Er hatte erwartet, dass binnen kürzester Zeit ein hungriger Mohrenkaiman auftauchen und Kims Leichnam einfach verschlingen würde. Sie waren nicht weit vom Fluss entfernt gewesen. Deshalb hatte er sich auch nicht die Mühe gemacht, ihren toten Körper zu verstecken, sondern ihn einfach ins Gebüsch geworfen. Wie der Leichnam von dort in eine seiner Transportkisten gelangt war, war ihm ein Rätsel.

Im Grunde konnte es nur dieser Indio gewesen sein, der sich ständig in Leticia am Fähranleger herumtrieb. Kießling nahm an, dass er die Touristen bestahl. Er hatte ein paarmal den Eindruck gehabt, dass der schmächtige dunkelhäutige Mann sie belauerte. Weil sie die besseren Geschäfte machten, hatte Kießling gedacht, und der Indio gern daran teilhaben wollte. Aber die Wildfänger waren eine eingeschworene Gemeinschaft, ein paar Familien, die sich das Geschäft teilten. Nicht großartig anders als bei der Mafia, nur dass die Einnahmen für die Wilderer einen Bruchteil dessen betrugen, was die beteiligten Weißen aus der Sache herausschlugen. Aber so war die Welt eben. Weiß war oben, schwarz unten.

Nun, die Kommissare hatten jedenfalls die richtigen Schlüsse gezogen. Sie waren ihm auf die Spur gekommen, und sie hatten das Gelände entdeckt, auf dem er sein Alligator-Land aufbauen wollte. Ein Projekt, das er sich ganz sicher nicht von zwei deutschen Polizeibeamten kaputt machen lassen würde. Kleingeister, Bürokraten, Leisetreter ohne Fantasie. Das hatte er in den verschiedenen Umweltorganisationen, für die er tätig gewesen war, immer wieder erlebt. Den Menschen in diesem Land fehlten die Visionen, der Abenteuergeist, die Bereitschaft zum Risiko. Ordnung und Sicherheit standen ganz oben, und auf diese Weise kam man nun mal nicht weit.

Die beiden hatten recht, dass es auf dem Gelände keine Selbstschussanlage gab. Das Schild diente nur zur Abschreckung. Aber eine Waffe gab es durchaus, eine alte, abgesägte Schrotflinte, die Kießling sich am Frankfurter Hauptbahnhof besorgt hatte, zusammen mit reichlich Munition. Wenn man wusste, wen man fragen musste, bekam man dort fast alles.

Kießling sah auf den Bildschirm seines Tablets. Er hatte am Eingangstor und an einigen Stellen am Zaun winzig kleine, batteriebetriebene Kameras angebracht, die ihre Bilder per Funk auf sein Handy schickten. So hatte er eine lückenlose Überwachung. Am Tor gab es zusätzlich ein Mikrofon, das er auf dieselbe Weise verbunden hatte. Dank dieser Vorsichtsmaßnahmen hatte er die Kommissare schon gesehen, als sie ihren schrottreifen Geländewagen auf der Ostseite am Zaun abgestellt hatten.

Er selbst benutzte einen Schleichweg durch das Dickicht,

der kaum zu entdecken war, wenn man ihn nicht kannte. Dieser Pfad endete in der Nähe des alten Zugangstunnels, durch den er auf das Gelände gelangte, genauso, wie der Kommissar es vermutete.

Eben dort war er jetzt, am Ausgang des Tunnels auf dem eingezäunten Gelände. Es war der perfekte Ort, um die Beamten zu erwarten und ihnen eine Überraschung zu bereiten, die sie für den Rest ihres Lebens nicht vergaßen. Wobei dieses restliche Leben eine überschaubare Zeitspanne sein würde.

Ralph Angersbach ging mit entschlossenen Schritten am Zaun entlang zurück zu seinem Lada. Er würde sich diesen Kießling jetzt schnappen und ihn so lange in die Mangel nehmen, bis er den Mord an der Bäckerstochter Kim Helbig gestand. Ralph hatte die junge Frau gemocht. Sie hatte ihn immer so nett angelächelt, wenn er etwas im Laden gekauft hatte.

Er reichte Sabine eine der kugelsicheren Westen, und sie liefen zusammen weiter in die andere Richtung.

»Irgendwo hier muss es sein.«

Angersbach blickte sich um. Der Zaun war an dieser Seite genauso hoch wie an den anderen und ebenfalls mit Stacheldraht bewehrt. Von einem unterirdischen Zugang war nichts zu sehen. Aber das war ja auch der Sinn eines geheimen Eingangs.

Vermutlich musste man sich ein Stück vom Zaun wegbewegen.

Angersbach suchte das Gelände mit den Augen ab. Im hoch stehenden, gelb vertrockneten Gras war kaum etwas zu erkennen, aber ein Stück weiter entdeckte er einen gebrochenen Zweig. Das abgerissene Ende hing noch mit einigen wenigen hellgrünen Fasern fest. Hier musste erst vor Kurzem jemand entlanggegangen sein.

371

Ralph besah sich den Bereich genauer und fand weitere Hinweise, hier einige umgeknickte Grashalme, dort ein paar Schrammen in der dunklen Rinde eines Baums. Es hatte auch Vorteile, wenn man seine Jugend in einem Heim verbracht hatte, in dem Erkundungsgänge durch die Natur an der Tagesordnung gewesen waren. Die Namen der Pflanzen, die ihnen die Lehrer genannt hatten, hatte er nicht behalten, aber er hatte gelernt, auf winzige Veränderungen in der Beschaffenheit des Geländes zu achten.

Ein zerborstener Zweig am Boden, auf den offensichtlich jemand mit einem schweren Stiefel getreten war, wies ihm den weiteren Weg, und plötzlich fand er sich vor einem Betonklotz von zwei mal zwei Metern im Quadrat und ebensolcher Höhe wieder. An der Südseite gab es eine Öffnung, die komplett von einer Dornenhecke überwuchert war. Dahinter befand sich eine schwere Holztür.

»Wow«, machte Sabine Kaufmann, die ihm gefolgt war. Anscheinend beeindruckte sie sein pfadfinderisches Können.

Angersbach zog sich die Ärmel seiner Wetterjacke über die Hände und griff beherzt in die Dornen. Die Hecke ließ sich wie ein Vorhang beiseiteschieben, die Tür mit geringem Kraftaufwand nach außen öffnen. Dahinter gähnte ein dunkler Schlund.

Kaufmann zog die Taschenlampe hervor und leuchtete hinein. Es war ein schlichter Gang mit dem Querschnitt eines Rundbogens, der sich in Richtung des eingezäunten Geländes erstreckte.

»Also los!«, sagte Angersbach.

Sabine blieb stehen. »Du willst da wirklich rein?«

Ralph drehte sich zu ihr um. »Wir sind bewaffnet. Wir haben Taschenlampen. Und wir tragen Schutzwesten. Das sollte reichen, um unbeschadet durch den Tunnel zu kommen.«

»Aber wir wissen nicht, was uns dahinter erwartet.«

Angersbach hob die Hände. »Genau das wollen wir herausfinden, oder nicht?«

»Ich würde trotzdem lieber ein SEK anfordern.«

Ralph war hin- und hergerissen. Sicher, es war riskant, sich zu zweit auf ein unübersichtliches Gelände zu wagen. Aber nun waren sie hier und hatten den geheimen Zugang gefunden. Er wollte nicht warten, und er wollte sich auch nicht blamieren, wenn sie nichts anderes fanden als Müll.

»Nur ein schneller Blick«, sagte er. »Wenn uns irgendwas komisch vorkommt, drehen wir sofort um.«

Kaufmann seufzte. »Also gut.«

Angersbach nickte zufrieden und nahm den Weg durch den Tunnel in Angriff. Er führte fünfzig, sechzig Meter in einer leichten Linkskurve nach Norden und machte dann einen scharfen Knick nach rechts. Zwanzig Meter weiter befand sich wieder eine Tür. Wie die Eingangstür am anderen Ende war sie aus Holz und mit einem Drehknauf versehen. Ralph griff danach, und die Tür ließ sich problemlos öffnen.

Das Licht, das von draußen in den Tunnel fiel, blendete ihn für einen Moment. Dann schälten sich die Konturen heraus, die verfallenen Gebäude, die Gewächshäuser mit den zerbrochenen Scheiben, das Gras, die Büsche, der Unrat, der überall herumlag.

Angersbach trat ins Freie. Kaufmann folgte ihm.

»Irgendwie unheimlich hier, findest du nicht?«, sagte sie unbehaglich.

Ralph zuckte mit den Schultern. »Gottverlassen.« Er sah sich um und entdeckte ein paar Gebäude in der Mitte der Anlage, die weniger marode wirkten. Wände und Dächer waren intakt, die Türen sahen frisch gestrichen aus. Sie standen um den See herum, der von einem großen Gewächshaus auf der rechten und einem riesigen Käfig auf der linken Seite flankiert war.

Angersbach nahm zunächst das Gewächshaus in Augenschein. Es beherbergte einen regelrechten Dschungel, großblättrige grüne Gewächse, dicke Äste, die als Klettergerüst auch für größere Tiere dienen könnten. Der Boden war mit fetter schwarzer Erde bedeckt, die Wände des Glashauses waren feucht. Ralph entdeckte eine Reihe rot glühender Wärmelampen an der Decke und in einer Ecke ein großes Metallgehäuse, aus dem feuchter Nebel aufstieg. Er vernahm ein leises Motorengeräusch und wandte den Kopf zur anderen Seite. Dort stand ein Generator, der die Anlage offensichtlich mit Strom versorgte. Das dicke schwarze Kabel, mit dem er verbunden war, verlor sich ein Stück weiter unter gelbem Gras und Unrat.

»Da sind Tiere drin«, stellte Sabine Kaufmann fest und zeigte auf ein Blatt, das sich bewegte. Darunter kam eine grüne Echse zum Vorschein, die sie misstrauisch beäugte. Sekunden später war sie wieder im Blätterwald verschwunden.

Angersbach sah genauer hin und entdeckte weitere Lebewesen. Echsen, Schuppentiere, Schlangen. Sie waren gut getarnt und kaum zu entdecken, solange sie sich nicht bewegten.

»Das ist also sein Zwischenlager«, sagte er. »Hier bringt er die geschmuggelten Tiere unter, ehe er sie an den Kurier übergibt, der sie den Kunden ausliefert.«

»Bravo«, sagte eine tiefe Stimme hinter ihnen, und Angersbach zuckte zusammen. In der nächsten Sekunde wirbelte er herum und zog in der Bewegung seine Dienstwaffe. Allerdings fand er kein Ziel. Hinter ihm war niemand. Kaufmann, die ebenfalls ihre Pistole mit ausgestreckten Armen in den Händen hielt, warf ihm einen ratlosen Blick zu.

»Lassen Sie die Waffen fallen«, ertönte die Stimme wieder. »Ich kann Sie problemlos treffen. Sie mich nicht.«

Angersbach drehte den Kopf von rechts nach links und wieder zurück. Dann erst sah er nach oben und entdeckte in der Astgabel des Baums vor ihnen eine Art Hochsitz, der mit Stahlplatten ummantelt war und Zinnen wie eine mittelalterliche Burg hatte. Aus einer der Schießscharten ragte der doppelte Lauf einer abgesägten Schrotflinte heraus, der exakt auf Ralph gerichtet war.

»Ich nehme an, Ihnen ist bekannt, welchen Schaden ein Schrotgewehr auf diese Distanz anrichten kann?«, erklang die Stimme wieder. »Ich weiß, Sie tragen Schutzwesten, aber ich bin ein guter Schütze. Ich treffe auch Ihren Kopf. Also, bitte. Legen Sie Ihre Waffen neben sich auf den Boden. Heben Sie die Hände und drehen sich zum Glashaus um.«

Ralph schaute kurz zu Sabine, die ihm zunickte. Ein Polizist gab seine Waffe niemals aus der Hand, aber in diesem Fall hatten sie keine Wahl.

Angersbach ging in die Knie, legte die Waffe ab und richtete sich wieder auf. Er reckte die Arme und wandte sich dem Glashaus zu. Sabine neben ihm tat es ihm gleich.

»Sehr schön«, ertönte die Stimme. »Jetzt tun Sie dasselbe bitte mit Ihren Mobiltelefonen.«

Ralph knirschte mit den Zähnen. Er griff in die Tasche, zog sein Smartphone heraus und legte es neben die Waffe. Sabine folgte seinem Beispiel.

»Wunderbar. Lassen Sie die Hände da, wo ich sie sehen kann.«

Ralph hörte das Knarren von Holzstufen, dann schwere Stiefeltritte auf dem harten Boden. Wieder erklang die Stimme, dieses Mal dicht hinter seinem Ohr.

»Jetzt eine Vierteldrehung nach rechts, und dann gehen Sie genau zwanzig Schritte am Glashaus entlang.«

Sie folgten der Aufforderung. Angersbach nahm an, dass

375

Kießling die Gelegenheit nutzte, um ihre Waffen und Handys aufzuheben.

»Umrunden Sie den See. Gehen Sie zu dem großen Käfig«, lautete die nächste Anweisung.

Kaufmann und Angersbach taten, was Kießling befahl. Ralph nahm die Gebäude in Augenschein, die vor ihnen lagen.

Der Käfig hatte zum Weg hin eine etwa zwei Meter hohe Gittertür. Außerdem gab es auf Bodenhöhe eine Gitterklappe zum See, die von außen mit einem schweren Metallriegel gesichert war, und, ebenfalls auf Bodenhöhe, eine weitere vergitterte Tür zu dem fensterlosen Betongebäude, das sich daneben befand. Der zugehörige Riegel war zurückgeschoben.

Im Inneren des Käfigs stand ein knorriger, grauer Baum. Weitere Stämme lagen kreuz und quer auf dem Boden. Darüber hinaus war der Käfig leer.

Ralph blieb vor der Gittertür stehen.

»Öffnen Sie die Tür und gehen Sie hinein«, befahl Kießling.

Angersbach drückte die schwere Klinke hinunter und schob die Tür auf. Er betrat den Käfig, und Kaufmann folgte ihm.

»Jetzt gehen Sie zur Käfigmitte und bleiben dort stehen.«

Ralph wurde langsam ärgerlich. Was sollte der Mummenschanz? Wenn Kießling sie töten wollte, warum tat er es nicht sofort? Oder wollte er sie nur einsperren, damit er auf der Flucht einen Vorsprung hatte?

Das Ergebnis wäre dasselbe. Niemand wusste, wo sie sich befanden, und ohne Handy konnten sie keine Hilfe herbeitelefonieren. Sie würden jämmerlich verdursten, und das war schlimmer als ein schnelles Ende durch eine Ladung Schrotkugeln.

Aber würde Kießling das tatsächlich tun, zwei Polizeibeamte vorsätzlich dem sicheren Tod ausliefern? Oder hatte er einen anderen Plan?

»Sie dürfen sich jetzt umdrehen und die Hände herunternehmen.«

Angersbach wandte sich zu Markus Kießling um, der vor der Käfigtür stand und die äußeren Stangen von Tür und Rahmen mit einem stabilen Bügelschloss verband. Das Schrotgewehr und die Dienstwaffen hatte er daneben auf den Boden gelegt. Auf dem Weg, auf dem sie in den Käfig hineingelangt waren, würden sie nicht wieder herauskommen.

»Schade«, sagte der Journalist, wieder im Abenteurer-Look mit Outdoor-Kleidung, zerzausten dunklen Haaren und Sechstagebart, dazu einer robusten Lederjacke im Stil des Camel-Mannes. Ein attraktiver Mann mit warmen braunen Augen, denen man das Böse, das in seiner Seele wohnte, nicht ansah.

Sabine bemühte sich um ein freundliches Lächeln. »Wir können doch reden. Lassen Sie uns frei, und wir setzen uns dafür ein, dass Sie ein faires Verfahren bekommen.«

Kießling lachte auf. »Sie wissen, was ich getan habe, oder nicht? Ich habe Waldschmidts Organisation genutzt, um die Infrastruktur für den Schmuggel illegaler Tiere von Kolumbien nach Deutschland aufzubauen. Ich habe Kim Helbig getötet, weil sie meine Mitarbeiter aufgespürt hat, die am Amazonas für mich die Tiere fangen. Sie hätte mir das komplette Geschäft versaut. Ich habe Gerrit Liebetraut getötet, weil er meinte, mich erpressen zu können.«

»Und das alles berührt Sie kein bisschen?«, hakte Sabine ein. »Kimmi, die so engagiert war und die Tiere retten wollte? Sie haben immerhin drei Monate gemeinsam mit ihr im Dschungel gelebt und gearbeitet. Hat Ihnen das gar nichts bedeutet?«

Kießling hob nur die Augenbrauen. »Sind Sie nicht zu idealistisch für eine Polizeibeamtin?« Er schüttelte den Kopf.

»Man muss Prioritäten setzen. Ich wollte hier etwas Großartiges aufziehen, einen Park mit exotischen Tieren und tollen Attraktionen. Aber nachdem Sie dahintergekommen sind, was ich getan habe, lassen sich diese Pläne leider nicht mehr umsetzen. Ich werde mir irgendwo anders etwas Neues aufbauen, aber ich werde verhindern, dass Sie mich jagen.«

Angersbach probierte es mit einem Pokerface. »Die Kollegen sind bereits unterwegs. Es ist nur eine Frage der Zeit, bis das Spezialeinsatzkommando das Gelände umstellt hat. Sie kommen hier nicht weg. Das Beste, was Sie tun können, ist, aufzugeben.«

Der Journalist blinzelte ihm zu. »Guter Versuch. Aber ich weiß, dass Sie niemanden informiert haben. Die Warnung vor der Selbstschussanlage ist in der Tat ein Fake, aber dafür gibt es überall am Zaun Kameras und am Eingang außerdem ein Mikrofon. Ich habe Sie beobachtet, seit Sie hier eingetroffen sind. Sie können sich Ihre Täuschungsmanöver sparen.«

»Warum sind Sie nicht einfach abgehauen?«, fragte Sabine. »Sie hätten sich durch den Haupteingang davonschleichen können, während wir durch den Tunnel gekommen sind.«

»Dann hätten Sie in spätestens einer halben Stunde gewusst, dass ich nicht hier bin. Sie hätten meine Tiere gefunden, und sie hätten mich zur Fahndung ausgeschrieben. Meine Chance, das Land zu verlassen, wäre gegen null gesunken.«

Angersbach tauschte einen ratlosen Blick mit Sabine. Mit psychologischen Tricks kamen sie nicht weiter. Kießling hatte alle Trümpfe in der Hand, während sie selbst machtlos waren.

»Also gut«, sagte Ralph. »Sie haben gewonnen. Wie geht es jetzt weiter? Sie fahren nach Hause, packen Ihre Koffer und verschwinden, und wenn Sie in Sicherheit sind, informieren Sie unsere Kollegen, wo sie uns finden können?«

Kießling lächelte. »Das wäre natürlich eine Möglichkeit.

Aber ich hatte an etwas anderes gedacht. Sie haben mir alles kaputt gemacht. Das kann ich so nicht hinnehmen.«

Kießling umrundete den Käfig und ging zu der Kette, die über ein Zahnrad zu der Gittertür zwischen Käfig und dem danebenliegenden Betongebäude führte. Er zog daran, und das Metallgitter hob sich Stück für Stück. Kießling befestigte die Kette an einem Haken, damit das Gitter offen blieb.

»Okay? Und jetzt? Sollen wir da durchkrabbeln?«, fragte Sabine.

»Aber nein.« Kießling grinste. »Nicht Sie sollen diesen Eingang benutzen.« Er öffnete die Tasche, die an seinem Gürtel hing, und zog etwas heraus, ein unförmiges rotes Ding. Gleich darauf bewegte sich seine Hand zwischen den Gitterstäben hindurch, und das Objekt landete direkt vor Ralphs Füßen. Es war ein großes, blutiges Stück Fleisch. Eine unangenehme Ahnung befiel Angersbach.

Er hörte das Scharren von Krallen auf dem Boden, und dann tauchte die gewaltige Schnauze eines ausgewachsenen Krokodils in der Öffnung des Betongebäudes auf. Zwei Reihen messerscharfer, spitzer Zähne und gelb leuchtende Augen, die sich hungrig auf Ralph und Sabine richteten.

Angersbach schluckte schwer. Er blickte sich rasch um und griff nach dem untersten Ast des knorrigen Baums in der Käfigmitte. Eilig schwang er sein Bein auf den Ast und zog sich nach oben. Sabine folgte ihm behände, und gleich darauf hockten sie beide auf einem höher gelegenen Ast und blickten auf das Krokodil hinunter, das nun statt ihrer das Fleischstück verschlang. Das rohe Fleisch verschwand im Bruchteil einer Sekunde im weit aufgerissenen Rachen. Dann machte es sich das Krokodil unter dem Baum gemütlich und schaute gemächlich zu ihnen hoch.

Kießling löste die Kette, und das Verbindungsgitter zum

Nebengebäude sauste herunter und rastete ein. Der Journalist winkte ihnen zu. »Ich werde mich jetzt verabschieden und Sie mit Dundee allein lassen. Sie haben bestimmt schon bemerkt, dass er hungrig ist. Solange Sie auf dem Baum bleiben, sind Sie sicher.« Er lachte. »Sie dürfen nur nicht einschlafen und herunterfallen.«

Kießling schob den Riegel durch die stabilen Ösen in der Verbindungstür und fixierte ihn von außen am Käfiggitter. Dann hob er die Waffen und Handys vom Boden auf und verschwand um die Hausecke.

»Verdammt«, fluchte Ralph. »Was machen wir denn jetzt?« Er spürte, wie ihm innerlich heiß und kalt wurde. Der Gedanke, zu sterben, war schlimm genug, aber die Vorstellung, von einem riesigen Krokodil in Stücke gerissen und verschlungen zu werden, lähmte ihn völlig. Er hatte das Gefühl, nur noch aus Angst zu bestehen.

Sabine dagegen war seltsam ruhig. Sie ließ den Blick durch den Käfig wandern und deutete dann auf eine weitere Klappe, die Ralph bisher nicht bemerkt hatte. Sie befand sich auf der vom See abgewandten Käfigseite in Bodenhöhe.

»Sieht aus wie eine Futterklappe, findest du nicht?«

»Ja, kann sein.«

»Dann ist sie vermutlich nicht abgeschlossen«, überlegte Kaufmann. »Sie öffnet sich nach innen, das heißt, man kann sie von außen aufdrücken und eine Futterschale hineinschieben, aber das Krokodil kann sie von innen nicht öffnen. Es würde auch gar nicht hindurchpassen.«

Angersbach betrachtete die Klappe. Sie war höchstens vierzig mal vierzig Zentimeter groß. »Ich auch nicht«, bemerkte er.

»Aber ich.« Sabine war knapp eins sechzig groß, schlank und sportlich. »Du musst nur das Krokodil ablenken, damit es nicht zuschnappt, während ich versuche, mich hindurchzuzwängen.«

»Das ist viel zu gefährlich.«

»Siehst du eine Alternative?«

Angersbach ließ den Blick durch den Käfig schweifen. Alle Türen bis auf die Futterklappe waren verschlossen. An der Käfigdecke gab es keine Öffnungen, nur massive Gitterstäbe. Das Krokodil am Fuß des Baumes würde nicht weichen, solange es dort Beute witterte. Und niemand wusste, dass sie hier waren.

»Nein«, gab er zu. »Aber wie lenkt man ein Krokodil ab?«

Sabine durchsuchte ihre Handtasche, die sie sich quer über den Oberkörper gehängt hatte.

»Hier.« Sie hielt ihm lächelnd etwas hin.

»Was ist das?«

»Schokolade.«

»Du meinst, das essen Krokodile?«

»Keine Ahnung. Aber wenn du ihm damit ein wenig vor der Nase herumwedelst und es dann in die hinterste Ecke wirfst, rennt es vielleicht hinterher. Den Moment muss ich nutzen, um vom Baum zu springen und zur Klappe zu laufen.«

»Das ist kein besonders sicherer Plan.«

»Aber der einzige, den wir haben.«

»Gut.« Ralph wickelte die Schokolade aus dem Papier und schwenkte sie. Das Krokodil sah interessiert zu ihm herauf. Zumindest begriff es offenbar, dass es sich um etwas Essbares handelte, und durch die Haltung in Gefangenschaft war es vermutlich auch daran gewöhnt, gefüttert zu werden.

»Jetzt«, sagte Sabine, und Ralph schleuderte die Schokolade in die Ecke, die am weitesten von der Futterklappe entfernt war.

Das Krokodil jagte hinterher. Sabine sprang vom Baum,

rollte sich auf dem Käfigboden ab und lief mit schnellen Schritten zur Futterklappe. Die Klappe funktionierte tatsächlich so, wie Kaufmann es sich ausgemalt hatte, und ließ sich nach innen hochziehen. Rasch zwängte sie sich durch die Öffnung.

Das Krokodil bemerkte, dass sich sehr viel interessanteres Futter in seiner Reichweite befand als das winzige Schokoladenstück, und drehte sich mit einer geschmeidigen Bewegung um die eigene Achse. Schnell wie der Blitz sauste es auf Sabine zu, deren Beine sich noch im Käfig befanden. Es schien, als würde sie in der Klappe feststecken. Verbissen stemmte sie sich mit beiden Händen gegen die Gitterstäbe.

Das Krokodil öffnete sein riesiges Maul und schnappte zu. Sabine bekam in letzter Sekunde ihre Beine durch die Öffnung, und die Metallklappe fiel dem Krokodil auf die Schnauze. Es gab einen Schmerzenslaut von sich und bewegte sich rückwärts von der Klappe weg.

Angersbach stieß die Luft aus. Er merkte erst jetzt, dass er sie angehalten hatte.

Kaufmann rappelte sich auf und zeigte ihm den erhobenen Daumen. Sie grinste, aber Ralph sah, dass sie am ganzen Körper zitterte.

»Bleib schön oben«, rief sie ihm zu. »Ich suche einen Weg, wie ich dich da raushole.«

Ihre Zähne klapperten, und ihr Herz raste. Sabine Kaufmann musste all ihre Kraft zusammennehmen, um nicht vor dem Käfig stehen zu bleiben und Angersbach und das Krokodil anzustarren.

Der Baum, auf dem Ralph saß, war tot; die Äste waren brüchig und morsch. Sabine hatte es gespürt, als sie gemeinsam mit ihm hinaufgeklettert war. Ein Knacken und Knirschen, als würde man über dünnes Eis gehen. Selbst wenn es Ralph gelang, sich oben zu halten, war es vermutlich eine Frage der Zeit, bis der Ast, auf dem er saß, brach.

Was dann geschehen würde, wollte sie sich lieber nicht ausmalen. Angersbach war unbewaffnet und schutzlos. Gegen ein schätzungsweise vier Meter langes und mehrere Hundert Kilo schweres Krokodil hätte er nicht die geringste Chance.

Also wandte sie sich ab und umrundete das Gebäude, das mit dem Käfig verbunden war. Es hatte auf der gegenüberliegenden Seite eine massive, mit einem Schloss gesicherte Tür. Ohne Werkzeug gab es keine Chance, dort hineinzukommen. Aber das wäre vermutlich ohnehin nutzlos. Kießling hatte in diesem Gebäude das Krokodil untergebracht. Wenn es irgendwelches Gerät gab, mit dem man es bändigen könnte, würde er es nicht ausgerechnet dort aufbewahren.

Der Journalist hatte etwas von Kameras und Mikrofonen gesagt, die Bild und Ton der Überwachung auf ein Endgerät übertrugen. Dazu brauchte es vermutlich einen stationären Empfänger, der sich irgendwo auf dem Gelände befand und die Aufnahmen weiterleitete. Vermutlich hatte Kießling es sich in sicherer Entfernung bequem gemacht und beobachtete sie. Oder er saß längst im Auto und vertraute darauf, dass Dundee sich um den Rest kümmerte. Niemand sonst war hier, und so abgelegen, wie das Areal lag, würden Hilferufe tatsächlich nichts bringen.

Kaufmann sah sich um und entschied, es als Erstes in Richtung Tunnel zu versuchen. Das war der Zugang, den Kießling für seine heimlichen Besuche gewählt hatte, und dort in der Nähe würde er vermutlich auch seine Zentrale eingerichtet haben.

Sie stapfte zwischen Gestrüpp und Unrat hindurch, vorbei an verfallenen Hütten, über morsche Balken und umgestürzte

Drahtzäune. Sie umrundete Betongebäude und Glashäuser und näherte sich wieder dem rückwärtigen Zaun. Das Gelände war so weitläufig und unübersichtlich, dass sie sich nicht einmal sicher war, ob sie den Eingang zum Tunnel wiederfinden würde.

Sie wollte schon umkehren, als sie aus dem Augenwinkel etwas Glänzendes wahrnahm. Rasch umrundete sie das baufällige Gebäude, vor dem sie stand, und entdeckte dahinter eine kleine Hütte, die augenscheinlich erst kürzlich renoviert worden war. Die Bretter waren frisch gestrichen, die kleinen Glasscheiben sauber.

Das war der Glanz, den sie gesehen hatte. Die Sonne, die hinter einer Wolke hervorgekommen war, hatte sich darin gespiegelt.

Sabine ging auf die Eingangstür zu und rüttelte an der Klinke. Natürlich war die Tür abgeschlossen. Kaufmann sah sich um und hob ein altes Brett vom Boden auf, an dem ein paar rostige Nägel und ein Metallwinkel hingen. Sie schwang es über die Schulter und ließ es gegen die Scheibe krachen.

Das Glas splitterte. Kaufmann klopfte die zackigen Scherben aus dem Rahmen, warf das Brett beiseite und zwängte sich durch die Öffnung. Die Glassplitter knirschten unter ihren Füßen, aber sie kümmerte sich nicht darum.

In der Hütte befand sich tatsächlich Kießlings Zentrale. Ein Schreibtisch, ein Regal mit Ordnern und ein Tisch, auf dem ein Empfangs- und Sendegerät stand, verbunden mit einer großen Autobatterie. Die Ordner würden vermutlich nützliche Beweise in Sachen Reptilienschmuggel enthalten, doch das war nicht das, was sie im Augenblick brauchte.

Ihre Hoffnung galt dem schmalen Schrank in der Ecke des Raums, der mit einem Vorhängeschloss gesichert war. Es sah stabil aus, doch das Schließblech schien nur locker mit der

Schranktür verschraubt zu sein. Mit einem geeigneten Werkzeug könnte sie es vielleicht abhebeln.

Sabine öffnete nacheinander die Schreibtischschubladen und stieß auf einen Satz Schraubenzieher. Damit sollte es gehen.

Die Arbeit als Polizeibeamter war immer mit einem Risiko behaftet, das war jedem klar, der diesen Beruf ergriff. Aber sich eines Tages Auge in Auge mit einem ausgewachsenen Krokodil wiederzufinden, war nicht das, womit man rechnen konnte.

Ralph Angersbach veränderte zum wiederholten Mal seine Position. Er hatte keinen rechten Halt auf dem Ast gefunden, auf den er sich gerettet hatte. Der Ast war zu dünn, um gut darauf zu sitzen, und Angersbach hatte auch die Beine nicht hängen lassen können, weil sie dann in beängstigende Nähe zum Maul des Krokodils geraten wären. Deshalb war er ein Stück weiter nach oben geklettert, doch dort konnte er nur stehen und musste sich außerdem an einem Ast auf Brusthöhe festklammern. Keine besonders bequeme Stellung, aber er würde es eine Weile aushalten. Bis Sabine eine Lösung gefunden hatte. Doch wie sollte die aussehen?

Wenn Kaufmann es nicht schaffte, ihn zu befreien, müsste er ihr die Wagenschlüssel zuwerfen. Dann könnte sie mit dem Lada nach Friedberg fahren und die Kollegen dort alarmieren. Aber bis die Feuerwehr oder ein Rettungsteam hier wären, würde sicher eine Stunde oder mehr vergehen. Und er wäre ganz allein, mit dem Krokodil zu seinen Füßen, das so aussah, als würde es siegesgewiss lächeln.

»Freu dich bloß nicht zu früh«, knurrte Ralph. »Du kriegst mich nicht.«

Unter seinen Schuhsohlen knackte es. Reflexartig umklammerte Angersbach den Ast vor seiner Brust fester. Zugleich

385

spürte er, wie sich der Ast, auf dem er stand, senkte. Dann krachte es laut, und der Ast brach einfach ab.

Ralph fiel und schaffte es gerade noch, sich festzuhalten. Nun baumelte er mit ausgestreckten Armen an dem Ast, der sich eben noch auf Brusthöhe befunden hatte, die Füße gefährlich nah an der Schnauze des Krokodils. Es schnappte ein paarmal zu, verfehlte ihn jedoch knapp. Angersbach sah, wie es sich reckte.

Ralph machte einen Klimmzug und zog die Beine hoch, um sie außer Reichweite zu bringen. Es gelang, doch in dieser Position würde er sich kaum länger als ein paar Minuten halten können. Und der Ast, an dem er hing, schien ebenfalls nicht stabil zu sein. Ralph meinte bereits ein feines Knacken zu hören.

War das das Ende?

Aus dem Augenwinkel bemerkte er einen Schatten, der auf den Käfig zuhastete. Dann hörte er Sabines Stimme.

»Ralph! Halt durch! Ich bin gleich da!«

Angersbach sah, dass sie etwas in der Hand hielt. Ein Gewehr, dessen Lauf sie jetzt zwischen den Gitterstäben hindurchsteckte.

Er wartete auf den Schuss, doch der Knall blieb aus. Anscheinend funktionierte die Waffe, die Sabine gefunden hatte, nicht.

Das Knacken über seinem Kopf wurde lauter. Der Ast, an dem er hing, senkte sich und brach mit einem lauten Krachen. Ralph stürzte zu Boden.

Er erwartete, im nächsten Moment von scharfen Zähnen gepackt und herumgeschleudert zu werden, doch nichts geschah. Schnell rappelte er sich auf und warf einen ängstlichen Blick auf das Krokodil. Es lag ausgestreckt auf dem Boden, die Augen geschlossen.

»Hellabrunner Mischung«, hörte er Kaufmanns Stimme wie

aus weiter Ferne. Was, wie Angersbach wusste, eine Lösung der Narkosemittel Xylazin und Ketamin zur Betäubung von Tieren war.

Ralph wurden die Knie so weich, dass er zurück auf den Boden sackte.

Sabine hatte ein Betäubungsgewehr gefunden und im letzten Augenblick einen Pfeil auf das Krokodil abgeschossen, ehe es Ralph wie Fallobst auflesen und verschlingen konnte!

Ein paar Sekunden lang war er nur damit beschäftigt, seinen hämmernden Herzschlag unter Kontrolle zu bekommen. Dann stand er wieder auf und sah sich um. Für den Augenblick war das Krokodil außer Gefecht gesetzt, doch die Betäubung würde nicht ewig andauern. Er musste so schnell wie möglich hier raus.

Sabine ließ den Blick über den Käfig schweifen. Auf ihr Gesicht trat ein Lächeln.

»Zieh dich aus und gib mir deine Sachen!«

»Bitte?« Angersbach starrte sie an. Das war nun wirklich nicht der Moment für dumme Scherze.

Kaufmann deutete auf das Fallgitter, das den Käfig mit dem See verband. »Ich vermute, die Gittertür lässt sich genauso hochziehen wie das Verbindungsgitter zum Krokodilhaus. Aber du musst schwimmen. Wenn wir Kießling jagen wollen, ist es besser, wenn du trockene Klamotten anhast, meinst du nicht?« Sie grinste ihn an. »Du willst ja auch bestimmt die Sitze von deinem Lada nicht einsauen.«

Ralph war irritiert. Aber Sabines Reaktion war wahrscheinlich einfach der Situation geschuldet. Der Angst, die sie selbst ausgestanden hatte, und dem Schock, den sie erlitten hatte. Es war schlicht und einfach Galgenhumor.

Davon abgesehen hatte sie recht. Wenn seine Kleider nass waren, würde ihn das bei der Jagd auf Kießling behindern.

Angersbach seufzte leise. Sich zum ersten Mal vor Sabine auszuziehen, hatte er sich weiß Gott anders vorgestellt.

»Vielleicht probierst du erst mal, ob es funktioniert?«, schlug er vor.

»Klar.« Kaufmann ging zur Seeseite des Käfigs. Auch hier hing eine Kette, die über ein Zahnrad mit dem Fallgitter verbunden war. Sabine schob den schweren Riegel zurück, der das Gitter sicherte, und zog an der Kette.

Das Gitter hob sich. Sabine zerrte es so weit wie möglich nach oben und befestigte die Kette an einem Haken am Käfiggitter.

Der Weg zum See war frei.

»Also los, bevor Dundee wieder aufwacht«, forderte Sabine. »Ich drehe mich auch um.« Sie stellte sich mit dem Rücken zu Ralph ans Gitter.

Angersbach zog rasch seine Schuhe aus, legte Hose, Hemd, Jacke, Strümpfe und Wäsche ab und reichte Kaufmann die Kleidungsstücke durch die Gitterstäbe. Dann ließ er sich auf alle viere nieder.

Eine Rampe führte vom Käfig aus in den See. Das Wasser reichte fast bis an die Unterseite der Öffnung im Käfiggitter. Angersbach würde nichts anderes übrig bleiben, als zu tauchen.

Schicksalsergeben krabbelte er die Rampe hinunter. Er erschauerte, weil das Wasser eiskalt war, kein Wunder Ende März mit Außentemperaturen, die nur selten die Fünfzehn-Grad-Marke überstiegen. Das Wasser hatte maximal zehn. Deswegen hatte sich das Krokodil vermutlich auch im Haus und nicht im See befunden. Wenn Kießling hier wirklich Panzerechsen halten wollte, müsste er das Wasser beheizen. Aber dieser Traum hatte sich ja ohnehin erledigt.

Mit Todesverachtung kroch Ralph in das kalte Wasser, holte

tief Luft und legte sich auf den Bauch. Er griff nach den seitlichen Stäben der Gitteröffnung und zog sich mit Schwung nach vorn. Dann glitt er unter dem Fallgitter hindurch und war im nächsten Moment im See. Er machte zwei, drei Schwimmzüge und steuerte den Beckenrand an. Hinter sich hörte er ein Platschen.

Ralph drehte sich um und sah, dass das Krokodil wieder aufgewacht war und auf den Durchgang zum See zusauste. Kaufmann fummelte hektisch an der Kette herum. In letzter Sekunde sauste das Fallgitter herab und versperrte Dundee den Weg.

»Heilige Scheiße.« Angersbach stand wie festgefroren am Beckenrand. Das war verdammt knapp gewesen!

Nur langsam löste er sich aus der Erstarrung und ging zu Sabine, die ihm seine Kleider reichte. Sie musterte ihn mit einem kleinen Lächeln, ehe sie sich höflich umdrehte.

Ralph benutzte sein T-Shirt, um sich abzutrocknen, und zog sich dann an. Das nasse T-Shirt stopfte er in die Tasche seiner Wetterjacke. Ihm war eiskalt, aber mit etwas Bewegung und der dicken Jacke würde ihm hoffentlich bald wieder warm werden. Andernfalls würde er wohl die nächsten Wochen mit einer Lungenentzündung flachliegen. Aber lieber krank auf dem Sofa als zu Hackfleisch zerkleinert im Magen eines Krokodils.

»Fertig.«

»Gut.« Sabine hob ihre Handtasche und das Betäubungsgewehr auf und wandte sich ihm zu. »Dann los.«

Sie kämpften sich durch das Dickicht zurück zum Tunnel, dessen Eingang Angersbach problemlos fand. Kaufmann leuchtete mit der Taschenlampe, und sie eilten rasch auf die andere Seite.

Ralph zuckte zusammen, als ganz in der Nähe ein Motor

aufheulte. Im nächsten Moment schoss keine zwanzig Meter von ihnen entfernt ein Geländemotorrad vorbei.

»Das ist Kießling!«, rief Sabine. »Dachte ich mir fast, dass der sich noch hier rumtreibt.«

»Schnell! Zum Wagen«, drängte Ralph. »Den kriegen wir.«

Sie liefen am Zaun entlang, bis sie den Lada erreichten, und kletterten rasch hinein. Angersbach startete den Motor und jagte über die Wiesen, die sich hinter der Krokodilfarm erstreckten.

Einen Moment lang befürchtete er, dass sie Kießling verloren hätten, doch dann entdeckte er einen kleinen Punkt, der sich rasch entfernte.

Ralph gab Gas.

37

Markus Kießling jagte mit seinem Geländemotorrad über Wald- und Feldwege und dann querfeldein über einen frisch gepflügten Acker auf ein dichtes Waldstück zu. Wenn er es bis dorthin schaffte, hatten sie verloren. Kießling konnte mit dem Motorrad mühelos zwischen den dicht stehenden Bäumen hindurchfahren, Ralph mit dem breiten und schweren Lada nicht.

Sabine Kaufmann betrachtete das Betäubungsgewehr, das sie noch immer in der Hand hielt. Sie wusste nicht, warum sie es mitgenommen hatte; schließlich enthielten diese Waffen nur einen einzigen Pfeil. Kaufmann wollte das Gewehr schon auf den Rücksitz werfen, als ihr der kleine Kasten unterhalb des Schafts auffiel. Er gehörte nicht zur serienmäßigen Ausstattung. Offenbar hatte Kießling selbst ihn dort angebracht.

Sie drehte das Gewehr so, dass sie sich die Kiste ansehen konnte, und entdeckte, dass es einen Verschluss mit einem Federmechanismus gab. Vorsichtig drückte sie auf den Deckel des Kastens, der sich daraufhin öffnete. Im Inneren erblickte sie drei weitere Betäubungspfeile.

Ein Lächeln trat auf ihre Lippen. Rasch legte sie einen Pfeil ein und fuhr das Seitenfenster herunter. Sie öffnete ihren Gurt, beugte sich hinaus und zielte auf Kießlings Rücken. Es war das einzig mögliche Ziel; der Kopf war durch den Helm geschützt, Arme und Beine bei voller Fahrt kaum zu treffen. Kaufmann wusste nicht, ob die Pfeile die dicke Lederjacke durchdringen konnten, die der Journalist trug, aber einen Versuch war es wert. Schließlich eigneten sich die Betäubungspfeile auch für Elefanten, die man nicht umsonst Dickhäuter nannte.

Sabine legte an, blickte durch das Zielfernrohr und drückte ab, als sich das Fadenkreuz in der Mitte von Kießlings Rücken befand.

In derselben Sekunde traf das Vorderrad der Crossmaschine auf eine Bodenwelle. Kießling sprang mit dem Motorrad hinüber, und der Pfeil traf nur die Verkleidung der Maschine. Offenbar war der Journalist ein geübter Crossfahrer.

»Verdammt.« Sabine legte den nächsten Pfeil ein. Angersbach versuchte aufzuholen, doch Kießlings Motorrad war gut motorisiert, und er kam mit dem unwegsamen Gelände besser zurecht als Ralph.

Erneut zielte sie auf Kießlings Rücken. Gerade, als sie abdrückte, wechselte er die Richtung, und der Pfeil flog meilenweit an ihm vorbei.

»So ein Mist.«

Ralph Angersbach trat das Gaspedal bis zum Bodenblech durch. Die altersschwache Federung war überfordert, der Wagen hüpfte wie ein Kaninchen über die Bodenwellen auf dem frisch gepflügten Feld. Kießling hatte den Wald fast erreicht, und Sabine hatte nur noch einen einzigen Pfeil.

Angersbach umklammerte das Lenkrad und traf blitzschnell eine Entscheidung. Statt weiter sinnlos zu versuchen, Kießling einzuholen, tat er das Gegenteil. Er bremste scharf und stellte den Wagen quer, so dass Sabine von ihrem Fenster aus freies Schussfeld und eine ruhige Unterlage hatte. Kaufmann legte das Betäubungsgewehr an und zielte sorgfältig.

Für den Bruchteil einer Sekunde verschwand die hessische Landschaft vor Ralphs Augen und wurde durch eine Vision ersetzt, Sabine und er unterwegs in einer roten Wüste, das Gewehr auf einen gefährlichen Löwen gerichtet. Dann waren der schwarze Acker, der Wald mit dem jungen Grün und Kießling auf seinem Geländemotorrad wieder da.

Sabine drückte ab. Ralph sah, wie Kießling zusammenzuckte. Offenbar hatte sie getroffen, und das Narkosemittel würde schnell wirken. Die Menge war für Tiere berechnet, die größer und schwerer waren als der Journalist.

Tatsächlich geriet Kießling nur ein paar Sekunden später ins Schlingern. Das Hinterrad seiner Maschine rutschte weg, und er stürzte.

Angersbach gab wieder Gas, kurbelte am Lenkrad und hielt direkt auf das Motorrad zu, dessen Räder sich noch immer drehten. Der Journalist lag regungslos daneben.

Ralph stoppte unmittelbar neben der Maschine, sprang aus dem Lada und war mit ein paar Schritten bei Kießling. Er wollte ihm Handschellen anlegen, sah aber dann, dass es nicht nötig war. Der Journalist würde sich nicht so rasch wieder rühren.

»Ich fürchte, wir brauchen einen Rettungswagen«, sagte er zu Kaufmann, die ebenfalls aus dem Lada geklettert war. Sie kniete sich neben Kießling und tastete seine Jackentaschen ab. Nacheinander beförderte sie ihre und Angersbachs Dienstwaffe und die beiden Smartphones hervor.

»Wird erledigt.« Sie reichte Ralph seine Pistole und sein Telefon, steckte ihre eigene Waffe ein und ging mit dem Smartphone ein paar Schritte beiseite. Angersbach verstaute sein Handy in der Wetterjacke und die Pistole im Holster. Dann bugsierte er Kießling in die stabile Seitenlage.

Kaufmann winkte ihm. »RTW ist unterwegs. Und eine Streife, die ihn begleitet, fordere ich auch noch an.« Sie tippte auf dem Display und hob das Smartphone wieder ans Ohr.

393

Als das Gespräch beendet war, kam sie auf Ralph zu und warf ihre halblangen blonden Haare zurück.

Wieder hatte er für eine Sekunde diese Vision, Sabine und er in einer roten Wüste, vor ihnen der erlegte Löwe, der sie angegriffen hatte und der ihnen nun nicht mehr gefährlich werden konnte.

Kaufmann blieb neben ihm stehen und blickte auf Markus Kießling. Der Camel-Mann würde nicht mehr meilenweit durch die Wildnis gehen, wofür auch immer.

»Was für eine irre Geschichte«, sagte sie.

Angersbach schaute sie an. Natürlich waren sie nicht in der roten Wüste, aber mit all dem Adrenalin im Blut und der Euphorie des Erfolgs fühlte er sich in diesem Moment trotzdem wie ein Held.

»Hm«, erwiderte er mit einem verwegenen Lächeln. »Großwildjagd in Mittelhessen.«

Und dann beugte er sich vor und küsste sie.

38

Flughafen Frankfurt, zwei Wochen später

Sie standen gemeinsam auf dem Rollfeld und sahen zu, wie die großen Kisten mit einem Gabelstapler zur Ladeluke gehoben wurden. Stabile Kunststoffbehälter mit durchsichtigen Scheiben, hinter denen die Tiere zu sehen waren, Grüne Leguane und Warane, gezüchtet in der Zoohandlung Amrhein. Die drei Männer, die dem Verladen beiwohnten, strahlten Zuversicht und Abenteuerlust aus.

Professor Florian Waldschmidt lächelte, als Sabine Kaufmann und Ralph Angersbach dazustießen, und gab ihnen beiden die Hand. Sabine kniff die Augen zusammen. Sie spähte hinauf zu den Tieren, die sich wohlzufühlen schienen und offensichtlich mit genügend Nahrung und Wasser für die lange Reise versorgt waren.

»Wir nennen das Projekt RWR Plus«, erklärte Waldschmidt. »RegenWaldRetter plus Zoohandlung. Die Forschungsmittel sind schon beantragt, aber bevor wir offiziell starten, machen wir einen ersten Probelauf. Kooperationen zwischen Wirtschaftsunternehmen und universitären Einrichtungen sind natürlich keine Seltenheit, aber für unseren Fachbereich und die Reptilien im Amazonas-Regenwald in Kolumbien ist das etwas gänzlich Neues.« Waldschmidt nickte dem Zoohändler Amrhein zu, der neben ihm stand. »Es war Elmars Idee, nachdem Sie ihn gebeten hatten, die illegalen Tiere an der Raststätte Römerwall abzuholen. Er hat sich daraufhin mit dem Vorschlag an mich gewandt, der Wilderei etwas entgegenzusetzen.

Nicht, indem wir die Wildfänger jagen – das können andere besser –, sondern indem wir geschützte Tiere, die aus ihrem Herkunftsland entführt wurden, nachzüchten und in ihrer Heimat auswildern, um die Art vor dem Aussterben zu bewahren. Das ist natürlich keine Dauerlösung, aber wir können vielleicht ein paar Tierarten am Leben erhalten, bis sie es auf die internationale Artenschutzliste geschafft haben. Bis nicht nur die Jagd im Herkunftsland verboten ist, sondern auch die Einfuhr nach und der Verkauf in Deutschland und anderen Ländern.«

Ralph und Sabine nickten anerkennend.

»Das ist eine großartige Idee«, sagte Kaufmann zu Amrhein, und Angersbach stimmte ihr zu.

Waldschmidt hob den Zeigefinger. »Elmar tut sogar noch mehr. Solange wir keine Forschungsgelder bekommen, unterstützt er uns mit Spenden.«

Der Zoohändler wehrte bescheiden ab. »Ich liebe Tiere. Ich kann nicht mit ansehen, wie ihnen aus Profitgier Leid angetan wird. Und ich kann mir ein wenig Wohltätigkeit durchaus leisten.«

Kaufmann spähte wieder hinauf zu den Reptilien. Sie selbst konnte nicht so recht nachvollziehen, was jemand an diesen Kreaturen fand, aber jedes Lebewesen hatte ein Recht auf ein unversehrtes freies Leben, ob Mensch oder Tier. Sie war froh, dass sie sich in Amrhein nicht getäuscht hatte. Der Zoohändler war nicht nur ein anständiger Geschäftsmann, sondern auch jemand, der sich weit darüber hinaus für das Tierwohl einsetzte.

Waldschmidt deutete auf den jungen Mann, der ein Stück abseits stand und das Verladen der Kunststoffterrarien mit der Kamera festhielt.

»Danny wird uns begleiten und das gesamte Projekt fotografisch dokumentieren. Ich bin sicher, das werden großartige Aufnahmen. Vielleicht machen wir sogar einen Bildband daraus, mit dem wir weitere Spenden einwerben können.« Ein Schatten fiel über das Gesicht des Professors. »Ich hoffe, dieses Mal gibt es keine bösen Überraschungen. Ein wenig mulmig ist mir schon, wenn ich daran denke, dass mir von den vier Begleitern der letzten Expedition nur Danny geblieben ist. Kim ist tot, das ist von allem natürlich das Schlimmste. Aber dann auch noch die beiden anderen. Ausgerechnet Lara, die meinte, Wildtiere schmuggeln zu müssen. Egal, wie edel ihre Motive auch gewesen sein mögen, das ist für mich unverzeihlich. Und Markus, na ja …«

Er sprach nicht weiter, aber das war auch nicht nötig. Sie alle wussten, dass hinter der Fassade des engagierten Journalisten ein kranker Geist gewohnt hatte. Vernarrt in Reptilien aller Art, besessen von der Idee, sein eigenes Reptilien-Land zu gründen, und ohne jeden Skrupel, wenn es darum ging, sich die finanziellen Mittel für seinen Traum zu besorgen.

Nun saß er in Untersuchungshaft und wartete auf seinen Prozess. Der Tierschmuggel war dabei der minderschwere Anklagepunkt. Verurteilen würde man ihn für zweifachen Mord, an Kim Helbig und Gerrit Liebetraut, und für zweifachen versuchten Mord, an Ralph und ihr selbst. Sabine lief es immer noch kalt den Rücken hinunter, wenn sie daran dachte, wie Kießling sie mit dem Krokodil in den Käfig gesperrt hatte. Ralph und sie hatten unglaubliches Glück gehabt, dass sie unverletzt davongekommen waren.

Sie zog ihr Smartphone hervor und machte ebenfalls ein Foto von den Kunststoffterrarien, das sie an Holger Rahn schickte. Er war mittlerweile wieder zu Hause und auf dem Weg der Besserung, aber noch beurlaubt mit der klaren Anweisung ihres Chefs Julius Haase, sich gründlich auszukurieren, ehe er seinen Dienst wieder antrat. Wenn er zurück war, würden sie die Kundenliste abarbeiten, die Liebetraut für Kießling geführt hatte, und *ET* würde hoffentlich einige Anklagen gegen die Initiatoren illegalen Wildfangs in Kolumbien und anderen Ländern auf die Beine stellen.

Die Antwort von Rahn kam sofort, ein *Thumbs up* und ein Smiley mit einem Kussmund.

Angersbach, der einen Blick auf ihr Display warf, schnaubte.

»Wünsche euch allen einen guten Flug«, textete Rahn, und Kaufmann schickte ein »Danke« mit einem winkenden Smiley zurück.

»Von Markus bin ich schwer enttäuscht«, verkündete Danny Bender, der schweigsame Fotograf, der zu ihnen getreten war und Waldschmidt und Amrhein die Bilder zeigte, die er geschossen hatte. »Aber die ganze schlimme Sache hat zumindest etwas Gutes. Ohne Markus hätten wir Elmar nicht kennengelernt und dieses Projekt nicht entwickelt.«

Waldschmidt legte ihm die Hand auf die Schulter. »Danny hat das Talent, in allem das Positive zu sehen. Das ist eine schöne Eigenschaft.«

Ralph Angersbach sah auf die Uhr und machte eine Kopfbewegung zum Terminal hin. »Wir müssen so langsam los«, sagte er.

Sabine warf einen Blick auf die Zeitanzeige ihres Smartphones und stimmte ihm zu. Sie freute sich unbändig auf die Reise.

39

Melbourne, Australien, einen Tag später

Der Himmel war so klar, dass sie die Skyline von Melbourne schon von Weitem sehen konnten. Zahllose Wolkenkratzer, die sich in den Himmel reckten, dahinter das schimmernde Wasser der Port Phillip Bay, an die sich die Stadt im Halbrund schmiegte, und das tiefblaue Meer.

»Gott, wie schön«, sagte Sabine Kaufmann neben ihm und fuhr sich durch die vom Schlafen zerzausten Haare. Ihr Gesicht war ein wenig zerknittert vom Liegen auf dem dicken Kissen, das sie zwischen Kopf und Kabinenwand geklemmt hatte. Ihre Augen waren vom Schafmangel gerötet, aber sie leuchteten.

Ralph Angersbach beugte sich zu ihr hinüber, um ebenfalls etwas von der Aussicht zu sehen, und drückte ihr nebenbei einen Kuss auf die Lippen. Er hatte Sabine den Platz am Fenster überlassen, ebenso wie die Schlafmaske, die er sich am Flughafen noch rasch gekauft hatte. Sabine hatte ihn belächelt, dann aber dankbar zugegriffen, als er ihr die Maske nach zwei Stunden im Flieger angeboten hatte.

Er selbst hatte erstaunlich gut geschlafen, obwohl es sein erster längerer Flug gewesen war, vor dem er solchen Bammel gehabt hatte, und obwohl er Schwierigkeiten gehabt hatte, seine langen Gliedmaßen im engen Fußraum zu verstauen. Aber das gleichmäßige Brummen der Motoren hatte ihn eingelullt, und das Glas Wein, das sie sich zum Abendessen gegönnt hatten, und Sabines Nähe hatten ein Übriges getan.

Ein paarmal war er aufgewacht, weil ihn irre Traumbilder heimgesucht hatten, Krokodile mit weit aufgerissenem Maul und schuppige Reptilien, die ihn belauerten. Aber sie reisten ja nicht in den Regenwald, sondern in die Metropole des australischen Bundesstaats Victoria.

Das Flugzeug flog eine leichte Rechtskurve, und die Stewardess forderte zum Hochklappen der Tische und Senkrechtstellen der Lehnen auf. Die Skyline Melbournes kam näher, und Ralph konnte bereits die kleinen Ansiedlungen im äußeren Stadtgürtel erkennen. Sie überflogen riesige landwirtschaftliche Flächen und Schafweiden und näherten sich dann im Sinkflug dem Melbourne Airport im Norden der Stadt. Noch einmal kontrollierten die Stewardessen, ob die Sitzgurte geschlossen waren, dann kam auch schon das Signal zum Landen aus dem Cockpit.

Sabine lehnte sich bei Ralph an, und er legte ihr den Arm um die Schultern.

Der Boden kam in rasender Geschwindigkeit näher, und gleich darauf setzte die Maschine auf der Landebahn auf. Der Pilot bremste und steuerte den Airbus anschließend über das Rollfeld zu einem der vier Terminals des Flughafens, der früher Tullamarine Airport geheißen hatte. Diese Informationen hatte Angersbach rasch bei Wikipedia nachgelesen, ehe sie die Reise angetreten hatten, um sich nicht durch völlige Unkenntnis zu blamieren.

Das weitere Prozedere gestaltete sich unkompliziert, Aussteigen, Gepäckausgabe, Passkontrolle, und wenig später standen sie in der großen Ankunftshalle und sahen sich um.

»Da«, sagte Sabine und streckte die Hand in Richtung der kleinen Gruppe aus, die sich ihnen näherte.

Alle drei mit einem Strahlen im Gesicht, Morten im korrekten anthrazitfarbenen Businessanzug, allerdings mit weißen

Joggingschuhen dazu – wie ihm Janine berichtet hatte, legten die Australier Wert auf bequemes Schuhwerk und wechselten die Schuhe einfach bei Betreten und Verlassen des Arbeitsplatzes, sofern dort korrekte Kleidung gefordert war –, seine Halbschwester im luftigen Sommerkleid mit Sandaletten, sein Vater mit Boardies – weiten Shorts, die kurz unter dem Knie endeten –, einem bunt bedruckten Shirt und den für Johann Gründler obligatorischen Gesundheitssandalen. Das lange graue Haar hatte er wie meistens zum Pferdeschwanz gebunden, in den dichten grauen Bart einen Zopf geflochten. Fehlte nur noch das Surfbrett unterm Arm.

Angersbach hatte ebenfalls cool erscheinen wollen, doch jetzt übermannten ihn die Gefühle. Seine Mundwinkel hoben sich ganz von selbst zu einem breiten Grinsen, und seine Augen wurden feucht. Nacheinander nahm er Janine, seinen Vater und Morten in den Arm und drückte sie fest.

Sabine und seine Familie begrüßten sich ebenfalls herzlich, und danach gingen sie gemeinsam durch die große Halle zum Ausgang, während Janine und Morten erklärten, wie das weitere Programm des Tages aussah. Fahrt zu Mortens Eltern, Abendessen, ein Glas Wein am Kamin. Und dann wollte man alles über den Reptilienfall hören, den Ralph und Sabine im letzten Monat geklärt hatten. Ralph hatte Janine in seinen Mails davon berichtet, aber seine Halbschwester und sein Vater wollten natürlich jedes Detail wissen. Sie würden es auch erfahren, aber erst, wenn man am Ziel angekommen war.

Morten nahm Sabines Koffer, der alte Gründler den von Ralph. Sabine griff nach Ralphs Hand.

Vor einem grauen Pick-up auf dem Parkdeck blieb die Gruppe stehen, und Morten verlud das Gepäck. Janine und der alte Gründler schauten auf Sabines und Ralphs verschränkte Hände.

»Na endlich«, kommentierte seine Halbschwester.

»Lange genug gedauert hat es ja«, ergänzte Johann Gründler. »Ich dachte schon, das wird nie was mit euch.«

Ralph lächelte Sabine an, ehe er vor ihr auf die Rückbank des Pick-ups kletterte. Sein Vater hatte recht. Sie hatten es so oft vermasselt, dass er schon fast die Hoffnung aufgegeben hatte.

Sabine rutschte neben ihn, der alte Gründler klemmte sich an seine andere Seite. Morten setzte sich ans Steuer, Janine auf den Beifahrerplatz.

»Was lange währt, wird endlich gut«, bemerkte Morten. »So sagt man doch bei euch, oder nicht?«

»Richtig.« Janine drückte ihrem Verlobten einen Kuss auf die Wange.

Morten startete den Wagen, und in der folgenden Stunde sagte kaum jemand ein Wort. Ralph und Sabine waren vollkommen damit beschäftigt, all die neuen Eindrücke aufzunehmen, das Straßengewirr und die imposanten Wolkenkratzer, den dichten Verkehr, der auf der – aus deutscher Sicht – falschen Seite an ihnen vorbeirauschte, und dann die atemberaubende Landschaft, als sie die Halbinsel Mornington Peninsula Shire erreichten, auf der Mortens Eltern zu Hause waren.

»Mornington Peninsula Shire gehört zur Outer Metropolitan Area von Melbourne, dem äußeren Großstadtgebiet der Hauptstadt Victorias«, gab Morten den Reiseführer. »Das Gebiet ist siebenhundertzwanzig Quadratkilometer groß und hat etwa hundertfünfzigtausend Einwohner. Die Halbinsel verfügt über hundertneunzig Kilometer Strand und ist das Freizeit- und Naherholungsgebiet der Melbourner. In Portsea tummeln sich die Sporttaucher, in Point Leo am Western Port die Surfer, und in Somers befindet sich einer der größten Jachtclubs.«

Sie fuhren an der Küste entlang, ehe Morten abbog und den Wagen ins hügelige Hinterland steuerte. Rechts und links von ihnen tauchten Weinberge auf.

»Gleich sind wir da«, verkündete Janine fröhlich.

Angersbach musste kurz in seinem Gedächtnis kramen, ehe es ihm wieder einfiel. Mortens Eltern waren Winzer. Sie betrieben ein Weingut auf Mornington Peninsula Shire, und in einer Kirche dort auf der Halbinsel sollte auch die Hochzeit stattfinden.

40

Melbourne, Australien, drei Tage später

Sie hatten Glück mit dem Wetter. Am Morgen hatte es kurz
geregnet, aber am Nachmittag waren die Wolken aufgerissen,
und jetzt wölbte sich ein strahlend blauer Himmel über der
Port Phillip Bay. Es war angenehm warm, knapp über zwanzig Grad, so dass auch die Männer in ihren Dreiteilern nicht
ins Schwitzen gerieten.

Janine trug ein spitzenbesetztes weißes Kleid mit tiefem
Ausschnitt, Morten einen eleganten dunkelblauen Anzug mit
weißem Hemd, aufwendig bestickter grauer Weste und einem
weißen Binder. Ein hübsches Paar, fand Sabine. Sie warf Ralph
Angersbach einen kurzen Seitenblick zu und sah, dass er ebenfalls gerührt war.

Die Trauung hatte in einer kleinen Kirche unweit des Wein-
guts von Mortens Eltern auf der Halbinsel Mornington
Peninsula Shire stattgefunden. Danach war man an den Strand
gefahren. Dort hatte die Fotografin ihre Bilder gemacht, die
sicher fantastisch werden würden – das glückliche Brautpaar
am Strand mit dem feinkörnigen weißen Sand vor den zerklüfteten grünen Hügeln mit den knorrigen, windschiefen
Bäumen und am tiefblauen Meer, von dem weiß schäumende
Wellen auf den Strand rollten.

Auch die Feier fand hier statt. Man hatte lange Tische mit
weißen Decken unter ebenfalls weißen Zelten aufgebaut, eine
Szene wie aus einem Südsee-Urlaubsfilm. Auf einem riesigen Grill wurden Steaks gebraten, und die Tische bogen sich

unter Platten und Schüsseln mit typischen australischen Gerichten.

Meat Pie, hergestellt aus Blätterteig, gefüllt mit Fleisch, Kartoffelpüree und einer dicken Sauce, und Yabbies, braune Krebse, dazu Barramundi, der große Flussfisch, der traditionell als Eintopf mit Wildkräutern und einer Sauce aus Kiwi und Pfirsich verzehrt wurde. Außerdem gab es eine reichliche Auswahl an vegetarischen Gerichten, eingelegtes Gemüse und Salate, Sojakäse und veganes Fingerfood, dazu mehrere große Körbe mit weichem, fluffigem Brot und einige Gläser des in Australien unvermeidlichen braunen Hefeaufstrichs *Vegemite*.

Auf dem Buffet daneben standen die Desserts. Pavlova, ein Kuchen mit einem außen knusprigen und innen schaumigen Baiserboden, überzogen mit Schlagsahne, Schokolade und Fruchtstücken, sowie Teller mit Anzac-Keksen.

»Das ist ein Akronym«, erklärte Johann Gründler, der sich schon vor dem Barbecue – hier auch gern »Barbie« genannt – ein paar Kekse in den Mund schob. »Es bedeutet ›Australian and New Zealand Army Corps‹. Das ist die gemeinsame Armee, die während des Ersten Weltkriegs zwischen Australien und Neuseeland entstand. Die Kekse bestehen aus Hafer, Mehl, Kokosnuss, Zucker und Sirup. Weil sie so hart sind und lange knusprig bleiben, haben die Frauen sie ihren Männern an die Front geschickt.«

Sabine nahm sich ebenfalls einen und versuchte, ein kleines Stück abzubeißen.

»Mhm«, machte sie, als es endlich gelang und ihre Zähne zusammenschlugen. »Die sind wirklich hart.«

Der alte Gründler grinste. »Ja. Australien ist nichts für Weicheier.« Er zwinkerte Ralph zu, der sich zu ihnen gesellte. »Kommst du mit? Wir haben da ein paar Spezialitäten auf dem Grill.«

»Klar.« Ralph folgte seinem Vater, und Sabine schloss sich den beiden Männern an.

Mortens bester Freund John, ein blonder Surfer-Typ, der ebenfalls in Berlin Jura studiert hatte, stand am großen Gasgrill und wendete das Grillgut, Fleischstücke auf dem rechten Rost, Gemüse, Folienkartoffeln und Veggie-Bratlinge auf dem linken. Ralph und Sabine hatten den Juristen bereits kennengelernt, als er sie bei einem ihrer Fälle bei einer Recherche im Stasi-Archiv unterstützt hatte. John hatte mit Janine und Morten in derselben Wohngemeinschaft in Kreuzberg gewohnt, war nach dem Studium nach Australien zurückgekehrt und arbeitete mittlerweile als Anwalt in Melbourne.

Ralph hatte Morten und Janine noch nicht gefragt, aber Sabine wusste, dass er befürchtete, dass auch Morten nach Australien zurückkehren und Janine mit ihm hier würde leben wollen. Doch heute war nicht der Tag, um solche Fragen zu stellen oder sich Sorgen zu machen. Heute sollte nur gefeiert werden, und was morgen war, spielte keine Rolle.

John forderte sie auf, sich Teller zu nehmen, und füllte zuerst den von Ralph mit gegrilltem Gemüse, Kartoffelstücken und Bratlingen, ehe er dem alten Gründler und Sabine ein paar gebratene Fleischstücke unterschiedlicher Sorte auflegte.

Ralph, seit Jahrzehnten Vegetarier, beäugte das Fleisch misstrauisch. »Was ist das?«, erkundigte er sich.

Die Frage war berechtigt; das Fleisch sah anders aus als alles, was Sabine von zu Hause kannte – zu hell für Rind oder Schwein, zu fest für Huhn oder Pute.

Der alte Gründler grinste breit und zeigte auf eines der Stücke. »Das ist Känguru«, erklärte er und deutete auf das zweite, »und das ist Emu. Aber dieses hier«, er wies auf das dritte Stück, »wird euch besonders gefallen, nach euren Abenteuern im Exotenzoo.«

Ralph und Sabine hatten an den Abenden zuvor ausführlich vom Reptilien-Fall berichtet, und Johann Gründler hatte keine Ruhe gegeben, ehe er nicht jedes Detail erfahren hatte.

»Aha?« Sabine schnupperte an dem Fleischstück, das sehr appetitlich roch. »Was ist es denn?«

»Krokodil.«

»Im Ernst?« Angersbach machte eine skeptische Miene. Er fürchtete offenbar, dass sein Vater ihn auf den Arm nehmen wollte.

»Im Prinzip könnte es tatsächlich Krokodil sein.« Morten und Janine traten dazu, und Janine drückte Ralph einen Kuss auf die Wange. »Das isst man in Australien durchaus. Wilde Krokodile stehen natürlich unter Artenschutz. Sie waren schon vom Aussterben bedroht. Mittlerweile gibt es aber wieder genug, und auf Krokodilfarmen wird Fleisch für den Verzehr produziert. Allerdings diskutiert man sehr kontrovers darüber, vor allem wegen der Schlachtmethoden. Wie auch immer: Wir haben uns dir zuliebe für die vegane Variante entschieden. Dieses Krokodilsteak besteht aus Protein aus Sonnenblumen, Erbsen und Soja.«

Angersbach spitzte die Lippen. »Eine gute Entscheidung. Sonst hätte ich noch meine Prinzipien über Bord werfen und Fleisch essen müssen, nachdem ich beinahe selbst von einem Krokodil verspeist wurde.« Er sah nachdenklich über das Meer. »Passiert mir das hier auch? Falls wir uns später noch für ein Bad im Meer entscheiden?«

»Nein.« Janine lachte. »Die Krokodile gibt es nur im Norden, hier ist es ihnen zu kalt.«

»Wir haben in Australien zwei Arten«, fügte Morten hinzu, »die Süßwasserkrokodile, die sogenannten Freshies, und die gefährlicheren Salzwasserkrokodile, die wir Salties nennen. Aber, wie Janine schon gesagt hat: nicht hier.«

»Noch nicht«, unkte der alte Gründler. »Warte noch ein paar Jahre, dann hat der Klimawandel das Meer aufgewärmt, und die Salties schwimmen euch hier vor der Nase herum.«

Für ein paar Sekunden trübte sich die Stimmung ein. Dann hob Sabine ihren Teller und blinzelte Ralph zu. »Wenn es wirklich Krokodil wäre, hätte ich mir ein zweites Stück geben lassen und die Rache an dem bösen Tier für dich erledigt.«

Ralph beugte sich zu ihr und küsste sie. »Das hätte mir ja fast noch besser gefallen als das vegane Krokodilsteak«, witzelte er. »Ein solches Opfer.«

Kaufmann setzte eine Märtyrermiene auf. »Was tut man nicht alles aus Liebe?«

Der alte Gründler schlug seinem Sohn auf die Schulter. »Das wäre jetzt der richtige Moment für einen Heiratsantrag.«

Angersbach, der sich gerade ein Stück Kartoffel in den Mund geschoben hatte, verschluckte sich.

Sein Vater verdrehte die Augen. »Ich fürchte, er ist noch nicht so weit«, entschuldigte er sich bei Sabine. »Aber ich hoffe, es dauert nicht wieder so lange. Ich will schließlich noch dabei sein.«

Sabine lächelte verlegen. Zum Glück merkte Gründler, dass er zu weit vorgeprescht war.

»Jetzt wird erst mal gefeiert«, verkündete er und linste zu den Getränkekühlboxen. »Ich hoffe nur, jemand hat ein kühles Bier an den Strand geschmuggelt.« Er hob ratlos die freie Hand. »Australien ist ein fantastisches Land. Aber wer um alles in der Welt kommt auf die Idee, ein Verbot für den Konsum von Alkohol in der Öffentlichkeit zu verhängen? Das kann einem doch die schönste Strandparty verhageln.«

Janine stupste ihren selbstgewählten Big Daddy in die Seite. »Keine Sorge. Wir sind hier unter uns.« Sie wies über den weiten Strand, an dem weit und breit niemand zu sehen war, der nicht zur Hochzeitsgesellschaft gehörte. »Wir haben Bier, Wein und Champagner und sogar ein paar Flaschen klaren Schnaps.«

Johann Gründler lächelte. »Dann lasst uns anstoßen. Auf Janine und Morten, das wundervolle Brautpaar des Abends.«

Dagegen hatte niemand etwas einzuwenden.

Sie gingen zurück zur Tafel, und Ralph legte den freien Arm um Sabines Schultern.

Sabine lehnte sich bei ihm an und ließ den Blick träge über den Sandstrand, die zerklüfteten, grün bewachsenen Felsen mit den knorrigen Bäumen und das leuchtend blaue Meer schweifen.

Natürlich war es viel zu früh, um übers Heiraten nachzudenken. Aber gerade in diesem Moment konnte sie sich eine gemeinsame Zukunft mit Ralph durchaus vorstellen.

Wenn der Tod sein Urteil spricht …

Totengericht

Kriminalroman

Leichenfund im Vogelsberg. Ein Mann liegt nackt auf einem kahlen Felsen, mitten im Nirgendwo, sein Körper verstümmelt. Ihm wurde das Wort »Verrat« auf die Brust gebrannt, sein Kopf offenbar von Wildtieren angenagt, so dass er nicht zu identifizieren ist. Die Symbole auf seinem Körper und die Art der Tötung lassen auf einen Ritual-Mord schließen, doch dann stellt sich heraus, dass es sich bei dem Toten um den Bürgermeister einer Gemeinde handelt, in der ein Windpark gebaut werden soll. Hat der Mord mit diesem umstrittenen Projekt zu tun? Ralph Angersbach beginnt zu ermitteln und stößt bald an seine Grenzen, vor allem als eine weitere Leiche auftaucht. In seiner Not wendet er sich an seine ehemalige Kollegin Sabine Kaufmann, die inzwischen für das LKA tätig ist. Sie kommt auf eine brillante Idee …
Der vierte Fall für das Team Sabine Kaufmann und Ralph Angersbach.

Volksfest mit Todesfolge

DANIEL HOLBE
BEN TOMASSON

Blutreigen

Kriminalroman

Die Vorbereitungen für den alljährlichen Bad Vilbeler Markt laufen auf Hochtouren. Da erreicht die Polizei eine tödliche Drohung: Auf dem Volksfest soll, sozusagen als krönender Abschluss, ein Attentat auf die Ordnungshüter verübt werden. Sofort werden alle Kräfte in höchste Alarmbereitschaft versetzt. Neben Sabine Kaufmann muss auch Ralph Angersbach anrücken, dem Massenveranstaltungen eigentlich ein Gräuel sind. Zunächst scheint der Zusammenhang mit einem Fall von Bestechung und Korruption bei der Vergabe der Lizenzen für die Schausteller offensichtlich. Doch dann führen die Spuren plötzlich in eine ganz andere Richtung …
Der fünfte Fall in der Krimi-Reihe um das Team Sabine Kaufmann und Ralph Angersbach.

**Mörderischer Atommüll-Protest –
oder ein persönlicher Rachefeldzug?**

DANIEL HOLBE
BEN TOMASSON

Strahlentod

Kriminalroman

Während einer Protestaktion gegen Atommüll-Transporte im hessischen Knüllwald explodiert ein alter VW-Camper. Ralph Angersbach ist geschockt, als er den Tatort erreicht: Der völlig zerstörte Wagen kann nur seinem Vater gehört haben, einem Alt-Hippie – und auf dem Fahrersitz befindet sich eine verkohlte Leiche. Hat es jemand auf die Familie des Kommissars abgesehen? Oder ist der immer hitziger werdende Streit zwischen Befürwortern und Gegnern der Endlagersuche endgültig eskaliert? Ein weiterer brutaler Mord führt Ralph Angersbach und Sabine Kaufmann zurück in die Vergangenheit ... Der sechste Fall für die Kommissare des Bestseller-Duos Holbe/Tomasson.